劉操南（1917年12月13日—1998年3月29日）

（1947年春攝於故鄉無錫）

　　1977 年冬，劉操南先生在見仁里的杭州圖書館，發見清代陳其泰的桐花鳳閣評本《紅樓夢》，遂將此稿本逐卷逐頁細讀，眉批總評，一一迻錄。窮三閱月，整理完畢，成《桐花鳳閣評〈紅樓夢〉輯錄》，這是當年 25 萬餘字的手跡稿。

1987 年在浙江省政協的中秋聯誼會上，劉操南先生吟誦創作的詩詞。

1996 年 11 月在杭州花園北村家中的書房。

劉操南先生撰題《桐花鳳閣評〈紅樓夢〉輯錄》詩，嘉善江蔚雲先生書。

劉操南 全集

桐花鳳閣評
《紅樓夢》輯録

劉操南 著

浙江大學出版社·杭州

ZHEJIANG UNIVERSITY PRESS

圖書在版編目(CIP)數據

桐花鳳閣評《紅樓夢》輯録/劉操南著. —杭州：
浙江大學出版社，2023.10
（劉操南全集）
ISBN 978-7-308-20915-1

Ⅰ. ①桐… Ⅱ. ①劉… Ⅲ. ①《紅樓夢》研究 Ⅳ.
①I207.411

中國版本圖書館 CIP 數據核字(2020)第 248032 號

桐花鳳閣評《紅樓夢》輯録

劉操南　著

策劃主持	宋旭華　王榮鑫	
責任編輯	宋旭華　吳　超	
文字編輯	姜澤彬	
責任校對	吳　慶	
封面設計	項夢怡	
出版發行	浙江大學出版社	
	（杭州市天目山路 148 號　郵政編碼 310007）	
	（網址：http://www.zjupress.com）	
排　　版	浙江大千時代文化傳媒有限公司	
印　　刷	紹興市越生彩印有限公司	
開　　本	880mm×1230mm　1/32	
印　　張	12.5	
插　　頁	2	
字　　數	291 千	
版 印 次	2023 年 10 月第 1 版　2023 年 10 月第 1 次印刷	
書　　號	ISBN 978-7-308-20915-1	
定　　價	98.00 圓	

浙江大學出版社市場運營中心聯繫方式 0571－88925591；http://zjdxcbs.tmall.com

劉操南全集總目録

目　録

一　清代陳其泰《桐花鳳閣評〈紅樓夢〉》初探
（代序）

　　清代陳其泰的《桐花鳳閣評〈紅樓夢〉》（以下簡稱《陳評》），在前人評紅注録中，略有所述，惜乎不詳，未得窺其全豹。我於杭州市圖書館發現《陳評》手稿，得以鈔録研究，頗得啓迪。深感《陳評》"獨具隻眼"，見解深透，實爲舊紅學中不可多得的佼佼者。《陳評》對於現代評紅的研究有一定參考價值。這裏，我試對陳氏其人及《陳評》內容作一初步探索。

陳其泰的家世及生平

　　在《桐花鳳閣評〈紅樓夢〉》原稿之評批中，首尾祇見"桐花鳳閣主人題"及"桐花鳳閣主人手評一過"字樣，不署姓名。經查考，"桐花鳳閣主人"知爲陳其泰。陳氏著述甚富，亦曾手評過《紅樓夢》。

　　陳其泰，《海鹽縣志》《長興縣志》《雲和縣志》及《兩浙輶軒續録》皆云："海鹽人。"《海寧州志稿》則云："海寧州人，寄籍海鹽。"

所以然者,檢閲《海寧渤海陳氏宗譜》①則其原委自明。陳氏始祖陳諒,《陳譜》稱東園公,遷居海寧東里長平鄉。八世祖陳元成居縣城。九世祖陳之問居大東門(《海寧州志稿》稱春熙門)。十世祖訏一支遷居海鹽,傳至陳其泰爲十六世。陳其泰之子德牲,孫宜熹,曾孫傳遠,皆居海鹽。

陳其泰出身官僚地主家庭。陳氏世爲海寧"望族"。如七世祖陳與相爲明貴州布政使司左參政,清累贈光禄大夫文淵閣大學士兼禮部尚書。九世祖陳之遴爲清"少保内弘文院大學士兼禮部尚書"。康熙"甚器重公,六年而登宰輔"。十世祖陳元龍"予告太子太傅文淵閣大學士兼工部尚書管理禮部事務"。海寧陳家因懸"相國門第渤海家聲"門聯,社會上有關於陳閣老家的種種傳説。乾隆傳爲陳元龍之子,尤沸沸揚揚。

陳其泰直屬親系:高祖陳克健"乾隆辛酉舉人"。曾祖陳濂"乾隆癸酉副榜""分水縣教諭"。祖陳石麟"乾隆癸卯舉人""山陰學教諭",著有《小信天巢詩文集》。父陳咸慶"嘉慶庚申舉人""江蘇睢寧縣知縣",著有《紅蕉山房詩文草》。叔父陳鶴"嘉慶戊辰副榜""武英殿校録,授昌化學教諭",著有《碧琅山房詩文草》。但傳至其泰,"食指漸繁,家道中落"。其泰"再試禮部報罷。欺曰:'吾家自高曾來績學,鮮捷南宮者,吾得繼五世書香幸矣。'""爲養親計",因"在撫院記室凡二十年","筆耕爲生"。②

陳其泰生於清嘉慶五年庚申(1800),卒於同治三年甲子(1864),卒年六十五歲。陳其泰,字静卿,號琴齋,别號桐花鳳閣

---

① 見《海寧渤海陳氏宗譜》第六次重修本,民國癸丑年(1913)春開雕,戊午(1918)孟秋告成。板存海寧渤海陳氏義莊。以下簡稱"陳譜"。

② 以上見《陳譜》之《爵秩》《世傳》《大傳》諸篇。

主人。① 少負異才，“九歲能文”②。嘉慶二十一年丙子（1816），十七歲始讀《紅樓夢》傳奇③，即《紅樓夢》小説。道光四年甲申（1824），二十五歲撰《吊夢文》④，後列《陳評》之首。陳氏“天資高敏、文筆雄健，勢若建瓴，不可遏止。詩古文辭，無所不長。劇談時事，議論風生。經濟文章，淵源有自。歲科試，屢冠軍，食餼”⑤。壯歲，陳氏“以廩貢就職，監紫陽書院事”⑥。道光十九年己亥（1839），陳氏四十歲，“中第三名舉人”⑦。道光二十年（1840）至二十三年（1843），劉韻珂署浙江巡撫。⑧ 陳氏入撫院記室。道光二十一年辛丑（1841），林則徐“赴浙江鎮海軍營，協辦事務。則徐至浙，與兩江總督裕謙、浙江巡撫劉韻珂籌辦海防，節次擒獲海盜正法，杜絕接濟。嚴堵要隘，英不得逞”⑨。“巡撫劉韻珂知其（指陳其泰）才，延入幕府”，“與參謀議，頗倚重之”⑩。這時，“海氛惡，大帥歸復寧波。獲間諜，不即殺，欲令爲内應。杭城間諜公行”。“陳曰：‘此爲寇謀，不殺必貽後患。’密與大府籌之。杭之間諜不得逞，而大帥卒受紿償事。”⑪道光二十二年壬寅（1842），陳氏四十三歲，這時涂瀛（字鐵簾，號香雨，

---

① 參見《陳譜》之《第十六世廣文琴齋公傳》，以下簡稱《陳譜》本傳。又見解庵居士《悟石軒石頭記集評》卷下。

② 見《陳譜》本傳。

③ 見陳其泰《桐花鳳閣評〈紅樓夢〉》之《吊夢文》。

④ 見陳其泰《桐花鳳閣評〈紅樓夢〉》之《吊夢文》。

⑤ 見《陳譜》本傳。

⑥ 見《陳譜》本傳。

⑦ 見《陳譜》本傳。

⑧ 見錢實甫編《清季重要職官年表》。

⑨ 見《清史列傳》卷三十八《林則徐傳》。

⑩ 見《海鹽縣志》及《海寧州志稿》。

⑪ 見《陳譜》本傳。

一號讀花人)所著《紅樓夢論贊》養餘精舍本刊行。陳氏於《陳評》第一回總評中即引涂鐵繪《紅樓夢論贊》中《紅樓夢論》"性情嗜好之不同,如其面焉"①一段文字,可覘陳氏手評《紅樓夢》自此或以後。這時距陳氏初讀《紅樓夢》已二十六載,作《吊夢文》已十五載。歷時長久,閱世既多,故能反復鑽研,深思熟慮。道光二十三年六月癸卯(1843),陳氏四十四歲,署雲和訓導。② 咸豐元年二月辛亥(1851),陳氏五十二歲,署長興教諭,③咸豐二年壬子(1852),陳氏五十三歲。"五月十日"④黃宗漢"擢雲南巡撫,未之任,調浙江,值試辦海運"⑤。陳氏入"撫院記室"⑥。"咸豐以來","東南漕米","河道阻滯,始創海運。以濟其乏"⑦。"咸豐二年十一月初八日浙江巡撫黃宗漢奏"⑧陳氏與浙撫黃宗漢"最為莫逆,以公熟於地勢,籌創漕糧海運事。公歷指海道口岸島嶼沙綫,設局津滬,運載沙船,籌畫精審,如示諸掌。以摺稿呈黃公,繕以入奏。奉旨飭部議。大部猶豫未決。黃公會同江蘇囑公再草一摺入奏,另上大部條陳數十則,始奉允行,皆公一人主其事。及事成,黃公以公賢勞彰著,欲為疏"⑨。公辭。咸豐三年癸丑(1853)陳氏五十四歲,在撫院。薦太平起義軍攻剋

---

① 見《陳評》第一回總評。
② 見《雲和縣志》。
③ 見《長興縣志》。
④ 見錢實甫編《清季重要職官年表》。
⑤ 見《清史稿》列傳一百八十一《黃宗漢傳》。
⑥ 見《陳譜》本傳。
⑦ 見《杭州府志·凡例》。
⑧ 見《杭州府志》卷六十六。
⑨ 見《陳譜》本傳。

金陵。"宗漢赴嘉興、湖州籌防，疏言不可。僅於本境，劃疆而守。"①陳氏站在地主階級立場，"創議遠守皖南，與大營聯爲一氣"②。黃宗漢"於是分兵赴江蘇、安徽境内協防，詔嘉其妥協"③。咸豐四年甲寅（1854），陳氏五十五歲，九月二十一日黃宗漢"擢任兩廣，邀公偕行，公以親老辭"④。咸豐八年戊午（1858），陳氏五十九歲，太平軍圍杭城。咸豐十年庚申（1860）陳氏六十一歲，太平軍攻海鹽，陳氏奉母疾終。去上海。咸豐十一年辛酉（1861），陳氏六十二歲。太平軍踞海鹽，陳氏在滬南。同治元年正月壬戌（1862），徐宗幹"擢福建巡撫"⑤。"徐宗幹撫閩過滬，偕公行。值臺灣亂勢日漲，言於徐公曰：'宜及内地無事速平之。'徐公然其言。"陳氏至閩，已病。同治三年甲子（1864）陳氏六十五歲，"七月十五日卒於閩"撫院。⑥

陳氏壯年，"監省城詁經精舍、紫陽書院事前後十餘年。士子景仰，輿論翕然，學者百計，皆一時俊傑也"⑦。"後屢受江浙閩大府之聘"，主管文書。"凡地方興利除弊之事，無不贊劃成之。""好汲引後進。一善之長，必爲表揚。駢體詩詞，無不擅長。"⑧

陳氏著作有《行素齋詩文集》《行素齋子史劄記》《琴齋隨筆》

---

①　見《清史稿》本傳。

②　見《陳譜》本傳。

③　見《清史稿》本傳。

④　見《陳譜》本傳。

⑤　見《清史稿》列傳二百十三《徐宗幹傳》。

⑥　以上兩條均見《陳譜》本傳。

⑦　見《陳譜》本傳。

⑧　見《海鹽縣志》及《海寧州志稿》。

等數十卷，未刊，毀於兵燹。① 又有《春熙書屋詩文鈔》②《桐花鳳閣詩文稿》《鴻雪詞》③及《宮閨百詠》。《宮閨百詠》有道光二十五年(1845)桐花鳳閣刊本。④《兩浙輶軒續録》收詩三首。今録《秋笳》一首云：

> 莽莽寒雲萬里愁，橫吹蘆雪壓氈裘。
>
> 風驅鐵騎邊聲遠，月黑榆關鄉夢秋。
>
> 猿臂少年爭負羽，燕頷飛將快封侯。
>
> 獨憐雁塞霜華白，馬上琵琶雙淚流。

鴉片戰爭時期，我國愛國將領及東海沿海地區廣大人民，對英國侵略者進行了可歌可泣的英勇鬥爭。道光二十一年(1841)八月十三日起，總兵“葛雲飛親自開炮，擊中洋船火藥，當即焚燒”，“苦戰六晝夜，連得勝仗”。是年浙疆在“四品卿銜”林則徐督率鼓舞之下，“天聲”大振。陳氏當時也曾參議抗英工作。這詩不是“發思古之幽情”，而是借古諷今。“猿臂少年爭負羽，燕頷飛將快封侯”是歌頌反侵略的英勇戰鬥。“獨憐雁塞霜華白，馬上琵琶雙淚流”通過對昭君出塞的同情，不滿漢昭帝的和親政策。這裏曲折地表露了陳氏對清王朝屈膝媚外的不滿和感歎，顯示了篤厚的愛國主義思想。

---

① 見《陳譜》本傳。

② 見《兩浙輶軒續録》。陳氏海寧老宅，在鹽官堰瓦坎，有春熙堂，鄰春熙門。民國時改建爲春熙小學，今爲倉庫。老宅“雙清草堂”“筠香館”，今尚可辨，曲橋、假山，猶有遺迹。

③ 見《海鹽縣志·選舉表》及《海寧州志稿·藝文志》。

④ 一粟編：《紅樓夢書録·桐花鳳閣評〈紅樓夢〉》，上海古籍出版社1981年版。

《陳評》概況

陳氏在嘉慶二十一年（1816），"年十七始讀《紅樓夢》傳奇。悦其舌本之香，醉其艷情之長。春秋二十有五（道光四年，1824）恍若夢境之飛揚，殘燈耿耿，明星煌煌"[①]。開始考慮評、批，撰《吊夢文》以抒發情懷，後列在《陳評》的扉頁。直至道光二十二年，陳氏四十三歲時，手評纔逐漸寫定，可見這是陳氏精心結撰之作，傾注了他一生的心血。

陳氏"方在稚齒"，曾聽他的"先祖在都門時，見吳葇圃相國所藏"乾隆年間一個鈔本，這個本子"一百回後"和他所批的程乙本不同。這本子上寫"薛寶釵與寶玉成婚後不久即死，而湘雲嫁夫早寡，寶玉娶爲繼室。其時賈家中落，蕭條萬狀。寶玉、湘雲有《除夕唱和詩》一百韻，俯仰盛衰，流連今昔，其詩極佳。及付梓時，削去後四十回以易之，而標題有改正處"。但一般本子"'因麒麟伏白首雙星'，尚是原本標題"，"《除夕唱和詩》即步《凹晶館中秋聯句詩》十三元韻"。他的先祖"曾記其詩中佳句十數聯，時時誦之"[②]。寶玉繼娶湘雲之説，清人傳聞尚夥。如范鍇《苕溪漁隱》卷首《目録》云："余照見漢軍繼又雲司馬云：'曾見舊鈔本，寶玉後配湘雲，非寶釵也。'若此，則白首雙星，取義於此。蓋舊本之標題也。"又趙之謙《章安雜説》稿本記云："世所傳《紅

---

① 見《陳評》卷首之《吊夢文》。

② 見《陳評》第三十一回總評。陳氏先祖據《陳譜》之《世傳》當爲其祖父陳石麟（1754—1814），字映祥，號寶摩，又號小穆。乾隆癸卯（1783）舉人。鄉薦入京，至嘉慶二年丁巳（1797）返，選山陰學，與弟陳石英同歸（參見《陳譜》之《十四世太常博士雪圃公傳》）時距陳氏生尚三載。石麟卒於嘉慶十九年（1814），時陳氏方十五歲。

樓夢》……余昔聞滌甫師言，本尚有四十回，至賈寶玉作看街兵，史湘雲再醮與寶玉，方完卷。想爲人删去，然以删去爲得。"又平步青《霞外捃屑》卷九云："《紅樓夢》原名《石頭記》……初僅鈔本，八十回以後軼去。高蘭墅侍讀（鶚）讀之，大加删易，原本史湘雲嫁寶玉，故有'因麒麟伏白首雙星'章目；寶釵早寡，故有'恩愛夫妻不到冬'謎語。蘭墅互易，而章目及謎未改，以致前後文矛盾。此其增改痕迹之顯然者也。"又甫塘逸士《續閱微草堂筆記》云："《紅樓夢》一書……然自百回以後，脱枝失節，終非一人手筆。戴君誠甫曾見一舊時真本，八十回之後，皆與今本不同，榮寧籍没後，均極蕭條；寶釵亦早卒，寶玉無以作家，至淪於擊柝之流。史湘雲則爲乞丐，後乃與寶玉仍成夫婦。故書中回目有'因麒麟伏白首雙星'之言也。聞吳潤生中丞家尚藏有其本，惜在京邸時未曾談及。"①可見此説有據，得《陳評》此條可以參證補充。

陳氏先祖，即陳石麟，乾隆癸卯鄉試舉人。其所見鈔本是曹雪芹"後數十回""射圃文字"迷失後的一個補寫本。根據《脂觀齋重評石頭記》第三十一回回末脂批："後數十回若蘭在射圃所佩之麒麟，正此麒麟也。提綱伏於此回中，所謂草蛇灰綫在千里之外。"娶史湘雲的是衛若蘭。寶玉續娶湘雲，自是後來的一個補寫本。陳氏從他先祖處聽的關於《紅樓夢》的一些資料，可惜那時陳氏年幼，尚在十五歲前，故記憶不多。《陳評》中祇記此一條，（第二十一回回目眉批云："伏白首雙星不可解。或曰原本下半部湘雲終歸寶玉。此仍其舊目而未改耳。"與此同。）故《陳評》價值，不在資料考證，而是文學批評有其見解。

陳氏在評批中曾多次引用涂瀛《紅樓夢論贊》，以闡明其評

---

① 一粟編：《紅樓夢卷》，中華書局 1963 年版。

《紅樓夢》人物的論點。其論人物性格，也多少受到涂氏評論的影響。但陳氏見地高出涂氏，實不可同日而語。

《陳評》分四項目。一曰：回目修改；二曰：眉批；三曰：行間評；四曰：總評。回目修改，例如：

第一回回目：甄士隱夢幻識通靈，賈雨村風塵懷閨秀。

陳氏於"甄士隱夢幻識通靈"行間評曰："對起兩人姓名，提明作意。"於"賈雨村風塵懷閨秀"的"懷"字旁側寫"詠、歌、兆"三字。行間評曰："甄家大丫頭不得稱閨秀。"回目上眉批曰："懷字無着，其於甄婢，乃閑情偶寄。詩（南按①：應用"聯"字）中暗寓林、薛之名，故易兆字。"在陳氏前，范鍇《苕溪漁隱評〈紅樓夢〉》於回目中早有擬改。如卷一云："懷閨秀，似有姻緣之事矣。甄家大丫頭，不堪此二字，況是餘文，豈得爲題首標目乎？故易之。"因於下聯將"風塵懷閨秀"改爲"閑中論廢興"。②范氏是浙江湖州南潯人，與陳氏同隸嘉興府。陳氏評《紅樓夢》可能受過范氏影響與啓發。餘例從略。

陳評《紅樓夢》後。今所見者，解庵居士所輯《悟石軒石頭記集評》卷下，首加注錄："海寧陳琴齋學博其泰，號桐花鳳閣主人，有評全書抄本。謂金鎖爲寶釵僞造，自詡獨具隻眼。第金玉姻緣之説，幻境曲中譜之，怡紅夢中斥之。正見其以金剋木也。其丸藥名冷香，取與熱毒相對，獨非僞造乎哉！"

其後，吳克岐《懺玉樓叢書提要》亦曾注錄："酷嗜《紅樓夢》，謂金鎖爲寶釵僞造，本此意以評全書，未及付梓而歿。民國二年（1913）贛寧亂定，棣孫族叔返江寧，於舊書肆中購得藤花榭本。

---

① 　編者注："南按"指劉操南先生按語，下同。

② 　范評有嘉慶二十二年憶紅樓刊本。關於范評，另詳拙稿《清代范鍇苕溪漁隱評〈紅樓夢〉叙錄》。

有墨禄齋主人手抄斯評。爰借録一通,分爲十二卷。題曰《桐花鳳閣〈紅樓夢〉評》。夫薔蕪謀奪瀟湘之婚,所謂莽、操之心,路人皆知之矣。若必謂僞造金鎖以遂其私願,不免膠柱鼓瑟之見也。"

今人一粟編《紅樓夢書録》注録:"《桐花鳳閣評〈紅樓夢〉》,陳其泰評。墨禄齋抄本,一百二十回。未見。"①

今余所見,非鈔本,亦非過録本,而是桐花鳳閣主人陳其泰的手稿本。現藏杭州市圖書館。1977年冬,余嘗就館迻録,閱時三月,得二十餘萬言。

此稿本總評最後一條下署"桐花鳳閣主人手評一過",下鈐三印,篆文"其泰""琴齋",陽文、陰文各一;"桐花鳳閣"印一。其末一頁,有《跋》。後半面已殘缺。《跋》云:

> 余評此書,親友借閱,幾無虚日。轉輾傳觀,失去一套,遍索不得。因憶昔年朱君秋尹曾過録一本,并將俗本與聚珍版不同處校正之。秋尹已作古人。其弟孚山,出以相示,因屬友照録第八十一至一百,凡二十回。仍手録所評於上,以補其闕。惟聚珍版本,今已無從購致。曾見朱魯臣別駕有一部,是初印精本,勝於余之所藏。曾向別駕之哲嗣薔軒借鈔此二十回。薔軒雖諾,以遠客未歸,尚遲見付,異〔日借得,當再校對〕一過,以存初寫黄庭耳。
>
> 桐花鳳〔閣主人又識。〕

("異"字下紙損壞,缺文用"〔〕"標示,據嚴寶善同志所見記録補入。)

此書是襯紙重訂本。原書題籤封面不存。今用連史紙題

---

① 一粟編:《紅樓夢書録》,上海古籍出版社1981年版。

《紅樓夢》三字，粘於封面的黄紙上。籤紙多半脱落。紙色較新。與回後總評所用紙同。當是重裝時所加。扉頁不存。刊印書坊及出版年月均佚。重裝後，全書分訂爲三十六册，一百二十回。每册三回、四回不等。版框高 17 釐米，寬 11.7 釐米。版心騎縫印"紅樓夢"三字。魚尾下標回次，各回自記頁次。每回前標《紅樓夢》第幾回，後標《紅樓夢》第幾回終。每頁一面，十行，行二十四字。活字排印，邊框拼凑不齊，斷缺顯然。用連史紙，印烏絲欄，内襯黄紙。重裝歲月已久，各頁都已開口。第二十五册至三十册是"失去一套"的補鈔本。紙色與各回末所添的同。首册《吊夢文》後爲《程序》《高序》及《紅樓夢引言》。其次前圖後贊，有石頭、寶玉、賈氏宗祠、史太君、賈政、王夫人、元春、迎春、探春、惜春、李紈、賈蘭、王熙鳳、巧姐、秦氏、薛寶釵、林黛玉、史湘雲、妙玉、薛寶琴、李紋、李綺、邢岫煙、尤三姐、香菱、襲人、晴雯、女樂、僧道。下爲目録。正文從第二册開始。《吊夢文》末署"桐花鳳閣主人題"。《吊夢文》回後總評及補抄的六册與正文皆用連史紙，但紙色稍異，鬆密不同，補本版心印"紅樓夢"三字。與原本所印者亦稍異。半頁十行，印烏絲欄則同。當是陳氏仿原書格式，自印格紙，以備寫評加添，在重裝時訂入的。

　　陳氏的眉批、總評是寫在活字本上的。活字本屬於程本系統。程本有三。一曰程甲本，即乾隆五十六年辛亥（1791）萃文書屋活字本，題名《新鐫全部繡像紅樓夢》。前有《程偉元序》和《高鶚序》。二曰程乙本，即乾隆五十七年壬子（1792）萃文書屋活字本。序後增加了程和高的《紅樓夢引言》。三曰程丙本，即臺灣省青石山莊影印乾隆壬子活字本。[①]《陳評》所寫的本子，半頁十行，行二十四字，行格與程乙本同。首册前圖後贊、目録，

---

　　①　文雷：《〈紅樓夢〉版本淺談》，《文物》1974 年第 9 期。

篇幅次序亦同。惟首爲《程序》，次爲《高序》，次《紅樓夢引言》，與一粟所述程乙本首《高鶚序》，次《程偉元、高鶚引言》不合。但余在紹興文管會所見收藏清乾隆版《紅樓夢》活字本程乙本首亦爲《程偉元序》，次爲《高鶚序》，次《紅樓夢引言》等，與陳評本全合。足見陳評確爲程乙本，而一粟所述，疑有誤。① 《陳評·跋》中曾云："曾見朱魯臣別駕有一部，是初印精本。勝於余之所藏。""初印精本"當指"程甲本"。據《〈紅樓夢〉版本淺談》所述：程乙本對程甲本作了改動，程甲本 1571 頁中改了 1515 頁，程乙本與程甲本相比，增删字數達 21506 字，其中前八十回就增删了 15537 字，使程乙本與曹雪芹原作差異更大。陳氏推程甲本爲初印精本是有見識的。陳氏又云："因憶昔年朱君秋尹曾過録一本，并將傳本與聚珍版不同處校正之。"那時"傳本"流行，有嘉慶四年(1799)抱青閣刊本、嘉慶十一年(1806)寶興堂刊本、嘉慶東觀閣刊本；嘉慶十六年(1811)東觀閣重刊本；嘉慶二十三年(1818)藤花榭刊本等。陳氏猶在活字本上寫評，此程乙本可能是陳氏先人遺留。

《陳評》手稿前列《吊夢文》，後寫《跋》文，均無作者印鑒。惟一百二十回末總評鈐有"其泰""琴齋"及"桐花鳳閣"印章三枚。補鈔本中，偶有筆誤。陳氏誤爲原書，加批。鈔者便云："先生莫批。"又從全書多處挖補，覆紙重評，筆迹一樣而墨色不同，可覘此評非他人過録，而是陳氏手評原稿。書中偶有徐伯蕃評數則，與陳評字迹不同，墨色亦異。程序上有 3.5 釐米見方朱印"重和校訂"一枚。《紅樓夢目録》下有"昌毅鑒賞"印章一枚。第一回

---

① 紹興文管會所藏程乙本亦用連史紙印。書面簽條邊框式樣與《陳評》原簽亦同。該書封面書"蘭藏"二字，下鈐"僕本恨人"朱文印章一枚，分訂二十四册，裝兩布函。

下有"鶴皋"長方印章一枚。鶴皋、昌穀不知是一人或兩人？當是收藏人。重和、昌穀、鶴皋不詳是何許人，待考。

《陳評》內容初探

　　從《陳評》內容看，陳氏對《紅樓夢》的理解是不斷深入、不斷提高的。初時，陳氏閱歷不深，受封建正統思想影響較大；後來，逐漸有所揚弃，對於先前的有些眉批和總評經常自感不妥，在後加的評批上作自我批評。因此，在他的手稿中每見挖補、覆蓋、加批、重批的痕迹。如第九回總評道："此回乃敗筆也。潭潭公府，存周又望子讀書之人。叔侄三人共延一師，吾猶以爲非；況委諸義學叢雜中耶？宜改。"又云："何不作賈政鄭重延師，擇有名甲榜，文行兼優之人，隆其禮貌，厚其脩脯。待先生曲盡忠敬，而先生師範果端，又感主人情重，見寶玉天資可造，盡心教訓。"顯然，陳氏是站在封建統治階級立場上爲賈府延師教育寶玉，出謀劃策，進而對作者提出批評和要求的。後來陳氏不滿這一觀點，在這兩條總評上加一眉批道："此批乃余少時看書眼光未到，隨筆抒寫俗情耳。"又如第一百十二回陳氏評妙玉道："妙玉被劫，大是可憐。然其平昔孤高自喜，而不能斷絕塵緣，內魔既生，外魔安得不至。甚矣，慕清名者之必被濁禍也。黛玉輩不諱言情，乃得終保潔清耳。"陳氏責怪妙玉"不能斷絕塵緣"，是有方巾氣的。他不見妙玉所受精神枷鎖、封建壓力較黛玉尤爲深重；而妙玉却能高潔自持，不肯同流合污，更爲難得。後來，陳氏後悔此批不當，復加批道："此批殊誤。""妙玉正是黛玉一流人，正如梅花與水仙，各具風神，而其爲清净則一也。"批上復批云："妙玉平生，何嘗自居於六根清净，并未盜虛名也。若如所言，將與寶玉親昵狎褻，乃謂之有真情。而非盜虛名耶？此批誤矣。悔而改之。庶爲妙公一白其寃。"陳氏認爲妙玉"何嘗自居於六根清净",與寶玉"有真情";但非"親昵狎褻",可以理解與同情,這一評論,確有其理。雖或可商,但能自認"少時看書眼光未到之處甚多,隨俗論人處亦不少",吸取新的東西,改正舊的看法,這點精神是可貴的。

　　我們知道,乾隆時代到五四運動是舊紅學統治時期,他們對《紅樓夢》的理解不少是唯心主義的穿鑿附會和封建主義的歪曲誣衊。而生活在這個時期的陳其泰却能不斷拋弃世俗之見,透過層層迷霧,對《紅樓夢》的成書、小説的藝術構思、人物塑造、矛盾衝突、思想傾向等方面作了切實的分析,這是難能可貴的。《陳評》之中,雖有不可避免的階級局限和值得商榷之處,但縱觀整個《陳評》,有許多獨到見解,分析透徹,鞭辟入裏,至今還有很好的參考借鑒作用。

　　陳氏評《紅樓夢》,并非獵奇或者消遣,而是把它作爲一部名著認真對待和研究的。他對《紅樓夢》較早地作出了很高的評價,而且看得較深。他認爲《紅樓夢》决非一般言情小説可比。他説:"《國風》好色而不淫,《小雅》怨悱而不亂。若《離騷》者,可謂兼之。繼《離騷》者,其惟《紅樓夢》乎?"[1]又説:"屈子作《離騷》,太史公作《史記》,皆有所大不得已於中者,故發憤而著書也。……吾不知作者有何感憤抑鬱之苦心,乃有此悲痛淋漓之一書也。夫豈可以尋常兒女之情視之也哉!"[2]對於《紅樓夢》在我國文學史上的崇高地位,作了十分大膽的肯定。

　　陳氏對於《紅樓夢》的篇章結構、藝術構思十分欣賞和贊歎。他一開卷就被此書"新奇別致"的風格吸引住了。贊道:"以真事

---

[1]　見《陳評》第一回眉批。
[2]　見《陳評》第一百四回總評。

隱、假語村言作起，以真事隱、假語村言作末回歸結，手筆超妙。"
"作書本旨，欲脫盡陳言，獨標新義。開卷一回，戞戞獨造。引人
入勝，文心絶世。'女媧煉石補天處，石破天驚逗秋雨。'文境如
是，不識看書者能點頭否耳？"①

　　《紅樓夢》是寫以賈府爲代表的四大家族興衰史的，賈府人
丁衆多，頭緒紛繁，作者是如何不落窠臼、獨運匠心地開場和布
局的呢？《陳評》中作了詳細的眉批。"賈府人多，不叙則不明，
詳叙則可厭"，作者就選擇一個閑人先來一番"演説"。冷子興是
"古董客慣走大家"，又是"賈僕之婿，故熟悉榮寧家事"，這人又
值"客中無聊""賈雨村亦賦閑居"，兩人就聊起天來，"自不覺瑣
絮，頭緒頗多，而出之甚爲省力"，可"使讀者不覺其繁"。反之，
"若入庸手，必作做書人一一細述"。② 接着從林黛玉進府進一
步寫，使"賈府第宅人物，從黛玉眼内叙清，不覺其繁"。"大第宅
及富貴景象，隨常寫去，自然確合。""一層從賈母口中指點，一層
從黛玉目中看出。""一層明言其人，一層不述名字。"層層推演，
環環入扣，就使"文筆不板"，這是作者"慣用"的"化板爲活之
法"，"庸手極意鋪排，恰是不見世面説話也"。"第一層衆人看黛
玉""第二層鳳姐看黛玉""第三層寶玉看黛玉"，描寫入細③。而
"賈府房屋規模，以及大小人口，於黛玉來時叙明"。再次寫劉姥
姥進榮國府。"特表鳳姐起居，借村嫗眼中一一看出。筆墨着
紙，皆有生趣。"劉姥姥"又是鳳姐母女傳中要緊脚色。安頓在
此，閑處埋根，文字一筆作兩筆用，非庸手所能及"。④ 開場文字

①　見《陳評》第一回總評。
②　以上均見《陳評》第二回眉批。
③　以上均見《陳評》第三回眉批。
④　見《陳評》第六回總評。

不同凡響,作者的煞費苦心,確被《陳評》逐一點出。關於小説結構方面的眉批、總評,《陳評》中處處可見,這裏就不一一列舉了。

值得注意的是,陳氏并不是一味對《紅樓夢》大吹大贊,而是通過審慎的研究,合情合理地作出評價。他指出前八十回與後四十回并非一人一時所作。前八十回也有值得推敲之處。他在總評中道:"後四十回集腋成裘,故多敗筆,必須大加删改,方與前八十回相稱。但前八十回中,亦多失檢點應修飾之處。"他説原因是前八十回"蓋脱稿即已傳鈔,而抄本又多互異。作書者未及琢磨完善,傳鈔者亦不參究精純。故雖洛陽紙貴,而未爲盡善盡美之書也"。這些地方,陳氏在"批中皆指出之"。例如第九回:"訓劣子李貴承申飭,嗔頑童茗煙鬧書房。"(脂本作"戀風流情友入家塾,起嫌疑頑童鬧學堂"。)他就認爲寫得不够理想,需要有一個不那麽熱衷於仕途經濟的人修改一下纔好。他在總評中道:"寶玉之情,與俗人不同。其於秦鐘,祇是情之所鍾,以温存體貼爲相好,不在淫褻也。即其不肯讀書,亦祇不屑作八股文、五言八韻詩耳。豈如世之頑童,一味逃學,束書不觀者哉。此回書誠不佳,却須有不食人間煙火者,以清思隽筆改削之,使寶玉之真相畢現,乃佳。未可做得太淺陋也。"陳氏對於《紅樓夢》的遣詞造句,亦常推敲,如第十七回"大觀園試才題對額,榮國府歸省慶元宵",陳氏感覺回目和内容不符,批道:"首句一口説盡,次句侵入下回。"擬將回目改爲"大觀園築成勝景,賈寶玉小試仙才"。(南按:《紅樓夢》的回目一般八字成聯,驟用七言,感到氣促。如"勝"前加一"絶"字,"仙"前加一"謫"字,可能較妥。)

《陳評》指出後四十回在人物情節上有"脱節舛謬"之處,與前八十回人物性格不統一,情節有矛盾、不合理,這是高出前人的創見。這方面的評批,近四百條。如第八十二回:"老學究講

義警頑心，病瀟湘癡魂驚惡夢。"總評道："上半回寶玉入塾講書
一段，敗筆。祇宜寫講得別有會心：如莊列之詭僻，黃老之元妙，
晋人清談之妄誕，方合寶玉身分。（南按：這裏所説的"身分"相
當於今天我們所説的性格。）今竟寫寶玉如三家村頑鈍逃學之生
徒，豈非憒憒。"又道："此回敗筆甚多，顯然與八十回以前之筆墨
不同，自是另出一人之手也。以後諸回中有須删潤處，須細加斟
酌，方成完璧。""黛玉之病，用薛寶釵送荔枝之老媽口中數語引
起，尚嫌硬生枝節。吾意此段并入後文雪雁與紫鵑述侍書之言，
被黛玉聽得後，黛玉因有此夢，以致咯血，較爲入情。今分作兩
次，而此次黛玉之病，如何漸愈，寶玉如何着急，均不一叙，未免
疏略。（甚至寶玉竟不來問候，尤無此理。）後次黛玉立意求死，
亦太着痕迹也。"又如第一百四回："癡公子餘痛觸前情。"總評
道："八十回後諸回，屬稿者不甚體會前書之旨，每多舛謬。即
如襲人與紫鵑，薰蕕不同器。托襲人道意於紫鵑，猶托寶釵通款
於黛玉矣。寶玉慧人，豈肯作此呆事。乃向襲人備訴衷曲，無一
語非襲人所不入耳之談，姑妄聽之而已。決不代達之紫鵑也。
費此筆墨，太覺無謂。安得能文者，一切芟除之，另出錦心繡口，
爲寶玉一白沉冤也。"至於脱節相悖之處，更是屢見不鮮。如《陳
評》指出第三回原寫"榮禧堂是王夫人之上房"，而"後文叙抄家
時，説賈政方宴親友設席於榮禧堂，豈非大謬"。又如《陳評》在第
一百五回批道："榮禧堂是王夫人之内室，何得在此請客。且老趙
竟可直入，恐無此理。"續書又寫"忽見賴大急忙走上榮禧堂"，陳
氏批道："榮禧堂豈男家人能到之地。"這些破綻，續書確實存在。

《紅樓夢》創造了色彩絢爛的衆多人物形象，有共性，有個
性，寫得好，寫得活。陳氏經常用比較來説明。如："處處以湘雲
之老實，襯寶釵之奸。湘雲、寶釵皆與黛玉異趣而寶釵則渾含不
露。……寶釵却祇忌黛玉，絕不忌湘雲。""寶釵取悦衆人，以傾

黛玉。""湘雲衹是烘襯寶釵之人。或借其老實處,形寶釵之奸詐;或借其鹵莽處,見寶釵之深沉;不可竟作湘雲文字讀也。"①陳氏在分析《紅樓夢》衆多人物性格的同時,對於作者的藝術才華,更是贊歎不已。在尤三姐上場時陳氏擊節道:"前列諸美,疑觀止矣。……更寫一妖艷倜儻風流豪俠之尤三姐來。頓覺風雲變色,電閃霆轟,使讀者目眩神迷,心驚魄動焉。此明皇羯鼓解穢法也。傳中言珍、璉兄弟欲近不敢,欲遠不捨,落魄垂涎,終莫能犯。形容殆盡,豈非涅而不緇者哉!"②這評突出尤三姐形象,筆墨酣暢,真有"力拔山兮氣蓋世"之概。

　　《陳評》對《紅樓夢》中人物都有評論。贊美寶玉自具一種性情,"固不可以功名富貴中人求之也"。③"心思幻妙,非寶釵所能領會也。"④批評寶釵:"衹重金殿對策,與寶玉志趣迥殊","艷羨黄袍,真是俗骨。"⑤"寶釵所羨慕者如此(指富貴、閑散),安能與黛玉同道。"⑥指出"寶、黛二人志趣相合,湘雲襲人輩俗人,何足以知之?"湘雲"真是寶釵一流人物"。⑦襲人"真與寶釵一鼻孔出氣""臭味相同,自然水乳"。⑧"晴雯、黛玉,是一是二,正不必深別也。"⑨"寶玉固是畸人,黛玉亦具仙骨,寶釵俗人耳,豈可并

---

① 見《陳評》第二十二回眉批及總評。
② 見《陳評》第六十五回總評。
③ 見《陳評》第一百二十回眉批。
④ 見《陳評》第三十四回眉批。
⑤ 見《陳評》第十八回眉批。
⑥ 見《陳評》第三十七回眉批。
⑦ 見《陳評》第三十二回眉批。
⑧ 見《陳評》第二十一回眉批。
⑨ 見《陳評》第七十八回眉批。

論?"①這些評論愛憎鮮明，褒貶精當，自是當時世俗之見所不可及。

《紅樓夢》中賈寶玉、林黛玉、薛寶釵三人是作者描寫的衆多人物中的主要人物。他們的典型性格和相互間複雜的關係，是全書情節發展的重要組成部分。這三人之間，賈、薛是婚姻關係，即所謂"金玉良緣"；賈、林是愛情關係，即所謂"木石前盟"。這兩對關係間展開了錯綜複雜的矛盾和鬥爭，這是封建主義的衛道者與叛逆者的矛盾和鬥爭，具有深刻的社會意義。對於這一關係，《陳評》作了很精闢的評論，對我們認識這部小說的真正社會意義，很有幫助，讓我們着重考察一下《陳評》這方面的內容。

《陳評》説："提起林、薛爲全部定案。從來有正必有邪，有緣必有魔，而絕大文字生焉。"②"寫黛玉難而易，寫寶釵易而難。以黛玉聰明盡露，寶釵則機械渾含也。非寶釵則黛玉之精神不出，非金鎖則寶釵之逼拶猶鬆。生瑜生亮，實逼處此。於是機詐生焉，憂虞起焉，涕淚多焉，口舌煩焉，疾病作焉。無數妙文，皆從此而出。凡寫寶釵者，皆所以爲寫黛玉地也。"③《紅樓夢》的確是通過這兩個對立的人物形象，環繞她們之間的矛盾鬥爭來展開故事情節的。

對於"金玉良緣"和"木石前盟"，陳氏針砭和歌頌的態度分明。《陳評》説："賈氏世祿之家，連姻自必門户相當。"④王夫人主張這事"勢利極矣"。"豈肯要無依靠之黛玉耶？"她"忽聽兄弟拜相回京，王家榮耀，將來寶玉都有倚靠。""此時設王子騰有女

---

① 見《陳評》第三十六回眉批。

② 見《陳評》第五回眉批。

③ 見《陳評》第八回總評。

④ 見《陳評》第六十三回眉批。

欲許寶玉,恐又悔聘寶釵矣。"①評寶釵之見也是如此。原爲"待選"入京,"一見寶玉便不思入宮"。② 不久,就以"金玉之説,搖惑衆心矣"③,覬覦寶二奶奶的地位。黛玉在賈府,靠月錢津貼生活。經濟地位尚不如妙玉。故雖寶黛神交,木石前盟,總在被摒弃之列,寶黛愛情成爲歷史悲劇。陳氏熱情歌頌"木石前盟",看到它成爲悲劇,不禁"雙淚如雨"④,看到黛玉"焚絹子,焚詩稿",歎息曰:"屈子吟《騷》,江郎賦《恨》,其爲沉痛,庶幾近之。"⑤他極度鄙視"金玉良緣",看到寶玉和賈府決裂,仰面大笑,走出家門。陳氏拂袖拍案叫好:"快哉! 浮一大白。寶釵用盡機械,以合金玉姻緣,果何益哉!"⑥陳氏同情叛逆者而鄙視衛道者,這一思想是進步的。

《紅樓夢》寫賈、薛、林三人的婚姻與愛情的矛盾鬥爭是先虛後實來寫的。愛情在封建社會看來是不合法的。曹雪芹歌頌"木石前盟"先通過神話來表現。説黛玉是"靈河岸上三生石畔"的一株絳珠仙草,寶玉是"赤霞宫神瑛侍者"。由於侍者"日以甘露灌溉"仙草,"得換人形",因此,"鬱結着一段纏綿不盡之意"。這"一段纏綿不盡之意",讀者可以想見有多少賈、林現實的愛情生活場面概括在内。未見其人,先聞其聲。看來滿紙雲煙,實質作者是用提筆、逆筆等浪漫主義手法來推崇賈、林愛情的地位。在神的世界中,作者却絶未涉及"金玉良緣"之事。"金玉良緣"是薛家假托"和尚"自道的。因此陳氏評道:"叙明來歷,石頭衹

<hr>

① 以上引文,見《陳評》第九十五回眉批及行間評。
② 見《陳評》第四回眉批。
③ 見《陳評》第五回眉批。
④ 見《陳評》第三十四回眉批。
⑤ 見《陳評》第九十七回總評。
⑥ 見《陳評》第一百十九回眉批。

有仙草前緣,何嘗有金鎖瓜葛耶?""可見除却寶玉、黛玉却非正傳,寶釵斷不得與黛玉并論也。"①

賈、薛、林相聚後,《紅樓夢》就很快觸及"金玉良緣"與"木石前盟"的矛盾鬥爭了。寶黛相見,是"各各暗驚,似曾會面者"②。兩情相傾,天真爛漫,帶有兩小無猜,孩子一番淘氣情景。寶釵與寶玉聚首,却是暗藏機巧,深情不露。後"覺寶玉與黛玉親厚,即有金玉之説,搖惑衆心矣"③。陳氏因於第八回"薛寶釵巧合認通靈"回目下,"巧合改爲巧計",并總評道:"此回是寶釵文字,起傾軋黛玉之端,文自明。金鎖來歷,讀者可以想見,製造當在進京之後,深知黛玉爲寶玉親厚,賈氏一門皆屬意黛玉以迎合賈母之意。故特設此一説,以間之也。""寶釵所以造爲金鎖者,主意祇是要惑寶玉耳。王夫人之屬意,合家之幫襯,賈母之不能做主,寶釵固深知之,不待金玉之説,始有把握也。彼見寶玉一心在黛玉身上,堅不可移,非情意所能打動,非力量所能爭奪,故以神奇之説惑之,冀其一動耳。初不知寶玉之心,畢竟不爲所動也。"

金玉之説,在榮、寧府中是擁有市場的。這使黛玉擔憂,因欲試探寶玉之心。這點《陳評》中屢見:

金玉姻緣之説,賈府人人傳播……黛玉欲試寶玉之心,故每於戲語中點逗……正不得恕寶釵之藏奸,而責黛玉之多心也。④

自金鎖出現之後,漸漸林冷而薛熱矣。此回説老太太

---

① 以上兩條見《陳評》第一回眉批。

② 見《陳評》第三回眉批。

③ 見《陳評》第五回眉批。

④ 見《陳評》第十九回總評。

喜他穩重和平，破格慶壽，則合府之耳目心思，皆可知矣。
從此步步寫寶釵占勝處，黛玉能不病乎。①

　　造金鎖以惑人，藉家財以動衆，又有權術能收拾人心，
好事已得八九矣。再得寶玉動了羨慕之心，豈不躊躇滿志
哉。而不料黛玉之冷眼相覷也。②

　　黛玉深知人人心向寶釵。所可恃者，寶玉之心不動耳。
故每於言語中時帶譏刺，又冷眼看寶玉待寶釵神情，深恐寶
玉亦爲金玉之説所惑。積慮生疑，因疑成恨，而寶玉之真
心，未能剖以相示。此時兩人心中煞是難過，宜有下回大鬧
之事矣。③

“多情女情重愈斟情”，馴至寶、黛口角相爭，矛盾爆發，終於
消除疑慮。《陳評》對於這一過程，有一細緻分析：

　　二人本是同心，却難剖心相示。黛玉之心，寶玉已深知
之；而寶玉之心，黛玉尚未能深知。總之因有金玉之説，而
黛玉之憂疑起，亦因黛玉口中有金玉之説，而寶玉之煩
惱生。

　　夫以寶玉之天真爛漫，而欲其恝置寶釵，勢所不能也。
在寶玉意中，以爲但論姊妹，則黛玉固好，寶釵亦未嘗不好。
若論婚姻，則既有黛玉，我自然不再想寶釵。然正爲心中祇
有黛玉却不肯昧其愛姊妹之本心，祇要黛玉看得透，識得
真，與我一心一意，知我心必無遊移，而坦然以處於衆姊妹
之中，憑我形迹之間，親厚他人，絶不介意，方謂之真知我耳。

---

① 　見《陳評》第二十二回眉批。
② 　見《陳評》第二十八回眉批。
③ 　見《陳評》第二十八回總評。

　　殊不知黛玉此時，何能信到如此地位，故越説真心話，
越增其疑抱也。直至後來寶玉説到你皆因不放心之故，終
弄了一身的病云云，黛玉方得徹底明白。從此任寶玉與寶
釵如何親厚，總深信其不爲金玉之説所惑矣。故越到寶釵
定姻，人人皆知而黛玉獨不疑也。知心之難如此。其奈無
人能知兩人之心何哉。①

　這個誤解雖解，但寶釵、黛玉之間的矛盾鬥争是複雜、尖鋭
的，不易解決的。黛玉明與寶釵鬥，但寶釵不作明鬥，而用暗争，
終於置黛玉於死地。第二十七回“滴翠亭楊妃戲彩蝶”，陳氏評
道：“寶釵竊聽私語，而推至黛玉身上。既自取巧，又爲黛玉暗中
結怨。奸惡極矣。蓋寶釵一刻不放鬆黛玉，而又渾藏不露。作
者特於閑冷處借一小事點破也。”

　更厲害的，第四十二回“蘅蕪君蘭言解疑癖”中，黛玉因前番
酒令中不慎説出《牡丹亭》《西厢記》唱詞各一，寶釵便乘隙而入，
板起面孔大作文章。陳氏在此評道：

　　寶釵之於黛玉，真有生瑜生亮之憾。其藏奸作僞之處，
如何瞞得過黛玉。正思設計制服之，而忽得其間。豈肯放
鬆一步，侃侃數語，能使黛玉俯首愧服，不覺受其籠罩，其才
自不可及。他人與黛玉不合，疏之而已，毁之而已，譏之笑
之而已。獨寶釵渾然不露，從而譽之，從而諒之，且從而親
厚之。不但使他人不覺其相忌，并能使黛玉亦忘其相忌，而
信其不相忌也。而寶釵之機械深矣。寶釵之變詐極矣。

　黛玉遇有機會，亦必還擊。第五十一回“薛小妹新編懷古
詩”，十首中有兩首是詠《西厢記》與《牡丹亭》的。寶釵先説：“後

---

　①　見《陳評》第二十九回總評。

二首却無考。"黛玉就批評她"矯揉造作","難道咱們連兩本戲也沒有見過不成?"關於這個情節,陳氏聯繫薛、林的矛盾鬥爭來分析,極有獨到之處。陳氏評道:

> 觀場之矮人,看至此處,往往細猜燈謎,忘却本意,殊爲可笑。夫讀書貴識大意,作文必有主腦。所以作此一段文字者,用以激射寶釵,挾制黛玉,看《牡丹亭》等詞曲一節事也。寶釵見黛玉説出詞曲中句語,便假作正言規勸,間以嘲謔,使黛玉羞愧無地。恰不知其妹,乃於大廷廣衆之前,特特拈蒲東寺、梅花觀爲題,使非熟於兩事,曷以能見諸歌詠哉?寶釵撇清掩飾,爲黛玉數言駁詰,即無辭以對。説來足醒看官眼目。作書者主意,在此一段,不在燈謎,故不必猜出也。讀此書者,乃從而膠柱鼓瑟,何耶?

聯繫"牙牌令"與"懷古詩"兩事看,一經《陳評》點出,寶釵居心,叫人不寒而慄。就從這一點看,黛玉怎麼能鬥過寶釵?問題還遠遠不止這一點,陳氏因於第三十二回評道:

> 王夫人屬意寶釵,鳳姐力助寶釵,而李紈與衆姐妹,又全受寶釵牢籠。無人憐惜黛玉者,又益之以襲人之讒譖,寶釵之傾軋。黛玉安得不死,寶玉又安得不死!

《陳評》對釵、黛的矛盾鬥爭的分析是細緻深透的。這裏限於篇幅衹能簡單地列舉一二。自然,《陳評》的分析大量的是從這些人物的日常生活及其作風來進行的,還不能運用階級觀點,從政治、經濟角度來進行分析。

因此必須指出,《陳評》也不時流露出地主階級立場,如書中鴛鴦之死是賈府殘酷迫害女奴的一椿罪證。鴛鴦不願受賈府老爺的"掇弄",懷着對封建勢力的滿腔仇恨,以死作憤怒抗議。賈政爲了粉飾他們的凶殘面目,無恥地把這説成是什麼"義僕殉主”,“好孩子,不枉老太太疼他一場”,“殉葬的人,不可作丫頭論”,“小一輩的都該向他行個禮兒”云云。在這裏,陳氏也贊道:“得了死所四字,贊得諦當!”又道:“鴛鴦亦榮矣哉!”①其表露了陳氏的階級局限。

在人物評價上,《陳評》也有眼光未鋭之處。如寶玉、黛玉悲劇,賈母應尸其咎,陳氏反曲爲辯護。第五十七回“慧紫鵑情辭試莽玉”中紫鵑“用激語以試寶玉真心”,寶玉衹聽數語“早已神魂飛越”。寶玉戀愛黛玉傾心不移之情如繪,賈府中哪個看不清楚! 陳氏却説:“此時若有靈慧醫生,説一句衹須治其心病,不必服藥,則賈母或則做主定下黛玉親事,以安寶玉之心也。”看得那麽簡單。又説:“‘賈母既如此疼愛寶玉,何不定了黛玉親事,而遂寶玉之心乎。觀《紅樓夢》而謂賈母無過,吾不信也。’余應之曰:‘賈母此時已明知王夫人屬意寶釵矣。安能做主,亦安能勉强?’”實爲賈母辯護,推卸罪責。可見陳氏没有意識到賈母爲維護四大家族利益這一點,他的分析是不對的。

《陳評》的二十餘萬言從各個角度評論了《紅樓夢》,内容十分豐富,雖然由於陳氏的階級局限使得有些評論在今天看來有不妥之處,甚至還有封建主義的糟粕,但這些瑕疵掩蓋不了整個《陳評》的光彩,它對當今紅學研究的作用仍是不可忽視的。現在《陳評》已刊行於世,願識家見仁見智,得出正確的評價。

從《陳評》看舊紅學

《紅樓夢》問世不久,就引起了社會各界的注意,很快就成爲文學研究的重要對象。五四運動以前的這類專門研究《紅樓夢》

---

① 見《陳評》第一百一十一回眉批。

的文字被稱爲舊紅學，顯然，《陳評》屬於此列。五四運動以後，以胡適爲代表的新紅學派問世，他們以打倒舊紅學起家，開始全面否定舊紅學，儘管他們的一些論點甚至從舊紅學盜竊而來改頭換面。解放後，舊紅學没有得到分析和甄别。自從 1955 年《文藝月報》一、二月號發表了《什麽叫做舊紅學和新紅學》的文章，對舊紅學"蓋棺論定"以後，二十多年來，在小説史稿或教材中流傳着一種論調，舊紅學似乎没有什麽可取之處，都是些烏七八糟的封建糟粕。至今還有人説：

> 從嘉慶、道光年間到五四運動前後，是地主階級舊紅學統治時期。舊紅學家們對《紅樓夢》竭盡誣衊攻擊之能事。一忽兒説它是"啓人淫竇，導人邪機"的"淫書"；一忽兒説它是"祖《大學》而宗《中庸》"的"性理"之作；一忽兒用些烏七八糟的續書來和《紅樓夢》相對抗，一忽兒又大搞"抉微""索隱"，把《紅樓夢》的某些情節與帝王將相的宫闈秘事或家庭瑣聞生拉硬扯在一起；甚至用最下流齷齪的語言，對作者進行人身攻擊，説曹雪芹無子承嗣是"編造淫書"的"報應"等等，妄圖抹煞《紅樓夢》的社會意義，徹底毁滅這部偉大的現實主義作品。

又如北京大學中文系所撰《中國小説史》(1978 年，人民文學出版社出版)在第十五章《紅樓夢》第五節中論述：

> 從嘉慶、道光年間到五四運動前後，是地主階級舊紅學統治時期。舊紅學家意見五花八門，或者攻擊《紅樓夢》是"啓人淫竇，導人邪機"的"淫書"，或者硬説它是"祖《大學》而宗《中庸》"的"性理"之作，或者穿鑿附會地大搞所謂"索隱"，把《紅樓夢》與帝王將相的宫闈秘事或家庭瑣聞拉扯在一起，完全抹煞了小説真正的社會意義。

　　自然，在舊紅學中，封建地主階級思想是占了統治地位，絕大部分充斥着上述列舉的各種糟粕。但是，舊紅學是否就應該全面否定、一筆抹煞呢？難道其中除了所謂的"淫書"説、"性理"説和"索隱"派以外，就没有民主性的東西嗎？我們應該根據事實來説話。

　　《陳評》就是舊紅學中的一部重要作品，我們可以分析它的情況。

　　"嘉慶初年，此書（指《紅樓夢》）開始盛行。嗣後遍於海内。家家喜閲，處處爭購，故《京師竹枝詞》云：'開口不談《紅樓夢》，此公缺典正糊塗。'"①陳氏評《紅樓夢》也在此時。當時封建統治階級視《紅樓夢》爲洪水猛獸，封建衛道者也交口詆毁，斥之爲"淫書"。陳氏却反其道而行，極力推崇此書的地位，如前所引，他曾把《紅樓夢》比作《離騷》，把曹雪芹著書喻爲屈原作《離騷》、司馬遷作《史記》，肯定了《紅樓夢》在文學史上的地位。這説明《陳評》與"淫書"説是背道而馳的。

　　《陳評》批評封建制度衛道士薛寶釵"爲待選而來，自是禄蠹一流人物"②，批判寶釵宣揚"女子無才便是德"爲"假道學，是寶釵一生欺人處"。③"寶釵之爲小人，則無一人知之者。"④陳氏痛斥探春誇耀元春和大祖太爺的"生日比别人都占先"是"見解鄙俗"⑤，痛斥探春向寶玉説"綱常大體"是"毫無人心者，方能説此

---

①　一粟編：《紅樓夢卷》，中華書局 1963 年版。

②　見《陳評》第四回眉批。

③　見《陳評》第六十四回眉批。

④　見《陳評》第三回總評。

⑤　見《陳評》第六十二回眉批。

等話"。① 蔑視北静王"此亦禄蠹也"。② 陳氏認爲賈雨村是"寶玉之所鄙也,自是禄蠹"。③ 陳氏對這一路人口誅筆伐,隨處可見,而對帶有叛逆、反抗性格和不甘同流合污的人則贊揚備至。"《紅樓夢》中所傳寶玉、黛玉、晴雯、妙玉諸人,雖非中道,而率其天真,皭然泥而不滓。所謂不屑不潔之士者非耶? 其不肯同乎流俗,合乎污世;卓然自立,百折不回。……讀是書而謬以中道許寶釵,以寶玉、黛玉、晴雯、妙玉諸人爲怪僻者,吾知其心之陷溺於闒媚也深矣。"④《陳評》點出作者反道學、反禮教的本意,并頷首贊賞,說明他不奉行"性理"說。

陳氏寫評時,正值"納蘭成德家事"說盛行之時,趙烈文《能静居筆記》云:"(宋)于翁言曹雪芹《紅樓夢》,高廟末年,和珅以呈上,然不知所指。高廟閱而然之,曰:'此蓋作爲明珠家作也。'"⑤皇帝一說,士大夫紛紛攀附學舌。陳氏却評道:"作者自謂假語村言,讀者切弗刻舟求劍,膠柱鼓瑟。"⑥在《陳評》的若許文字中,没有一條評批把小説情節與"宫闈秘事"或"家庭瑣聞"相比附。這説明,《陳評》不歸屬於"索隱"派。

相反,《陳評》的内容不僅與這些派别的論點大相徑庭,而且不少是針鋒相對的,顯示了舊紅學中存在的不同思想與觀點的尖鋭鬥爭。這裏試以人物評論爲例説明之。

如第二十一回回目:"賢襲人嬌嗔箴寶玉,俏平兒軟語救賈璉。""賢襲人",范鍇評本"賢"原作"俊"。范氏在"俊"字傍添一

---

① 見《陳評》第一百二回行間評。
② 見《陳評》第十五回眉批。
③ 見《陳評》第一回眉批。
④ 見《陳評》第三回總評。
⑤ 一粟編:《紅樓夢卷》,中華書局 1963 年版。
⑥ 見《陳評》第一百二十回總評。

"賢"字。批曰："賢字實爲允稱。"惜馨後又批曰："愚謂賢字不相稱，直酸字耳。照原俊字，尚可。"《陳評》中"賢"字傍却添一"刁"。批曰："以襲人爲賢，欺人太甚。"

又如范鍇於第八十九回眉批上説："金桂懷奸導淫，雖非黛玉之比，然其爲事則一也。喪身失節，相去幾何？"范氏認爲黛玉"喪身失節"幾與"金桂懷奸導淫"相等。《陳評》第三回總評中，却歌頌黛玉是"嚼然泥而不淬""雲中鷄犬"。評曰："世俗之見，以寶釵爲賢能，以湘雲爲豪爽，以元春爲有福，以探春爲有才，且以賈政爲正直，以王夫人爲英明，而不知甕裏醯鷄，安能幾及雲中鷄犬哉！"

一以襲人爲賢爲俊，一以襲人爲刁；一以黛玉爲喪身失節，一以黛玉爲嚼然不淬。兩種對立的評論，表現了截然相反的思想觀點，孰是孰非，孰爲進步，孰爲保守反動，涇渭分明。而且，在對寶釵、黛玉這對立的兩個典型人物的評論中，《陳評》多次指出了她倆對立的思想意識，推崇黛玉，鄙薄寶釵，并説："寶玉固是畸人，黛玉亦具仙骨，寶釵俗人耳，豈可并論。"[①]這一評論，突破當時世俗之見，點出作者的真意，眼力相當明鋭，而且較之後來的新紅學所謂"兩峰對峙""莫能相下"的"釵黛合一"論，還要高明得多了。

由此可見，作爲舊紅學這一封建文化的歷史遺産，我們決不能抱虛無主義的態度，全盤否定以示清白，而應運用一分爲二的觀點，以科學的態度甄別其中的精華和糟粕，批判地吸取其合理的東西，我們應該重視《陳評》，并用馬列主義的觀點對之進行研究，讓它在當今紅學研究中發揮作用，以促進和繁榮我們的文學研究。

---

①　見《陳評》第三十六回眉批。

二　略例

（一）陳評首列吊夢文，次爲紅樓夢引言眉批、總評，末爲桐花鳳閣主人手評一過題款及跋語，中間一百二十回逐回爲回目擬改、眉批、行間評及總評。

（二）陳氏於回目旁常作評語。原目有時圈去數字，并作擬改，悉循原式横行迻録。

（三）眉批原書天頭。兹横行録下，下摘原文數句，用圓括號“（　）”標之，以示眉批所在回間的地位。

（四）行間評横行先録原文，用圓括號“（　）”標之，下録行間評。

（五）眉批與行間評同時出現時，先録眉批，次用圓括號“（　）”標録原文，次録行間評。

（六）眉批、行間評一事有兩條、三條者，不另起行，用“〇”號分別之。

（七）總評原在每回之尾，空一行過録，使與以前眉批、行間評分別。

（八）評中偶有徐伯蕃、勉之等評，筆迹、墨色與陳評不同。陳氏初評或有挖改，用紙覆蓋再評，略作説明，用六角括號“〔　〕”標之。

（九）評中偶有紙損殘壞闕文者，用“□□□”標之，有時略加說明，不作添補。

（十）評中古今字、異體字、繁簡字，改用今日通用之繁体字。如“彀”改爲“够”，“碁”改爲“棋”，“著”改爲“着”，“揔”改爲“總”，“槩”改爲“概”等，以便排印。

編者説明：第（八）條增：程乙本刻誤處，陳氏圈去原文誤字，寫擬改正字於旁；或對原文有修改；或在總叙中又寫眉批等，輯録亦略作説明。陳其泰評點標爲“陳評”，徐伯蕃語（含徐云、徐批、伯蕃曰、徐伯蕃語）統一標爲“徐批”，一并用六角括號“〔　〕”標之。

劉操南先生在輯録時發見有粘貼、覆蓋、挖補等作的提點，亦同上標之。

三　吊夢文

　　嗚呼，既不能學太上之忘情，又烏敢説至人之無夢。夢醒百年，古今一慟。予年十七，始讀紅樓夢傳奇。悦其舌本之香，醉其艷情之長。春秋二十有五，脱若夢境之飛揚。殘燈耿耿，明星煌煌。嗚呼噫嘻，而今夢矣。乃召夢而告之曰：噫嘻乎夢哉。我夢爲頑石，不許媧皇煉五色。我夢爲仙草，不許嫦娥修七寶。我夢爲絳珠，不要靈薈貯唾壺。我夢爲香息，不替玉環裝鈿盒。盒以訂夢之婚，壺以招夢之魂。草以碧夢之血，石以瘦夢之骨。裁夢焚之鮫帕，以織夢之錦囊，拾夢補之雀裘，以鋪夢之繡褥。夢冢之花，以簪夢之鬖鴉；夢窗之竹，以響夢之珮玉。噫嘻乎夢哉。賞心樂事，瀟湘館也。如花美眷，怡紅院也。終日情思，拭胭脂也。他年葬儂，誄芙蓉也。美人是誰，好妹妹也。寶玉你好，愛哥哥也。放熙鳳於昭陽，還寶釵於洛浦。喚紫鵑於茜紗，劫晴雯於黄土。麝月梳頭，花孃捶股。打綫黄鶯兒，唱詩緑英武。奈何哉，地荒天老，紅樓北邙。兩情惻惻，一夢堂堂。噫嘻乎夢哉。玉兔金烏，往來一夢也。結綺臨春，繁華一夢也。繡虎雕龍，才人一夢也。鐵馬琱戈，英雄一夢也。則不知我之夢夢耶，夢之夢我耶。夢我爲黛螺，點脩蛾些。夢我爲海棠，暈脣渦些。夢我爲胡桃，搵秋波些。夢我爲香薷，酥病魔些。夢我爲落花，承嬌諵些。夢我爲瑤琴，訴檀口<u>些</u>。夢我爲金穗，剪摻手<u>些</u>。夢我爲螃蟹，嚼美酒<u>些</u>。夢我爲相思，給一斗<u>些</u>。噫嘻乎夢哉。夢來何所，情天一個；夢返何鄉，哭地千場。夢化爲影，縹緲金井。夢化爲形，迷藏畫屏。夢化爲魄，鸞鏡漆黑。夢化爲聲，鳳簫月明。夢化爲淚，叢篁失翠。夢化爲魂，桃花晝昏。夢化爲佛，蒼苔繡偈。夢化爲仙，白雲乘船。噫嘻乎夢哉。采羅浮之緑梅，熟邯鄲之黄粱。飛漆園之蝴蝶，跨秦臺之鳳皇。淚橫江之孤鶴，薦蹴蔬之脩羊。寫以牡丹亭畔之筆，鎸以青埂峰頭之石。供以紅樓夢裏之圖，藏以紫瓊館中之篋。辭曰：紅樓兮玉京，瀟湘館兮芙蓉城，彈紫璃兮爲我吟，夢之來兮鑒我情。

桐花鳳閣主人題

四　紅樓夢引言眉批、總評

眉　批

斟情酌理四字，殊未易言。其中未合情處亦尚有之。（一書中前八十回，抄本各家互異。今廣集核勘，酌情酌理，補遺訂訛。）

可見此四十回中，疵謬處尚待筆削也。（一書中後四十回，係就歷年所得，集腋成裘，更無他本可考。惟按其前後關照者，略爲修輯。使其有應接而無矛盾。至其原文，未敢臆改，俟再得善本，更爲釐定，且不欲盡掩其本來面目也。）

總　評

後四十回集腋成裘，故多敗筆，必須大加删改，方與前八十回相稱。但前八十回中，亦多失檢點應修飾之處。蓋脱稿即已傳抄，而抄本又多互異。作書者未及琢磨完善，傳抄者亦不參究精純。故雖洛陽紙貴，而未爲盡善盡美之書也。余於批中皆指出之。意欲爲之潤色，而筆耕無暇及此。安得有人一一去其疵類而弭其間隙，使閱者快然於心而毫無餘憾哉。

五　紅樓夢目録眉批及回目擬改

第一回

懷閨秀未合書中所叙情節。

甄士隱夢幻識通靈　賈雨村（風塵懷）〔詠歌兆〕閨秀

第二回

冷子興兼説寧府，不僅説榮府也。

賈夫人仙逝揚州城　冷子興演説榮國府

第三回

父在不得稱孤

托内兄如海薦西賓　接外孫賈母惜孤女

第六回

初字在上回

賈寶玉（初）〔重〕試雲雨情　劉老老一進榮國府

第七回

送宮花之人，適值兩人午睡相狎之時，兩事并作一句，意欠
明白。

送宮花賈璉戲熙鳳　宴寧府寶玉會秦鐘

第八回

巧合二字，用意未醒。

賈寶玉奇緣識金鎖　　薛寶釵巧（合）〔計〕認通靈

第十回

太醫論病，無關緊要。秦氏之死，初不因病也。

金寡婦貪利權受辱　　張太醫論病細窮源

第十一回

虛實不對。

慶壽辰寧府排家宴　　見（熙鳳）〔美色〕賈瑞起淫心

第十八回

兩句平仄不對。有祖母在，不止父母也。

（皇）〔盛世隆〕恩（重）元妃〔歸〕省（父母）　　天倫〔至〕樂寶
玉呈才（藻）

第十九回

艷絶。

情切切良宵花解語　　意綿綿静日玉生香

第二十回

此二句費解。

王熙鳳正言彈妒意　　林黛玉俏語謔嬌音

第二十一回

以襲人爲賢，欺人太甚。

（賢）〔刁〕襲人嬌嗔箴寶玉　　俏平兒軟語救賈璉

第三十回

機帶雙敲四字，扭捏欠明白。齡官之名，添一字亦拙。

寶釵借扇機帶雙敲　　椿齡畫薔癡及局外

第三十一回

伏白首雙星不可解。或曰：原本下半部湘雲終歸寶玉。此
仍其舊目而未改耳。吾意最妙將湘雲配甄寶玉，方合此標題也。

撕扇子作千金一笑　　因麒麟伏白首雙星

第三十六回

兆字不醒。

繡鴛鴦夢（兆）〔警〕絳芸軒　識分定情悟梨香院

第三十八回

諷和二字欠明白。

林瀟湘魁奪菊花詩　薛蘅蕪諷和螃蟹詠

第三十九回

此題二句太率俗

村老老（是）信口（開河）〔説神靈〕　情哥哥（偏尋根究底）〔癡心尋廟宇〕

第四十二回

此二句亦欠明白。

蘅蕪君蘭言解疑癖　瀟湘子雅謔補餘音

第四十八回

雅集二字不切。

濫情人情誤思遊藝　慕雅女雅集苦吟詩

第五十一回

胡庸醫句率對無謂。

薛小妹新編懷古詩　胡庸醫亂用虎狼藥

第五十五回

探春可恨，不宜護其辱母之罪。

辱（親女愚妾）〔生母嬌女〕爭閑氣　欺幼主刁奴蓄險心

第五十七回

慧紫鵑（情）〔設〕辭試莽玉　慈姨媽（愛）〔誕〕語慰癡顰

第六十四回

必欲湊成八字一句，遂多贅字。

（幽）淑女悲題五美吟　（浪）蕩子情遺九龍佩

第六十九回

弄小巧(用)借劍殺人　　覺大限吞(生)金自逝

第七十四回

惑奸讒抄檢大觀園　　矢(孤人)〔清潔〕杜絶寧國府

第八十回

美香菱屈受(貪)〔狂〕夫棒　　王道士胡謅妒婦方

第九十四回

自失玉後，黛玉不與寶玉相見是情已斷矣，無所謂奇禍也。

宴海棠賈母賞花妖　　失(寶玉通靈知奇禍)〔通靈妙玉示乩筆〕

第九十九回

賈政與薛蟠，并非舅甥。

守官箴惡奴同破例　　閱邸報老舅自擔驚

第一百九回

迎女返真元，欠妥。

候芳魂五兒承錯愛　　還孽債迎女返真元

六 紅樓夢眉批、行間評及回總評

紅樓夢第一回

懷字無着。其於甄婢，乃閑情偶寄。詩中暗寓林、薛之名，故易兆字。

（回目：甄士隱夢幻識通靈　賈雨村風塵懷閨秀）〔陳評：賈雨村風塵詠歌兆〕。

對起兩人姓名，提明作意。甄家大丫頭不得稱閨秀。

倒影而入。（真事隱去）

作書本意。（忽念及當日所有之女子。）

開口敷叙緣起，便脫盡傳奇熟套，庸手必將此處文字作收煞也。（編述一集，以告天下。）

徇世俗之論以立言，所謂假語也。（背父兄教育之恩，負師友規訓之德。）

書中之賈寶玉下半世景況，於此處點出，惜此本後四十回非原書，故不得見矣。（蓬牖茅椽，繩床瓦灶。）

以上是正意。（却是此書本旨。）

取徑別致。（説來雖近荒唐，細玩頗有趣味。）

無稽得妙。（三萬六千五百塊）

點通靈字牢騷語。（自經鍛煉之後，靈性已通。）

出僧道是一部大綫索。（俄見一僧一道，遠遠而來。）

調侃不小。（須得再鐫上幾個字。）

石竟能言，可發一笑。石言本左氏。（石頭聽了大喜）

煙雲滿紙。（同那道人飄然而去。）

如此入手，迥絶恒蹊。世間傳奇有此運實於虚之妙否？（那茫茫大士，渺渺真人，携入紅塵引登彼岸的一塊頑石。）名爲茫茫渺渺，實則明明白白。

妙。（遂向石頭説道）

自己批駁一回，妙。（意欲聞世傳奇。據我看來。）

妙。（石頭果然答道）

撇去一切陳境，命意在翻新出奇。（莫如我這石頭所記，不借此套。）

脱盡才子佳人窠臼者，非寶玉、黛玉而誰與歸。（至於才子佳人等書，則又開口文君，滿篇子建。）

一路説至此，知此書明是作書者自述也。揭醒。（我師意爲如何？……不過談情，亦祗是實録其事。）

一部紅樓夢讀法，盡此十六字，即盡此一情字。（因空見色，由色生情，傳情入色，自色悟空。）

曹雪芹明明即是賈寶玉也。○以上將全部全行統冒。（後因曹雪芹於悼紅軒中……便是石頭記的緣起。）

國風好色而不淫，小雅怨悱而不怒（亂）。若離騷者，可謂兼之。繼離騷者，其惟紅樓夢乎？（誰解其中味？）

看他將全部大書，攝入六字中，真乃絶世聰明。（按那石上書云）

起端，即出真事隱三字。（廟傍住着一家鄉宦，姓甄，名費，字士隱。）

逗神仙字。（倒是神仙一流人物）

先從夢起。（伏几盹睡，不覺朦朧中）

遙接上文，文心奇幻。（忽見那厢來了一僧一道）

出警幻。（一日來到警幻仙子處）

出絳珠。（有棵絳珠仙草）

叙明來歷，石頭祇有仙草前緣，何嘗有金鎖瓜葛耶？（日以甘露灌溉）

（但把我一生所有的眼淚還他）奇想亦至情。

可見除却寶玉、黛玉都非正傳，寶釵斷不得與黛玉并論也。（因此一事，就勾出多少風流冤家，都要下凡造歷幻緣。）

寶玉明見。（分明鐫着通靈寶玉四字）

出太虛幻境是題前文字，乃太虛幻境之鏡花水月也。以上出題，攝入夢中，文心絶世。（乃是太虛幻境……忽聽一聲霹靂）

（越發生得粉装玉琢）幻。

若即若離。（祇見從那邊來了一僧一道）

（揮霍談笑而至。）〔陳行間評圈去霍字，改塵字。〕

借映。○此菱雪二字，自是明伏香菱應歸於薛也。（林〔菱〕花空對　薛〔雪〕漸漸是香菱總贊，却隱林、薛之姓。○有一部大情緣文字，先着此一段小小情緣，以作映照。此正世俗之所謂情也。（生的儀容不俗，眉目清秀。）

着此一段，意其必有文君、紅拂之事矣。恰於此處截住，留在下文正大光明作合。此番筆筆出人意表，總不屑蹈前人窠臼也。（那日見了甄家丫鬟曾回顧他兩次。）

明點。○此二字正映林、薛之名。（玉在匵中求善價，釵於奩内待時飛。）

寶玉之所鄙也，自是禄蠹。（若論時尚之學，晚生也或可去充數掛名。）

筆光閃爍。（賈爺今日五鼓已進京去了）

世態，隨手帶出。（今見女婿這等狼狽而來）

直照寶玉出門時語。（你滿口説些什麽，衹聽見）

寶玉你好，好便是了。（好便是了，了便是好。）

照寶玉出家時，俱非閑筆。（將道人肩上的搭褳搶過來背上，竟不回家）

遥接。（那甄家的大丫鬟在門前）

以真事隱假語村言作起，以真事隱假語村言作末回歸結，手筆超妙。

作書本旨，欲脱盡陳言，獨標新義。開卷一回，戛戛獨造，引人入勝。文心絶世。女媧煉石補天處，石破天驚逗秋雨。文境如是，不識看書者能點頭否耳？

若金玉姻緣之説，信而有徵。何以總冒處叙通靈緣起，絶無一字提及金鎖耶？寶釵僞造金鎖，倡金玉之説以惑人，顯然可見。

涂鐵綸曰：性情嗜好之不同，如其面焉。堯舜不能强巢許爲功名，猶巢許不能强堯舜爲隱逸也。但能各寶其寶，各玉其玉，斯不負耳。然世俗之見，往往以經濟文章爲真寶玉，而以風花雪月爲假寶玉。豈知經濟文章，不本於性情，由此便生出許多不可問不可耐之事；轉不若風花雪月，任其本色，猶得保其不雕不鑿之天。然此風花雪月之情，可爲知者道，雖與俗人言。故不得不仍世俗之見，而以經濟文章屬之真，以風花雪月屬之假。意其初必有一人如甄寶玉者，與賈寶玉締交。其性情嗜好大抵相同；而其後爲經濟文章所染，將本來面目一朝改盡，做出許多不可問、不可耐之事，而世且艷之羨。其爲風花雪月者，乃時時爲人指摘，用爲口實。賈寶玉傷之，故將真事隱去，借假語村言演出此書，爲自己解嘲，而亦兼哭其友也。故寫賈寶玉種種越人，而於斷制處從無褒語，蓋自嫌也。寫甄寶玉初用貶詞，嫌其與己同；後用褒語，明其與己異也。然則作書之意，斷可識已。而世人乃謂譏賈寶玉而作。夫寶玉在所譏矣，而乃費如許獅子搏象神力，爲斯人撰一開天闢地絕無僅有之文，使斯人亦爲開天闢地絕無僅有之人，是譏之實以壽之也。其孰不求譏於子？吾以知紅樓夢之作，寶玉自況也。

紅樓夢第二回

賈夫人仙逝，不過爲黛玉入都地耳，無須揭出。

（回目：賈夫人仙逝揚州城　冷子興演説榮國府）〔陳評：賈雨村坐館林公衙　冷子興細談賈府事〕

妙。（我們也不知什麽真假）

補出丫鬟之名。（看見嬌杏丫頭買綫）

所答適如所贈，非若淮陰侯千金報一飯也。即此可知雨村爲人。（雨村遣人送了兩封銀子。）

世態。（封肅喜得眉開眼笑，巴不得去奉承太爺。）

（以待訪尋女兒下落）伏綫。

奈今之善於回顧而不能爲人上人者，又甚多也。（便爲人上人。）

補叙。（原來，雨村因那年士隱贈銀之後）

即折落。（未免貪酷，且恃才侮上。）

定評。〇作此波折爲引出黛玉耳。（便被上司參了一本）

雨村氣局，讀者每於閑處見之。（那雨村雖十分慚恨，面上却全無一點怨色。）

過接妙。（偶又遊至淮揚地方）

出黛玉詳叙家世，與下文詳叙寶玉家世對峙立局。在俗手必從賈氏先代叙起，正叙寶玉出世，真庸筆矣。看他先叙黛玉、引到雨村，帶入賈氏，筆筆奇巧。（這林如海姓林名海，表字如海……）

（曾襲過列侯的，今到如海……）家世豈寶釵可及。

如海五十，黛玉五歲，是四十五六歲時所生也。賈夫人之年，當亦在四十外矣。生育何其遲也。（祇嫡妻賈氏，生得一女，乳名黛玉，年方五歲。）一載有餘，而賈夫人死，是黛玉止六歲也。

下回即於是年進京，未免太小。吾意黛玉進京，須在十歲左右，方與所叙前後情節相合。（又是一載有餘，不料女學生之母賈氏夫人，一病而亡。）

取徑迥非恒蹊。（祇見座上吃酒之客，有一人起身大笑，接了出來）

引入。（雨村因問近日都中可有新聞没有？）

跳脱之筆，出題妙訣。（子興笑道：榮國賈府中可也不玷辱老先生的門楣了。）

加倍寫法，庸手不知也。（老先生休這樣説：如今的這榮、寧兩府也都蕭索了。）順手。帶出寧府。

兩人問答詳述，一一清楚，却祇是閑話，無叙述痕迹。筆墨都成煙雲。（那日進了石頭城，從他宅門前經過街東是寧國府，街西是榮國府。）

照後半部，恰仍是加一倍寫。（如今外面的架子雖没很倒，内囊却也盡上來了。）

如此説入，以便一一叙清。他人有此靈心妙筆否？（豈有不善教育之理？）

（當日寧国公是一母同胞弟兄兩個，寧公居長。）反從寧府説入，文筆變幻不測，祇是先賓後主法也。

賈府人多，不叙則不明，詳叙則可厭，是在文心之運化也。古董客慣走大家。子興又賈僕之婿，故熟悉榮、寧家事。且在客中無聊，而適值雨村亦賦閑居。兩閑人説閑話，自不覺瑣絮。頭緒頗多，而出之甚爲省力。使讀者不覺其繁。此文字化板爲活之法也。若入庸手，必作做書人一一細述，便同嚼蠟矣。書中如此者非一，可以類推。○叙寶玉家世，不用做書人詳叙者；一則文境有化板爲活之法，一則不與上文叙黛玉家世處，筆法重複也。（等我告訴你，當日寧國公是一母同胞弟兄兩個）

主句。(錯以淫魔色鬼看待了。)駁正一筆。

迂腐可删。(運生世治,劫生世危。堯舜、禹湯、文武、周召、孔孟、董韓、周程、朱張,皆應運而生者。)

是寶玉總評,故當以畸人目之。(置之千萬人之中,其聰俊靈秀之氣,則在千萬人之上;其乖僻邪謬不近人情之態,又在千萬人之下。)

主句。(若生於公侯富貴之家,則爲情癡情種。)

看紅樓夢者妄譽寶釵,皆因誤看寶玉爲人,謂惟寶釵能引之於忠孝,勵之以功名耳。夫寶玉豈聖賢中人,亦豈富貴中人哉。此段辨明來歷,令讀者自有把握。(若生於詩書清貧之族……)

閑話中却好帶出甄寶玉。甄、賈夾寫,一片神行。後文説甄家,便不突出,更費筆墨矣。(祇這金陵城內欽差金陵省體仁院總裁甄家,你可知道。)賓主分明。

以甄形賈,類而不類。然畢竟是一類也,一變則真不類矣。(他的小廝們説:這女兒兩個字極尊貴、極清净的。)

賈玉不至如此。先天之情自然,後天之情拗僻。此甄玉所以能變爲禄蠹也。(其暴虐頑劣,種種異常。)

映照。(爲他祖母溺愛不明)

過接無痕。(可惜他家幾個好姊妹,都是少有的。子興道:便是賈府中現在三個也不錯。政老爺的長女,名元春,因賢孝才德,選入宫作女史去了。)甄家姊妹,無關緊要,特引出賈家婦女耳。故一筆過接即了,不再向雨村口中叙述甄家也。亦可見假即是真,無須重複。

此書以婦女爲主。理不得不先述男子,而賈門婦女甚多。今姑置之,則後來又須費手。但若一徑説出,如兒童背書,有何意味。且作一頓。借雨村誇甄家姊妹,使子興不知不覺,順口接出賈氏諸婦女來,毫不着相,而筆墨都化煙雲矣。(子興道:便是賈府中現在三個也不錯。）

　　（因史老夫人極愛孫女，都跟在祖母這邊。）不得竟算祖母。

　　（我這女學生名叫黛玉。他讀書，凡敏字他皆念作密字。）引出黛玉，恰好補出林夫人。

　　（這是極小的，又沒了長一輩的姊妹。）可見林母尚不到五十之年。

　　叙述錯綜，毫不板實。（子興道：政公既有玉兒之後，其妾又生了一個，倒不知其好歹。）

　　順手詳述鳳姐。（娶的是政老爺夫人王氏的內侄女。）

　　如此收束，便使前文繁瑣文字，盡入空虛地方，筆墨安得不佳。（子興道：正也罷，邪也罷，祇顧算別人家的賬。你也吃一杯酒纔好。）

　　八股名手，凡遇長題，都以點題作波瀾。此回即此訣也。村夫無論矣。乃亦有我輩而不解其妙者，我不許其看紅樓夢。

　　一部紅樓夢極費精神處，祇在第一、二回，慘澹經營，誰人能學步耶？

　　以如許繁華熱鬧一部大書，開場却從一姓冷者閑閑說出。作者命意，微妙可想。

　　賈氏兩府之人，言之詳矣。但書中有某人是寧府近派，某人是榮府親支等語，則應叙明兩公幾子。其孫曾元共幾人。某某屬寧，某某屬榮，則閱者處處一目了然。今此回既云寧公、榮公同胞弟兄兩人，以下均未言及。在冷子興閑談中，自宜舉其主而略其賓。故祇說長子二字，則兩公之不止一子自明。但後文總須帶叙數筆，方清楚耳。○第十三回秦氏歿後，代儒以下廿八人齊集時，可以分叙支派遠近，祇須添數字便明白，或於五十三回祭宗祠時，摘出寧、榮兩府之子孫，臚列於行禮之班，亦不嫌筆墨繁冗也。

紅樓夢第三回

如海尚在，不得稱孤。

（回目：托內兄如海薦西賓　接外孫賈母惜孤女）〔陳評：接外孫賈母憐幼女〕

即借冷子興引起後文。（冷子興聽得此言，便忙獻計令雨村央求林如海）姓雖冷，而心甚熱。

過接巧妙。（此刻正思送女進京。）

文字亦復兩便。（小女入都，吾兄即同路而往，豈不兩便？）

復職袛是知縣，不應選府。（題奏之日，謀了一個復職，不上兩月，便選了金陵應天府。）

大第宅及富貴景象，隨常寫去，自然確合。庸手極意鋪排，恰是不見世面說話也。（眾婆子步下跟隨，至一垂花門前落下。）

賈府第宅人物，從黛玉眼內叙清，不覺其繁。此書慣用此法。（兩邊穿山遊廊廂房，掛着各色鸚鵡畫眉等雀鳥。）

一層從賈母口中指點，一層從黛玉目中看出。一層明言其人，一層不述名字。文筆不板。（賈母方一一指與黛玉道：）

各肖其人。（擁着三位姑娘來了。）

第一層眾人看黛玉。（眾人見黛玉年紀雖小）

黛玉口中逗出家二字，奇妙。（說要化我去出家。）

照冷香丸，非閑筆也。（凡有外親，一概不見，方可平安了此一生。這和尚瘋瘋癲癲，說了這些不經之談，也沒人理他。）一見外親，即起情緣矣。和尚不留冷香之方，亦無刻鎖之句，寶釵何以有之？寶釵何以依方製藥，依言製鎖。

上文似覺繁實，特留鳳姐以作波瀾。（袛聽後院中有笑語聲，說：我來遲了。）

第二層鳳姐看黛玉。（這熙鳳携着黛玉的手，上下細細打量一回。）

鳳姐上場態度説話，便與衆不同。（我今日纔算看見了，況且這通身的氣派）

才幹略見一斑。（熙鳳道：我倒先料着了）

至賈赦所住之屋，必須出榮府大門。後文有説邢夫人忽來忽去，似祇在一處住者然。皆率意之筆，欠檢點處，須改正也。（過榮府正門，入一黑油漆大門內，至儀門前，方下了車。）明明別有大門，後文抄家時不應徑入賈政宅內，絕不叙及此宅也。

賈赦、賈政不見乃文字偷巧處，否則文氣太板實矣。（一面令人到外書房中請賈赦，一時回來説：）

榮禧堂是王夫人上房。後文叙抄家時：説賈政方宴親友設席於榮禧堂，豈非大謬。（匾上寫着斗大三個字是榮禧堂。）

引出寶玉，筆情幻妙。作者總不肯使一直筆也。（我有一個孽根禍胎，是家裏的混世魔王。）

寶玉名字，在黛玉口中出，巧妙。（記得母親常説：這位哥哥比我大一歲。小名就叫寶玉。）然則寶玉此時祇七歲也。

留寶玉在最後見面，是出題着重處。（丫鬟進來報道：寶玉來了。）

二玉初見，各各暗驚。似曾會面者，微妙入神。（黛玉一見，便吃一大驚。）

此兩首詞，即世俗眼中心中之賈寶玉也。（無故尋愁覓恨……）

第三層寶玉看黛玉是主筆，上文祇是襯托也。（寶玉看罷，笑道：）

（却看着面善）夙根不昧。

亦逗一石字，妙。（古今人物通考上説：西方有石名黛。）七歲兒未必能淵博至此。

黛玉可以代玉，故失玉而黛玉死。（有石名黛，可代畫眉之墨。）

（要打罵人容易，何苦摔那命根子！）不成話。

何等剪裁，寶釵胡爲而有金耶？ 着此一筆，明明對照。（便答道：我没有玉。）

王嬤嬤如極老，五年前安得有乳耶？（一個是自己的奶娘王嬤嬤……王嬤嬤又極老。）黛玉方六歲，奶娘不應極老。

紫鵑出現，書中却漏改名一層。（名喚鸚哥的，與了黛玉。）後文另有一婢，名鸚哥，何也？

襲人出現。（并大丫頭名喚襲人的。）

七歲之兒，既熟古今人物，又解舊人詩句，贈字改名，皆極雅雋，真非凡品也。（寶玉因知他本姓花，又曾見舊人詩句有花氣襲人之句。）

隨地轉移心性，嫁玉函自然安之矣。（如今跟了寶玉，心中又祇有寶玉了。）

眼淚起端。（林姑娘在這裏傷心，自己淌眼抹淚的。）

次早二字欠斟酌，過接入寶釵雖覺輕便，却不合寶釵進京年紀也。（次早起來，省過賈母。）

過接入寶釵文字，天然無迹。（恰曉得是議論金陵城中居住的薛家姨母之子表兄薛蟠。）

此回過文，無大佳處，而叙次極净。二玉初見時一段神情，寫來精彩異常。

若果有金玉之説，寶玉出世後，何以并無仙佛指點，必待有金者方是姻緣耶？ 金玉之説，起於薛家捏造惑人，亦彰明較著矣。

　　孔子曰：不得中行而與之，必也狂狷乎？又曰：過我門而不入我室，我不憾焉者，其惟鄉願乎。鄉願，德之賊也。夫世安得有中行貌爲中行者，皆鄉願耳。紅樓夢中所傳寶玉、黛玉、晴雯、妙玉諸人，雖非中道，而率其天真，矙然泥而不滓。所謂不屑不潔之士者非耶。其不肯同乎流俗，合乎污世，卓然自立，百折不回，不可謂非聖賢之徒也。若寶釵、襲人則鄉願之尤，而厚於寶釵、襲人者無非悦鄉願，毁狂狷之庸衆耳。王熙鳳之爲小人，無人而不知之；寶釵之爲小人，則無一人知之者；故鄉願之可惡，更甚於邪慝也。讀是書而謬以中道許寶釵，以寶玉、黛玉、晴雯、妙玉諸人爲怪僻者，吾知其心之陷溺於閹媚也深矣。

　　以中道律書中之人，惟迎春、李紈、岫煙，庶乎近之。若寶釵輩純乎人欲而汨没天性，其去道也遠矣。世俗之見，以寶釵爲賢能，以湘雲爲豪爽，以元春爲有福，以探春爲有才。且以賈政爲正直，以王夫人爲英明，而不知甕裏醯鷄，安能幾及雲中鷄犬哉。

紅樓夢第四回

李紈另作小傳,是書中第一賢人也。且以無才有德,反襯寶釵、熙鳳諸人。(這李氏即賈珠之妻)

綫索。(如今且説賈雨村)

此却是知縣之事,然則雨村係應天府屬縣也。上文似脱數字。(雨村即拘原告來審)

告了一年的狀,與後文買了英蓮隨即進京,到京之前,官司已結云云,情節不對。(告了一年的狀)

香菱四歲失去,此時已八九年,則香菱已有十二三歲矣。(笑問老爺一向加官進禄,八九年來就忘了我了。)

沙彌做門子可謂駕輕就熟。本官既爲舊好,用作腹心,藉通賄賂,正有好文字可做。況雨村猾吏,趨炎附勢。護官符早應熟讀,何待門子教導。且馮亦官家子弟,能以三百金買妾,不貧可知。何至但想錢財,不想報仇耶?若果如此,則此案易結。薛蟠有財,亦不煩賈氏之囑托矣。薛家豪富,雨村久已貫耳。一場好買賣,豈肯但聽人情,不求實惠乎。宜言馮家亦有聲勢,誓必報仇。問官甚是爲難,必大費周章,買人頂凶,方能爲薛蟠出脱。乃見雨村之才,而文章亦大有生色。今但以徇情枉法四字了之,未免樸拙。敢煩卓異牧守,大加改削。(本是葫蘆廟裏一個小沙彌。)

何以後來打死了人,便無生路耶?(這人命些些小事,自有他弟兄奴僕在此料理。)

穿插妙。(這人還是老爺的大恩人呢?)

前叙祇四歲也。(聽見他自五歲被人拐去)

閑中引逗。(這正是夢幻情緣)

此段大不通。（老爺祇説善能扶鸞請仙）

果然不妥。（雨村笑道：不妥不妥。）

如何胡亂判斷，叙述欠明。蓋無關緊要處，作者不甚着意耳。（胡亂判斷了此案）

案結則沙彌無用矣，故仍遣去，以免筆下累墜。而雨村之爲人可知矣。榮府勢敗，彼安得不下石。（後來到底尋了他一個不是，遠遠的充發了纔罷。）

叙寶釵入都始末，亦特作小傳。但與前文叙黛玉處，筆法自分輕重。（今年方五十上下，祇有薛蟠一子，還有一女，比薛蟠小兩歲，乳名寶釵。）王夫人是王子騰之姊，然則已五十外矣。生寶玉何其遲也。寶釵此時，猶未到十歲，則薛蟠不過十歲左右耳。如何便要買丫鬟作妾，且能打死人命。

映照元妃。（近因今上崇尚詩禮，徵采才能。）

寶釵爲待選而來，自是禄蠹一流人物。而到京以後，并不報名聽選，豈非一見寶玉，便不思入宮耶？（一來送妹待選）

薛氏宜住王家，於理方圓，先安頓王氏出京，以便轉出賈家也。（又聽見母舅王子騰升了九省統制）

薛家正富，何至依人門户。看他閑閑説入，自然入情入理。（咱們這進京去，原是先拜望親友，或是在你舅舅處，或是你姨父家。）

説得薛姨媽太老，則寶釵是四十以後將近五十歲時所生耶。（姨太太已有了年紀）

記清。（薛蟠的家人就走此門出入）

何以後來總不移居，固由薛蟠貪與賈宅子弟遊嬉，亦因見了寶玉，圖在此日親日近，好圖謀姻事也。（甚至聚賭嫖娼，無所不至。）作此等事，年紀當在二十左右，如何祇長於寶釵兩歲耶？

此回衹是寶釵入都楔子，順手帶叙香菱，非着意文字也。

黛玉進京，時方六歲。寶玉較長，不過一歲。寶釵又長，亦不過一歲；則薛蟠長於寶釵二歲，不過十歲而已。何以説來已是成人光景。此書多失檢點處，此其一節也。○寶玉、黛玉之奶嬷，不過三十歲上下。今説成六七十老耄之人，試問安能乳哺六七歲之哥兒、妞兒耶？亦大失檢點處。

〔黛玉進京時上眉批：作書者筆下太貪省力。於黛玉到京之次日，即叙寶釵入京，致有此大舛錯處。須知薛蟠已能逞凶奪妾，至小亦在十六歲以上。寶釵已十四歲，則黛玉亦十二歲矣。上文不應説黛玉衹得六歲也。〕

紅樓夢第五回

上文將書中要緊人盡行點出。此篇方是正傳開場。如八股之起講，總涵通篇大意，以全力出之者也。（第四回中既將薛家母子在榮府中寄居等事……）

（就是寶玉、黛玉二人的親密友愛也較別人不同。）提。○所謂情之所鍾。

提起林、薛爲全部定案。從來有正必有邪，有緣必有魔，而絕大文字生焉。（都說黛玉不及。）提挈之筆。

（那寶釵卻又行爲豁達，隨分從時，不比黛玉孤高自許，目無下塵。故深得下人之心，就是小丫頭們，）一生占便宜處，正是不足取處。○先籠絡下人是奸雄收拾人心處。

黛玉明知勢有不敵也。然此時尚未說起金鎖，可知本無此物。後來祇爲圖謀姻事而造作耳。（因此黛玉心中便有些不忿。寶釵卻是渾然不覺，那寶玉也在孩提之間。況他天性所稟，一片愚拙偏僻，）黛玉知之矣。寶釵一覺寶玉與黛玉親厚，即有金玉之說，搖惑眾心矣。

照後文無數情事，妙在簡净。蓋未有金玉之說，即言語不和，亦無關緊要，不足記也。（有些不虞之隙，求全之毀。）正因親密而然，包後文無數情節。

微詞可悟。（賈蓉媳婦秦氏便忙笑道：）情始。

正因放心，遂有不可問處。（賈母素知秦氏是極妥當的人）

作一頓，方入秦氏卧房，合情合理。（心中便有些不快。）

微詞。（要不就往我屋裏去罷。）

順手帶出秦鐘，使後回不至突然。名手作文，總無率筆、閑筆（上月你沒有看見我那個兄弟來了）

（衆人笑道：隔着二三十里，那裏帶去，見的日子有呢！）與後文寶玉至秦鐘家望病片刻往返不合。

房中甜香何香耶？明崇禎帝初登極，入宮聞香心動。曰：皇考、皇兄都爲此物所誤，急令撤去。秦氏此香，豈爲寶玉設耶？猶恐人不覺，復細寫鋪陳物件，使人醒目。鏡花水月，將下文攝入此句中，妙能使人不覺也。（便有一股細細的甜香。）黛玉身上之香耶。寶釵冷香丸之香耶。

（芳氣襲人是酒香。）襲人與知之矣。

（案上設着武則天當日鏡室中設的寶鏡。）以古人作陪襯，可想見秦氏之爲人。

（説着親自展開了西施浣過的紗衾，移了紅娘抱過的鴛枕。）微詞。○不堪。

真事隱。（秦氏便叫小丫鬟們好生在簷下看着貓兒打架）

（便恍恍惚惚的睡去，猶似秦氏在前。）真事隱。（悠悠蕩蕩跟着秦氏到了一處，）點出子眼。（但見朱欄玉砌，綠樹清溪，）此何物耶？○朱欄玉砌，綠樹清溪，温柔鄉也。老於是鄉，願斯足矣。

忘情所以入魔。（便忘了秦氏在何處了。）

開卷先是晴雯、襲人，其爲黛玉、寶釵影子甚明。竭力爲晴雯鳴冤，即是説黛玉也。（霽月難逢，彩雲易散。）晴也。雯亦雲也。

襲人。（一簇鮮花，一床破席。）花是姓。襲同音。

言外之意可見。（枉自……空雲……誰知……）

（一枝桂花，下面有一方池沼。）言香菱屈居金桂之下也。

香菱也，真事之爲林顯然矣。菱、林同音。（根并荷花一莖香，平生遭際實堪傷。自從兩地生孤木，致使香魂返故鄉。）説香菱却是黛玉。兩地孤木，合成林字。

一圍玉帶，黛同音。（雪中一股金簪也）即釵也。

語意自有抑揚，可知所左君袓也。（可歎……堪憐……玉帶林中掛，金簪雪裏埋。）

元春。（二十年來辨是非）費解。

兩自字有不滿探春之意。（才自清明志自高）

湘雲。（富貴又何爲？）

妙玉。二語可想。妙玉詩中忽入金玉二字，奇絕。（欲潔何曾潔，云空未必空。可憐金玉質，終陷淖泥中。）

迎春。（子係中山狼）

惜春。（勘破三春景不長）

鳳姐。（一從二令三人木）此句費解。

巧姐。（勢敗休云貴）

李紈。（桃李春風結子完）

秦可卿。（有一美人懸梁自盡）秦氏之死，并不明叙，祇在此處一點。鴛鴦投繯時一點，已明。

棒喝。（情天情海幻情深，情既相逢必主淫。）秦氏罪案定矣。

坐實。（漫言不肖皆榮出，……）

顧黛玉妙，醒出主腦也。（今日今時必有絳珠妹子的生魂）

何必從祖宗起端。（偶遇寧榮二公之靈）

此段語多不倫，可删。（吾家自國朝定鼎以來，功名奕世，富貴流傳，已歷百年。奈運終數盡，不可挽回。）約略可以想見其時。

遥接以醒閱者之目，（但聞一縷幽香，不知所聞何物？）

此寶玉生平所好之紅也。（千紅一窟。）

（更喜窗下亦有唾絨，盦間時漬粉污。）非秦氏之卧房而何？

總冒。（紅樓夢引子）

總括寶玉心事。(終身誤)

寶釵(齊眉舉案)

此曲是主爲寶玉、黛玉正傳。(枉凝眉)

元春。(恨無常)

探春。(分骨肉)

湘雲。譽之太過。(樂中悲)

(從未將兒女私情)恐未必然。(……厮配得才貌仙郎,博得個地久天長。)以此三句合之白首雙星標題,則湘雲終與寶玉作配。吾故曰:書中宜以湘雲嫁甄寶玉也。

妙玉。人奇曲亦奇。(世難容)

迎春。(喜冤家)

惜春。(虛花悟)

熙鳳。(聰明累)

巧姐。(留餘慶)鳳姐貪妒,害人不少,何慶之餘。劉老老二十金,未可云陰功。狠舅奸兄,正是鳳姐惡報。

李紈。(晚韶華)

秦可卿。情之所該長廣矣。(好事終)(宿孽總因情。)秦同音。

總結。(飛鳥各投林)

情之所鍾,妙在迷離恍惚。(其鮮艷嫵媚大似寶釵,嫋娜風流又如黛玉。)

警幻言好色即淫,知情更淫,乃復導寶玉以淫,何耶?(好色即淫,知情更淫。……吾所愛汝者,乃天下古今第一淫人也。)奇語。

此時寶玉當在十一、二歲之間,黛玉進京已有六、七年矣。(況且年紀尚幼)

(在閨閣中雖可爲良友)非黛玉而誰屬耶?

兼美者，所謂又似黛玉，又似寶釵也。明點可卿，以醒閱者之目。（乳名兼美，表字可卿。）

遙接前恍恍惚惚四字，界畫極清。（那寶玉恍恍惚惚，依着警幻所囑，……）

紅樓之夢，是實是虛；可卿之名，是一是二？必欲究竟，請待第十三回。

十二曲語多難解。且於各人身分情事不合。作者之意，祇在指出要緊子眼處耳。玩細批自明。

寶玉自忘其身之爲男，視己與衆姊妹一也。願終身長聚不散，豈有他意哉。自可卿引開情寶，襲人後以去留要之。始知無長聚不散之理。可長聚不散者，惟妻妾耳。於是專心致意於黛玉，兩人心心相印，純是天性，絕無人欲，故非美色所得而間，非柔情所得而動，非毀譽所得而惑，非死生所得而移，亦非食人間煙火者所得而領會也。讀《紅樓夢》而存一男女之見以論寶玉，則觸處皆錯，不止不識得黛玉而已。

寶玉本自忘其身之爲男，既又自恨其身之爲男。幽愁憂思，從此而起，煞是癡絕。

紅樓夢第六回

（回目：賈寶玉初試雲雨情　劉老老一進榮國府）〔陳評：賈寶玉重尋雲雨歡〕

整衣時何至摸至大腿處。着此數筆，使看書者揣知其事。所謂真事隱也。（給他繫褲帶時，剛伸手至大腿處，祇覺冰冷粘濕的一片。）躺在秦氏床上，不過午睡片時，何必脫衣解帶耶？覺察字可想。（寶玉如此光景，心中便覺察了一半。）

在東府回來，叙得不清楚，太覺草草。（過這邊來）此語可想。（好姐姐，千萬別告訴人。）若祇是夢，何能告訴人耶？正是怕襲人説出秦氏私事耳。

不能不告襲人，而又恐其漏泄，不得不私之以秘其事。叙來語語入情。（寶玉祇管紅着臉，不言語。……寶玉纏把夢中之事，細説與襲人聽。）若祇是夢，何以一羞至此。○隱之曰夢中之事，簡净極矣。

竟無奈何之極，嫁蔣玉函亦安之矣。○數語包括無數風流樂事。筆極簡净。（扭捏了半日，無奈何，祇得和寶玉溫存了一番。）

以下入鳳姐傳，取徑亦別致。○直至百回之外，纔用着劉老老，而此處已見，以爲閑文閑事耳。不知名手行文，多在閑處埋根。到得臨時，方天然湊拍，不費經營。譬諸草木有根，逢春自發。人心之靈，與化工爭巧。始信文章非小道也。此書在在皆然，舉一以待反三。（正思從那一件事那一個人寫起方妙。）

劉老老見識自好。（終是天子脚下，這長安城中，遍地皆是錢。）

姑娘尚年輕，則劉老老不應過老。若云年近八十，則女兒亦已老矣。（倒還是捨着我這付老臉去碰碰。）

劉老老頗知眉眼高低，是以終爲上賓。（向太爺們納福）

劉老老亦自善於詞令。（原是特來瞧瞧嫂子，二則也請請姑太太的安。若可以領我見一見，更好。若不能，就借重嫂子轉致意罷了。）

叙劉老老處，插入巧姐，爲後文伏案。（乃是賈璉的女兒睡覺之所。）

描寫村嫗入王侯家神情，及鳳姐待貧戚身態。一一入細。（劉老老見平兒遍身綾羅）

神情活現。（鳳姐也不接茶，也不抬頭，祇管撥那灰）

好描寫。（這纔忙欲起身，猶未起身，滿面春風的問好。）

酬應之才，詞令之妙，實屬可愛。（我年輕不大認得，可也不知是什麼輩數兒，不敢稱呼。）

不亢不卑，應酬妙品。（鳳姐笑道：親戚們不大走動，都疏遠了。知道的呢，說你們弃嫌我們不肯常來；不知道的那起小人，還祇當我們眼裏沒人是的。）

妙語。〇淡淡數語，而淫冶狎昵之態，已滿紙皆是，傳神妙筆。（祇別看見我的東西纔罷，一見了就想拿了去。）東西尚如此，所謂思其人猶愛其樹也。

傳神阿堵之筆。讀者閉目一想，即知其事。（那鳳姐祇管慢慢吃茶，出了半日神。忽然把臉一紅，笑道："罷了，你先去罷。晚飯後，你來再説罷。這會子有人，我也没精神了。"賈蓉答應個是。）即此指示耳。妙妙。（抿着嘴兒一笑。）〇頰上添毫。

此回描寫入細，非傳奇家所能到。

賈府房屋規模，以及大小人口，於黛玉來時叙明。此回特表

鳳姐起居，借村嫗眼中一一看出。筆墨着紙，皆有生趣。而此村
嫗又是鳳姐母女傳中要緊脚色，安頓在此。閑處埋根。文字一
筆作兩筆用，非庸手所能及。

紅樓夢第七回

（回目：送宮花賈璉戲熙鳳　宴寧府寶玉會秦鐘）〔陳評：送花人無心逢秘戲　假醉漢有意發私情〕

過接輕便。（便上來回王夫人話。）

此時香菱不應纏留頭。（和那一個纏留頭的小女孩站在臺階兒上頑呢。）

是寶釵身分，即是寶釵排擠黛玉處。（正在那裏描花樣子呢）

究是何病，妙不說明。（祇因我那宗病又發了。）

亦曰和尚，是金鎖埋根處。（後來還虧了一個和尚）

寶玉胎裏帶來有清氣，寶釵胎裏帶來有熱毒。涉筆成趣。（他說我這是從胎裏帶來的一股熱毒。）

此段無處可叙，借閑話中說出，却爲書中語言譏諷張本，是文字善於安插處。（若問這方兒，真把人瑣碎死了。）

寶釵來時不過八九歲，則此病乃四五歲時起也。（一二年間可巧都得了，好容易配成一料。）

病却平常之至，一笑。此乃體肥人之常病耳。豈如黛玉之病，非藥所能治者。（這病發了時，到底怎麼着？）

從此步步揣摩王夫人之意，投其所喜，以求親媚於王夫人也。（姨太太不知寶丫頭怪着呢？）

閑中照應之筆，香菱名字出得無痕。（祇見香菱笑嘻嘻的走來。）

智而且能，非鳳姐而何？庵名水月，則鳳姐是月，智能是水中之月耳。（祇見惜春正同水月庵的小姑子智能兒兩個一處頑耍呢。）

惜春語,已伏後來消息。（我這裏正和智能兒說,我明兒也要剃了頭,跟他作姑子去呢。）

送花與秘戲,截然兩事,全不相干,特借送花人眼中看出耳。若用直筆,便是金瓶梅文字矣。（祇見小丫頭豐兒坐在房門檻兒上,見周瑞家的來了,連忙的擺手兒。）

一筆而其事已悉,真李龍眠白描法也。金瓶梅亦有用此法者。潘金蓮入房見春梅耳少一環,在床下脚踏上覓得是也。（却是賈璉的聲音,接着房門響,平兒拿着大銅盆出來。）

與寶釵作一反照,以醒讀者之目。未能忘情,聊復爾爾。（黛玉冷笑道:我就知道麼,別人不挑剩下的,也不給我呀。）

回應冷子興閑暇得妙。（原來周瑞家的女婿,便是雨村的好友冷子興。）

榮府之整肅,寧府之縱放,閑中帶出。（幾個媳婦們先笑道:二奶奶今日不來就罷）

妙語（賈蓉道:他生的靦腆,沒見過大陣仗兒。）

涎臉口角如畫。（賈蓉溜湫着眼兒笑道:何苦孺子又使利害。）

此豈嫂嫂對叔叔語耶?喜極而狂,不覺失言。然亦因在可卿前,無所顧忌耳。則其向來之愜意寶玉,親之熱之,自可見焉。若曰吾不圖子乃有替人也。一筆而三面都到,文心絕世。若認做得新忘故者,村漢耳。（鳳姐喜的先推寶玉笑道:比下去了。）

（平兒素知鳳姐和秦氏厚密,遂自作主意。）厚則可也,密將何爲?

閑中烘染。（我偏偏生於清寒之家）

烘染之筆。（倘或説話不防頭,你千萬看着我,別理他。）

（他雖靦腆,却脾氣拐孤不大隨和）如卿真隨和耳。

是秦鐘勾搭起頭。（也必須有一二知己爲伴。）

照起後文。（一則家學裏子弟太多，恐怕大家淘氣，反不好。）

遊冶已甚，而秦氏以爲不大隨和，則秦氏之遊冶更可知矣。（二叔果然度量侄兒或可磨墨洗硯。）

天黑了尚可回去，則前所云隔着二三十里路者，戲言耳。（派兩個小子送了秦哥兒家去。）

此豈尋常之功勞哉，而閑散置之，安得不破家。（從死人堆裏把太爺背出來了，纔得了命。）

正惡其礙眼耳。（何不遠遠的，打發他到莊子上去，就完了。）

妙句，都爲下文煊染也。（鳳姐也起身告辭，和寶玉携手同行。）

紈綺子弟，毫無分寸，一味發彪，宜其討罵。（那焦大那裏有賈蓉在眼裏，反大叫起來。）

卿亦知咱們這樣的人家，須有規矩耶。（咱們這樣的人家連個規矩都沒有。）

一路作勢，至此放筆一寫，快極快極。（那裏承望到如今生下這些畜生來，每日偷狗戲鷄。）

真無如之何矣。（鳳姐和賈蓉也遥遥的聽見了，都裝作没聽見。）

卿亦要緊耶。（請了秦鐘學裏念書去要緊。）

焦大義僕，深忿其主行爲，借端發作，將酒蓋面，非真醉也。鳳姐秦氏隱事，從不實寫一句，而讀者有焦大之言在胸中，自然遇事如畫矣。文心幻巧，意味深長。

紅樓夢第八回

（回目：賈寶玉奇緣識金鎖　薛寶釵巧合認通靈）〔陳評：薛寶釵巧計認通靈〕

此時有兩條路可通，後文絶迹不去，終説不圓。（仍出二門去了）

蒟片如畫。（門下清客相公詹光、單聘仁二人走來，一見了寶玉……）

生瑜生亮，幾移吾情，故亦細細寫兩人各自留神也。（寶玉掀簾一步進去，先就看見寶釵坐在炕上作針綫。）

兩人相見已久，至此補寫互相審睇光景，與初見黛玉時，自不犯複。且今日有金鎖出現，自應先有此一段旖旎耳。（一面看寶玉頭上戴着累絲嵌寶紫金冠）

（成日家説你的這塊玉，究竟未曾細細的賞鑒過。我今兒倒要瞧瞧。説着，便挪近前來。）先要看玉，以便賣弄金鎖也。金鎖尚未造成，故未賞鑒此玉。今則有意要牽合金玉二字耳。

神龍掉尾。（看官們：須知道，這就是大荒山中青埂峰下的那塊頑石幻相。）

映金字。（好知運敗金無彩）

通靈寶玉，在寶釵眼中方實現真相，運筆巧絶。（但其真體最小，方從胎中小兒口中銜下。）

可鐫此許多字，則雖小亦非嬰兒口中所能銜也。（方不至以胎中之兒，口有多大。）

留神看此七字。（念了兩遍，乃回頭向鶯兒笑道：）

（我聽這兩句話，倒像和姑娘項圈上的兩句話是一對兒。寶玉聽了，忙笑道：原來姐姐那項圈上也有字，我也賞鑒、賞鑒。）非寶釵一問,何以引出此語耶?寫慧婢聰明,湊趣如畫。然用計亦自顯然。祇説項圈,并不説金,故妙。

寶釵有金鎖,何以自其來時至今許久,始出現耶?金玉姻緣,明是人力造作矣。黛玉見寶玉問有玉否?即答曰:我没有。何其光明正大也。後文黛玉惡金玉之説,正爲金鎖來歷不正耳。(寶玉央及道:好姐姐,你怎麼瞧我的呢?)

(倒和我的是一對兒。鶯兒笑道:是個癩頭和尚送的。)寶釵所求者寶玉此語耳。○明是依草附木之談。

主婢二人,暗中會意。語語入扣,恰到好處而止。(他説:必須鏨在金器上。寶釵不等他説完,便嗔着不去倒茶。)

亦有香氣,皆是與黛玉爲敵處。(遂問姐姐:熏的是什麼香?)

妙。(今兒他來,明兒我來。)

妙。(我來了,他就該走了。)

寶玉方十餘歲,奶母極老,不過四十餘歲耳。書中説得太龍鍾,亦敗筆也。○賈府家人媳婦衆多,挑奶母必取年輕乳汁濃足之人,故知李奶嬤不至十分老邁也。前文説黛玉之奶娘王嬤嬤極老,亦欠檢點。(寶玉的奶母李嬤嬤便説道:)

(不知那個没調教的,祇圖討你的喜歡。)對姨太太如此説話。蠢極。

(便放下冷的,令人燙來,方飲。)與上文不甚合笋。

不可認作黛玉吃醋。爾時寶釵自有咄咄逼人之狀。各人皆心照也。(我平日和你説的,全當耳旁風。)

妙。(還祇當我素日是這麼輕狂慣了的呢。)

機鋒尖刻。(我爲什麼助着他,我也不犯着勸他。)黛玉不結人緣,何以勝寶釵。(真真這林姐兒,説出一句話來,比刀子還利害。)

心照語。（真真的這個顰丫頭一張嘴，叫人恨又不是，喜歡又不是。）

一借雪雁發揮，一借李嬷以抵敵前詞。皆滅盡痕迹。（一面笑着，又説別怕別怕。）

晴雯出場，便爾清氣撲人眉宇。（晴雯先接出來，笑道：好啊，叫我研了墨。）

李奶媽已有孫子，則寶玉應不止十歲左右矣。（拿去給我孫子吃罷。）

襲人輕狂處，亦祇閑閑着筆，使讀者冷眼看出其平日之偽也。（原來襲人未睡，不過是故意兒裝睡，引着寶玉來慪他頑耍。）

來路原甚平常，故不妨任意寫其淫穢。（又起個官名，叫做兼美。長大時生得形容嫋娜。）名號皆同，豈非夢中之人乎？

寶玉之年，可因此推測而知（秦邦業却於五十三歲上得了秦鐘，今年十二歲了。）

不肖子弟，辜負老父苦心，言之可傷。（秦鐘此去，可望學業進益。）

此回是寶釵文字，起傾軋黛玉之端，文自明。金鎖來歷，讀者可以想見，製造當在進京之後，深知黛玉爲寶玉親厚，賈氏一門皆屬意黛玉以迎合賈母之意。故特設此一説，以間之也。

母女主婢串通關目，都於言外傳神，閲者自可領會。

寫黛玉難而易，寫寶釵易而難。以黛玉聰明盡露，寶釵則機械渾含也。非寶釵則黛玉之精神不出，非金鎖則寶釵之逼拶猶鬆。生瑜生亮，實逼處此。於是機詐生焉，憂虞起焉，涕淚多焉，口舌煩焉，疾病作焉。無數妙文，皆從此而出。凡寫寶釵者，皆所以爲寫黛玉地也。

寶釵至京，王夫人以私親留住，自較黛玉親熱。又有薛姨媽暗中聯合主持，婚姻本屬易成，祇爲黛玉是賈母外孫女，孤子無依。論理論情，應得與寶玉作配。而寶玉又與黛玉十分親厚，勢不得不設法爭勝，於是造爲金玉之說，以亂寶玉之心，以惑賈母之聽，以聳動合家之耳目也。

寶釵所以造爲金鎖者，主意祇是要惑寶玉耳。王夫人之屬意，合家之幫襯，賈母之不能做主，寶釵固深知之，不待金玉之說，始有把握也。彼見寶玉一心在黛玉身上，堅不可移，非情意所能打動，非力量所能爭奪，故以神奇之說惑之，冀其一動耳。初不知寶玉之心，畢竟不爲所動也。怡紅院午睡，寶釵親聞寶玉睡夢中所言，正是文字叫醒法耳。

涂鐵緰曰：或問寶釵與黛玉孰爲優劣？曰：寶釵用柔，黛玉用剛。寶釵用曲，黛玉用直。寶釵徇情，黛玉任性。寶釵做面子，黛玉絕塵埃。寶釵收人心，黛玉信天命。不知其他。或問：襲人與晴雯孰爲優劣？曰：襲人用柔，晴雯用剛。襲人用曲，晴雯用直。襲人徇情，晴雯任性。襲人做面子，晴雯絕塵埃。襲人收人心，晴雯信天命。不知其他。或問紅樓夢寫寶釵如此，寫襲人亦如此，則何也？曰：襲人，寶釵之影子也。寫襲人所以寫寶釵也。或問紅樓夢寫黛玉如此，寫晴雯亦如此，則何也？曰：晴雯，黛玉之影子也。寫晴雯所以寫黛玉也。

紅樓夢第九回

（回目：訓劣子李貴承申飭　嗔頑童茗煙鬧書房）〔陳評：比頑童茗煙鬧書房〕

深知秦可卿姊弟之事，妒其分寵，故悶之也。（坐在床沿上發悶。）

想着家三字，正點醒秦鐘親熱處，幾致寶玉不想着家也。（不念的時候兒想着家）

一賦鹿鳴，便作浮萍，竟成語讖矣。（什麼攸攸鹿鳴，荷葉浮萍。）

不讀五經，即算畢業。今之爲士者，大略如此。（祇是先把四書一齊講明背熟）

祇説蟾宮折桂，不説杏苑看花，可知功名分定，自有先幾。（這一去可是要蟾宮折桂了！）

好關目。○此等處見寶玉之心。（你怎麼不去辭你寶姐姐來呢？寶玉笑而不答。）

鳳姐之事，不言而喻。（常留下秦鐘一住三五天和自己重孫一般看待。）與寶玉同榻可知。

寶玉、秦鐘情事，祇此一句已明。（咱們兩個人一樣的年紀，況又同窗。）是寶玉亦方十二歲也。

秦鐘之事，不便明叙，因借旁面襯托，亦真事隱也。（秦鐘先問他家裏的大人可管你交朋友不管？）

（原來這人名喚賈薔，亦係寧府中之正派元孫，父母早亡，從小兒跟着賈珍過活。）是賈敬之胞侄孫。賈珍之嫡侄也。

寫賈薔算是千伶百俐，宜齡官之獨鍾情於此人也。（賈薔遂跺一跺靴子，故意整整衣服，看看日影兒。）

賈蘭、賈菌是榮公之元孫，則賈赦、賈敬之嫡姪孫也。後文何以不見此二人，而讓疏遠之賈芸用事耶？（這賈蘭、賈菌亦係榮府近派的重孫。）

本與寶玉無涉，着此一句，而匣劍帷燈，隱約可見。（茗煙見人欺負我。）

此處説東府，則亦是寧公之子孫矣。（他是東府裏璜大奶奶的姪兒。）

此回乃敗筆也。潭潭公府，存周又望子讀書之人，叔姪三人共延一師，吾猶以爲非。況委諸義學叢雜中耶？宜改。

何不作賈政鄭重延師，擇有名甲榜，文行兼優之人，隆其禮貌，厚其脩脯，待先生曲盡忠敬，而先生師範果端，又感主人情重，見寶玉天姿可造，盡心教訓，無如寶玉嫌先生所教，皆世俗博取功名富貴一切速化之學，心鄙其人，大爲枘鑿。先生志不得行，力辭而去，於是薦館者紛紛，尚無當意。有王府門下客，亦翰苑名公，求王爺力薦，不得不延，而其人有文無行，曲意揣摩寶玉所好，從而導之，又善於奉承東家，奉承豪奴，甚至奉承館童，以及婢僕皆取悦焉。譽言時聞，内主已喜，復爲寶玉代作趨時之文，令其呈送乃翁閲看。存周見其子學業大進，亦甚喜慰。寶玉因得肆無忌憚，勾通伴讀，狎昵嬉戲，無所不至，以致秦鐘内通鳳姐，而賈薔、賈瑞，亦以狎昵之事，時相親近。如此説來，似較有意趣也。

作者之意，不過欲順手帶出家塾，并補叙賈族諸人，以見賈氏無一佳子弟耳。然寶玉附塾，既不入情，多叙親戚，亦屬無謂。

〔前兩條總評上眉批：此批乃余少時看書眼光未到，隨筆抒寫俗情耳。寶玉之情，與俗人不同。其於秦鐘，祇是情之所鍾，以温存體貼爲相好，不在淫褻也。即其不肯讀書，亦祇不屑作八股文、五言八韻詩耳。豈如世之頑童，一味逃學，束書不觀者哉。此回書誠不佳，却須有不食人間煙火者，以清思雋筆改削之，使寶玉之真相畢現，乃佳。未可做得太淺陋也。〕

紅樓夢第十回

書中不見有所謂利。

（回目：金寡婦貪利權受辱）〔陳評在貪利旁寫上畏勢二字，但又圈去。〕

此處渾言寧榮二府，則非寧榮二公之子孫，自是五服外之族人也。（且說他姑媽原給了賈家玉字輩的嫡派，名喚賈璜。）

恰好引入可卿病案。（他這些日子不知怎麼了，經期有兩個多月沒有來。）

對針得妙。（誰知那小孩子家不知好歹？）

妙在隱約閃爍，總不說破何病。（嫂子倒別教人混治，倘若治錯了，可了不得。）

愛之甚。（孩子的身體要緊）

必說秦氏是病死者，所謂真事隱也。（看得尊夫人脉息，左寸沉數，左關沉伏。）

數語甚奇。（要在初次行經的時候，就用藥治起，祇怕此時已全愈了。）

停經僅兩月餘，何至耽誤到這地位耶？可知說病是子虛事也。（既是把病耽誤到這地位。）

病根。（但聰明太過，則不如意事常有；）

方亦平常之至，祇是八珍湯加味耳。（益氣養榮補脾和肝湯）

過脉無可生色。

秦氏之死，不便明言，故特詳叙疾病醫藥。若真以病死者，命意大有含蓄。

自焦大一罵，已不啻撻之市朝，而第五回寶玉之夢，亦豈能掩人耳目。此所謂得了這個病，把我那要强的心，一分也没有了也，而安得不死乎？

紅樓夢第十一回

（回目：慶壽辰寧府排家宴　見熙鳳賈瑞起淫心）〔陳評：見
美色賈瑞起淫心〕

上月方是中秋，何以寶玉上學時，已用大毛衣服及腳爐、手
爐耶？豈上學至今，已有一年之久耶。（上月中秋還跟着老太
太、太太頑了半夜。）

寧府近支上下輩婦女，亦應有來拜壽者，須添數筆方周到。
（母親該請二位太太、老娘、嬸子都過園子裏去坐着罷。）

妙筆。（你看看就過來罷，那是侄兒媳婦呢。）

何病耶，而怨恨灰心至此，則其事可知矣。（如今得了這個
病，把我那要强心一分也沒有了。）

妙筆。（不覺想起在這裏睡晌覺時夢到太虛幻境的事來。）

妙筆。（如萬箭攢心，那眼淚不覺流下來了。）

鳳姐自是解人。（但恐病人見了這個樣子，反添心酸）

鳳姐見寶玉下流，固已會意。因賈蓉在前，爲之遮蓋，故遣
之使出也。妙人。（因向賈蓉説道：你先同你寶叔叔過去罷。）

因回護寶玉，乘便遣出賈蓉，以便説衷腸話也。然則衷腸話
可知矣。（賈蓉聽説：即同寶玉過會芳園去。）

（又低低説了許多衷腸話兒）何話耶。

鳳姐果無瑕，賈瑞如何敢冒昧調戲耶。有挾而來，鳳姐安得
不含笑相向。（賈瑞道：也是合該我與嫂子有緣。我方纔偷出了
席，在這裏清净地方，略散一散，不想就遇見嫂子。）乍見便如此
言語，非心中有恃無恐，料定鳳姐必不能翻面耶。

即是鏡中死法，足見手段利害。（他果如此，幾時叫他死在
我手裏。）

與王夫人告寶玉語，一樣入妙。（你明日搬來和他同住罷。）

反托之筆。（那裏都像你這麽正經人呢。）

病到極危反望好，病人確有此情。（如今現過了冬至，又没怎麽樣，或者好的了，也未可知。）

平兒語亦妙不可言。蓋上句是真實語，下句是門面語。惟有上句，故有下句。不然，單説下句可也。何問癩蝦蟆邪？（平兒説道：癩蛤蟆想吃天鵝肉，没人倫的混賬東西。）

慶壽事借作穿綫，故不鋪排，寶玉問病，幾露私情。賈瑞偶逢，分明乘隙。賈門幃薄不修甚矣哉。

紅樓夢第十二回

賈璉往何處去，前文并未叙明，似即送黛玉回南時，何閱人之多耶？（二哥哥怎麼還不回來？）臘月初二日望病回來，賈瑞即至。所問二哥哥還不回來一語，倘即是送黛玉回揚州之事，則甫經起身，如何就得回來。若至別處，則未見叙及。

（我怎麼不來？死了也情願。）不怕你不死。

蓉兒兄弟云云，竟明説耶。諒來真人面前，不能説假話耳。（鳳姐笑道：果然你是個明白人，比蓉兒兄弟兩個强遠了。我看他那樣清秀，祇當他們心裏明白，誰知竟是兩個糊塗蟲，一點不知人心。）

賈瑞係遠族之人，在榮府中并無執事，何以能如此出入無忌。後文賈芸又欲入門而不得耶。（你別哄我，但是那裏人過的多，怎麼好躲呢？）

文字駕空之法，不着色相，猶存忠厚之意。（此時要出去，亦不能了。）

從無要人改過，而甘心自污之理。（再尋別計，令他知改，故又約他道：）好説。

賈薔此時如此親近，後來何其辣也。（祇見賈薔舉着個蠟臺照道：誰在這屋裏呢？）

叙此一段，而蓉、薔之於鳳姐，其事有匣劍帷燈之妙。筆墨真是化工。（你道是誰，却是賈蓉。賈瑞回身要跑，被賈蓉一把揪住道：別走！）

賈薔已不至貪五十兩銀，賈蓉更非銀錢所能解怒者，況受侮至此，得五十金便了，何其易也。大約兩人之事，瞞不得賈瑞，祇可將就放手耶。（賈瑞急的至於磕頭，賈薔做好做歹的也寫了一張五十兩欠契纔罷。）

何至仍要想耶。（又恨不得一時搜在懷裏。）

（自此雖想鳳姐，祇不敢往榮府去了。）真事隱。叙病亦異，叙秦氏之病一樣筆墨，子虚烏有，祇是真事隱耳。（因此三五下裏夾攻，不覺就得了一病。）

（不上一年都添全了。）是臘月病起病到一年之久也。

是又隔了一年，叙事者并其始末備述之，故叙在秦氏去世之前也。（倐又臘盡春回）如書中所説，此是第二年之臘盡春回也。

可卿夢中，鳳姐鏡中，虚耶實耶，同耶異耶？觀書者自能得之語言文字之外也。（祇見鳳姐還招手叫他，他又進去如此三四次。）

作書者自以真爲假。（你們自己以假爲真。）

冬底與後文九月初三日去世不合。（誰知這年冬底。）

秦氏死喪，鋪叙甚長，未免冷落黛玉，則嫌喧賓奪主，故以回揚州略叙數筆，抽空叙鳳姐辦秦氏喪事，及一切雜事，無一筆寫黛玉，恰處處有黛玉也。此間忙亂之際正黛玉在途在揚州之時也，俟諸事叙完，接轉黛玉喪父，仍至榮府，而文氣融貫，絲毫不散，真是能手。（林如海因爲身染重疾，寫書來特接黛玉回去。）

（作速擇了日期）其期在年内乎，在新年乎？未叙明。

蟻不釘無縫之磚。賈瑞之來，非鳳姐風聲有以召之耶。不知文者，謂此回爲鳳姐洗濯。知文者，謂此回爲鳳姐坐實也。人不風月，則風月鑒中，胡爲乎來哉。神仙之鑒，如温嶠之犀，魑魅魍魎莫能遁也，書中自有正面，讀者可反觀得之。

紅樓夢第十三回

中間尚有新年頭上鎖事，亦應帶叙數筆，方與後文相稱。（話説鳳姐兒自賈璉送黛玉往揚州去後。）

王秦同契，死生之際，夢魂感通，日後鳳姐將死而秦氏至，正應此回。（我捨不得嬸娘，故來別你一別。）

此段爲下半部伏案耳。非真謂秦氏有此卓識遠見也。（嬸娘好癡也，否極泰來，榮辱自古周而復始。）

秦氏縊死，絕不言明。鴛鴦死時一現，自然明白，筆意超妙。（鳳姐還欲問時，祇聽二門上傳出雲板。）

（都有些傷心）〔徐批：古本作疑心。〕

千金買棺，千金捐誥，可謂情重矣。畢竟身外之物，豈及賢弟一口血哉。（直噴出一口血來。）

總叙賈氏之人，恰未分出遠近親疏，看去不知寧榮二府直下親支，實有幾人也。（彼時賈代儒、代修、賈敕、賈效、賈敦、賈赦、賈政、賈琮、賈瑞、賈珩、賈珖、賈琛、賈瓊、賈璘……）第廿四回中賈琮，似是賈赦之幼子，此處叙得不明白。

奇談。（誰不知我這媳婦，比兒子還強十倍。）

何至如此。（不過盡我所有罷了。）

前云隔得甚遠，此何其來之速也。（正説着，見秦邦業、秦鐘、尤氏幾個眷屬、尤氏姊妹也都來了。賈珍便命賈瓊、賈琛、賈璘、賈薔四個人去陪客。）此三人似亦寧公之子孫，係賈珍之近房也。

賈敬死後，有此排場否。（在大廳上拜大悲懺）

賈敬死後，有此佳木否。（此物恐非常人可享。）

軒名不堪。（讓坐至逗蜂軒）

抄家時之趙全,此處先爲點逗。(回去送與户部堂官老趙)

湘雲在此處出,祇用輕筆叙過,可知非書中着重之人,但史鼎之夫人,後來總不見其至榮府,未免疎漏。以親戚而論,史鼎是賈母之胞侄,其夫人是胞侄婦,不應不常來看望賈母也。且既是侯爵,則後文説湘雲之嬭娘家計甚爲煩難處,亦未入情。(原來是忠靖侯史鼎的夫人,帶着侄女史湘雲來了。)

何至於此。(因拄個拐踱了進來。)杖期服也,父在安得用之。

誠中形外。(説着流下淚來。)

所以威重令行者,賴有此耳。(賈珍便命人取了寧國府的對牌來,命寶玉送與鳳姐。)

卑末之喪,哀禮過當,不已甚乎,此文心之妙也。秦氏初没,賈珍一則曰:比兒子强十倍,猶可言也。再則曰:長房絶滅。三則曰:盡我所有罷了。是何言歟。蓋疼惜之深,匆忙之際,不覺失言,隱衷畢露;而焦大惡言,於斯驗矣。手寫此事,眼注彼事,内亂情形,躍然紙上;而無一言污墨穢筆,高絶妙絶。

寶玉聞信,心痛嘔血,祇此一筆,結醒第五回夢境,簡潔絶倫。

〔徐批:屢提賈珍痛哭,絶無一語寫賈蓉,然則可卿之所以死可知矣。〕

紅樓夢第十四回

四字定評。（那是個有名的烈貨，臉酸心硬。）

然則鳳姐非不識字者，後文有與此矛盾處。（一面交發，一面提筆登記。）

含蓄許多情事。（賈珍也過於悲哀，不大進飲食。）

此日應該早數刻來，方合寅正起來情節，亦與後文天明不至兩歧。（正是卯正二刻了。）

叙事都有波瀾，絕不平實。（大轎兩頂，小轎四頂。）

以夜書爲名，蘊藉之至。（我且問你：你們多早晚纔念夜書呢？）

（鳳姐笑道：你請我請兒，包管就快了。）當以秦鐘爲禁臠，請卿大嚼耳。

妙語雙關。（鳳姐道：我乏的身上生疼，還攔的住你這麼揉搓？）

夾叙黛玉一筆，不脱正傳。（林姑老爺是九月初三巳時没的，二爺帶了林姑娘，同送林姑老爺的靈到蘇州。大約趕年底回來。二爺打發奴才來報個信兒請安，討老太太的示下。）寧府壽宴是九月事，秦氏之病已過十一月三十冬至之期，是黛玉之行，當在臘月中。如海倘係九月初三去世，不應臘月内所接之信，當是如海病中所發也。

（叫把大毛衣裳帶幾件去）此時方帶大毛衣裳，是黛玉回南，在夏秋間也。與前文時候均未合。

此等處見寶玉之心。（寶玉道：了不得，想來這幾日，他不知哭的怎麼樣呢？）

此處又説天明，與五七日同一卯正二刻不對。（那時天已四更,睡下不覺早又天明。)

　　尤氏何病之久,祇是文字要讓出一頭耳。(尤氏猶臥於内室)

　　(都是鳳姐一人周全承應。)又與上文不合,群不迎送相背,是文字少照應處。

　　婦女有此八字,真是可愛,吾甚慕之。(越顯得鳳姐灑爽風流,典則俊雅。)

　　(御前侍衛龍禁尉享强)不通

　　(壽賈門秦氏宜人之靈柩)不通。

　　卑喪越禮,前細批已言其故。而此更有説焉。蓋又爲一百十回反映也。此處愈寫得整齊熱鬧,愈顯得後文之冷落淒凉,眼光遠矣,手法超矣。

　　鳳姐才情,亦復無從叙起。若將榮府大事鋪排,便累幅難畫矣。借秦氏之喪,爲鳳姐作當家正面文字,妙甚。

　　〔上眉批:肯化錢便如此熱鬧,圖省錢便如彼冷落,雖貧富不同,而此本不應浪費,彼却不宜過儉,交譏之。〕

　　作一部大書,甚不容易。蓋各人之年歲,及逐年之日月,是書之綫索,不得紊亂,方見細密也。此書頗多忽略處,即如秦氏之病,九月中已沉重,十二月初已垂危,則其死當在立春左右。冬至係十一月三十日,立春當在元宵。黛玉於冬底得父病之信,賈母命賈璉送去,則起程至速,已在新年初旬,到揚州當在二月初旬,林如海去世,若黛玉猶得相見,亦在二月初旬矣。賈璉到蘇州後,纔遣來昭回京,必在三四月間。今書中説如海係九月初三日死,賈璉要帶大毛衣服至蘇州。來昭到京,又在秦氏五七之後,出殯之前。種種時日,皆不相合,殊疏忽也。○九月壽宴,賈璉在家,臘月初二日鳳姐看望秦氏回來,即有賈瑞密約之事。賈瑞有二哥哥怎麽還不回來之問，倘即是送黛玉回南，則不應説冬底林如海因病重寫書來接黛玉回去也。倘是賈瑞死之年，書中叙完賈瑞之事，即云這年冬底也。則賈瑞死於一年之後，不應秦氏之病，又延兩載也。種種皆宜删改句語，以清綫索。何以不説賈瑞即於是年冬春之間死，豈不簡净明白，必要説賈瑞病至一年之久，實爲無謂。

寶玉、黛玉、寶釵三人年紀，尤須叙清。黛玉進京方六歲。寶玉較長，當是七歲。寶釵又長，當是八歲。秦氏死之年，寶玉十三，則黛玉喪父，當是十二歲。寶釵搬至大觀園時，已十五歲矣。史湘雲呼黛玉爲姊，當更小於黛玉，或與黛玉同歲而月分小也。

寧府親房有幾人，榮府親房有幾人，亦應叙明，不宜與遠族并叙，致看不清楚也。

紅樓夢第十五回

藩郡之稱，未免太文，不合。（賴藩郡餘恩，果如所言。）〔陳評圈去藩郡兩字，改成：賴王爺餘恩，果如所言。〕

此亦禄蠹也。寶玉何以樂於親近，此段語氣欠體會，宜刪去。（是以寒邸高人頗聚，令郎常去談談會會。）

惠而好我，携手同車，爲後文展起春雲。（爬上鳳姐車内，二人説笑前進。）

婦女出門情事，筆底無微不到。（幾疑天人下降。）

凡有情者，無處不鍾其情。（此卿大有意趣。）

寧榮二公子孫，除襲爵兩家外，究竟尚有幾房，代字輩弟兄幾人；玉字輩、草字輩幾人，都未叙明。（如今後人繁盛，其中貧富不一。）

妙語解頤。（因他廟裏做的饅頭好，就起了這個渾號。）

得其所哉，（帶着寶玉、秦鐘往饅頭庵來。）

前卷言智能是水月庵小姑子，跟了師父到榮府。此處又云在饅頭庵，是饅頭庵即水月庵也。何以後文鳳姐聞水月庵之事、又分而二耶。（一時到了庵中，静虛帶領智善、智能兩個徒弟出來迎接。）

智能非日在老太太屋裏之人，其爲鳳姐影子無疑也。（那一日在老太太屋裏）

請將不如激將，老尼頗得説客之法。（倒像府裏連這點子手段也没有是的。）

爲後日祈禱種根。（從來不信什麽陰司地獄報應的。）

妙。（又不好嚷，不知怎麽樣，就把中衣兒解下來了。）

固所願也。（你衹別嚷，你要怎麽着都使的。）

（滿地下皆是婆子們，打鋪坐更。）真事隱。

如此着筆，真是不食人間煙火者。（却不知寶玉和秦鐘如何算賬，未見真切，此係疑案。）妙。

想一想者，極願住下，要尋一話頭以爲住下之因由耳。（鳳姐想了一想）

鳳姐欲住之心，尤切於寶玉，數語傳出鳳姐隱曲，却未曾以一穢語相加。文心之妙，豈食人間煙火者所能知哉。（少不得索性辛苦了，明兒是一定要走的了。）

（寶珠執意不肯回家。）無理。

送殯是題面，不得不少爲鋪叙，及到寺中，若復瑣述其事，更有何味。慧心人不寫本事，祇寫閑事。蓋此回之本事，在此書則爲閑文，而此回所叙之閑文，在此書則實爲要事也。

智能者，鳳姐之影身也。智而且能，非鳳姐而誰屬耶？鳳姐在庵，得與秦鐘暢其所欲，且與寶玉同樂，此行真乃天假之緣。借智能作話頭，非用智能作牽頭也。

寶玉秦鐘，算何賬目，未見真切，存爲疑案。妙絕妙絕。若説明反而無味矣。

鳳姐夕擁二俊，日進三竿，快活極矣。然多欲所以致病，多財所以致禍，皆於此引起。

金聖歎評西厢曲云：你破工夫明日早些來，不知文者謂是要其來，知文者謂正是要其去也。此回明兒是一定要走的了，不知文者謂是要走，知文者謂正是要住下也。文心一樣入妙。

紅樓夢第十六回

見過大陣仗矣。（未免失於檢點。）

此二人可謂得情之正者矣。（却養了一個知義多情的女兒。）

後文御史參劾，當尚有他事入彈章也。（諸如此類，不可勝數。）

（那時賈母心神不定，在大堂廊下佇候。）亦不必在大堂。

不入情。（原來近日水月庵的智能私逃入城來找秦鐘。）

選妃榮遇，全不在心，而惟以黛玉之來爲喜，秦鐘之死爲悲。寫盡癡情。（寶玉聽了，方略有些喜意。）

（此來候補京缺，與賈璉是同宗弟兄）是行取内用也。

高潔絶倫。（寶玉又將北静王所贈蕶苓香串珍重取出來，轉送黛玉。）

鳳姐口角，實是千伶萬俐，然夫妻而説此一套官話，其無真心實意相待可知矣。（鳳姐道：我那裏管得上這些事來！）

詞令妙品。（至今珍大哥還抱怨後悔呢。）

香菱既已開臉上頭，則不應打發出來，何以在大觀園時，又似并未開臉也。（賈璉笑道：正是呢，我纔見姨媽去和一個年輕的小媳婦子剛走了個對臉兒。）

平兒爲鳳姐腹心，於此叙出，即帶出放賬事。（這會子二爺在家，他偏送這個來了。）

（叫二爺要是知道了，）賈璉爲人使妻妾離心至此，可歎。

賈璉之乳母，亦何至如此之老。（媽媽狠嚼不動那個）

即南巡盛典。（當年太祖皇帝仿舜巡的故事）

蓉薔與鳳姐神情如畫，其妙處皆在言外。（賈蓉在燈影兒後頭，悄悄的拉鳳姐兒的衣裳襟兒。）

　　賈璉懼内如畫。（賈璉道：這是自然，不是我駁回。）

　　今日官場派頭，正復如此。（正要和嬷娘討兩個人呢。）

　　秦鐘之死，説來太覺俗套，似涉惡道矣。（那秦鐘魂魄那裏肯就去）

　　可笑。（那判官聽了，先就唬的慌張起來）

　　秦鐘死時，年僅十三，輕塵弱草，毋乃草之一生，可悲也。（畢竟秦鐘死活如何？）

　　元春選妃，開後局也。鯨卿夭逝，結前局也。題本無可發揮，故文亦不能出色。乃其帶叙各種情事，拉雜瑣屑，則亦頗見匠心。

紅樓夢第十七回

首句一口説盡,次句侵入下回。

(回目:大觀園試才題對額　榮國府歸省慶元宵)〔陳評:大觀園築成勝景　賈寶玉小試仙才〕〔南按:紅樓夢的回目一般八字成聯,驟用七言,感到氣促。如勝字前加一絶字,仙字前加一謫字,似較妥。〕

賈政可厭,有鳳來儀,何嘗惡賴富麗,黛玉且悦之,其清幽可見矣。(你祇知朱樓畫棟、惡賴富麗爲佳,那裏知道這清幽氣象呢?)

議論精確。(此處置一田莊,分明是人力造作成的。)

杏花時節豈有百卉皆開之理。(祇見許多異草,或有牽藤的,或有引蔓的。)

賈政未必能如此淵博,何苦嚴聲厲色耶?(賈政喝道:誰問你來?)

是順筆照應處,是文字曲折處。○亦見繁華之地,無非幻境。(寶玉見了這個所在,心中忽有所動。)

包括櫳翠庵及凸碧、凹晶、蘆雪、藕香、紫菱諸處。(賈政皆不及進去)

芭蕉與海棠,安得同時。海棠開時,芭蕉未抽捲心也。若此時纔開西府海棠,則當在二月間,又與前文時候未合。(一邊種幾本芭蕉,那一邊是一树西府海棠。)

此四字實在不好。(依我題紅香綠玉四字。)

作者用筆處處不肯冷落黛玉,故借一小物夾叙數行也。(把這荷包賞了罷。)

此等處是寶玉皮氣,一時任性而已。(寶玉道:你也不用鉸,我知你是懶怠給我東西，我連這荷包奉還何如？）

此時何以不搬至自家房屋。（另於東北上一所幽静房舍居住，將梨香院另行修理了。）如何與上房通路，亦未叙明。

特表妙玉出身，并非微賤。（本是蘇州人氏，祖上也是讀書仕宦之家。）

妙玉已十八歲，則長於寶釵五歲，長於寶玉黛玉六七歲也。（今年十八歲，取名妙玉。）

有造園林之才者，未必有寫園林之筆，而擅寫園林之筆者，不難兼造園林之才。胸中邱壑，腕下煙霞，作者殆兩擅長乎。若逐一填開，則是匠頭立承攬，白螞蟻寫經賬耳。此回妙訣，全在從賈政眼中看出來，能參活法，讀之如在目前，可當臥遊。更妙在未曾遊畢，當有餘不盡之致。益見此園廣大，使人想像無窮。文字之妙，偏於没文字處生色，尤奇。寶玉而試聯額，遊時既免寂寞，而其非庸才，已可知矣。

紅樓夢第十八回

有老太太在，不宜標父母。

（回目：皇恩重元妃省父母 天倫樂寶玉呈才藻）〔陳評：盛世隆恩元妃歸省 天倫至樂寶玉呈才〕

僅止一宵之事，何必如此周備耶？（賈薔那邊也演出二三十齣雜戲來，一班小尼姑、道姑也都學會念佛誦經。）

正月中旬，花卉香草，一切未發，殊辜負一番點綴也。（奉旨於明年正月十五日上元之日貴妃省親。）

必寫夜遊者，取燈月交輝。喧染生色耳。何不作清晨而來，上燈而去。（酉初進大明宮領宴看燈，方請旨。）

隋宮故事，毋乃太奢。（點的如銀光雪浪）

元妃之年，當長於寶玉十歲上下，此時當已二十四五歲矣。（那寶玉未入學之先，三四歲時，已得元妃口傳，教授了幾本書。）

歸寧私宅，仍行國禮，殊覺繁文太多，歡叙太少。（二太監引赦、政等於月臺下排班上殿。）

史湘雲乃賈母胞姪孫女。後文常住在榮府，并言幼時爲賈母撫育曾派襲人伏侍數年。此次不應不在同見元妃之列。（現有外親薛王氏及寶釵、黛玉，在外候旨。）

此四字費解可刪。（賈政至簾外問安行參等事）

既在家庭房闈之內，何必仍叙此官樣話耶？（今貴人上錫天恩，下昭祖德，此皆山川日月之精華，祖宗之遠德，鍾於一人，幸及政夫婦。）

元妃改題匾額，極新穎佳妙。此聯恰不見好處，可知應制無佳語也。（天地啓宏慈，赤子蒼生同感戴。）

史湘雲在大觀園詩社中，亦健將也。此次未與獻詩之列，殊不入情。（題畢，向諸姐妹笑道：）

（奉命羞題額曠怡）不成句。

自以此詩爲第一。（宸遊增悦豫，仙境別紅塵。）

寶釵意中祇重金殿對策，與寶玉志趣迥殊。（將來金殿對策，你大約連趙錢孫李都忘了呢！）

寶釵艷羨黃袍，真是俗骨。（那上頭穿黃袍的纔是你姐姐呢。）

出色寫齡官，伏畫薔、調雀情事。（貴妃有諭，説齡官極好。）

不明點櫳翠庵，爲妙玉避俗也。（忽見山環佛寺，忙盥手進去焚香拜佛。）

皇城尚不得夜開，況宮禁乎。大失檢點。

以上三回，祇是衆美移住花園作引子耳。花團錦簇之文，皆過接筆墨也。

紅樓夢第十九回

標題奇麗巧妙。(情切切良宵花解語)

寧府帷薄不修,祇小小點染已足。(却是茗煙按着個女孩子,也幹那警幻所訓之事。)

主至婢家,不合情理。漸漸引入,自爾宛合。(這會子没人知道,我悄悄的引二爺城外逛去。)

引出。(茗煙道:就近地方,誰家可去?)

連着自己字,都是爲下文引逗。(一面將自己的……又用自己的……又將自己的……)

心乎玉者,真寶釵之影身也。(時常説起來都當稀罕,恨不能一見。)

老到拄拐走路,十餘年前安得生育有乳,可作奶娘耶?(偏奶母李嬷嬷拄拐進來請安。)何至一老至此。

妙想。(我知道你心裏的緣故,想是説:他那裏配穿紅的?)

善用逆筆,妙。(我一個人是奴才命罷了,難道連我的親戚都是奴才命不成?)

忽起忽落,波折巧妙。襲人之佞、襲人之媚,描寫盡致。(襲人笑道:怎麽不言語了,想是我纔冒撞衝犯了你,明兒賭氣花幾兩銀子買進他們來就是了。)

一波二折:漸漸引入主意,妙極委婉。(明年就出嫁。寶玉聽了出嫁二字,不禁又嗐了兩聲。)

語語頓跌,愈寬愈緊,使寶玉不能不信,不得不急,而我言易入矣。(我果然是個難得的,或者感動了老太太,太太,不肯放我出去,再多給我們家幾兩銀子留下,也還有的。)滿心要留下之意,自在言表。〇先説透此層,妙妙。(比我强的多而且多)必譖死晴雯之機。

折筆妙絕，一路都用此法。（我媽自然不敢强，且慢說和他好說，又多給銀子……）

勒住，勒足。（襲人道：去定了。）

深知寶玉性情，故能操縱如意。（每欲勸時，諒不能聽。）

一語勒轉，想見其柔媚機變，不可方物。（你果然留我，我自然不肯出去。）（你說說，我還要怎麼留你？我自己也難說了！）正要逼出此句。

分明道破，豈非語讖。（你們也管不得我，我也顧不得你們了。）

千回萬轉，祇此一語要緊，故以去就力爭之耳。想見其固寵嫉群，與寶釵真是一鼻孔出氣也。（再不許弄花兒，弄粉兒，偷着吃人嘴上擦的胭脂和那個愛紅的毛病兒了。）二字雅馴絕倫。（寶玉道：都改！都改！）妙，祇隨口應應。

兩人年已十三四矣，對面躺下，畢竟不宜。（又起身將自己的再拿了一個來枕上，二人對着臉兒躺下。）

此是點睛之法，自寶釵來後，一家上下傾心向之。冷香、金鎖，時時在人口中，易於煽動寶玉，故黛玉提出以試之也。（難道我也有什麼羅漢真人給我些奇香不成？）

索性說明，雋快無比。（你有玉，人家就有金來配你，人家有冷香，你就沒有暖香去配他？）

寶玉詼諧，雅逸可喜。（祇認得這果子是香芋，却不知鹽課林老爺的小姐纔是真正的香玉呢。）

寶玉至花家，襲人回來以去就要結寶玉。兩段叙得十分曲折，處處用逆筆取勢，引人入勝。文心之妙，不可思議。

襲人者，寶釵之影身也。自須出色一寫。觀其忽嗔忽喜，忽剛忽柔,忽遠忽近。寶玉不得不入其元中。絶頂佞人,真是尤物。彼既能固寵於寶玉,則其迎合賈母、王夫人處,自不待言;更何慮人之奪其寵愛耶。

襲人有母,寶釵亦有母。襲人之母,能知襲人之心而決計不贖。寶釵之母,豈不知寶釵之心而不爲之圖謀寶玉姻事哉。此文字激射法。

金玉姻緣之説,賈府人人傳播,幾同陳涉之篝火狐鳴,大衆私相指目。黛玉欲試寶玉之心,故每於戲語中點逗,而不知寶玉方惡聞此言,而又不便明説,祇得不許黛玉再提此語。其意以爲他人言之,是不知我者,豈可知我如爾而亦爲此言乎?乃黛玉則反疑爲觸着寶玉心病,故不許我説也。於是愈恐寶釵之計得行,觸處皆誤會寶玉之意矣。凡書中寫黛玉處皆是寫寶釵處,正不得恕寶釵之藏奸,而責黛玉之多心也。

紅樓夢第二十回

標題費解

（回目：王熙鳳正言彈妒意　林黛玉俏語謔嬌音）

電光一閃，幾同焦大之罵。（一心祇想妝狐媚子哄寶玉。）

又一閃。（誰不是襲人拿下馬來的？我都知道那些事！）

寶玉纔十三四歲，何至奶媽一老至此，此書中欠細緻處。論年紀至多不過四十左右方合。此時寶玉實是一心在襲人身上。（替你李奶奶拿着拐棍子）

譖死晴雯之根。（你這會子又爲我得罪這些人，這還不够我受的。）

又一閃。（遇着坎兒，説的好説不好聽的。）

上回竭力固寵，遂至恩愛若此。襲人自是志得意滿。（自己端着給他就枕上吃了。）

爲婢篦頭，與爲婦畫眉，同此意耳。但非麝月不中爲之篦頭，非寶玉亦不配爲美婢篦頭。奉請諸公，不可不篦頭，不可漫篦頭，須看那人，再度自己。（寶玉拿了篦子替他篦。）

電光又一閃。○仍是激足襲人文字。（你們瞞神弄鬼的，打諒我都不知道呢？）

寶釵深心處，特特與黛玉反照。（寶釵素日看他，也如寶玉，并没他意。）

鳳姐不斥誰叫你上高抬盤一語之謬，而大發無理之言，安得謂正言。（趙姨娘啐道：誰叫你上高抬盤了。）

此言大無理。（他現是主子，不好，横竪有教導他的人，與你什麼相干？）

（倒叫這些人教的你歪心邪意、狐媚魘道的。）是何言歟？

（鳳姐啐道：虧了你還是個爺？）你爲何大口家啐他？

（你明兒再這麽狐媚子）是何言歟？

湘雲至此，方入正叙。在文字祇是借來陪襯寶釵耳。（忽見人説史大姑娘來了。）湘雲何以不早數日來，即得見元妃歸省矣。

寶玉之於黛玉，亦有氣質用事之時，何耶？想因湘雲在前，故意作此違心之談，以掩飾真情耶？抑見黛玉説不着自己心迹，未免着惱耶？總之，此時兩人皆有些孩子氣，率性而行耳。（寶玉道：祇許和你頑，替你解悶兒，不過偶然到他那裏，就説這些閑話。）

此數語豈無因而發，會念會作云云，自是衆口交褒之語，非黛玉拉扯絮聒也。（横竪如今有人和你頑，比我又會念，又會作……）

妙妙，心不必明言，互相印證，自爾涣然而解。（寶玉道：我也爲的是我的心。）此時疑心尚淺，而寶玉又明言心迹，是以易於消釋。

湘雲老實，借之以形寶釵之奸。（祇見湘雲走來笑道：愛哥哥，林姐姐，你們天天一處頑。）

妙筆，烘托出寶釵無所往而不爲願人光景。（湘雲道：你敢挑寶姐姐的短處，就算你是個好的。）

寶釵圖謀寶玉親事，祇忌得一個黛玉，必欲離間之，排擠之，書中從不實寫一筆，祇在對面、旁面描寫出來，使讀者於言外得之。靈妙絶倫。

史湘雲亦姊妹中出色之人，前於寧府一見其名。至此回方叙其至榮府與釵黛頑笑，未免有珊珊來遲之憾。且入大觀園後往來如彼之密，不應以前蹤迹如此之疏。自黛玉入都後，至今已七八年，前文宜串插數筆方合。

　　湘雲是烘托寶釵之人。寶釵入都亦已久矣，須處處伴說，方有趣味。且可與後文結社聯吟等事相稱。

　　書中詳於叙王夫人之親戚，而略於史氏。未免太冷落賈母，亦須隨處補綴數語方合。

紅樓夢第二十一回

（回目：賢襲人嬌嗔箴寶玉　俏平兒軟語救賈璉）〔陳評：刁襲人嬌嗔箴寶玉〕

偏説勸兩個，刁極。（我勸你們兩個。）

仍字無根，吾故曰前文須補敘也。（湘雲仍往黛玉房中安歇。）

點綴金字。（上面明顯着兩個金鐲子。）

反照襲人良宵解語一段。（我就勢兒洗了就完了。）

先時候事，前文未敘，此處總覺無根。（湘雲道：這可不能了。）

臭味相同，自然水乳。（聽他説話，倒有些識見。寶釵便在炕上坐了，慢慢的閑言中套問他年紀家鄉等語。）

醋得奇絶。（袛是你從今別進這屋子了。）

罵襲人妙絶。（没的玷辱了好名好姓的！）

獨黛玉死了則竟不能過，可見鍾情非同泛常。（横竪自家也要過的。）

識悟真是漆園，非徒貌似而已。（焚花散麝，而閨閣始人含其勸矣。）

（其仙姿無戀愛之心矣。）不免戀愛固是實情。

襲人行徑，處處機詐，真與寶釵一鼻孔出氣。（若真勸他，料不能改，故用柔情以警之。……料是他心意回轉，便索性不理他。）

全不知寶玉之心，一味硬派他不是，大覺淺躁。（襲人冷笑道：你問我，我知道嗎？）

回應花解語一段。（襲人道：一百年還記着呢，比不得你拿着我的話，當耳旁風。）

襲人祇須如此開發,作用絕妙,真乃遊戲三昧。(便向枕邊拿起一根玉簪來,一跌兩段。)

則其在鳳姐房中,無日不縱淫可知也。此烘雲托月之法。(那賈璉祇離了鳳姐,便要尋事,獨寢了兩夜。十分難熬。)

一語抵得金瓶梅數百言。(賈璉便溜進來相會,一見面早已神魂失據。)

詞令妙品。鳳姐雖然與平兒親厚,而不肯分衾裯之愛,平兒安得不心向賈璉,代爲欺瞞耶。世情確警如此,描寫入骨。○平兒本不喜事,此回亦見其安靜處。(鳳姐笑道:傻丫頭,他就有這些東西,肯叫咱們搜着?)

平兒豈不願爲之,不得已而跑出,而心中含慍,故激出下文一語。(平兒奪手跑出來,急的賈璉彎着腰恨道:)形容盡致。

鬱鬱可憐。(難道圖你舒服,叫他知道了,又不代見我呀!)

平兒不遜之語,鳳姐蓄怒而不能答。後文潑醋一回,所由泄忿於平兒也。(平兒道:別叫我說出好話來了。說着,也不打簾子,賭氣往那邊去了。)鳳姐之事,安能瞞平兒。平兒萬分委曲,不覺衝口而出。

(我祇和你算賬就完了。)妙極收場。

襲人果賢,見寶玉孩氣未除,祇宜以姊妹們和氣要有分寸之言,款款深深與寶玉言之。先將寶玉之心表明,說你祇是親愛姊妹,一片天真爛漫,無奈年紀漸長,嫌疑不可不避,則寶玉雖不中聽,亦必深以爲是。從此處處留心,未嘗非規箴之力也。乃襲人不知寶玉之渾忘男女而深恨姊妹之過於親熱。滿腔醋意,滿面怒容,一味以嬌嗔劫制,寶玉豈肯受耶。從此暗中讒毀黛玉,皆從此起矣。插入寶釵數語,見其意思相同,故能獨得王夫人愛悅也。

平兒自是可愛,賢於襲人遠矣。

紅樓夢第二十二回

（鳳姐道：二十一是薛妹妹的生日）有日而無月，令人不知何時。下文云正月，則距元妃省親時太近，不應中間有巧姐出花事。

特爲指出，以顯兩人近時情形不同。（現有比例，那林妹妹就是例。往年怎麽給林妹妹做的，如今也照樣給薛妹妹做就是了。）至公至當之言。

自金鎖出現之後，漸漸林冷而薛熱矣。此回說老太太喜他穩重和平，破格慶壽，則合府之耳目心思，皆可知矣。從此步步寫寶釵占勝處，黛玉能不病乎。（也算得將笄的年分兒了）勉强說辭。（賈母因說：等過了你寶姐姐的生日）明是鳳姐已有先入之言，提起此事也。

（正值他纔過第一個生辰）然則寶釵十四歲方到京也。前文叙得太含糊。

黛玉何能如此。（寶釵深知賈母年老之人，喜熱鬧戲文，愛吃甜爛之物，便總依賈母素喜者說了一遍。）

唱戲慶壽，從來未有之例，寶玉且無之，而獨爲寶釵破格。豈非鳳姐特地爲寶釵出色乎？（這會子犯不上借着光兒問我。）

此曲妙在寶釵述之。（漫搵英雄淚，相離處士家.）

此時家中已有女伶。何以不見扮演？（賈母深愛那做小旦的和那做小丑的。）

情景難堪。（寶釵心内也知道，却點頭不說，寶玉也點了點頭兒不敢說。）

處處以湘雲之老實，襯寶釵之奸。湘雲、寶釵皆與黛玉異趣，而寶釵則渾含不露；故寶玉亦親近湘雲。寶釵却衹忌黛玉，絕不忌湘雲。明知其易與耳。不然金麒麟何嘗非金，而黛玉顧不着意者，知湘雲無寶釵之才。亦無寶釵之多助不足以移寶玉之情耳。（湘雲便接口道：我知道，是像林姐姐的模樣兒。）

（寶玉急的說道：我倒是爲你，爲出不是來了。）寶玉不諒於黛玉，猶可言也。不見諒於湘雲，實是大冤屈事。

（湘雲道：大正月裏，少信着嘴胡說這些沒有要緊的歪話！）十五日元妃省親，二十一日寶釵生日，是衹隔六日也，又似乎太迫促。

（你要說，你說給那些小性兒，行動愛惱人，會轄治你的人聽去！別叫我啐你。）湘雲醋黛玉，直形諸詞色，淺露已甚。其不及寶釵多矣。

（說着，進賈母裏間屋裏，氣忿忿的躺着去了。）何以又不與黛玉同榻。

此言寶玉誠無可辨，真心不能掬示，大是苦楚。（黛玉道：你還要比！你還要笑！你不比不笑，比人家比了笑了的還利害呢！）

（我原是民間的丫頭）黛玉亦是公侯之裔，不值得作此語。

小姑娘耳，還席恐無此理。（寶姑娘一定要還席的。）

一片苦心，無人能諒，實有萬分冤楚。（他們有大家彼此，我衹是赤條條無牽掛的。）

寫黛玉自與襲人嬌嗔不同。（黛玉聽了，就欲同去。）

此言專爲黛玉發也。（紛紛說甚親疏密？）

遙照。（豈不是從我這支曲子起的呢？）

湘雲談笑如常，絕妙消弭之法。（湘雲也拍手笑道：寶哥哥可輸了！）

直照後文。（我還續兩句云：無立足境，方是乾净。）

元宵已過，此何節耶。大約是年因元妃歸省，將新年一切宴

101

樂之事，皆移於正月二十日後補行也。宜提清一筆，亦不宜將巧姐出花之十二日，夾叙在前。若巧姐出花在正月，則過十二朝已是二月矣。不應尚在寶釵生日之前也。（賈政朝罷，見賈母高興，況在節間）

此謎劣甚，賈母不應如此。荔枝鮮紅光潤，如何似猴子耶。北方人祇見乾荔枝，故云爾也。（猴子身輕站樹梢。）

姊妹五人燈謎，却都成讖語矣。（能使妖魔膽盡摧）

湘雲明明在座，何以獨無燈謎。後文作詩如此爭先，此日必不肯不作燈謎也。（有眼無珠腹内空）

究是何節，殊不明白。（明日還是節呢，該當早些起來。）

寶釵取悦衆人，以傾黛玉。此後漸及寶玉矣。寶玉之心，未能見信於黛玉，而情迹之間，却不能使黛玉無疑，此所以時相絮聒也。湘雲祇是烘襯寶釵之人，或借其老實處形寶釵之奸詐，或借其鹵莽處見寶釵之深沉，不可竟作湘雲文字讀也。

參禪語，實是大澈大悟。

紅樓夢第二十三回

此數人後來不見再用，何也。玉皇廟、達摩庵後文亦不見説起，究在園中何處，改作何用？（且説那玉皇廟并達摩庵兩處，一班的十二個小沙彌并十二個小道士，如今挪出大觀園來。）皆係小女子何以不留在園中，挪出大觀園，則庵廟空虛，又令何人住耶。

事事是鳳姐徇私起端。賈氏之敗，鳳姐寧非罪魁。（鳳姐因見他素日嘴頭兒乖滑，便依允了。）

（不如將他們都送到家廟鐵檻寺去。）何以後文又在水月庵。

此事若叫芸兒管，則無倪二借債一節。何至後來芸兒得罪倪二，引出抄家問罪之大禍。鳳姐之罪狀著矣。（西廊下五嫂子的兒子芸兒，求了我兩三遭，要件事管管。）

淫事衹如此寫，超妙。（你爲什麼就那麼扭手扭脚的呢？）

此一段與後文水月庵管尼僧不對。（一徑往城外鐵檻寺去了。）

名爲元春不虛也。（若不命他進去，又怕冷落了他。）

閑中伏案。（金釧兒一把拉着寶玉。）

姊妹住園，寶玉同入，於理難通。賈政家法素嚴，此事不能違元春之旨也。着此一段，以見賈政亦因偶然溺愛，遂爾不明，用筆極合情理。（賈政一舉目，見寶玉站在跟前。）

賈母王夫人溺愛處皆如畫。（王夫人忙向寶玉説道：你回去改了罷。老爺也不用爲這小事生氣。）

湘雲不見回去，此處又輪不着派一所院落與之居住，殊不入情。以爲湘雲有嬸娘家要接回去，不能常住在此，則須補叙數筆，方周到。（寶釵住了蘅蕪苑）

（眼前春色夢中人）不但好句，且是真情。

（擁衾不耐笑言頻。）末後三句謂襲人也。

寶釵已十五歲，則寶玉當已有十四歲矣。黛玉、湘雲則十三歲也，寶玉此時已知人生必有婚嫁之事，自己一心在黛玉身上，恨不得祖母與父母立時作主，定了終身大事，方得快心滿意。又恐祖母父母看不出自己心事，或竟不將黛玉與自己作配。又思自己縱然得諧心願，而諸姐妹亦必各有所歸，終不能遂我相聚不散之心，如此千思萬想，輾轉縈回，有一萬分愁悶，有一萬分着急；又有一萬分懊恨。日夕往來於方寸之間，致有搔爬不着之神情，并非世俗兒郎知識開後心緒也。（見是榮國府十二三歲的公子做的。）

（祇想外頭鬼混，却癡癡的，）外頭又有何樂？

可與共欣賞者，捨黛玉更無第二人也。（黛玉道：什麼書？）

爲四十回行令，四十二回寶釵挾制黛玉伏案。（你看了，好歹別告訴人，真是好文章！）

若有意，若無意，正不嫌唐突也。（我就是個多愁多病的身，你就是那傾國傾城的貌。）

原非真惱，一笑即解。實獲我心，水乳如見。（原來也是個銀樣蠟槍頭。寶玉聽了笑道：）

每到此等時候，總有襲人分散。襲人所以爲情之魔也，而後來讒構，自然無話不說。可於意想得之矣。（祇見襲人走來說道：那裏没找到？）

恰好粘合葬花。（道：原來是姹紫嫣紅開遍）

佳人自當金屋貯之，移入園中，生出無數妙文；而寶釵傾軋黛玉處，亦易於鉤勒出來也。

紅樓夢第二十四回

若已開臉，不應戲之曰傻丫頭。（你這個傻丫頭，冒冒失失的唬我一跳！）

旗妝點出。（回頭見鴛鴦穿着水紅綾子襖兒，青緞子坎肩兒，下面露着玉色綢襪，大紅繡鞋。）

未免有情，誰能遣此。（寶玉便把臉湊在脖項上聞那香氣。）

此言可畏，晴雯之逐，黛玉之死，機在斯言。（你再這麼着，這個地兒可也就難住了。）

芸兒是否榮公子孫，并未敘明。（連他也不認得？他是廊下住的五嫂子的兒子芸兒。）

此處説賈琮是賈赦之子，前文何以從未説賈璉尚有胞弟耶。以後書中亦不提及此人，太覺疏漏。（祇見賈琮來問寶玉好。）

數語極間，恰已伏賈家禍敗之根。（若得罪了我醉金剛倪二的街房，管叫他人離家散！）

數目分明，可見是潑皮，不是醉漢。（這不過是十五兩三錢銀子，你若要寫文約，我就不借了。）

賈芸既認得倪二之妻女，則後文求情，安得不允。間間伏案，妙在無痕。（倘或有事，叫我們女孩兒明兒一早到馬販子王短腿家找我。）

似是榮府親房，則平日蹤迹不應太疏。（恭恭敬敬搶上來請安，鳳姐連正眼也不看。）

鳳姐之才，而猶喜諂諛之言，則好勝之心累之也。（説：嬸娘身子單弱，事情又多，虧了嬸娘好精神。）

乘機而入，妙絕。（賈芸笑着道：祇因我有個好朋友。）

（前兒選着了雲南不知那一府，）〔徐批：好朋友還不知那一

府,馬腳直露。﹚

　　忽然叙此閑人閑事,似乎無謂,而不知專爲寶釵嫁禍黛玉一節起根也。閑閑叙來,令人不解其故。至撲蝶時,方知文字安插之妙。能手總在閑處下子也。(正在煩悶,祇聽門前嬌音嫩語的叫了一聲哥哥呀。賈芸往外瞧時,)

　　一見留情,便爾十分關切。(那丫頭似笑不笑的説道:依我説,二爺且請回去。)

　　冰解的破之言。(賈芸笑道:求叔叔的事,嬸娘別提,我這裏正後悔呢。)

　　詞令絶妙。(要有這個意思,昨兒還不求嬸娘嗎?)

　　居功絶妙,賣弄絶妙。(早告訴我一聲兒,多大點子事,還值得耽誤到這會子!)

　　明知賈璉已許種花樹差使矣。便又添出一大宗,以見自己之情,口角如生。(等明年正月裏的煙火燈燭那個大宗兒下來,再派你不好?)

　　寶釵煩襲人打結子,寶玉煩鶯兒打絡子,恰好對照。(襲人被寶釵煩了去打結子去了。)

　　此人何其生疏。(檀雲又因他母親病了。)

　　何以不見晴雯。(還有幾個做粗活聽使唤的丫頭)

　　乘機而入,警慧絶倫。(祇聽背後有人説道:二爺看燙了手。)

　　自有心事,不暇兜搭,祇爲芸兒一言,急欲趁此片刻機會告達耳。不然,寶玉之言十分留意,大可乘機巴結,而竟不置一詞,用意可見。(那丫頭道:這話我也難説,祇是有句話回二爺。)

　　(二人看時,不是別人,原來是小紅。)至此處方點其名,用筆輕省。

　　小紅自爲芸兒援引,而秋碧兩人疑其勾搭寶玉,閑言冷語,互相譏誚。小紅亦將竊笑矣。（祇有寶玉，便心中俱不自在。）

　　總不見晴雯，究在何處，大是疏漏。（你也拿鏡子照照，配遞茶遞水不配？）何至鄙薄小紅至此。

　　一筆點醒。（那小紅心內明白，知是昨日外書房所見的那人了。）

　　即林之孝（他父親現在收管各處田房事務，這小紅年方十四。）

　　亦有一夢，相映成趣。夢耶，非夢耶。看者隨意參之可也。（紅兒，你的絹子，我拾在這裏呢。）

　　此回文字，皆爲後文伏案。襲人一言，伏讒構之根。倪二借銀，伏禍敗之事。小紅遺帕，伏寶釵嫁禍黛玉之言，且爲鳳姐疏遠賈芸時作一綫索也。

紅樓夢第二十五回

亦是夢中之緣，夢耶真耶。（忽朦朧睡去，遇見賈芸要拉他。）

小紅能使寶玉留意，自非劣品。（誰知寶玉昨兒見了他。也就留心。）

賈環此時究有幾歲，未見叙明。大約比寶玉小一二歲也。（那賈環便來到王夫人炕上坐着。）

彩雲、彩霞叙來殊欠分明。霞字似是雲字之誤。若是兩人，不應皆與環兒相好。（一時又叫彩雲倒鍾茶來，……祇有彩霞還和他合得來……）

寶玉已十四、五歲，不應尚如五六歲孩兒滾在懷裏撒嬌，亦不應尚須丫鬟拍着睡。（就一頭滾在王夫人懷裏……又叫彩霞來替他拍着。）

實是鳳姐挑唆得無謂，宜其招怨。（一句話提醒了王夫人，遂叫過趙娘娘來罵道：）

安得有如此之佛經。（那佛經上説的利害！）

三姑六婆，起發錢財，到處如此。（這個容易，祇是替他多做些因果善事。）

可笑。（那海燈就是菩薩現身的法像）

指望賈母癡心，亦照大願心許也。（他許的願心大，一天是四十八斤油。）

惟恐太多便不應許，立刻自己評減，虔婆如畫。（若捨多了，怕哥兒擔不起，反折了福氣了。）

以布施動之，自然語語湊拍矣。（我手裏但凡從容些，也時常來上供。）

恰是公道。（寶玉兒還是小孩子家。）

亦復確鑿。（這一分家私，要不都叫他搬了娘家去。）

惡。（不是我説句造孽的話。）

奸口如畫。（要説謝我，那我可是不想的呀。）

鳳姐可惡，明是違心之談，不過隨口綽趣而已。寶釵深知之，故曰詼諧。黛玉聞鳳姐之言，却稍慰於心，故絶不嗔怒。祇含羞默坐耳。而豈知鳳姐早已心向寶釵哉。（鳳姐笑道：你既吃了我們家的茶，怎麽還不給我們家作媳婦兒？）

可惡。（鳳姐聽了，回頭向黛玉道：有人叫你説話呢，回去罷。）

寶玉聞鳳姐之言，信以爲真，樂可知也。（這裏寶玉拉了黛玉的手，祇是笑，）得意之至。（又不説話。黛玉不覺又紅了臉，）心照。（挣着要走。）

奇波突起，洶湧可驚。（寶玉道，嗳喲，好頭疼！）

不在理。（那些婆子丫鬟不敢上前。）

〔徐批：薛姨媽已儼然丈母身分。〕（賈母、王夫人、邢夫人并薛姨媽寸步不離，祇圍着哭。）

深喜馬道婆之術已驗也。（趙姨娘在旁邊勸道：⋯⋯他這口氣不斷，他在那裏也受罪不安。）本不成話。

點睛處，須要着眼。（寶釵笑而不言。）

刻薄語，不倫不類，而黛玉聞之，喜而不怒，正與上鳳姐語相照。（又要管人家的婚姻叫他成就，你説可忙不忙？）正恐夫子自道耳，不然婚姻二字，干卿何事？

　

此時除賈母外，皆心乎寶釵矣，而鳳姐偏戲弄黛玉，若已有成議者然。寶釵自知已占勝着，亦復隨口笑謔以簸弄之，而兩玉且聞言心喜，以爲心願可遂，深可憐也。

紅樓夢第二十六回

（回目：蜂腰橋設言傳心事）欠明白。

元妃歸省以前，從未見賈芸之名，似乎榮府親支，祇有賈菌、賈蘭二人。自園中種花樹後，又若榮府祇有賈芸一人時供使令，與寧府之賈薔相同，叙來殊欠明白。（賈芸帶着家下小厮坐更看守，晝夜在這裏。）

遙接。（寶玉叫往林姑娘那裏送茶葉）

同病何妨同藥，涉筆成趣。（林姑娘生的弱，時常他吃藥，你就和他要些來吃。）

小婢全不知事，妙極。（這個地方，本也難站。）

寫襲人此時已爲衆所折服如此。（襲人那怕他得十分兒，也不惱他。）

心不在寶玉也，情見乎詞。（誰守一輩子呢？不過三年五載，各人幹各人的去了。）

綺霞後來竟無下落，何也。（祇說得一聲是綺大姐姐的。）

一語刺心。（你說好好兒的，又看上了那個什麽雲哥兒雨哥兒的。）

妙絕詞令。（小紅道：既是進來，你老人家該別和他一塊兒來。）

何必襲人倒茶，殊不入情，（知道是襲人，他在寶玉房中比別人不同，如今端了茶來。）

羅帕之失，豈無意乎。（便揀了一塊羅帕）

狎昵語，十分旖旎。（寶玉見說：携着他的手笑道：我要去，祇是捨不得你。）

賈蘭此時，當在十歲左右。（祇見賈蘭在後面，拿着一張小弓兒趕來。）

閑閑叙來，見伺候之周匝。寶玉雖頻來，斷不稍涉私昵也。
寶釵至寶玉房中，正值寶玉午睡，襲人出去後，房中無人，而寶釵
猶安坐不去，轉不如黛玉自守之嚴矣。（説妹妹睡覺呢，等醒來
再請罷。）

又是襲人走來，此等處最宜着眼。（祇見襲人走來，説道：快
回去穿衣裳去罷。）

寶釵今年十五歲；是薛蟠十七歲也。（祇因明兒五月初三
日，是我的生日。）

寶釵日見親熱，祇在閑冷處點出。（寶釵搖頭）

〔徐批：西廂記曲文云：我獨在窗兒外幾曾敢輕咳嗽，此正用
其語也。〕（誰知晴雯和碧痕二人，正拌了嘴没好氣。忽見寶釵來
了，那晴雯正把氣移在寶釵身上，偷着在院内報怨。）〔徐批：以
拌嘴之故，在後文撕扇子時補出，以注明寶釵此日之事也。〕

〔徐批：用一移字，後文方注出，妙。徐批：字眼。〕

（叫我們三更半夜的，不得睡覺。）何至如此夜深。

（便説道：都睡下了。）〔徐批：明白顯亮。〕

〔徐批：神化之筆。〕晴雯何至如此之粗莽，説來欠入情。蓋有
故也。（憑你是誰，二爺吩咐的，一概不許放進人來呢！）〔徐批：筆
之明白顯亮極矣。〕

（黛玉聽了這話，不覺氣怔在門外。）〔徐批：著一氣字，與晴
雯之氣正同。〕

此念左矣。（黛玉心中越發動了氣。）

説來殊不入情，哭至宿鳥驚飛，豈有院中不聞之理，且與聽
見裏面笑語不合。

黛玉心屬寶玉，而深知寶釵之蠱。一腔愁緒，無從排遣，寫

111

來煞是可憐。

　　黛玉日前聽鳳姐之言，方謂他日必歸寶玉，越要嫌疑引避，禮防自持，故一聞寶玉隨口説出曲文二句，不得不着急。其實心中毫無介介，乃轉疑寶玉未知我心，因院門不開，而忽生悲感。從此愈想愈左，漸致激成寶玉砸玉自明之事。

紅樓夢第二十七回

索性上去一問，便可釋然矣。（待要上去問着寶玉，又恐當着衆人問羞了寶玉不便。）〔徐批：字眼、字眼。〕

可憐。（那黛玉倚着床欄杆，兩手抱着膝，⋯⋯）

（乃是四月二十六日）與上文明日五月初三句不合。

機械深矣。（寶釵便站住，低頭想了一想：寶玉和黛玉是從小兒一處長大的。）

正大莊重者，固如是乎。（便煞住腳往裏細聽。）

會意。（又有一個說：可不是我那塊，拿來給我罷。）

絲蘿暗締矣。（拿我這個給他，算謝他的罷。）

寶玉未知其人，寶釵何以知之甚深，殆襲人品評久矣。（且說話的語音，大似寶玉房裏的小紅，他素昔眼空心大，⋯⋯）何其熟也。

惡極。○何以必叫黛玉，豈非有心傾陷。（笑着叫道：顰兒，我看你往那裏藏！）心中時時刻刻放不過黛玉，一開口便叫出，借此移禍，煞是可惡。

得意。（一面說，一面走，心中又好笑。）

〔徐批：惟無瑕者，可以戳人。小紅所以不畏寶釵也。〕（小紅道：要是寶姑娘聽見還罷了。）

數語點醒，可見寶釵不單是金蟬脫殼的法子。○此人既存此心，必有先發制人之計。後來到鳳姐身邊，其設法傾陷黛玉，可想而知，是不待襲人之譖，而寶釵先得小紅之助矣。（倘或走露了，怎麼樣呢？）

小丫頭稍出色者，大丫頭人人嫉忌，宜小紅之有外心也。（小紅道：今兒不該我的班兒。）語語反激下文。（有本事從今兒出了這園子）豈可如此小看人耶。

何以如此之大，尚在小丫頭之列，想分兒够不上耶。（小紅道：十七歲了。）

句中有眼，鳳姐之嫌惡黛玉至此，黛玉復何望乎？（鳳姐聽説，將眉一皺，把頭一回説道：討人嫌的很，得了玉的便宜是的，你也玉，我也玉。）

可笑，全不似大家女兒口角。（不過是那陰微下賤的見識。）

（別人我一概不管）生身之母，謂之別人可乎？武三思之言也。（誰和我好，我就和誰好。什麽偏的庶的。）

（論理，我不該説他）卿亦知此理乎。

虎狼猶知有母，探春與生身之母，直是恩斷義絕，若自恨生於其腹者然，可恨極矣。（但他忒昏瞶的不像！）

上夜黛玉不問。此刻寶玉不問。兩人之心，所由不能明徹相照也。（想了一想，索性遲兩日，等他的氣息一息，再去也罷了。）

〔徐批：此況寶玉也。〕（憐春忽至惱忽去，至又無言去不聞。）

〔徐批：此譏寶釵之不潔也。〕（一抔净土掩風流，質本潔來還潔去。）

寶釵竊聽私語，而推至黛玉身上。既自取巧，又爲黛玉暗中結怨。奸惡極矣。蓋寶釵一刻不放鬆黛玉，而又渾藏不露。作者特於閑冷處借一小事點破也。用意妙絕。

落花詩哀艷，似晚唐人手筆。凄凄切切，不堪卒讀。

寶釵機械變詐。書中從未實寫一筆。此回竊聽小紅私語，嫁禍黛玉，便將寶釵全身底裏一齊獻現出。所謂穩重端莊者，皆不待言而知其偽矣。

紅樓夢第二十八回

真心語，同心語。（我想着：姊妹們從小兒長大）

妙妙，句句是黛玉心中語，反出自寶玉之口，奇妙絕倫。（倒把外四路兒的什麼寶姐姐鳳姐姐的放在心坎兒上。）

真摯。（但祇任憑我怎麼不好，萬不敢在妹妹跟前有錯處。）

竟如好夫妻閨房中喃喃私語光景，黛玉能不回心轉意耶。（就有一二分錯處，你或是教導我）

將下半部寶玉攝入數句中，妙妙。（還得你說明了緣故，纔得托生呢！）

一說即明，由剛纔寶玉說到心坎兒上，自然疑影頓消也。（實在沒有見你去，就是寶姐姐坐了一坐，就出來了。）

（你的那些姑娘們，也該教訓教訓。）誤踢襲人一脚，其根在此。

妙妙。（今兒得罪了我的事小，倘或明兒）

寶玉好在不辯一語，蓋心迹已明，知黛玉是戲言也。（又是咬牙，又是笑。）

與冷香丸一照，均之子虛烏有也。涉筆成趣。（三百六十兩不足龜）此句有誤字。

明明是謊，妙絕。薛蟠豈少珍珠者，行文遊戲，祇消如此耳。（他說：是寶兄弟說的方子）

傳神，○寶玉深知寶釵忌黛玉，故作駁詰黛玉語，欲看寶釵之信不信也。但如何瞞得過寶釵。（臉望着黛玉說，却拿眼睛瞟着寶釵。）

寶釵可惡，已甚。○寶玉此等處，皆萬不得已，故意如此說以欺衆人耳。而黛玉則豈能相諒哉。（寶釵因笑道：你正經去罷。吃不吃，陪着林妹妹走一趟。他心裏正不自在呢，何苦來？）明在王夫人面前，毁黛玉，可惡之至。

寶釵偏識得寶玉之心，偏要在王夫人面前説破，使王夫人愈不喜黛玉，實是萬分可惡，安得信寶釵爲渾厚耶。（寶釵笑道：你叫他快吃了瞧黛玉妹妹去罷。）語語有心。

與劉老老在座，鳳姐叫住賈蓉，一樣筆墨。（鳳姐笑道：既這麽着，我就叫人帶他去了。）

黛玉尚有見了姊姊忘了妹妹之心，猜不透寶玉別有用心處也。（過一會子就好了。寶玉聽了，自是納悶。）

寶釵妝呆處入妙。在黛玉前掩飾自己與寶玉親厚之迹也。（纔剛爲那個藥，我説了個不知道）

寶玉在寶釵前故意得罪黛玉。在黛玉前故意得罪寶釵。一是掩其親密之迹，一是明其疏遠之情，方寸中費却許多轉折，而兩人皆不相信。正後文所謂心使碎了没人知道也。（我是爲抹骨牌纔來麽？）

頗有關照。（兩個冤家）

更有關照。（滴不盡相思血淚抛紅豆）

遊戲三昧，文心幻絶。（女兒喜，洞房花燭朝慵起）

文筆變幻、頓挫入妙。學爲文者能得如是，兔起鶻落，便無一筆平衍。語語出人意外矣。倘一路皆作粗俗語，便直致無趣也。（衆人聽了，都回頭説道：該死！該死！）

亦有關照。（可喜你，天生成百媚姣。）

此之謂機緣。（念道：花氣襲人知晝暖。）

妙。（這席上并没有寶貝，你怎麽説起寶貝來了？）

妙。（這襲人可不是寶貝是什麽？）

豪華公子，酒池肉林，酣歌恒舞，常事也。爲寶玉致禍之由，襲人歸結之所。皆在此一席間逗出。文心之細，真乃草蛇灰綫。

（拿起酒來，一飲而盡。）

（雲兒便告訴了出來）何其知之稔也。

斷袖之事，叙得雅絕。（聊可表我一點親熱之意。）

此層更奇妙，出人意表。（祇見昨日寶玉繫的那條汗巾繫在自己腰裏了。）

紅汗巾，竟是月老之赤繩。（祇得委婉解勸了一回）定是警幻所訓之事。

非元妃獨愛寶釵，借此烘染金玉之緣，以見無人不屬意於寶釵耳。黛玉復何望乎。（你的和寶姑娘的一樣。）

〔控補四行〕金玉之説，藉藉人口，深恐寶玉心中亦有此二字，故每每提及以試之也。（比不得寶姑娘什麼金哪玉的。……提出金玉二字來，不覺心裏疑猜，便説道：除了別人説什麼金，什麼玉。）寶玉因知元春爲金玉之説所惑。○可見別人無不説金玉矣。

兩心未能印合，形迹安能無疑。（但祇是見了姐姐，就把妹妹忘了。）

寶玉一肚子委曲，真有説不出之苦。（昨兒寶丫頭他不替你圓謊）

（寶釵分明看見，祇裝没看見）奸甚。

子眼分明。（寶釵因往日母親對王夫人曾提過金鎖是個和尚給的）

然乎。○造金鎖以惑人，藉家財以動衆，又有權術能收拾人心，好事已得八九矣。再得寶玉動了羨慕之心，豈不躊躇滿志哉，而不料黛玉之冷眼相覷也。（所以總遠着寶玉。）

（正是恨我没福。忽然想起金玉一事來。）真心。○仙筆。

筆筆跳脱，如生龍活虎。（你又禁不得風吹，）寶釵亦幾窘矣。

　　黛玉深知人人心向寶釵，所可恃者，寶玉之心不動耳。故每於言語中時帶譏刺，又冷眼看寶玉待寶釵神情，深恐寶玉亦爲金玉之説所惑。積慮生疑，因疑成恨，而寶玉之真心，未能剖以相示。此時兩人心中煞是難過，宜有下回大鬧之事矣。

紅樓夢第二十九回

書中時日，太覺隨筆，殊失檢點。（單表到了初一）然則仍未到初三日也。

（黛玉的丫頭紫鵑、雪雁、鸚哥。）仍有鸚哥則紫鵑究於何時到黛玉身邊耶。

（那賈芸、賈萍、賈芹等聽見了）何以不見賈薔、賈菌、賈藍。

（并賈璉、賈瑞、賈瓊等也都忙了。）何以不見賈琮。

妙筆烘染，莫認作子虛烏有。（看見位小姐今年十五歲了。）

賈母之心可見。（不管他根基富貴，祇要模樣兒配的上。）其在黛玉乎。

（那家子窮，也不過幫他幾兩銀子就完了。）可知不屬意於寶釵。

鳳姐急以他詞亂之，不使賈母盡其詞，可惡。（祇見鳳姐兒笑道：張爺爺，）

道士開口却說佛，可笑。（還在佛前鎮着呢。）

張道士請出玉去，而配無數金物送進，知說親一層，非泛設也，正是烘托金玉姻緣耳。（哥兒祇留着頑耍賞人吧。）

喜聽吉祥戲，是富貴中人通病。（第二本是滿床笏。）

湘雲何以不請來。賈母面上，與史家之人何其冷落也。（好像是我看見誰家的孩子也帶着一個的。）

妙妙。（寶姐姐有心不管什麽，他都記得。）〔徐批：蘊藉含蓄。妙妙。〕

〔挖補十四行〕寶釵被黛玉道着心事，祇可裝沒聽見。寶玉之愛姊妹，是其天性。雖情獨鍾於黛玉，亦豈能翹然於寶釵、湘雲哉。看紅麝串，揣金麒麟仍是率其天性而已。而黛玉不能無意外之疑矣。要知寶玉與黛玉、寶釵、湘雲契好。其意全不在夫婦床第之間。故不嫌於泛愛，與俗情自是不同。不得謂其情無一定，不專注黛玉而責之也。（惟有這些人帶的東西上，他纔是留心呢。）

寶玉正要人看出自己心事也。（嗔着張道士與他説了親）

越是心上人不知我心，越覺可恨。（今聽見黛玉如此説）

（我白認得你了！）此言本太冒失。

因元春之賜物，知金玉之必成，又見寶玉取金麒麟更不能無疑也。（我那裏能够像人家有什麽配的上你的呢！）

細想此句，方知張道士之言，非泛設也。（你怕攔了你的姻緣）愈説愈遠矣。

將兩人心事提出，刻劃入微。（況從幼時和黛玉耳鬢廝磨）

（暗中試探那黛玉）要試探黛玉能知我心否也。

兩人之未能心心相印，祇在各將真心瞞起來耳。（也每用假情試探）

所煩惱者，有金玉之説也。冤哉黛玉。（別人不知我的心，還可恕）

冤哉寶玉。（可知你心裏時時有這個金玉的念頭，我一提你怕我多心，故意兒着急，安心哄我。）

黛玉此心，真是不錯。（你好，我自然好）

主句。（你道兩個人原是一個心。）

同心人反不知心，而旁人反道着心事，所謂親極反疏，非此一疏，終不能互證此心也。（説到自己心坎兒上來）

不入情。（便連忙的一齊往前頭去）

離前文吃瓜藕之日，未免太遠。似前文不必説因生日而送禮物也。（方纔平伏，過了一日，至初三日。）

并非不知寶玉真心也。（萬不該鉸了那玉上的穗子）

　　二人本是同心，却難剖心相示。黛玉之心，寶玉已深知之；而寶玉之心，黛玉尚未能深知。總之因有金玉之説，而黛玉之憂疑起，亦因黛玉口中有金玉之説，而寶玉之煩惱生。夫以寶玉之天真爛漫，而欲其慁置寶釵，勢所不能也。在寶玉意中，以爲但論姊妹，則黛玉固好，寶釵亦未嘗不好。若論婚姻，則既有黛玉，我自然不再想寶釵。然正爲心中祇有黛玉却不肯昧其愛姊妹之本心，祇要黛玉看得透，識得真，與我一心一意，知我心必無遊移，而坦然以處於衆姊妹之中，憑我形迹之間，親厚他人，絶不介意，方謂之真知我耳。殊不知黛玉此時，何能信到如此地位，故越説真心話，越增其疑抱也。直至後來寶玉説到你皆因不放心之故，終弄了一身的病云云，黛玉方得徹底明白。從此任寶玉與寶釵如何親厚，總深信其不爲金玉之説所惑矣。故越到寶釵定姻，人人皆知而黛玉獨不疑也。知心之難如此。其奈無人能知兩人之心何哉。

紅樓夢第三十回

情至語，可泣鬼神。（我就死了，魂也要一日來一百遭。）

寶玉情之聖者也、款曲肫摯，以求諒於黛玉。世間豈復有此鍾情人。（寶玉笑道：我知道了，有什麼氣呢？）

刻骨語，情至語，祇此一言，可以解恨，不必多費詞説也。（我知道，你不惱我。）

（黛玉心裏原是再不理寶玉的。）與前文後悔意未合。

神化之筆。（你死了，我做和尚。）得此語，則千疑盡釋矣。

違心之言。（胡説的是什麼？）

何必如此。（氣的嗄了一聲，説不出話來。）

所謂無限的心事，所謂也有所感，皆指金玉之説，須要體會。（原有無限的心事）

看此等處，令我心折骨碎。（便一面自己拭淚）

是表明黛玉處。（黛玉將手一摔道）

賈母聽之，固是放心。王夫人聽之，豈不煩惱，皆見鳳姐奸惡處。（此時寶釵正在這裏）子眼。

借罵寶玉，即斥黛玉，舌鋒可畏。（你要仔細，你見我和誰頑過！）

無謂。（心中着實得意）

可畏。（原來這叫負荊請罪！）

有何難解。（別人總没解過他們四個人的話來。）

何以不回園去。（來到王夫人上房裏）

未免太膽大矣。（我和太太討了你）

妙筆。（眉蹙春山，眼顰秋水。）

一口鮮血，還是從又羞又氣而致。（生氣踢了他一下子）

大鬧之後，各人回心轉意，方得體貼出真心實意來，古人言得一知己，死可不恨。必如此，方值得爲之死耳。

你死了，我做和尚。在此時不過是充類至義之盡之言，而不意後來竟實有其事也。

畫薔一段，絕妙烘托，凡人心中鬱鬱不能自吐之情，大率如此。

寶玉雖與黛玉説開，而一肚子委曲總不曾暢快説出，偏又惹得寶釵生氣，適與金釧兒私語，被王夫人聽見，更覺没趣。種種鬱結懊惱，遂致怒氣勃發，有踢傷襲人之事。

紅樓夢第三十一回

（回目：撕扇子作千金一笑　　因麒麟伏白首雙星）標題不解，後文并無照應。

何以不見賈母，筆墨大是疏忽。（午間王夫人治了酒席）

王夫人久聽浸潤之譖，本不悅於寶玉、黛玉之親熱太甚，故因金釧兒事，索性不理寶玉以警之也。（王夫人見寶玉沒精打彩）

（祇當是他因爲得罪了寶釵的原故）金釧兒之事，不應不知。

與寶玉意見，却正相反。（那黛玉天性喜散不喜聚）

解脱。（所以不如倒是不聚的好。）

直照後文（雖有萬種悲傷，也就沒奈何了。）

連日鬱悶已久，此時真乃悶上加悶，故容易生氣也。（倒是寶玉心中悶悶不樂）

正惡聞離散之言，却好説出離散，安得不怒。（再挑好的使，好離好散的倒不好？）

晴雯口角尖快，襲人恨毒極矣，安得不致之死地。（不是我説：正經明公正道的，連個姑娘還沒挣上去呢？）

所謂萬人知道者，何事也。襲人深畏之，故先發制人，譖死晴雯也。（不該這麼吵的萬人知道。）

〔徐批，另一筆迹，且無紅圈點：此襲人本心也於無意中露出。〕（等無事中説話兒回了太太，也不遲。）

以上許多文字，祇是叫出此句，烘托黛玉耳。可知晴雯是黛玉的影子。（叫我怎麼樣纔好，這個心使碎了，也沒人知道。）

妙極。（一面拍着襲人的肩膀笑道：好嫂子。）

正與晴雯駁我們二字鬥笋接縫，襲人强笑而心蓄怒，安得不致黛玉於死地。（黛玉笑道：你説你是丫頭，我祇拿你當嫂子待。）

閒中點染，連次寫寶玉狎婢，漸無忌憚。襲人所以必進讒言，欲求王夫人命其管束寶玉也。

〔徐批，另一筆迹，且無紅圈點：此非閒中點染之文，實以注明二十六回寶釵之事也。〕（還記得碧痕打發你洗澡啊，足有兩三個時辰。）

然則何以生氣時，却拿襲人晴雯生氣耶。（祇是別生氣時拿他出氣。）

與制繒何異，寶玉祇圖消釋日間之憾，未免太殺風景。（晴雯果然接過來，嗤的一聲，撕了兩半。）

旗人映出。（把寶兄弟的袍子穿上，靴子也穿上，帶子也繫上。）

（前日有人家來相看，眼見有婆婆家了。）此處若插入甄寶玉一筆，實是妙文。

賈母待湘雲，不甚親熱，何耶。（賈母因問：今日還是住着，還是家去呢？）

冷冷數語，博王夫人心喜。（寶釵笑道：他再不想別人。）

妙。（黛玉道：你哥哥有好東西等着給你呢。）

不應在賈母、王夫人跟前分給衆丫頭。（湘雲道：我給他帶了好東西來了。）

尖雋。（就配帶金麒麟了。）

寶釵深心如此，越避形迹嫌疑，越是心在寶玉也。（寶釵見寶玉笑了，忙起身走開，找了黛玉説笑去了。）

一路蓄轉引到金麒麟。（猛低頭看見湘雲官縧上的金麒麟。）

妙。（翠縷道：這是公的，還是母的呢？）

妙筆。（看着笑道：可分出陰陽來了！）

妙語。（笑道：是件寶貝，姑娘瞧不得！）

妙筆傳神。（湘雲伸手，擎在掌上，心裏不知怎麽一動，似有所感，忽見寶玉從那邊來了。）

晴雯是黛玉影身，寫寶玉自言心使碎了没人知道。説晴雯，正是收束上回黛玉文字也。襲人是寶釵影身，黛玉叫〔有小紙條粘貼，上書：詆斥襲人，正見寶玉與寶釵日近一日更爲親熱，爲〕黛玉看不下處。〔這些字被覆蓋：嫂嫂，湘雲送戒指，隱隱然金玉姻緣將合矣。〕

聞乾隆年間，都中有鈔本紅樓夢一百回後，與此本不同。薛寶釵與寶玉成婚不久即死，而湘雲嫁夫早寡，寶玉娶爲繼室。其時賈氏中落，蕭索萬狀。寶玉湘雲有除夕唱和詩一百韻，俯仰盛衰，流連今昔。其詩極佳。及付梓時，削去後四十回，另撰此書後四十回以易之，而標題有未改正處。此因麒麟伏白首雙星，尚是原本標題也。

除夕唱和詩，即步凹晶館中秋聯句詩十三元韻，先祖在都門時，見吳蕘圃相國家鈔本，曾記其詩中佳句十數聯，時時誦之。惜余方在稚齒，不能記憶也。〔原作年方，後用珠筆圈去年字，方下添在字，蓋評後，圈點時改也。〕

紅樓夢第三十二回

湘雲見寶玉心屬黛玉，便謂與己無情，故絕不領會寶玉珍重金麒麟之意也。（明日倘或把印也丟了）

（我前日聽見你大喜呀！湘雲紅了臉，扭過頭去吃茶，一聲也不答應。）着此一筆，不說明白，正有好文字可做，惜後四十回中，不在此時尋取消息也。

（你還記得那幾年咱們在西邊暖閣上住着，晚上你和我說的話？）其時未有黛玉、寶釵，則湘雲自有捨我其誰之意。

所說之話，不必明叙，自可想見。湘雲此時已不望前言之踐，故祇說襲人不似從前相待也。用意與寶釵自別。（晚上你和我說的話。）

湘雲見寶玉心中祇有一黛玉，索性恝置寶玉，故直將醋意說出，不似寶釵之暗用心機也。（我知道你的心病，恐怕你的林妹妹聽見。）奇語。

（我說你們這幾個人難說話，果然不錯。）所該甚廣。

不解何故，恨之至此。（祇會在我跟前說話，見了你林妹妹，又不知怎麼好了。）

人家者，甚惡之之詞也。（把我做的扇套兒，拿着和人家比，賭氣又鉸了。）

那一位者，甚惡之之詞也。（不知怎麼又惹惱了那一位。）

不滿意之甚。（誰還肯煩他做呢？）

真是寶釵一流人物。（你就不願意去考舉人進士的，也該常會會這些爲官作宦的。）

點清子眼。（上回也是寶姑娘說過一回。）

襲人口口聲聲，不滿於黛玉。其在王夫人面前讒毀之處，不待叙而自明,而其譽寶釵,更不必言矣。(幸而是寶姑娘,那要是林姑娘,不知又鬧的怎麼樣!)

寶黛二人,志趣相合,湘雲襲人輩俗人,何足以知之。(要是他也説過這些混賬話,我早和他生分了。)

黛玉真心,細細描出。(父母早逝,雖有銘心刻骨之言,無人爲我主張。)直映寶釵有母爲之主張。

兩情已是相照,是以急急認錯也。(方想起前日的事來,遂自悔這話又説造次了。)

寶玉不得不説矣。(寶玉瞅了他半天,方説道:你放心。)

真是知己之談,黛玉安得不感入骨髓。(且連你素日待我的心也都辜負了。你皆因都是不放心的原故,纔弄了一身的病了。)這纔説到心坎兒上去○直至此日盡情傾吐。

不言而喻,非情至豈能如此。(有什麼可説的,你的話,我都知道了。)

上文已將一片心和盤托出。黛玉亦已徹底明白,不待其言之畢也。是以轉出襲人來聽其余言,爲後文進讒張本,筆墨真有化工。(好妹妹,我的這個心,從來不敢説,今日膽大説出來,就是死了也是甘心的!我爲你也弄了一身的病。)此數語偏偏黛玉不曾聽見,而被襲人聽見,亦恨事也。○豈非爲金玉之故乎。

大家子弟,心事不敢吐露,雖以賈母如此鍾愛,亦不敢以心事私白,而微窺王夫人已屬意寶釵,明知金玉之説,機械已深,故亦弄了一身的病也。(又不敢告訴人,祇好捱着等你的病好了。)

(如此看來,倒怕將來難免不才之事,令人可驚可畏,却是如何處治。方能免此醜禍。)惟其如此,斷不至有不才之事也。襲人烏知之?○黛玉死矣。○汝自忘其醜耶?〔徐批:此語實自謂,恐黛玉發其私事也。〕

緊接寶釵,以醒讀者之目。(誰知寶釵恰從那邊走來。)

關切之甚,可見近日異常親厚也。(這麼大熱的天,叫他做什麼?)

湘雲家現襲侯爵,不應十分艱難。我所最不解者,史鼎是賈母胞侄,何以從不見史家有人來耶。(在家裏一點兒做不得主。)

影射黛玉,亦是從小兒沒了父母的苦也。(看他的形景兒,自然從小兒沒了父母是苦的。)

照床沿看繡肚兜事。(一概不要家裏這些活計上的人做。)

應前誰肯煩林姑娘做一番説話。(你不必忙,我替你做些就是了。)

晚上親自過來,當不止爲做針綫一事也。(晚上我親自過來)

〔徐批:如卿真明白人也。〕(也不過是個糊塗人,也不爲可惜。)

寶釵傾軋黛玉處可恨。書中祗此一兩處,寫盡寶釵心機,不煩多費筆墨。(姨娘放心,我從來不計較這些。)偏將此話來討好。

寶玉心事,盡情吐露。黛玉從此與寶玉心心相印。而寶釵實逼處此。金玉之緣,事在垂成矣。豈不痛哉。

此時但使無寶釵爲祟,雖不看出二玉心迹,當亦有迎合賈母爲之撮合者。其奈王夫人屬意寶釵,鳳姐力助寶釵,而李紈與衆姐妹,又全受寶釵牢籠。無一人憐惜黛玉者,又益之以襲人之讒譖,寶釵之傾軋,黛玉安得不死,寶玉又安得不死。

余最不解看紅樓夢者,贊美湘雲。夫以湘雲之粗而愚,陋而俗,是全不懂情之人,真乃無一可取。而徒以其直爽豪邁,羨其爲人,豈知其直爽處是忌嫉之甚。信口觸發。豪邁處是粗疏之〔此處覆蓋一紙,重評如下,按:史湘雲亦甚妒黛玉,而一味粗率,不似寶釵之深心。蓋寶釵欲爭勝於黛玉以移寶玉之情。湘雲則明知寶玉情不可移，故索性直言唐突，以發其心中之不快而已。
觀其拾得金麒麟時，心未嘗不一動，而與寶玉相見後，語語提掇
黛玉。知寶玉心上祇此一人，雖我所自謂不如之寶釵，尚不足以
移其情，何況於我，故特特以不入耳之談來相勸勉。其見解正與
寶釵、襲人一路，冀寶玉聞言意轉，則可借此離間黛玉耳。乃寶
玉之言如此，湘雲自知枘鑿不相入矣。從此不復心乎寶玉，安心
他處定親去也。〕

〔按上又有眉批云：湘雲明與黛玉作對、滿口詆訾黛玉。其
志趣與寶玉真如冰炭，是旁面襯托寶釵處○此書處處以湘雲之
鹵莽，襯寶釵之奸詐。非實寫湘雲也。〕

此回在襲人口中，帶出前日聽見你大喜一語。書中絶不叙
出湘雲定親何家。夫婿何人。帷燈匣劍，巧妙絶倫。惜後四十
回失去。續編者未得作者用意，忽叙湘雲出嫁，旋即守寡，大爲
無謂。若作甄寶玉進京時點出云。原來史湘雲所定親事，就是
甄寶玉。現在甄夫人帶他進京來完娶，則文字固絲絲入扣，而此
回襲人之言，明是寶釵定親影子，湘雲大喜之日，即寶釵大喜之
日，亦隱躍紙上矣，不如此做，而以李綺配甄寶玉，實爲不倫。且
與全書毫無關涉，豈非大敗筆耶。

寶釵聞王夫人説黛玉多心忌諱，連忙説我從來不計較這些。
祇此一言，而王夫人心中看得寶釵賢於黛玉遠矣。越喜歡寶釵，
自然越憎嫌黛玉。寶釵用心，實爲深險，正與竊聽小紅私語，推
在黛玉身上，一樣機械，初不必實寫寶釵如何傾軋黛玉也。

紅樓夢第三十三回

確。（我看你臉上一團私欲愁悶氣色。）

我看至此處，不覺涕淚沾襟，不自解其所以然。（他將來長大爲官作宦的，也未必想着你是他母親了。）

（你替珠兒早死了，留着珠兒，也免你父親生氣，我也不白操這半世的心了！）此語太不體貼老太太之心，可知王夫人并無孝順老太太的意思也。

寫寶玉吃此大虧，引出襲人在王夫人前浸潤之言，爲殺晴雯離黛玉之根苗也。而姊妹中情分之淺深，亦可一一寫出。

紅樓夢第三十四回

襲人面前，無須深言也。（不過爲那些事，問他做什麽！）

第一個來，關切可知。（祇聽丫鬟們説寶姑娘來了。）

不覺真心吐露，亦是在襲人前不必留心耳。自居於老太太、太太之次，隱微畢見。（早聽人一句話也不至有今日，別説老太太、太太心疼，就是我們看着心裏也——剛説了半句。）書中從不叙寶釵規勸寶玉之語，可知襲人是寶釵影身。此處一點自醒。

（如此親切，大有深意）何意耶，可想。

心思幻妙，非寶釵所能領會也。（我便一時死了，得他們如此，一生事業總然盡付東流，也无足嘆惜了。）若死了，恐祇得黛玉如此耳。

落想便是世俗之見，如何能知寶玉之心。（何不在外頭大事上做工夫，老爺也歡喜了。）

寶釵之情，如此而已，然己自謂萬分多情，無可復加也，又安能如黛玉之體貼入骨哉。（吃的頑的，悄悄的往我那裏祇管取去。）何其親密至此。

寶釵有此摯情否。（祇見他兩個眼睛腫得桃兒一般，滿面淚光，不是黛玉，却是那個？）

不感謝其來問候之情，而深慮其受暑。情意深厚，不在浮文也。（太陽纔落，那地上還是怪熱的）毫無客套之言，自與待寶釵不同。

如此乃爲情至。（寶玉這些話，心中提起萬句言詞，要説時却不能説得半句。）

此語捨黛玉外，豈能向第二人説者耶。亦除黛玉外，無人能領會得也。（你放心，別説這樣話，我便爲這些人死了，也是情願的。）他日不得爲黛玉死。

讀此一段，真令人心酸骨楚，雙淚如雨。（又該他們拿咱們取笑兒了）心照之言，回映前文。

想了一想，晴雯死矣，黛玉死矣。（襲人見説：想了一想。）

本已垂青，讒譖易入。（來至上房，王夫人正坐在涼榻上。）

特提寶姑娘，用意可想。（襲人道：寶姑娘送來的藥，我給二爺敷上了。）

先使王夫人感激寶釵。再使王夫人喜歡自己。（激在心裏，再弄出病來，那可怎麼樣呢？）

襲人處處留心，深恐彩雲在側，言之則結怨趙姨環兒，故推不知，奸滑可想。（别的緣故，實在不知道。）

乘機而入，讒人之妙訣也。（今日大膽在太太跟前説句冒撞話，論理——説了半截，却又咽住。）

那些人，所該廣矣。（偏偏那些人，又肯親近他。）

祇爲要想説此話而來耳。（要來回太太，討太太個主意。）

襲人占便宜處，即是寶釵影子。（我的兒，你祇管説。近來我因聽見衆人背前面後都誇你。）

黛玉姻事絶望矣。（王夫人聽了，吃一大驚。）

更有阿誰，直指黛玉。（寶玉難道和誰作怪了不成？）

牽上寶姑娘，妙。明知王夫人之必不疑及寶姑娘也。（況且林姑娘、寶姑娘又是兩姨姑表姐妹。）

口角甚伶俐，安得不入其元中。（倘或不防前後，錯了一點半點，不論真假，人多嘴雜。）

〔挖補〕語語如項莊舞劍，其意常在沛公也。（後來二爺一生的聲名品行，豈不完了呢？）

句句信真，黛玉死矣。（王夫人聽了這話，正觸了金釧兒之事。）

襲人志得意滿之狀可想。（太太吩咐，敢不盡心嗎？）

寶玉何嘗不明白，其平日之離間可想。（祇是怕襲人子眼攔阻，便設法先使襲人往寶釵那裏去借書。襲人去了，寶玉便命晴雯來。子眼）子眼〇因材器使，襲人祇配往寶釵處去也。子眼。

遙知黛玉淚痕洗面，情至可憐。（寶玉想了一想，便伸手拿了兩條舊絹子。）

體貼入微，非我佳人，莫之能解。（細心揣度，一時方大悟過來。）

真情真意，不可言傳，説來入微。（不覺神癡心醉，想到寶玉能領會我這一番苦意。）

從此以後，兩人真如一人齟齬矣。（我却每每煩惱傷心，反覺可愧。）

病之起也，自知情緣，未必能諧。由傷感悲痛而來，後文屢次求死，其根起於此時也。（却不知病由此起，一時方上床睡去。）一筆雙關，病由此起者，婚由此絶望也。

快哉快哉，當爲之浮一大白。寶釵之心，薛蟠且知之，況他人乎？一筆直透紙背。（從先媽媽和我説，你這金鎖要揀有玉的纔可配。）〔徐批：可見非和尚語。〕

〔徐批：黛玉非誤看也，聊以答如來佛比人還忙一語耳。〕（就是哭出兩缸淚來，也醫不好棒瘡！）黛玉誤看寶釵矣，寶釵豈肯爲寶玉挨打而哭出兩缸眼淚耶？

此回寫寶黛心情，真乃追魂攝魄。讀之而不心酸者非人情。

襲人浸潤之譖，足制黛玉死命。書中不見寶釵之迹，而寫襲人處，自令人知寶釵一面。猶恐讀者疏忽，故借薛蟠數語，大聲疾呼以喝破之。筆墨之妙，巧奪天工。

薛蟠數語，與焦大醉罵一段，文法一樣。

涂鐵綸曰：蘇老泉辨王安石之奸，全在不近人情。嗟呼，奸而不近人情，此不難辨也。所難辨者，近人情耳。襲人者，奸之近人情者也。以近人情者，制人；人忘其制。以近人情者，讒人；人忘其讒。迹其生平，死黛玉，死晴雯，逐芳官、蕙香，間秋紋、麝月，其毒甚矣。而王夫人寶之，寶釵昵之。豈非愈近人情，愈藏奸惡也哉。然而世必有辨之者矣。

自第二十九回至此回，是作書者慘澹經營最爲着意之處。一部書中精神命脈，全在此六回書，讀者正須細心體會，勿草草翻過也。

紅樓夢第三十五回

衆人皆至怡紅院問候寶玉，而黛玉不往，相知之深，不必在形迹也。（祇見李紈、迎春、探春、惜春并丫鬟人等）不見湘雲一來何也。

周姨娘是何人之妾，書中從未叙明。迎春之母爲何人，亦未叙及。（跟着周姨娘并丫頭媳婦等人，都進院去了。）

真乃觸處生愁。（雙文雖然命薄，尚有嬭母弱弟。）

乃堂如此鍾愛，豈有不早爲計及婚姻大事者。（我的兒，你別委屈了。）

尚有天良。（眼睛裏掌不住掉下淚來。）

箋片聲口。（你們府上也都想絶了！）

省親時，安得有新荷葉。（借點新荷葉的清香）

一味奉承討喜歡，黛玉豈肯如此。（二嫂子憑他怎麽巧，再巧不過老太太。）

母女所以竭力奉承者，祇想得此一贊美耳。（從我們家裏四個女孩兒算起，都不如寶丫頭。）點睛語。

（這話是老太太説偏了。王夫人忙又笑道：老太太時常背地裏和我説寶丫頭好，這倒不是假話。）賈母之贊，王夫人自是合意。〇王夫人背地裏，豈肯和老太太説林丫頭好耶。

寶釵不免錯會寶玉之意，以爲聞譽而喜，必有心於我也。（倒也意出望外，便看着寶釵一笑。）

湘雲竟未來問候，蓋明知不能與寶釵、黛玉相角逐，此時已聯姻他處。且昨日一席之談，與寶玉大不投機，故待寶玉如此落落耳。（忽見湘雲、平兒、香菱等在山石邊掐鳳仙花呢。）

（祇有周姨娘與那老婆丫頭們忙着打簾子，立靠背鋪褥子。）

周姨娘何以在此，獨不見邢夫人，何也。前又未叙出邢夫人已先回去，殊欠明白。

漏却邢夫人，是筆墨疏處。（老祖宗和姨媽不用讓）

討好如畫。（鳳姐先忙着要乾净傢伙來，替寶玉揀菜。）

亦自解意。（玉釧兒道：吃罷，吃罷！）

傅勢者，富勢也。既富而且有勢，其在寶釵乎。（便知是通判傅試家的嬤嬤來了。）

可知寶玉隨處用情，祇是愛慕佳人，非有褻意也。（恐薄了傅秋芳）癡絕。

與寶玉年歲，太不相稱，子虛烏有，何不説作十六七歲耶。（目今傅秋芳已二十三歲，尚未許人。）是長於寶玉九歲也。

此中人語云：不足爲外人道也。（他反告訴別人，下雨了，快避雨去罷。）

回應茜香羅，知寶玉雖因此吃苦，仍念念不忘也。（寶玉道：汗巾子就好。）

逗一金字。（我的名字，本來是兩個字，叫做金鶯。）

可知心不在寶釵。（明兒寶姐姐出嫁，少不得是你跟了去了。鶯兒抿嘴一笑。）

伏案。（我常常和你花大姐姐説，明兒也不知那一個有造化的消受你們主兒兩個呢。）自是花大姐姐常常説也。○其不鍾情於此主兒兩個明矣。

謂此言爲無心出之，吾不信也。（你還不知我們姑娘，有幾樣世上的人没有的好處呢。）

截住不説妙。（正説着：祇聽見外頭説道：）

一口就説到玉，見他心心念念在玉上。（寶釵笑道：這有什麼趣兒！倒不如打個絡子把玉絡上呢。）遥射黛玉所鉸之穗子。黛玉所謂自有別人替他再穿好的也。

林鴉二字相連。鴉色斷使不得，用意顯然。必須用金綫，用意更顯然。（寶釵道：用鴉色斷然使不得，大紅又犯了色。黃的又不起眼，黑的太暗，依我説：竟把你的金綫拿來配着黑珠兒綫。）所謂金玉姻緣也。

王夫人之意，惟寶釵知之。（寶釵抿嘴一笑，説道：這就不好意思了。）

方纔邢夫人與賈母、王夫人同來，與此處不合笋。書中疏忽處，應改。（忽見邢夫人那邊遣了兩個丫頭送了兩樣果子來給他吃。）

黛玉起，黛玉結，章法不亂。

王夫人早已看中寶釵，再得老太太稱譽，更無待再計矣。用金綫配通靈寶玉絡子，見金玉姻緣已經聯絡也。

紅樓夢第三十六回

兆字欠明白

（回目：繡鴛鴦夢兆絳芸軒　　識分定情悟梨香院）〔陳評：繡鴛鴦夢警絳芸軒〕

襲人要約三事中之一事也。寶玉何嘗記得，亦可知要結之無益矣。○知己難逢，安得不爲情死。（或如寶釵輩有時見機勸導，反生起氣來，……也學的釣名沽譽，入了國賊禄鬼之流，……獨有黛玉自幼兒不曾勸他去立身揚名，所以深敬黛玉。）俗眼讀至此等處。必訾黛玉而美寶釵，真乃矮人觀場。此書傳寶玉、黛玉，豈宜以世情測之，寶玉固是畸人，黛玉亦具仙骨，寶釵俗人耳。豈可并論。

是周姨娘亦是賈政之妾也。（如今趙姨娘、周姨娘的月例多少？）

將難人推在外頭，善於取巧。（從舊年他們外頭商量的）

實屬不公。明明到了你手裏纔減了一半，何以在外頭打饑荒的時候不曾減耶。（他們説了：祇有這個數兒，叫我也難再説了。）

寶玉處丫頭何以獨多，竟高出於王夫人之上，與老太太相埒。（如今説因爲襲人是寶玉的人，裁了這一兩銀子，斷乎使不得。）

襲人文字，即是寶釵文字。書中子眼，自是分明。（鳳姐一一的答應了，笑推薛姨媽道：姑媽聽見了，我素日説的話如何？今兒果然應了。）何事非卿素日説的話果然應了耶。

（比我的寶玉，還强十倍呢！）此語是寶釵影子也。

用意顯然，讀者弗被做書人瞞過。（如今且渾着，等再過二三年再説。）

何至一惱至此，諺所謂吃醋吃到隔壁也。（糊塗油蒙了心，爛了舌頭不得好死的下作娼婦們。）

寶釵勤到怡紅院，意在與寶玉日親日近也。（寶釵獨自行來，順路進了怡紅院。）

寫寶釵親近寶玉處，用筆靈妙絶倫。（又笑道：好姑娘，你略坐一坐，）是何意也？（我出去走走就來。）何以如此？（説着就走了。寶釵祇顧看着活計，）得毋看他，身上帶的那一個乎。（便不留心一蹲身剛剛的也坐在襲人方纔坐的那個所在。）襲人坐的所在，乃即做警幻所訓之事的所在也，豈可忘情坐下乎？（因又見那個活計實在可愛，不由的拿起針來就替他作。）

偏被黛玉看見，妙。（黛玉見了這個景況，早已呆了。）

寶釵平日籠絡衆人，無處不得便宜。（忽然想起寶釵素日待他厚道，便忙掩住口。）

妙極妙極，神化之筆。（如何信得？什麽金玉姻緣，我偏説木石姻緣。）

〔此條筆迹不同：無情無理。〕（從此以後，我是太太的人了。）

〔此條筆迹不同：侃侃正論。〕（就算我不好，你回了太太去了。）

〔此條筆迹不同：後來何以跟了下流人，後來何以不死。〕（難道下流人，我也跟着罷？）

又是警幻所訓之事可知也。（説些春風秋月，粉淡脂紅。）

你到不得已時，何以不死。（也因出於不得已，他纔死啊！）

奇想，非食人間煙火者所能有。（你們哭我的眼淚，流成大河，把我的尸首漂起來。）

映照黛玉。（偏是我這没人管没人理的，又偏愛害病！）

了悟。（從此後祇好各人得各人的眼淚罷了。）

其奉承薛姨媽至於如是，焉得不爲寶釵之心腹爪牙。（他比不得大老爺，_{奇談}這裏又住的近、又是親戚，你不去，豈不叫他思量？）後來絶足不去，又何耶。

湘雲落落已甚。（一面又説：明日必去）

湘雲是老太太面上的親戚，老太太却不甚着意，亦是映襯黛玉。（就是老太太想不起我來，你時常提着。）

王夫人命襲人作寶玉屋裏人，便是寶釵定親影子。蓋王夫人早有成見，賈母亦不能做主。況有金玉前緣之説，有端莊穩重之譽。上下大小同然一詞。賈母縱使屬意黛玉，王夫人亦必不依從也。觀此回自己做主將襲人給寶玉，則其自己做主爲寶玉聘寶釵何待再計哉。讀此回而祗認作襲人文字，矮人觀場耳。

寶黛二人至此時，纔得心心相印，滿意分拆不開，而不知金玉之説，已牢不可破矣。人實爲之，謂之何哉。古今來主臣朋友，遇合不終，比比皆是，不獨此兩人也，爲之慨然。

以上十餘卷，將寶玉之鍾情於黛玉。黛玉之被害於寶釵處，曲曲描寫，已極透徹，以下着筆，易露痕迹，是以鋪叙閑文，亦文字疏密相間之法也。

紅樓夢第三十七回

何以必做學差，事屬破格，反費筆墨。（因特將他點了學差）

尺牘欠佳，非雪芹翁才短也。蓋見近世結吟社者，其箋劄往來，大概如此。遂依樣畫葫蘆耳。想鸞鳳學燕雀之鳴，亦甚吃力。（妹探謹啓二兄文几）

寶釵所羨慕者如此，安能與黛玉同道。（天下難得的是富貴，又難得的是閑散。）

一切白花皆可用。（斜陽寒草帶重門）

收二句已竭。（欲償白帝宜清潔，不語婷婷日又昏。）

此詩較勝，何以居殿。（秋容淺淡映重門）

宛然寶釵作用。（見襲人執意不收，方領了。）

晴雯之死，在掌握中。（得空兒就拿我取笑打牙兒，一個個不知怎麼死呢？）

宛然黛玉。（晴雯冷笑道：雖然碰不見衣裳。）屢提此語，襲人所以必不能容之也。（你們別和我裝神弄鬼的，什麼事我不知道！）

叙詩社正嫌平實，留湘雲作波，便覺生動。（正要請他去，這詩社裏要少了他，還有個什麼意思！）

自以此首爲上。（蘅芷階通蘿薜門，也宜墙角也宜盆。確切）

寶釵自是老世事，處處想得周到。（又要自己便宜，又要不得罪了人。）

寶釵收拾人心，無微不至。緣家本豐富，故能舉動如意，財之不可已也如是。（你如今且把詩社別提起，祇普同一請，等他們散了，咱們有多少詩做不得的？）

（你可別多心，想着我小看了你。）真是老奸。

寶釵生來，有此一套腐話，實在衹可配禄蠹也。（還是紡績針黹，是你我的本等。）

賈政外任，衹欲使寶玉閑暇耳。何官不可做，而必破格爲學政乎？鄙意宜作時值軍興，特簡辦餉。既不容辭，又不便挈眷。於是惡奴從中趁利，以致賠累甚多，雖免誤餉，而家計大落。漸漸引動下文，盡有妙義。

海棠詩，自以黛玉爲優，湘雲兩首更佳。

近有邵秋士女史一詩，頗勝諸作。詩云：閑房寂寂掩重門，相伴冰肌玉一盆。涼月西風成獨對，花光人影共消魂。頗多慘緑凄清態，絶去嫣紅點染痕。妝閣不須銀燭照，斜陽庭院未黄昏。

紅樓夢第三十八回

（命人盛兩盤子給趙姨娘送去。）何以又無周姨娘。

照後文妙。亦對照邢夫人。（鴛鴦紅了臉，砸着嘴，點着頭道：哎，這也是做奶奶説出來的話！）

此回平叙，不見出色處。詩則問菊第一，菊夢次之，而當時獨推詠菊，何也。

紅樓夢第三十九回

哥哥二字可味。

（回目：村老老是信口開河　情哥哥偏尋根究底）〔陳評：村老老信口說神靈　情哥哥癡心尋廟宇〕

着此一段，以見下文硬配之可惜也。（探春道：可不是老實！）

孤立者聞之短氣。（鳳丫頭就是個楚霸王，也得兩隻膀子）

鳳姐在王夫人前，説按月放給，都有日子，從不參差，却私放利錢，并不按日子放給，何以服人。（這個月的月錢，連老太太、太太屋裏還沒放，是爲什麽？）

爲抄家張本。（單他這體己利錢，一年不到，上千的銀子呢！）

好稱呼。（就祇預備我們那一個。）

活像。（十斤五錢，五五二兩五。）

高樓一席酒，窮漢半年糧。今云够過一年，則奢者愈奢，約者愈約矣。可嘅也夫。（够我們莊家人過一年了！）

是賈母纔過七十也，後文八十歲生日，又何其近乎。（我今年七十五了。賈母……比我大好幾歲呢！）

伏後鳳姐祈禱。（他天天吃齋念佛，誰知就感動了觀音菩薩。）

用意顯然。若説姓林便太露；若説他姓，便不妥貼。（寶玉道：不拘什麽名姓，也不必想了，祇説原故就是了。）

筆筆跳脱。（連忙進去，一看泥胎）

　　劉老老再見，在此回仍是閑文。欲其漸見親熱，使後來不突也。尋廟事初謂閑極之文，祇見寶玉之癡耳。久之，方知大有妙境在，説見四十三回。

紅樓夢第四十回

語雋而味多。(劉老老歎道:一兩銀子也没聽見個響聲兒就没了。)

其人可愛,真有清客之才。(咱們哄着老太太開個心兒,有什麽惱的。)

賈母視黛玉,與寶玉一樣,故從無譽詞,而往往提兩個玉兒也。讀者勿因賈母屢次稱贊寶釵,便謂賈母亦不喜黛玉。〔徐批:其然豈其然乎。〕(賈母笑道:我的這三丫頭倒好,祇有兩個玉兒可惡。)

故意做出少年老成,却與寶玉好尚不合。(及進了房屋,雪洞一般,一色的玩器全無。)

此二句下回絶不接笋,究竟嚷的何事?不提一字,則此處宜删去。(祇聽外面亂嚷嚷的不知何事。)

鋪寫繁縟,自不可少。行酒令寶釵聽出黛玉念詞曲中語,爲後文張本。

紅樓夢第四十一回

櫳翠庵三字，至此處始見於書，妙玉進來後，亦初次入傳也。（劉老老至櫳翠庵來，妙玉相迎進去。）

提筆。（寶玉留神看他是怎麼行事。祇見妙玉）

妙玉待寶釵、黛玉，自爾不同常人；然祇是以釵黛作寶玉引襯耳。（寶玉悄悄的隨後跟了來。祇見妙玉）

村婦雖濁，女也。寶玉雖清，男也。劉老老飲過之杯，則欲弃之。自家常用之杯，則與寶玉共之。在世俗之見，必以爲女悦男之確證矣。不知妙玉心中祇辨清濁，何分男女。彼固不以男子視寶玉也。惟其如此，故與寶玉相契之深。（妙玉忙命：將那成窰的茶杯別收了。）

（仍將前番自己常日吃茶的那隻綠玉斗來斟與寶玉。）是十分敬愛之意，不可稍以遊冶之心測之。

（自然把這金珠玉寶一概貶爲俗器了。）點睛之筆。

座中有俗人，不得不作此門面語。蓋我心中無男女之見，不能人人皆知我心，則姑以俗情言之可耳。（妙玉正色道：你這遭吃茶，是托他兩個的福，獨你來了，我是不能給你吃的。）界限仍自劃清，真乃和而不流，蓋心可忘男女之見，形迹則不可不拘也。

以爲怪僻，自是寶釵見解。這與衆人相同。（寶釵知他天性怪僻，不好多話。）

與自己常日吃茶的那隻綠玉斗激射，更醒。（幸而那杯子是我没吃過的，若是我吃過的，我就砸碎了也不能給他。）

污杯而弃杯，污地而洗地。妙玉之心，惟寶玉知之。是兩人猶一人也。蓋寶玉忘乎己之爲男，亦忘乎妙玉之爲女，祇是性情相合，便爾臭味相投。此之謂神交。此之謂心知。非食人間煙火者，所能領略。若説兩人稍涉兒女私情，互相愛悦，則俗不可耐矣。○後文着棋聽琴時，妙玉不免動情。凡心一起，魔劫頓來。可知以前心如止水，不涉一毫俗情也。然下半部是另一手所作，筆墨畢竟不如前半部之靈妙。（你那裏和他説話去？越發連你都醃臢了。）

劉老遊園，如入迷樓。西洋衣鏡，種種奇巧。全爲播弄村婦而作，以博一笑耳。若於貴妃駕臨時寫之，則司空見慣，何足道哉。此亦文家活法也。而園中鋪設，又因此補見，一舉兩得。（便見迎面一個女孩兒，滿面含笑的迎出來。）

自有此屋，無此氣味。（祇聞見酒屁臭氣滿屋。）

襲人討人歡喜處在此，寶釵正復爾爾。故寫襲人，即是寶釵影子。（忙悄悄的笑道：不相干，有我呢。）

借品茶以寫寶玉之深契於妙玉，用意巧妙絶倫。

寫妙玉性情純與寶玉相同，宜其心心相印，水乳交融也。

世俗之人，横一團私欲於胸中，便處處以男女相悦之心，揣摩書中所叙之事。如妙玉之於寶玉，亦以爲迹涉狎昵，真隔塵障千百層，無從與之領略此書旨趣也。○此種筆墨，作者難，識者亦不易。余少時讀此回，亦不能無疑於妙玉，彼時祇因未識得寶玉耳。及反復尋繹，將寶玉之性情行事看透，方能處處領會作書者之旨趣。眼光稍一不到，不免冤枉殺妙玉，即是冤枉殺寶玉，且并黛玉亦冤枉殺也。

櫳翠庵在園中何處，前文從未叙明。妙玉日用所需，取之何處，亦須補叙數筆，前文所云達摩庵，玉皇廟，自是子虛烏有，可無須費筆累紙耳。

紅樓夢第四十二回

標題不通

（回目：蘅蕪君蘭言解疑癖　瀟湘子雅謔補餘音）

上文是當日説話，此處又説昨日，欠明白。（從來不像昨兒高興。）

鄉村婆媽口氣如畫。（那個墳圈子裏不跑去？）

縊死家親女鬼，其秦氏乎？（有縊死家親女鬼作祟。）

恰是至言。（已後姑奶奶倒少疼他些，就好了。）

劉老老本是爲巧姐而設，故着此一段文字，以伏後案。（你就給他起個名字，借借你的壽。）

（正是養的日子不好呢：可巧是七月初七日。）有何不好。

俚鄙可笑。（就叫做巧姐兒好。這個叫做以毒攻毒，以火攻火的法子。）不通之至。

鳳姐祇喜奉承，劉老老已摸着皮氣矣。（必然遇難成祥，逢凶化吉，都從這巧字兒來。）奇絶語。

青紗與前文賈母所説軟煙羅祇有四樣顏色云云不合，且賈母云送兩匹，今祇一匹，亦不合。（這是昨日你要的青紗一匹）

審字可味，要審得見此等語之由來也。（我要審你呢？）

寶釵明知黛玉得見此種書皆從寶玉處來，故以此挾制黛玉，而黛玉自然受制，可以玩諸股掌中矣。（寶釵冷笑道：好個千金小姐！）

貌爲推心置腹之狀，老奸作用。（你當我是誰，我也是個淘氣的。）

（都怕看正經書，弟兄們也有愛詩的。）占便宜在此。

正見得你與寶玉不是背着偷看也。（他們背着我們偷看，我們也背着他們偷看。）

此四字制定黛玉舌鋒可畏。（最怕見些雜書，移了性情，就不可救了。）

又極意作稱譽之語，以暖黛玉之心，真是老奸作用。（這母蝗蟲三字，把昨兒那些形景都畫出來了，虧他想的倒也快！）

巧笑倩兮，善戲謔兮。以視鳳姐，雅鄭天淵。（寶釵笑道：有趣！最妙落後一句是慢慢的畫。）

妙絕解頤。（起了名字，就叫做携蝗大嚼圖。）

寶釵論畫，深得畫家三昧。（安插人物，也要有疏密，有高低。）

妙。（黛玉忙笑道：鐵鍋一口，鐵鏟一個！）

語語解頤。（黛玉道：你要生薑和醬這些作料。我替你要鐵鍋來，好炒顏色吃啊。）

黛玉已受制於寶釵，祇得借端軟求。（做姐姐的教導我，姐姐不饒我，我還求誰去呢？）找足前文，所謂文見於此，而意屬於彼也。

一派籠絡之意。（今兒我也怪疼你的了。過來，我替你把頭髮籠籠罷。）

寶玉所謂樂事者，祇在此等處，所以與凡人好色者不同。（寶玉在傍看着，祇覺更好。）

寶釵之於黛玉，真有生瑜生亮之憾。其藏奸作僞之處，如何瞞得過黛玉。正思設計制服之，而忽得其間。豈肯放鬆一步，侃侃數語，能使黛玉俯首愧服，不覺受其籠罩，其才自不可及。

他人與黛玉不合，疏之而已，毀之而已，譏之笑之而已。獨寶釵渾然不露，從而譽之，從而諒之，且從而親厚。不但使他人不覺其相忌，并能使黛玉亦忘其相忌，而信其不相忌也。而寶釵之機械深矣。寶釵之變詐極矣。此鄉愿所以爲德之賊也。

紅樓夢第四十三回

此舉大不成體統，不但小家子氣而已。（但不知怎麼個湊法兒？）

老太太安得謂之別人。（倒向着別人）

派到僕婦，已失體統。（我們自然也該矮一等了？）

派及丫頭，可笑已甚。（又回頭叫：鴛鴦，來，你們也湊幾個人，商議湊了來。）

將下回一照。（你瞧瞧，把他幸的這個樣兒！）

各人一笑會意。（鳳姐笑道：都有了！）

遠照操家時違例取息票子。（我看着你主子這麼細緻，弄這些錢，那裏使去？）

彩雲、彩霞，究是一人是兩人，實不明白。（把彩雲的一分也還了他。）

此回全寫寶玉癡情。若特特定個地方，定個日子，平平寫來，便成死筆，索然無味矣。妙在絕不提明，突然出門，使人摸頭路不着。文字靈活異常。（寶玉也不來，想必他不知，又貪住什麼頑意兒，把這事又忘了。）

暗暗提出，妙。（原來寶玉心裏有件心事。）

寶玉自言案頭設一爐，每有心事，焚香默祝，便能感格，而此回必欲出門，何也？蓋今日家中熱鬧非常，若不出門，斷不能避却衆人，靜坐片刻，焚香默祝也。（祇見寶玉遍體純素，從角門出來。）

真是心香一瓣。（再想自己親身帶的，倒比買的又好些。）

寶玉辨洛神荒誕，甚明。而一聞劉老老無稽之談，便欲爲若玉小姐重建祠宇，何也？若玉者，黛玉也。洛神可廟，絳珠何獨不可廟乎？爲晴雯作誄，是黛玉生祭；爲若玉尋廟，是黛玉生祠。但誄詞顯而易明，尋廟隱而不覺。直至此回，始憬然而悟，爲之拍案狂叫，浮白自酬。凡遇佳文，切弗草草讀過，辜負古人心血也。○或曰：子何以於辨洛神，而悟尋廟之事乎？要知此回，雖爲了金釧之案，却極言寶玉多情。夫不負金釧，豈忍負黛玉哉。明眼人自當作如是觀，方見滴滴歸元，絲絲入扣。（我素日最恨俗人不知原故，混供神，混蓋廟。）

（今兒却合我的心事，故借他一用。）作如是觀。

（寶玉不覺滴下淚來。）觀洛神而下淚，聊以寄我情耳。

（那井臺上如何？）妙，不着迹，而隱隱關合。

（含淚施了半禮。）仍是看洛神時所下之淚。

（自然是那人間有一，天上無雙。）可兒可兒。

（一位姐姐妹妹了，二爺的心事難出口。）恰合得妙，可謂知心青衣矣。

（你在陰間，保佑二爺來生也變個女孩兒和你們一處頑耍，豈不兩下裏都有趣了。）可兒可兒，真知寶玉之心者。寶釵必要謀做夫妻，實焙茗之不若也。

回來先見玉釧，又將題意一點。（祇見玉釧兒獨坐在廊簷下垂淚。）

是日唱戲，爲慶生辰，而其姐生日，却在今日，未免感傷。無心看戲，并懶怠伺候主子，獨坐向隅，故寶玉回來即見耳。非硬嵌也。（噯，鳳凰來了，快進去罷。）

（你猜我往那裏去了？）文心跳脫。

寶玉癡情，不忘金釧，寫來躍躍紙上，尤妙在絕不點出。讀者自能領會，文法巧妙異常。

此回出色寫茗煙，能說得出寶玉心事，真不愧爲寶玉之僕。

紅樓夢第四十四回

承上文而言，又將題意一見。妙於天然，非同造作。（便和寶釵說道：這王十朋也不通的很，……寶玉聽了，却又發起呆來。）

閻王老婆，絕妙名號。較生菩薩九子魔母鳩盤荼，尤覺威風凜凜。（多早晚你那閻王老婆死了就好了。）

（平兒也是一肚子委屈，不敢說。）應前文。

見人不潑，乃才智超絕處。村中潑婦，見人越潑矣。（便不似先前那般潑了。）

自認生了氣，方能中聽，恕寬得法。（我原生了氣，又不敢和他吵，打了平兒兩下子。）

妙語解頤。（從小兒人人都打這麼過。）

得間。（寶玉便讓了平兒到怡紅院中來。）

知己相逢。（心中也暗暗的战敥。）

（替他簪在鬢上，忽見李紈打發丫頭來喚他，方忙忙的去了。寶玉因自來從不曾在平兒前盡過心。）祇此已極生平之樂，知之者其惟黛玉乎？倘寶玉而於此外稍存他意，豈堪爲黛玉之知己耶？

補點，文字變化之妙如此。（今日是金釧兒生日，故一日不樂。）

寫鳳姐賈璉如此一篇大鬧文字，仍以寶玉作過結，妙絕。（因歪在床上心內怡然自得，忽又思及賈璉。）此之謂好色而不淫。

的真情種。（上面猶有淚痕，又攔在盆中洗了，晾上。）

賈璉如此，安得有情。（想着不如賠了不是。）

鳳姐有智有膽，我畏其人。（鳳姐忙收了怯色，反喝道：）

鳳姐明知之，故膽愈壯。（鳳姐兒道：不許給他錢！）

（鮑二又有體面。）不知有何體面。

　　賈璉之怨鳳姐，已非一日。鳳姐之恨平兒，亦頗不淺。事在二十一回。故一觸即發，兩人皆不自知耳。讀是書者，勿作矮人觀場，眼光祇落在一處。

　　寶玉溫存旖旎，直能使天下有情人，皆為之心死。然所重在知心，在感情，絕不在淫欲，豈復塵世所有。

　　世俗男子，有所愛戀，必欲真個銷魂，方謂情緣暢遂。即不然，亦必偎傍菴澤，以為得趣。真蠢物耳。夫姑蘇臺半生貼肉，不及若耶溪頭之一面。無他，情之所屬，不在狎昵之迹也。誠能性情相洽，痛癢相關。我之所好，彼亦好之。我之所惡，彼亦惡之。我見為是，彼則必為，我見為非，彼必不為。我之哀樂，與彼之悲歡，若合符節。我之議論，與彼之心思，如合肺腑。雖莊容靜對，而情意自融。雖廣眾旅見，而神情獨注。雖千里睽隔，而行事可料。雖數年闊別，而片刻不忘。雖有足移我情者，而心不為動。雖有足分我愛者，而心不稍惑，是即終身嫌疑引避，絕無遊詞謔語，而忱愫之通晤言，亦有至樂，是即終身禮防自持，從不憑肩握手，而腹心之孚形骸，自覺不隔，復何必密切私語，以為親履舄交錯以為樂，撫摩懷抱以為愛，朝雲暮雨，以為快哉。知此始可與言情，而茫茫孽海中，誰得情之三昧者。以此語人，人亦不信，乃今觀寶玉之於香菱、平兒諸人，而知余言不謬矣。寶玉深於情者，而從不着意於警幻所訓之事，其於襲人之流，結歡於此事，正不鍾情於此人也。若其於黛玉，則冰清玉潔，惟求心心相印而已。所以欲得為偶者，即紫鵑所謂萬兩黃金容易得，知心一個也難求。既得其人，必不忍相離耳。非慕色也，非好淫也。

若徒欲真個銷魂，則寶釵之美，何遜黛玉。寶釵而外，美人正多，而無一鍾其情者，何耶？且寶玉亦好色矣。而其言曰：但願諸人與我相聚至死，諸人哭我之淚，漂没我之尸骸。既而又曰：祇好各人得各人眼淚。嗚呼，世之溺情床第者，曾得人眼淚否耶？當其纏綿枕席，海誓山盟。臨去徘徊，依依執手。非不淚盈枕畔，淚濕羅巾。逮骨冷形銷，拊膺大慟，痛不欲生，積久不忘。提起淚下者，有幾人哉。夫淚從心出，體交而非心知，曷以得之。寶玉之於美人，務在以心相交接，使美人體會我心，至於終身不忘。斯已足矣。其於平兒也，一理妝而平兒知其心。其於香菱也，一換裙而香菱知其心。絕無絲毫褻狎，而已有非常之樂。彼領略警幻所訓之事者，寶玉可以決然捨去，則其心之不屬可知也。知心之人，至於生則同生，死則同死，至於一處化灰化煙，至於割慈忍愛，翩然出世，豈非男女之情，不在床第哉。人生亢儷之間，意洽情投，有羨煞鴛鴦不羨仙之樂，亦祇是兩心如一，便爲佳爾。豈必留心裙帶，專以雙宿雙棲爲閨房樂事哉。彼終風且暴者，却甚留心裙帶，惟知真個銷魂者也。益可信鍾情者之所重矣。彼寶釵者，乃求真個銷魂而不求得寶玉之心者也。觀其於寶玉吃打之後，聞寶玉體貼自己之言，暗暗想道：何不將體貼我們的心腸，用在世故應酬上去。其心祇要寶玉熱於人情世故，以便入仕途耳。絕不知寶玉之心，且不感寶玉之知心。蠢哉俗哉，何堪配寶玉哉。

　　寶玉黛玉，知男女一生必有一婚一嫁之事，斷無不婚不嫁之人，故不能不以此事關心。豈如寶釵之志在夫榮妻貴，朝歡暮樂哉。

紅樓夢第四十五回

定論。(虧了還托生在詩書仕宦人家做小姐。)

衹恐卿處墻茨,不可掃也。(罰他掃一遍就完了。)

賴嬤請酒,若一到便說,便直率也。看其教訓子孫,是老夫人口氣。箴勸小主,又全似老家人聲口,感戴主子中,仍帶賣弄自家之意。無一率筆,所以成文。○口口聲聲帶定主子,立言得體。(賴嬤嬤向炕沿上坐了,笑道:)

上文并未叙出寶玉在座中。(常把他老子叫了來罵一頓,纔好些。)

老成之言。(倒也像當日老祖宗的規矩)

伏後文。(犯了什麼不是,攆了他不用?)

回應收束,文法絶不散漫。(果然鳳姐命人找了許多舊收的畫具出來,送至園中。)

趁黛玉不出門時,如此親近,用意可知。(打點些針線來,日間至賈母、王夫人處兩次省候,不免又承色陪坐。)包括許多曲意承迎投其所好之語。

即此已不能與寶釵爭勝。(近日又復嗽起來。)

點睛之談,固知無以勝寶釵也。(我知道我的病是不能好的了。)心中自知,所願必不遂矣。

是點醒寶釵語。(也不是人力可强求的。)

披肝吐膽,真乃心無渣滓,然適落寶釵度內矣。(然我最是個多心的人,衹當你有心藏奸。)

寶釵明明傾陷黛玉,而能使黛玉傾心至此。其權術自不可及。(昨兒我親自經過,纔知道了。)

誰謂黛玉一味任性,不善處世故人情耶?(他們尚虎視眈

157

眈，背地裏言三語四的。）

（我也是和你一樣。）奇談。

無一能及，黛玉之所憂在此。（你又有母親，又有哥哥。這裏又有買賣地土。）

不覺吐露。（也不過多費得一副嫁妝罷了。）

總是錢財便當，得以收拾人心。（祇怕燕窩我們家裏還有，與你送幾兩。）

一往情深。（向黛玉臉上照了一照。）

自覺與寶釵關心不同。（你想什麼吃？你告訴我。）

可見黛玉非不留心家務。（如今天又凉，夜又長，越發該會個夜局，賭兩場了。）

開賭於此濫觴，偏是蘅蕪院婆子做頭家，後來竟查不及之，何也。（不如會個夜局）

寶釵非糊塗人，而竟失察自己院中開賭，殆見遠而不見近耶。（連上）

寫黛玉真是清操如玉。（又想寶玉素昔和睦，終有嫌疑。）

黛玉傷春之後，又復悲秋。愁病交侵，鬱鬱可憐。詩思凄清，與泣殘紅相似。讀者尚難爲懷，作者何以自遣。

紅樓夢第四十六回

轉變敏捷,寫鳳姐處處靈敏。(我能活了多大,知道什麼輕重?)

說不可討,便十分決絕。說去討,便即刻就去。寫得鳳姐機警絕倫。(要討,今兒就討去。)

從邢夫人言語,想出此層。寫鳳姐處處周到。(我先過去了,太太後過去。)

善於辭令。(我吩咐他們炸了。)

平常所說主意,自非不嫁之謂。(平常我們背着人說起話來,聽他那個主意,未必肯。)

隱隱將襲人下半截文字一照,亦見鴛鴦識見在二人之上。(自以爲都有了結果了,將來都是做姨娘的。)知其後來一死,亦是萬分無可如何耳。(等過了三年,知道又是怎麼個光景兒呢?)此層尚是欲得人而嫁之意。

暢快絕倫。(一家子都成了小老婆了!)

是寶釵滴翠亭身分。(我一閃,你也没看見。)

一路平平叙來,得此波折,便不嫌絮煩。(你道是誰?却是寶玉。)

寶玉到處用情,祇是如此。自是君身有仙骨,世人那得知其故。(心中着實替鴛鴦不快。)

罵得不倫不類,奇絕。(又罵:混賬!没天理的囚攮的,偏你這麼知道!)

賈赦真乃全無心肝,可殺。(憑他嫁到了誰家,也難出我的手心,除非他死了。)電光一閃。汝以爲必不能死耶?

妙妙,妙妙。寶釵愧死矣。(我這一輩子别説是寶玉,就是

159

寶金、寶銀、寶天皇、寶皇帝，横豎不嫁人就完了！）捨寶玉更何必嫁，一激至此，遂成奇節。

何時帶在袖内，欠入情。（便袖内帶了一把剪子。）

老人氣極，隨口加責。何用辯，何必辯，何可辯，寫探春自以爲能，實則愚闇已極也。（探春有心的人，想王夫人雖有委屈，如何敢辯。）有何委屈，豈賈母真怪王夫人耶。探春有心，直是會心全無。

（賈母笑道：可是我老糊塗了。）不得不爾。

寶玉自知大體，愈形探春之巧而拙也。（寶玉笑道：我偏着母親説大爺、大娘不成，通共一個不是，我母親要不認，却推誰去，我倒要認是我的不是，老太太又不信！）妙語解頤，衹消如此解脱，却又自然關合賈赦之語，故佳。

（鳳姐笑道：我倒不派老太太的不是，老太太倒尋上我了？）愈妙。

鴛鴦自命不苟，讀之如劍光，森森然有寒氣。爲夫求妾，非賢惠也，才不足也。誓死不嫁，非守貞也，情不鍾也。然非此不足以成鴛鴦之名，非此不足以新紅樓之局。

紅樓夢第四十七回

恰是真情。（就是媳婦孫子媳婦想不到的，我也不得缺了。）

兩語，勝罵，勝打，勝殺，勝剮。（就是要這個丫頭不能！留下他伏侍我幾年。）

妙語解頤。（你家去，再和那趙二家的商量治你媳婦去罷！）

特爲湘蓮作傳，是伏尤三姐文字。（那柳湘蓮原係世家子弟。）

（不知他身分的人，都誤認作優伶一類）知之者其惟寶玉與尤三姐乎。

紅樓一部，祇寶玉、湘蓮不愧情種，故特談秦鐘也。（寶玉便拉了柳湘蓮到廳側書房坐下。）

微逗。（柳湘蓮冷笑道：我的心事。）

可惡，該打。（你要做官發財都容易。）

英雄妙用。（拉他到避净處）

偏説不是呆子，妙。（薛蟠忙笑道：我又不是呆子。）

妙用。（咱們先設個誓）

英雄語。（湘蓮道：不用拉傍人，你祇説現在的。）

妙絶趣絶。（賈蓉還要同到賴家去赴席。）

賴家開宴，半屬閑文，借此生出事端耳。後幾回佳境，俱從此開出。

尤三姐看中湘蓮，即在此種英雄氣骨也。

寫湘蓮亦即是寫寶玉。湘蓮有風流之體態，而具剛烈之性情。所以與寶玉、秦鐘相好者，絶非世俗浪子之所謂情契也。湘蓮如此，寶玉可知。其樂與美人相親，豈肯涉一毫狎昵之意耶。

紅樓夢第四十八回

叙薛蟠出門學習經營,一以合尤柳姻緣,一以移香菱入園也。行文妙有布置(想着要躲避一年半載,又没處去躲。)

有恨黛玉帶來之意。(都是那什麽賈雨村,半路途中那裏來的餓不死的野雜種!)

閑中伏致禍之由,俱從盛處點衰兆也。(誰知就有個不知死的冤家)

王忠潛愛清明上河圖,以懷古膺無妄之災,與石呆子將母同。(衹說要扇先要我的命!)

此打根子,尚從討鴛鴦時埋伏。○賈政、賈赦同一打兒子也,而義與不義,相去遠矣。(都凑在一處,就打起來了。)

二人談詩,非深於詩者不能叙述。(又有對的極工的)

學詩金針。(且把他的五言律一百首,細心揣摩透熟了。)

涉筆成趣。(寶玉笑道:說謊的是那架上的鸚哥。)

寶玉爲學,何必苦心。彼特不屑爲俗學耳。寶釵何知焉。宜寶玉之不答也。(你能够像他這苦心就好了。)

香菱名家女,才貌不凡,自應特寫一番,乘薛蟠遠行。從女伴學詩,固其宜也。奉黛玉爲師,可謂得所依歸。

紅樓夢第四十九回

此詩實在妙絕。（精華欲掩料應難）

忽來一群美人，筆下有鏤金錯采之妙。（奶奶的兩位妹子都來了。）

點次錯綜，大有章法。（祇見黑壓壓的一地。）

梅雪爲婚，涉筆成趣。又梅者，媒也。寶釵之事，此時必已有人爲之媒合矣。（許配都中梅翰林之子爲妻）

祇一寶玉能知其意，能來勸慰黛玉，安得不爲之心死耶。倘黛玉漠然無情，非但不成黛玉，且不成人。（寶玉深知其情，十分勸慰了一番方罷。）

以此爲學問，亦非食人間煙火者所知。（一個賽似一個，如今我又長了一層學問了。）

襲人皈依寶釵，以爲無人能及。忽聞有勝於寶釵者，不覺驚詫心動也。（這也奇了，還從那裏再尋好的去呢？我倒要瞧瞧去。）心目之中，祇有一個寶釵，故聞有勝於寶釵者，始驚疑要瞧瞧去也。

寶琴子虛烏有，特着此數語，見老太太愛黛玉之心，已爲薛所潛移也。（老太太有了這個好孫女兒，就忘了你這孫子了。）此是黛玉文字，勿呆看。

史湘雲是賈母内侄孫女，其傾心寶釵，而忌黛玉如此，無怪賈母亦愛寶釵，而謂黛玉怪僻小性也。然則湘雲真乃驅魚之獺，驅鳥之鸇。（史湘雲執意不肯，祇要和寶釵一處住。）

姊妹尚有醋意，何況黛玉。（又推寶琴笑道：你也不知是那裏來的這點福氣！）

其惡黛玉至此，在賈母前安得有譽言。（却有人真心是這樣

163

想呢。)

業已制服黛玉,便不怕黛玉不藏鋒斂銳矣。(湘雲便不作聲。寶釵笑道;更不是了。)奸雄神吻。

惟其如此,故遭嫉妒。(其中又見林黛玉是個出類拔萃的。)

黛玉實心人,竟不知寶釵之奸。(黛玉笑道:誰知他竟真是個好人,我素日衹當他藏奸。)

誰能如此體貼。(今年比舊年越發瘦了,你還不保養。)

無淚之痛,甚於有淚。〔方框上覆紙改成:"病已必不得好,如何"能保養耶?〕(眼淚卻不多。)

閑中點染,伏下乞梅。(却是妙玉那邊櫳翠庵中有十數枝紅梅,如胭脂一般。)

旁觀眼清。(怎麽那一個帶玉的哥兒,和那一個掛金麒麟的姐兒,那樣乾净清秀,又不少吃的。又不少吃的此句贅可删。)

李嬸娘南方人,故不知此吃法也。(衹見老婆子們拿了鐵爐鐵叉鐵絲蒙來)

伏。(平兒帶鐲子時,却少了一個。)

突然來一寶琴,是襯托寶釵文字。寶琴爲賈母所愛,立逼王夫人認了乾女孩兒,言外見寶釵已爲賈母所愛,有過於愛黛玉也。勿認真看作有一個寶琴。

大雪勝景,得天時也。大觀名園,得地利也。諸美畢集,得人和也。寫者神采,使讀者神往,然在此書,衹算中等文字。

紅樓夢第五十回

通首香菱衹作兩句，亦未見所長。後作紅梅花詩，何以不派香菱，而仍派寶琴。（匝地惜瓊瑤，有意榮枯草）

（吟鞭指灞橋）此句不對。

（拗垤審夷險）審字有誤。

（林斧或聞樵）亦不對。

（誠忘三尺冷）誠字有誤。

（狂遊客喜招）亦不甚對。

聯句不見所長，以其搶做，自不能工。

（憑詩祝舜堯）頌揚無謂。

自知其必可得，故欣然而往。（這罰的又雅又有趣！）

寶玉與妙玉神契，非黛玉不足以知之。（黛玉忙攔説：不必，有了人反不得了。）

（白梅懶賦賦紅梅）率句。

（凍臉有痕皆是血）俗句。

（誤吞丹藥移真骨）此聯亦滯。

（春妝兒女競奢華）俗。

此人此景，此衣此花，掩映奇麗，仙乎仙乎？然寶琴質清，不如黛玉神清，因其爲賈母所愛，而知其猶是雅俗共賞之人也。（忽見寶琴披着鳧靨裘，站在山坡背後遥等。）

妙玉於寶玉，亦正有知己之感。（我纔又到了櫳翠庵。）

薛姨媽日親日近，惜黛玉之無人在老太太左右也。（忽見薛姨媽也來了）

此段殊無謂，多費筆墨，無關正傳，不過映出賈母亦意在婚薛耳。（又細問他的年庚八字并家内景況。）

（薛姨媽心中因也遂意，衹是已許過梅家了。）可知寶釵姻事，無日不在意中，正復願意之甚也。

寶琴子虛烏有，許梅翰林者，言薛家有媒來也。（鳳姐兒笑道：老祖宗別管，心裏看準了，他們兩個是一對。）又置金玉不論，明是違心之談。

詩社熱鬧，點染艷絶。妙在櫳翠庵乞梅一段文字，有手揮目送之巧。〇名花與傾國爭妍，才子共佳人聯韻。寶玉此時，飄然欲仙。其處心積慮欲與諸姊妹長聚不散，所謂至樂，如此而已。

紅樓夢第五十一回

觀場之矮人，看至此處，往往細猜燈謎，忘却本意，殊爲可笑。夫讀書貴識大意。作文必有主腦，所以作此一段文字者，用以激射寶釵，挾制黛玉，看牡丹亭等詞曲一節事也。寶釵見黛玉説出詞曲中句語，便假作正言規勸，間以嘲謔，使黛玉羞愧無地，恰不知其妹，乃於大廷廣衆之前，特特拈蒲東寺、梅花觀爲題，使非熟於兩事，曷以能見諸歌詠哉。寶釵撇清掩飾，爲黛玉數言駁詰，即無辭以對。説來足醒看官眼目。作書者主意，在此一段，不在燈謎，故不必猜出也。讀此書者，乃從而膠柱鼓瑟，何耶？（赤壁懷古）十詩庸劣已極。

（寶釵先説道：前八首都是史鑒上有據的，後二首却無考。我們也不大懂得。）方誚他人，而詠雙文、麗娘者，乃即其妹，令人齒冷。○假撇清可笑。

（咱們雖不曾看這些外傳，不知底裏。）圓一筆，正是寶釵説話。

點睛語。（況且又并不是看了西厢記、牡丹亭的詞曲，怕看了邪書了。）

着意將襲人渲染一番。（接襲人家去走走）

極意逢迎王夫人也。（先給你穿去罷。）

小家安得有如此寬綽房子。（必是另要一兩間内房的。）

寶玉真是細緻。（倒反説襲人纔去了一夜）

臨終咬下之指甲，在此點逗。（有兩根指甲，足有二三寸長。）

不知稼穡艱難，寫來一笑。（誰又找去呢，多少你拿了去就完了。）

　　特提二玉，自是討喜歡處。（第一林妹妹如何禁得住，就連
寶玉兄弟也禁不住。）

　　此回是襲人傳中文字，却爲晴雯伏案。

紅樓夢第五十二回

勇字不妥，何不删去。

（回目：俏平兒情掩蝦鬚鐲　勇晴雯病補雀毛裘）〔陳評圈去俏、勇兩字〕

接賞雪失鐲事，過脉無痕。〇甚矣，窮之爲累也。（麝月悄悄問道：你怎麽就得了的？）

平兒遂成寶玉知己。（寶玉是偏在你們身上留心用意，爭勝要強的。）

寶玉衹欲人能體貼自己的心，便爲至樂。豈如俗人衹知狎褻耶。（寶玉聽了，又喜又氣又歎。）

寶玉妙在忘却自己是個男子，故於所愛之人，衹知親近，從無狎褻也，心也。（寶玉笑道：好一副冬閨集艷圖。）

管事家人，從上所好，可勝慨歎。（這是你家的大總管賴大奶奶送薛二姑娘的）

黛玉覷出襲人忌己也。（黛玉便又叫住他問道：襲人到底多早晚回來？）

願惊悚之先達，申禮防以自持。曲曲傳出，令人心折骨醉，而兩人苦心鬱鬱，亦殊可憐也已。（黛玉還有話説，又不能出口，出了一回神，便説道：你去罷。）

一語縮住，至五十七回方接上。文有峰斷雲連之妙。（我想寶姐姐送你的燕窩，一語未了。）

情到決絶處，直乃無可如何。〇鴛鴦天生來毫無柔情，另是一種體段。（因自那日鴛鴦發誓絶婚之後，他總不合寶玉説話。）

太作威福，宜其及禍。（一個個的纏揭了你們的皮。）

此等處實在無謂，晴雯所以終取禍也。（今兒務必打發他出

169

去，明兒宝二爺親自回太太就是了。）

晴雯自做難人，結怨於外，反讓襲人做好人。此等處是其失着。○非但襲人樂得做好人，且見晴雯目中無我，自主自張。其去之之心愈切矣。晴雯一味任性，不計利害，却是真血性人。絕無人欲之私，不比熟於世故者有意做作，瞻前顧後也。（什麼花姑娘、草姑娘的，我們自然有道理！）

口角尖利。（嫂子原也不得在老太太、太太跟前當些體統差使。）

寫麝月自有麝月體段，不是襲人，亦不是晴雯，却兼有兩人之才。（説着，便叫小丫頭子：）

非真無人能界綫也，欲爲晴雯留飛鴻爪印，不得不如此寫耳。（就像界綫似的界密了，祇怕還可混的過去。）

此等事是令寶玉感念不忘，何必作警幻所訓之事哉。（晴雯已嗽了幾聲。）

從襲人母病回去後，瑣瑣碎碎，一路叙來，祇爲晴雯抱病補裘一事，正與瀟湘館淚點成斑，同是他年觸目傷心處耳。

紅樓夢第五十三回

寶玉安得不銘心刻骨。（這汗後失調養，非同小可。）

襲人則專使心者也。（幸虧他素昔是個使力不使心的人。）一味率真，何須使心。

惡其擅主也。若在襲人，必設法攛逐，自己恰做好人，使墜兒母女怨我不着耳。（祇說太性急了。）

（又接了李嬸娘、李紋、李綺家去住幾天。）李紈家在何處，前文并未叙明，此處欠明白。

簡净。（王子騰升了九省都檢點，賈雨村補授了大司馬，協理軍機。參贊朝政。）

閑中伏後文許多事端。（你們山坳海沿子上的人，那裏知道這道理？）

影起後文。（前兒我聽見二嬸娘和鴛鴦悄悄商議，要偷老太太的東西去當銀子呢。）

伏後文。（你在家廟裏幹的事，打諒我不知道呢？）

此時若即說了回來，便不至有後文醜聲，祇此可見賈珍、賈璉，因循怠玩，見不善而不能退也。（等過了年，我必和你二叔說，你回來。）

賈祠規模，必從寶琴眼中看出，亦是文字化板爲活之法。但何以必用寶琴，殊無理。○所以用寶琴者，見寶釵已定歸賈門也。吾故曰：寶琴許梅家，是寶釵之媒也。梅媒同音。若此時忽説寶釵陪祀賈祠，看見規模，則無理矣。○薛家是外姻，寶釵已無入祠與祭之理。寶琴更隔一層，萬萬不應隨同賈氏子姓至宗祠，此段總屬敗筆。作者祇因前文從未叙及兩府過年景象，不得已叙此一段，而從寶琴眼中看出宗祠規模，實不合也。何不作賈蓉續娶之妻,係榮府至戚家之女子。初娶兩年,除夕祭期,皆值生產。今年始得與祭。初次看見行禮,一一叙出,則長孫婦入祠,鄭重其事,頗爲入情。何以要説到外親閨女,闌入宗祠耶?如寶琴可與此祭,則薛蟠、薛蝌,亦可與諸男人同入宗祠矣,有此理乎?(且説寶琴是初次進賈祠觀看)寶琴何故該進賈祠。論親誼甚爲疏遠,豈可使賈氏合族人等皆見耶。親戚中如黛玉是外孫女,尚不應入祠與祭,況寶釵耶。況又寶釵之堂妹耶?此筆太不入情。

(賈璉、賈琮獻帛)是賈琮年已不小矣,與二十四回不合。

(衆人方一齊跪下)寶琴等既不行禮,同至祠中何爲?

此兩三位妯娌,當亦是榮寧二公之媳。但前文從未説賈敬、賈赦、賈政有胞伯叔何耶?(請賈母一輩的兩三位妯娌坐了。)

(讓寶琴等姐妹坐。)寶琴同至寧府,而不與尤氏等行禮,尤不合理。

老妯娌在祠中不見有執事,何也。(賈母與年老妯娌們閑話了兩三句。)此句欠明白。當是邢夫人等先回榮府也。

合族皆在座,正是禮儀肅穆之時。鳳姐如此輕佻,亦不合理。(鳳姐兒攙着賈母笑道:)

此節禮教殊可不必,未免累費筆墨矣。(老嬤嬤來回:老太太們來行禮。)

寶琴不在自己家中過年,而入賈府家宴,恐無此理。(并荷包金銀錁等物。)

何以遺却賈薔。(就是賈珍、賈璉、賈環、賈琮、賈蓉、賈芹、賈芸、賈菖、賈菱等)

(男人祇有賈芹、賈芸、賈菖、賈菱四個)此二人何以後來亦不見。

鋪叙繁密。作者頗費心機，而讀者毫無意趣，然在此書自不可少。

賈宅年節及祠祭規模，直至此時鋪叙。且從寶琴目中看出。一是文字濃淡相間之法，一是暗暗見寶釵親事垂成也。吾故曰：寶琴許梅翰林，梅者媒也。

寶琴非賈門之親戚，何得入祠與祭，與賈氏各房男子見面乎？雖是子虛烏有之人，而説來殊無情理。詳見眉批。○意者王夫人認了乾女兒，即齒之於探春之列，亦算一女耶。然祭祠大禮，從一無關緊要之小女子眼中看出，總不入情。

紅樓夢第五十四回

王夫人鳳姐如此回護襲人，此等文法，祇是映照寶釵也。（賈母因説：襲人怎麽不見？）

直認我叫他不用來，妙。（老祖宗要叫他來，我就叫他來就是了。）

上文極熱鬧喧闐，此處忽作清静閑散之致，是文字節奏。（祇見襲人和一個人對歪在地炕上。）

襲人心滿意足矣。（我也想不到能够看着父母殯殮。）〔陳評圈去原文父字，於母旁添一親字：我也想不到能够看着母親殯殮。〕

（麝月等問手裏拿着什麽？媳婦道：〔陳評下添：是送給金花二姑娘的。麝月等又笑道〕外頭唱的是八義。）

（秋紋、麝秋忙上去。）麝秋改爲麝月。

王夫人必以此爲黛玉輕狂也。○閑中冷筆，見鳳姐之蠢。（寶玉一氣飲乾，黛玉笑説：多謝。）

語有針對，捏造金鎖者，能無愧於心乎。（祇見了一個清俊男人，不管是親是友，想起他的終身大事來，父母也忘了。）

是表白黛玉處。（自然奶媽子丫頭伏侍小姐的人也不少。）

一段閑文，反照寶釵挾制黛玉事。（連我們家，也没有這些雜話叫孩子們聽見。）

蓉兒媳婦若是榮府瓜葛，親上加親，説來豈不更有情致。（蓉兒和你媳婦坐在一處，倒也團圓了。）

何以不見齡官？（叫芳官唱一齣尋夢。）

賈母戲鳳姐，自不能還報。若如尤氏言，編派别人取笑，則針鋒不對，未爲能言也。鳳姐科諢，實有雋才。（一家子也是過正月節，合家賞燈吃酒。）

閑文，無甚精彩，然鋪叙自佳。

紅樓夢第五十五回

（回目：辱親女愚妾爭閒氣　欺幼主刁奴蓄險心）〔陳評：辱生母愚女爭閒氣〕

（兼年幼不知保養）蘊藉。

特請寶釵，王夫人早有成竹在胸中，黛玉復何望哉。（又恐失於照管，特請了寶釵來。）

隱隱有着代之意。（你替我辛苦兩天，照應照應。）

心照。（別弄出大事來纔好。寶釵聽説：祇得答應了。）

儼然媳婦矣。（寶釵便一日在上房監察）

減去四兩，又何爲耶？（探春便説給他二十兩銀子）

趙姨人固不堪，奈是探春生身之母，若偏私護庇，自非當家所宜。而言語之間，總當存母子體統。今欲見己才，而大肆咆哮，亦思生長鞠育之爲何人耶？（姨娘安静些，養神罷，何苦祇要操心？太太滿心疼我，因姨娘每每生事，幾次寒心。）此等語祇可悄悄勸諫，何得於大衆之前詆辱之。

（可以出得去，我早走了）可笑！

（姨娘倒先來作踐我。）亦太過。

李紈之言恰糊塗，然亦祇是欲息爭止競耳。如探春知理，便當暗中會意，不復言語，豈不善哉。（李紈在傍祇管勸説：姨娘別生氣，也怨不得姑娘。）

（誰家姑娘們拉扯奴才了，他們的好歹，你們該知道，與我什麽相干。）故作糊塗語，愈覺可惡。口口聲聲指斥其母曰奴才，亦太不留餘地。

舅舅雖非所宜稱，亦何必如此着急。（誰是我舅舅，我舅舅早升了九省的檢點了，那裏又跑出一個舅舅來？）可醜，頗不似大家兒女口氣。

（誰不知道我是姨娘養的。）奇談。

（若照常例，祇得二十兩。）何以不是二十四兩。

探春已中平兒之計矣。（又好好的添什麼?）

可兒，可兒。（這幾年姑娘冷眼看着）

笨話，何必説明。（我一肚子氣，正要拿他奶奶出氣去。）

所省幾何，無謂已極。（從今日起，把這一項蠲了。）

可兒。（平兒笑道：早就該免。）

可兒。（平兒笑道：我原没事。）

所謂瞎擺架子。○此處既已如此做大，何以後文平兒生日，探春爲首，特爲慶壽，明明是補過之意。探春真是小人作爲。（平兒這裏站着，叫他叫去!）可笑。

業已覷破，真是可兒。（二奶奶的事，他還要駁兩件，纔壓得衆人口聲呢!）

平兒見識，竟在探春之上。（平兒笑道：奶奶也説糊塗話了。）

既如此講究省儉，何不一娶一嫁，并作一事，可知全是寶釵作祟。（寶玉和林妹妹，他兩個一娶一嫁，可以使不着官中錢。）

（雖有個寶玉，他又不是這裏頭的貨。）此句難解。

今日何以居然管事耶?（一問搖頭三不知。）

籠罩探春心計如此。（他出頭一料理，衆人就把往日咱們的恨，暫可解了。）

可兒。（你太把人看糊塗了!）

可兒，可兒。（這不是嘴把子再打一頓，難道這臉上還没嘗過的不成?）

探春爲人，毫無含蓄，自以爲能，遇事從刻。且以得管家務爲榮。不知鳳姐平兒，早經看破，正欲其爲己分謗也。探春墜其術中矣。

寶釵來管家務，可知親事已定，亦如襲人給寶玉爲妾。王夫人尚未明説耳。

紅樓夢第五十六回

小惠全大體，文義欠順，遺却寶玉之夢，亦失章旨。

（回目：敏探春興利除宿弊　賢寶釵小惠全大體）〔陳評：敏探春刻意生財　癡寶玉真心入夢〕

妙絶，痛快之至。（你纔辦了兩天事，就利欲薰心，把朱子都看虛浮了。）

妙在自駡。（窮堯舜之詞，背孔孟之道。）

作者正欲見探春非真才智過人者，恰借寶釵語道出也。（天下沒有不可用的東西，既可用，便值錢。）

良心發現。（不但沒了氣，我到愧了。）

探春自恃其才，欲壓服鳳姐，豈知鳳姐正要他出來倍加尖刻，以爲己分謗。故屈意依順，使彼不覺墮我術中，是鳳姐能用探春，豈探春能服鳳姐哉。（若是糊塗多歪多妒的，我也不肯。）

又借李紈語，見探春雖自以爲能，恰多見不到處也。（李紈忙笑道：蘅蕪苑裏更利害！）

焙茗的娘與鶯兒媽極好，則寶玉的娘，與寶釵的媽極好。婚嫁之事，兩心如一，可知也。（他就是焙茗的娘。）

處處見怡紅、蘅蕪兩院之人，格外親厚也。（前日鶯兒還認了葉媽做乾娘。）

儼然當家心計。（打租的房子也能多買幾間。）

其才識自勝探春。（要再省上二三百銀子，失了大體統也不像。）

針砭探春不小。（那裏搜尋不出幾個錢來？）

實在周到。（大家湊齊，單散與這些園中的媽媽們。）

祇此一端，寶釵又籠絡許多人，感激稱揚矣。（都齊聲説：

願意！）

又表白一番，使吃酒賭錢者，不敢怨謗，真乃精細周到，善於駕馭。（我們太太又多病）

又訓飭一番，使眾人畏服而感恩，大有作用。（原該大家齊心顧些體統。）

生來無玉者，亦名寶玉，是可以配金鎖也。（他又生的白，老太太便叫作寶玉。）

是一是二，若離若合。（如今看來，模樣是一樣！）

笨話。大約卿想不着這個，又想到那個耶？吾故曰：書中宜以湘雲配甄寶玉，真乃玉合子底蓋，亦與因麒麟伏白首雙星之標題相合。（如今有了個對子了，鬧利害了。）

夢自想生，原屬常事。若但說賈夢見甄，便是死筆。夢中說夢，元之又元，反從甄一邊說來，惝恍迷離，使人不能捉摸。此倩女離魂法也。奇想天開，得未曾有。唐詩：遙知兄弟登高處，遍插茱萸少一人。又遙憐小兒女，未解憶長安。不說自己思兄弟兒女，而轉從兄弟兒女邊說，曲而有味。文章之妙，全在對面。即此回之意也。莊生蝴蝶，列子蕉鹿，同此幻想。（想必爲你妹妹病了，你又胡愁亂恨呢。）明鏡對照。

（空有皮囊，真性不知往那裏去了！）點睛語妙絕。

（這可不是夢裏了？）妙。

（這如何是夢，真而又真的！）妙。

（你揉眼細瞧，是鏡子裏照的你的影兒。）夢中自喚，至於出聲。借鏡子一晃，倍覺閃爍。初醒之人，神魂未定，真若有甄寶玉在焉。文心之巧極矣。

探春之才，自謂遠勝鳳姐，不知正被鳳姐所用。思之失笑，寶釵之才，却自不可及。

　　寶玉一夢，真玉假玉，是一是二，迷離恍惚，令人尋味無窮。是作者對面着想，醒讀者耳目處。書中全部綫索，衹在此數段也。

　　有假必有真。假者衹一可向實處用筆，真者無窮，須於空中會意，恐以賈滋天下之疑，遂以甄堅天下之信。命意措詞，俱極慘澹經營。

　　醒後用鏡中影子一點，可見衹是一人也。

紅樓夢第五十七回

姑妄言之耳，何愛之有，姨媽豈有慈愛黛玉之心哉。

（回目：慧紫鵑情辭試莽玉　慈姨媽愛語慰癡顰）〔陳評：點姨媽戲語慰癡顰〕

激射襲人。（叫人看着不尊重。）

用激語以試寶玉真心，初不意寶玉聽此數語，早已神魂飛越，不能答一詞也。（你近來瞧他，遠着還恐遠不及呢！）

（總不知如何是可。）除非立時化作女身方可。

不知者疑爲呆病，知者歎爲癡情。（敢是他也犯了呆病了？）

寶玉衹恨自己是男子身，以致爲女兒們引嫌，本心衹願在女兒們隊中過一生，絶不涉男女私情也。○着此段作一波折，是文章急脉緩受法。（你難道不是女兒？他既防嫌）

如此着急之時，尚爾小心温存，真是情種。（弄出病來還了得！）

衹淡淡數語，便已解釋。（這會子怎麽又來挨着我坐？）

遥接前文，章法緊密。（正是前日你和他纔説了一句燕窩，就不説了。）

黛玉與王夫人甚疏，借寶玉一言點出。（雖不便和太太要，我已經在老太太跟前略露了個風聲。）

趁勢再試探一番，可謂細意慰貼，而不知寶玉已沈痛欲絶也。（明年家去，那裏有這閑錢吃這個？）

意思重在此句。（終不成林家女兒，在你賈家一世不成？）

紫鵑一片苦心，欲激寶玉早爲黛玉計耳。其奈寶玉已驚絶耶。（便如頭頂上響了一個焦雷一般。）

欲寫李嬤冒失，張大其事。宜作伊有别事來看望寶玉。適逢其會,方合情理。不然,襲人與李嬤不合,豈肯叫他來看。況如此大事,安有不急告李紈,急回王夫人者乎。(一時李嬤嬤來了,看了半天;)

寶玉正在死生之際,襲人乃捨之而往尋紫鵑,亦無情理,何不作使人召來。(便忙到瀟湘館來。)

勒死一語,沈痛欲絕。(你竟拿繩子來勒死我,是正經。)

惟黛玉能知寶玉。(趁早兒去解説,他祇怕就醒過來了。)

(你這孩子,素日是個伶俐聰敏的,你又知道他有個呆根子。)老太太素日是個老成精細的,又知道他有個呆根子,何以竟捨黛玉而聘寶釵耶。

薛姨媽之言,恰合勸慰分寸,然意思自露言表。(這會子熱剌剌的説一個去)

此時若有靈慧醫生,説一句祇須治其心病,不必服藥,則賈母或即做主定下黛玉親事,以安寶玉之心也。紫鵑此時,真恨不得鑽入王大夫心中,代他説出此話矣。(王太醫忙躬身笑道:不妨不妨!)

不遂其心,服藥何益。(彼時賈母又命將祛邪守靈丹,及開竅通神散各樣上方秘製諸药,按方飲服。)或曰:賈母既如此疼愛寶玉,何不定了黛玉親事,而遂寶玉之心乎。觀紅樓夢而謂賈母無過,吾不信也。余應之曰:賈母此時已明知王夫人屬意寶釵矣。安能做主,亦安能勉強,觀迎春定親,賈母甚不願意而無可如何。則寶玉親事之權在王夫人可知矣。以襲人易晴雯,何嘗請命於賈母耶。

襲人已深知往後之不娶林姑娘也。(聽見風兒就是雨,往後怎麼好!)

紫鵑一片苦心,不能自白,寶玉又體會不到,祇可謬詞以對,可憐可憐。(不過是哄你頑罷咧。)

（老太太也必不叫他去。）紫鵑方以爲從此老太太必做主作合矣。

（果真的不依？ 祇怕是嘴裹的話。）紫鵑苦心，祇要敲定此語，以爲寶玉果是真心，必能設法在老太太跟前吐露衷曲，作定了大事耳。

妙筆。○親是定下了，特紫鵑不知耳。（連親也定下了，過二三年，再娶了親。）

（説要定了琴姑娘呢。）不好説出寶姑娘也。○此亦是紫鵑故意如此説。言外見得老太太未必要定林姑娘。你不可一厢情願耳。惜寶玉之悟不及此也。

索性直説，惜無人爲之體貼撮合也。（果然定了他，我還是這個形景了。先是我發誓賭咒，砸這勞什子，你都没勸過嗎？）

祇能如此，而無術以求如願，煞是可憐。（我祇願這會子立刻我死了，把心迸出來。）

説出真心。（這原是我心裏着急，纔來試你。）

説至此，已將心事和盤托出矣。不可認作紫鵑看中了寶玉，祇是急望黛玉作定了大事耳。（一時一刻，我們兩個離不開。）

沈痛，決絶。（我告訴你一句打蔄兒的話，活着咱們一處活着，不活着，咱們一處化灰，化煙。如何？）

（心下暗暗籌畫，忽有人回）此處已得真消息，便籌畫黛玉一面也。

菱林同音，林黛玉特鏡中花耳。一歎。（你把那面小菱花的給我留下罷。）

黛玉與紫鵑同臥起，前文從未叙及。（紫鵑已寬衣臥下之時，悄向黛玉笑道：）

我讀此文，不禁心酸淚落焉。嗚呼，黛玉知心，寶玉而外，豈有他人哉。紫鵑明知黛玉孤立無助，而寶釵色色占便宜，處處討喜歡，合府上下之人，無不交口稱揚。冷眼看來，寶玉殆將婚薛，故囑黛玉心裏留神。所謂留神者，豈欲黛玉在老太太前自露衷曲哉。果爾，則不但失品，爲老太太所惡，且黛玉蘭心蕙質，穩重覥腆，豈能稍露真情。紫鵑特欲黛玉自斂其孤介之性，降心諧俗，結歡鳳姐、王夫人，以冀鳳姐、王夫人仰體老太太之意，爲之成就大事耳。紫鵑之心，亦良苦矣。黛玉何嘗見不到此。但自知境地不同，無父母兄弟爲之維持調護，而寶玉姻事，權在王夫人。王夫人豈有不取中自己之甥女者。自知事必無成，惟有心感紫鵑之意而已。淚痕洗面，良可悲也。昔曹操殺楊德祖憐其老母痛子心切，特送知心青衣二人以慰。夫知心青衣，可以慰無子之痛，知心豈易言哉。如紫鵑者，殆不愧矣。（紫鵑停了半晌，自言自語的説道：）

（替你愁了這幾年了）如此知心婢女，能有幾人。

（趁早兒，老太太還明白硬朗的時節，作定了大事要緊。）有何人向老太太慫惥成之耶。

（祇怕耽誤了時光，還不得趁心如意呢。）明知老太太之外，皆靠不住也。

（那一個不是三房五妾，今兒朝東，明兒朝西。）此數語，紫鵑又誤矣。何至此時，尚看不透黛玉心事，豈肯捨寶玉而聽他人做主，隨意定親耶。

（萬兩黄金容易得，知心一個也難求！）直刺入黛玉心坎。

（不過叫你心裏留神，并没叫你去爲非作歹。）真是光風霽月，冰清玉潔之言。

（心内未嘗不傷感，待他睡了，便直哭了一夜。）無可如何，惟有以淚痕洗面而已。

（賈母等順路又瞧了他二人一遍，方回房去了。）寶玉此番病中情形，無人不知其與黛玉難解難分，倘非王夫人意中早定寶釵，豈無人從旁向老太太爲二人作合者，故下文緊接鳳姐求岫煙一事，以醒出關目也。

（薛蝌未娶，看他二人恰是一對天生地設的夫妻。）薛蝌未娶，薛姨媽尚且爲之留心定親。寶釵未嫁，豈有不爲之留心擇婿者，可知此時與王夫人早有成議矣。讀書眼光，須在四面八方，看出主腦。

（叫了邢夫人過來，硬作保山。）何不爲黛玉硬作保山乎？可知是寶釵礙手。

（且現今大富）富之不可以已也，如是。

（賈母笑道：我最愛管閑事。）單單不管正事，何耶？

定了寶玉爲婿，則合宅未知也。（如今薛姨媽既定了邢岫煙爲媳，合宅皆知。）

錢財之妙，如此。能使岫煙取中，亦始終仗此不少。（岫煙心中先取中寶釵）

邢岫煙是書中第一流人物，有天寒翠袖薄，日暮倚修竹之意。妙在脱灑率真，無世俗女子羞澀之態，故佳。（這天還冷的很，你怎麽倒全換了夾的了。）

宛然黛玉苦衷。（那一個是省事的？那一個是嘴裏不尖的？）

此亦説不出，何以必該先嫁妹子而後自己娶親耶？若説須待薛蟠先娶，較通。（琴兒過去了，好再商議你的事。）

寶釵能結衆人之歡，祇爲家本饒富耳。黛玉即欲如此，亦何從得此資而用之，（把那當票子叫丫頭送來，我那裏悄悄的取出來。）

對針黛玉。（已爲是定了的親事）

跳躍之筆。（此刻也不知在眼前，也不知在山南海北呢！）

黛玉吃虧，在没娘耳。流淚歎息，非徒一時感傷而已。（黛玉聽説，流淚歎道：）

有何不好帶出來，所言殊支離。（祇是外頭不好帶出來。）

（祇説我們看着太太疼你，我們也洑上水去了。）亦無此事，亦無此言。

黛玉何嘗不暗中用紫鵑之言。（我明日就認姨媽做娘。）

寶釵是識得黛玉之心者，隨意詼諧，煞是可惡。（所以先説與兄弟了。）

意中總不許寶玉得之耳。（真個媽媽明日和老太太求了聘作媳婦，豈不比外頭尋的好？）可知老太太原可以主持。若王夫人求了老太太，聘作媳婦，有不一言而定者乎？

（倒是門子好親事。）惟其是門子好親事，故必欲以自己女兒配之，即使寶琴未有人家，亦輪不着也。

明明有寶釵，尚未定親事。此語世故得奇絶。（誰知他的人没到手，倒被他説了我們一個去了！）誰知已有王夫人，已説了他的人到手耶。

（我雖無人可給，難道一句話也没説？）違心之談，不近情理。〔陳評改原文爲：我雖無人可給，難道一句話也没我説的？〕

薛姨媽正欲以寶釵給寶玉，偶然説爲黛玉做媒，直一時取笑耳。故紫鵑一認真，即推開去，不復接一言也。（我想你寶兄弟，老太太那樣疼他。）

（不如把你林妹妹定給他，豈不四角俱全？）老太太誠哉中意。

（紫鵑忙跑來笑道：姨太太既有這主意，爲什麼不和太太説去？）機警。○喜出望外。○單説太太，深知權在太太也。

非此堵住紫鵑之口，不能收聲。（想必催着姑娘出了閣，你也要早些尋一個小女婿子去了？）

真是毫不懂事之莽漢。（我罵那起老婆子丫頭一頓。）

此回之妙，與十九回相似，以其頓挫紆迴，曲折盡致也。紫鵑始因寶玉動手，戒以避嫌。即可説出蘇州去矣。妙作一頓。自進房去，雪雁回來，正值寶玉獨坐發呆，開口生氣，恒手必急告紫鵑矣。而置之不言，止述趙姨借衣事。問答頗多，再作一頓，反將寶玉之哭，順口帶出，以正文當閑文寫。一則事不關心，二則少不知事，最爲入情，及紫鵑往看，若徑説蘇州去猶恒手也。又略作一頓，因談起趙姨撞見之事，憶及燕窩一句尚未説完，方始接出這裏吃慣回家云云。天然湊拍，不露一毫痕迹。同此句也，若用直説，一語可了，味同嚼蠟矣。文字之妙，全在層層頓挫。乃知五十二回之未及登答者，留爲此處地步。文律之細，草蛇灰綫，豈不從經營慘澹中出乎。寶玉初被紫鵑冷淡，已在發呆。再聞黛玉要去，遂至厥逆，不但文勢曲折，亦事理須如此也。

寶玉以黛玉爲命，賈母以寶玉爲命。今既目擊之，而後來乃有婚薛之事，是殺寶玉也。殺寶玉，是自殺也。夫賈母豈願捨黛玉而婚薛哉。無如婚姻之事，父母主之，賈母不能奪王夫人之所愛也。迎春定親時，賈母大不以爲然。歎曰：他老子娘做主，一代衹管得一代，吾衹得聽之而已。此言爲迎春發而黛玉之事，即可於此言悟得。故後文以黛玉夢中之語，點醒賈母心迹也。○即探春親事，亦非老太太所願。

薛姨媽如無寶釵欲婚寶玉，則爲黛玉做媒，亦是或有之事。今方爲寶釵百計圖成，豈肯成全黛玉乎。姑作戲語，隨手撩開，而紫鵑聞之，則實獲我心，故急急跑來，欲實其語。薛姨媽見紫鵑認真，衹得再作戲語，唐突之，使不能開口也。

黛玉早知寶玉之真心，而紫鵑尚未深知。故於寶玉，則密密試探；於黛玉，則切切商量。其心亦良苦矣。要亦適成其爲紫鵑耳。

　　紫鵑勸黛玉拿主意要緊，豈知黛玉主意早定，正苦無人體貼耳。薛姨媽謬言取笑，黛玉慧眼，自早覷破，明知金爲玉設，斷無爲我説合之意也。强爲歡笑，心滋戚矣。

　　紫鵑連日心如轆轤，爲黛玉盤算，須得趁早作定了大事，苦於無人將這主意和老太太説耳。一聞薛姨媽之言，此真萬想不到有此如心稱意之時也。薛姨媽果肯和老太太説去，當時一言而定，不枉爲黛玉愁了幾年之一片真心矣。急急跑來説此一句，想見他又驚又喜神情，而不意薛姨媽之遽關其口而奪之氣也。

紅樓夢第五十八回

上回并未叙及老太妃事。（誰知上面所表的那位老太妃已薨）

此太后喪制不應作太妃。（庶民皆三月不得婚姻）

李嬸母去，住在何處，何以前文并未叙明。（目今李嬸母雖去）

（賈母又將寶琴送與他去照管。）何以不送至寶釵處。

賈母此時，一心一意在黛玉也。（況賈母又千叮嚀，萬囑咐，托他照管黛玉，自己素性也最憐愛他。）不見得。

黛玉暗暗從紫鵑之言。如此討好薛姨媽，希冀薛姨媽憐其孤苦，或竟實其前日之戲言耳。（黛玉感戴不盡，以後便亦如寶釵之稱呼。）

何以不再派探春、寶釵協理乎？可知前文特請寶釵管家一段，是定親關目也。（每日還要照管賈母、王夫人的下處一應所需飲饌鋪設之物。）

齡官竟無下落，亦屬疏漏，豈竟在願去之四五人中耶。恐無此情理。何不說賈薔定了親事，齡官吐血之症，日重一日，以致夭折。明明爲黛玉作一影子，豈不甚佳。（賈母便留下文官自使。）

第一層感物懷人，情尚淺近。多情人往往有此感慨。第二層見雀兒飛鳴，體會入微，一往情深，非常人能解。第三層想入幻境。推到情之盡處，又復生情。幻妙絕倫，索解人不得也。（又想起邢岫煙已擇了夫婿一事。）

妙。（都是你沖了！）

又爲黛玉結一小冤仇矣。（你也不許再回，我便不説。）

又得知己。（藕官因方纔護庇之情，心中感激。）

却好是寶玉、寶釵的人知道，妙絕關目。（并沒有第三個人知道。）

兩人對面，各憐消瘦，無限傷心。（祇得踱到瀟湘館瞧黛玉，越發瘦得可憐。）

鬱鬱個秋，無可語言。惟有以淚痕洗面而已。（想起往日之事，不免流下淚來。）心心相印，不須語言。

晴雯好出頭，祇是自己吃虧，却便宜了襲人也。（晴雯忙先過來，指他乾娘說道：）

麝月能兼有晴襲二人體段。（麝月聽了，忙過來說道：）

安得不結怨。（晴雯道：什麼如何是好，都撅出去。）老媽冒失可笑，而晴雯結怨愈深。○以上一段，伏晴雯芳官被撅事。（他乾娘也端飯在門外伺候。）

此一段是寶玉娶寶釵後一面照影菱花鏡也。所謂惺惺惜惺惺。（就問他爲什麼得了新的就把舊的忘了？）

點逗撮土填詞兩事。（祇備一爐香，一心虔誠，就能感應了。）

此回之妙，在意而不在辭。知之者尋味無極；不知者，厭倦不能終篇也。燒名香，啜佳茗，此豈醉酒飽肉之徒所樂從哉。前後兩段，皆見寶玉之癡，皆從空中生色。似不食人間煙火者，誕極，幻極。第一層杏花結實，感物懷人，宛是風人之旨，尚在人意計中。第二層偶見雀飛，陡觸呆性，遂乃以身化雀，以心度雀，這雀兒云云，已入非想。第三層幻中生幻，但不知云云，更入非非想，莊耶，列耶。禪耶，元耶？莫名其妙。較二十一回學莊之文，更深十倍。彼但擬其體段，此則得其骨髓也。有此癡情，自然生出癡事。藕官哭奠假妻，乃氣機所感。無足怪者，力爲護持，固其所宜。芳官他不是忘了云云，預爲黛玉死後之寶玉分辨。一片靈機，如遊仙界。若認作閑文，便屬敷衍可厭。如遇真仙而不乞還丹，可謂福薄者矣。

紅樓夢第五十九回

彩雲、彩霞，畢竟是兩人耶。（玉釧、彩雲、彩霞，皆打點王夫人之物。）

此句宜刪去，方順。〇添一我字在句首亦可，似本有我字，擺板時脫誤也。（不用過來問候媽媽，我也不敢勞他過來。我梳了頭）

確有至理，然而索解人不得也。（出了嫁，不知怎麼就變出許多不好的毛病兒來。）

真是冒失鬼，若不得罪襲人，不至於叫平兒來發落也。（說着，便又趕着打。襲人氣的轉身進來。）與前文怕受氣云云不合。

快心。（問我做什麼，我告訴了他。）

又是晴雯結怨，襲人占便宜處。（晴雯道：理他呢，打發他去了正經。）

平兒到處放寬一着，平兒之所以爲平也。（平兒笑道：得饒人處且饒人，得將就的就省些事罷。）

又起後文。（這三四日的工夫，一共大小出了八九件呢。）

乾娘不容管教女兒，猶之可也。親娘反因教女受辱，大奇。所以然者，上行下效也。趙姨責其子，而鳳姐斥之。探春辱其母，而舉家皆快之。今諸婢又得寶玉爲護持，宜其肆行無忌矣。

紅樓夢第六十回

真乃各人有各人的緣分。彩雲亦非惡劣丫頭,恰偏與環兒相好。且與趙姨契合。豈非緣分。(正值彩雲和趙姨娘閑談。)

小人之口逼肖。(你想一想,這屋裏除了太太,誰還大似你?)

孩子見識,不成事體。(須得大家破着大鬧一場,方爭的過氣來。)

樞機之發,可怕已極。(你到後門,順路告訴你老娘防着些兒。)

伏下回。(笑向厨房中柳家媳婦説道:)

五兒至一百回後,方得親近寶玉。此處先爲起根,却曲曲折折,逐層折挫,遭際阻滯,煞是可憐。(有個女孩兒,今年十六歲。)年紀已大,如何尚補小丫頭之缺。

(祇等吵完了,打聽着探春勸了他去後。)與前往黛玉處去不合。

伏後文。(倘或有人盤問起來,倒又是一場是非。)

反照後文。(難道是作賊偷的不成?)

頭緒繁多,恰極清澈。(内中有一個叫做錢槐,是趙姨娘之内親。)

此回穿插瑣悉,頗費文心。

自芳官諸人,一入大觀園後,紛紛多事,難將作矣。叙次有日中則昃,月盈則食之懼。

紅樓夢第六十一回

柳嫂子勢利，實屬可惡，而婢女之驕橫，亦可概見。（誰天天要你什麼來，你説這麼兩車子話？）

閑中點染寶釵得人心處。（連前日三姑娘和寶姑娘偶然商量了要吃個油鹽炒豆芽兒來。）

過舌往往如此。（蓮花兒賭氣回來，便添了一篇話。）

冤家路窄。（可巧小蟬蓮花兒和幾個媳婦子走來。）

探春不做難人，乖滑之至。（半日出來説，姑娘知道了。）

鳳姐亦太草草，平日未免有冤枉人之處矣。（便吩咐將他娘打四十板子攆出去。）

世道可歎。（巴不得一時就攆他出門去，生恐次日有變。）

妙語。（除不知告失盜的就是賊。）

審案得情，須在此等處留心也。平兒之才，實是過人。今之能吏，無此靈妙機變。（玉釧兒先問：賊在那裏？）

（窩主却是平常，裏面又傷了一個好人的體面。）明明説出，彩雲安得不認。

（我就回了二奶奶，別冤屈了人。）彩雲安得不認。

要知不是彩雲有肝膽，是平兒一席話，使他有不得不招認之勢耳。（姐姐竟帶了我回奶奶去，一概應了完事。）

（果然是個正經人，如今也不用你應。）妙語解頤。

（我幹的事，爲什麼叫你應？死活我該去受。）所謂强顏耳，非真彩雲有此骨氣也。

司棋亦姓秦，是情之顯者也。（秦顯的女人是誰？我不大相熟啊。）

綫索逼清。（他是跟二姑娘的司棋的嬸子。）

　　措詞極周匝圓活。（也曾賞過許多人，不獨園内人有、連媽媽子們討了出去給親戚們吃，又轉送人。）斡旋五兒語，巧妙之至。

　　平兒識見，高出鳳姐百倍。（得放手時，須放手，什麽大不了的事。）

　　以上三回，皆閑文也。於事則瑣屑，於文亦成一小片段。委曲入情，正是不惡。

　　雖閑文，而晴雯之禍，芳官等之被逐，均已伏案於此。

紅樓夢第六十二回

點睛。(回目:呆香菱情解石榴裙)

小人得志,歷碌飛揚。宛點仲堪之眸子,添叔則之頰毛。搦管時,豈但爲管厨房者繪其全神。登時掩旗息鼓,反要賠補虧空。凡極意鑽謀者,静心觀之,可有裨益。亦當世得失之林也。何必經史。(一面又打點送林之孝的禮。)

接四十四回文字氣脉來。(平兒也打扮的花枝招展的來了。)

探春見解鄙俗,出口便自爾爾。(生日比別人都占先,又是大祖太爺的生日冥壽。)

外之之詞,然則寶姐姐是咱們家的耶?(襲人道:二月十二是林姑娘,怎麼没人?祇不是咱們家的。)單忘了此人,知其不在衆人心上也。

探春竟忘却黛玉,知其與黛玉情分漠然也。(探春笑道:你看我這個記性兒! 寶玉笑指襲人道:他和林妹妹是一日,他所以記得。)然則若非同日生,亦不記得矣。特着此句,以醒看官之目。

探春極勢利,以其爲鳳姐之人,故竭力結歡之也。且暗暗消釋議事廳頤指氣使之嫌,尤是小人心腸。(探春笑道:也不敢驚動,祇是今日倒要替你作個生日,我心裏纏過的去。)可知前日借他出氣,至今心裏過不去也。

不爲邢岫煙設一樽,而特意抬舉平兒。探春暗暗爲平兒陪罪之意自明。(今日是平姑娘的好日子。)

絮絮家常,以爲親密,殊不知寶玉正不樂聞也。(這話也不可告訴第二個人。)

花開至芍藥,花事盡矣。故芍藥欄會宴,極一時之盛,亦如花開到十分盛時也。自此以後,風波漸作,花事闌珊矣。(都説:芍藥欄裏預備下了,快去上席罷。)

主婢雜坐,殊失體統。(四棹上便是紫鵑、鶯兒、晴雯、小螺、司棋等人團坐。)

寶釵心心念念在玉,但即欲覆玉字,亦不應以寶字作覆,未免太現成矣。寶玉射釵字,却佳。(寶玉道:他説寶底下自然是玉字了,我射釵字。舊詩曾有敲斷玉釵紅燭冷,豈不射着了?)

醒酒石,何不令焦大一銜。(探春忙命將醒酒石拿來,給他銜在口内。)

黛玉何嘗無才,何嘗無識。(黛玉道:要這樣纔好。咱們也太費了。)

四字當是兩字之誤,無疑也。(也不短了咱們四個人的。)四個人自然是自己、黛玉、襲人、紫鵑,但何故無晴雯。

非汝之爲美,美人之貽,惟多情人有此雅致。(遂吃了一個捲酥。)

襲人偏如此説,善妒者往往含而不露也。(襲人笑道:不過是誤打誤撞的遇見。)

調笑之間,殊露忌嫉,是以必譖去之也。(這又是什麽原故?你到底説話呀!)

又入佳境,菱字雙關。(我這裏倒有一枝并蒂菱。)

妙筆。(什麽夫妻个夫妻,并蒂不并蒂,你瞧瞧诓裙子!)

寶玉於人情物理,實在體貼周致,呆公子也歟哉。(香菱聽了這話,却碰在心坎兒上。)

又得一知己矣。(别辜負了你的心,等着你,千萬叫他親自送來纔好!)此話直説到寶玉心坎上,得此一語,心滿意足矣。

縈繞,有草蛇灰綫之妙。(連自己本姓都忘了,被人拐出來,偏又賣給這個霸王！）

　　白描仙筆，此種筆法，紅樓夢獨擅其勝。所欲言者，是耶非耶？就完了三字，耐人尋思。（香菱紅了臉，祇管笑，嘴裏却要説什麼，又説不出口來。）

　　此回寫得花明柳暗，粉白脂紅。談笑生風雲，咳吐成珠玉。鋪陳綺麗，李太白之宮詞；興會淋漓，仇十洲之春畫。此種極樂世界，人生何能多得，不問而知大觀園將有風波起矣。

　　香菱解裙，較之平兒理妝，稍着色相，然寶玉祇以得心爲樂，説見理妝一回。

紅樓夢第六十三回

何以又不見所謂檀雲、綺霞其人耶？（我和晴雯、麝月、秋紋四個人）

絮絮可厭，無關緊要，何不删之。（這些時，我聽見二爺嘴裏都換了字眼。）

定評。無情二字可玩，也動人三字可玩。（任是無情也動人。）

合着本心。（寶玉却祇管拿着那簽，口内顛來倒去念，任是無情也動人。）點明子眼。

回繞上回鬥草換裙事。（香菱便掣了一根并蒂花。）

正開字，妙絶，請思之。（連理枝頭花正開。）

不怨東風者，不怨寶玉也。（莫怨東風當自嗟。）

芙蓉誄是吊黛玉文字，於此可見。（別人不配做芙蓉！）

又見字，妙絶。（桃紅又見一年春。）

閑中子眼。（李紈笑道：人家不得貴婿。）

又驚又喜。（寶玉看畢，直跳了起來。）

寶玉、黛玉，皆是世人意外之人也。聞名不如見面之歎，真妙筆也。夫二人習熟久矣。今忽云云，以妙玉爲人，非財勢可動。屈己而來，事非易得。於是細看寶玉，果然雋逸不凡。所以得邀此人青盼。向未留心，而今始知。如初見面者然，真乃白描好手。（他原是世人意外之人，因取了我是個些微有知識的，方給我這帖子。）是妙玉定評，安得以世人意中之事揣度之。

忙下二字，有小説惡習。（天子聽了，忙下額外恩旨曰：）〔陳評改原文爲：天子聽了，即下額外恩旨曰：〕

笑容滿面，在初喪時越覺新樣。其筆嚴於斧鉞。（喜的笑容滿面，賈珍忙説了幾聲妥當。）

二姨三姨年紀皆輕，尤老安人不應過老。（原來尤老安人年高喜睡，常常歪着。）

廉恥喪盡。（賈蓉撇下他姨娘，便抱着那丫頭親嘴。）

隨口亂嚼，家法頹墮至此，可歎。（連漢朝和唐朝，人還説髒唐臭漢，何況咱們這宗人家！）

前段是前回之事，後段開後回之事。慶壽，吉也。群芳爭艷，恐盛極而將衰。持喪，凶也。二美方來，宜有憂而反喜。搜園之事，敗亡之兆，於此見矣。

此回酒令簽上詩句，皆確切其人。謂寶玉爲無情於寶釵，作者固已明明揭破矣。寶釵之心乎寶玉，亦不得爲有情也。

賈氏世祿之家，連姻自必門户相當。賈赦賈珍現襲世職，豈少公侯之女與之締婚。乃邢夫人、尤氏、秦氏、胡氏等家世，皆與賈府門第不稱，殊不入情。此書往往有自逞筆便，不計情理之處。蓋立意傳寶玉、黛玉二人，餘皆略不經意。故不求其絲絲入扣也。

紅樓夢第六十四回

（回目：幽淑女悲題五美吟　浪蕩子情遺九龍珮）〔陳評圈去幽、浪兩字〕

簡括之至，若鋪敘則與秦氏之喪重複也。（是日喪儀焜耀，賓客如雲。）

鬱鬱誰語，惟有默陳。太史公所謂疾痛慘怛，未有不呼父母者也。（提筆寫了好些，不知是詩是詞。）

真是細心，體貼入微。然黛玉之畢竟爲此與否，未可知也。（林妹妹有感於心，所以在私室自己奠祭。）

鬱鬱可憐。（若作踐壞了身子，使我）

璉蓉可以如彼流蕩，寶玉始終如此矜嚴。清濁邪正，相去天壤。（却祇心中領會，從來未曾當面説出。）

即雪雁所見，寫的不知是詩是詞也。（祇見硯臺底下微露一紙角，不禁伸手拿起。）

假道學，是寶釵一生欺人處，亦是寶釵一生占便宜處。（自古道：女子無才便是德，總以貞静爲主。）

妙。（連你也可以不必看了。）

二姐蕩甚，不祇是賈璉有心也。（檳榔倒有，就祇是我的檳榔，從來不給人吃。）

如此光景，不配與賈府聯姻。賈珍當時何至娶如此小家之女耶。（家計也着實艱難了。）

撥雨撩雲慣家，首推賈蓉。其眉頭眼下，悉露油光。（我父親要給二姨兒説的姨父。）

伏後被劫時事。（逼他與二姐兒退婚。）

　　宋玉好色，寶玉似之。登徒好色，賈璉似之。有寶玉自有黛玉，有賈璉自有尤二姐。臭味相投，如磁吸針。五美吟，九龍佩，兩兩相形。益見寶玉、黛玉，真是天仙化人矣。

紅樓夢第六十五回

（回目:賈二舍偷娶尤二姨　尤三姐思嫁柳二郎）〔陳評:賈二郎偷娶尤二姐〕

良心發現。（二姐兒道:我雖標緻,却没品行。）

二姐尚有羞惡之心,而賈璉乃説出如許無恥之言,真是全無心肝。所以然者,賈璉既得二姐,又垂涎三姐也。喪心好色,貪多務得。不顧名節,形容殆盡。（你們拿我作糊塗人待。）

（索性大家吃個雜會湯。你想怎麼樣?）無恥。

（雖然,你有這個好意。）無恥。

（索性破了例就完了。）無恥。

（從此,還求大哥照常纔好。）無恥。

（我無不領命。）無恥。

可驚可愕。（三姐兒聽了這話,就跳起來站在炕上。）

快哉。（這會子花了幾個臭錢。）

不必有此事,不可無此言,真是快絶。（我也要會會這鳳奶奶去。）

（拼了這條命! 喝酒怕什麼? 咱們就喝!）接此二句,更跳脱生動,尤三姐活現紙上。

雷霆風雨之聲,電擊星馳之狀。令讀者眼光閃爍不定。（説着,自己拿起壺來,斟了一杯。）

（嚇的賈璉酒都醒了。）足一句文更有勢。

又竭力一寫,加倍形容得三姐神氣出。（故意露出葱緑抹胸,一痕雪脯;底下緑褲紅鞋,鮮艷奪目,忽起忽坐,忽喜忽嗔,没半刻斯文。）奇情壯采。

又從珍璉一面着筆,總是加倍寫三姐精神。（吃了幾杯酒,越發橫波入鬢，轉盼流光。）

真是神龍出沒，不可思議。（由着性兒拿他弟兄二人嘲笑取樂。）

純是柳湘蓮簸弄薛蟠之法，兩人真是一副面目肺腑也。（那三姐兒天天挑揀穿吃。）

知言哉。（我心裏進不去，白過了這一世了！）

此其所以爲二姐也。（二姐兒一時兒想不起來。）

此其所以爲二姐也。（也以爲必然是寶玉了。）

豈有三姐而不愛寶玉者，然料寶玉鍾情有屬，斷斷輪不着自己。則索性置之度外，其於湘蓮，亦不得已而思其次耳。何等明決。若認作三姐目無寶玉，便是莽漢。寶釵明知寶玉鍾情黛玉，而必篡奪之。其識見遠在尤三姐之下。（三姐兒便啐了一口）

口碑。（祇一味哄着老太太、太太兩個人喜歡。）

興兒該打，左右開弓不枉也。（興兒忙跪下説道：奶奶要這麼説，小的不怕雷劈嗎？）

伏後回漏泄之根。（也少提心吊膽的。）

文勢紆徐，恰好收科，聰明絶世。（原來如此。但祇我聽見你們還有一位寡婦奶奶和幾位姑娘。）

定評。（老鴰窩裏出鳳凰！）

倒字化字，天然入妙。（氣兒大了吹倒了林姑娘，氣兒暖了，又吹化了薛姑娘！）

前列諸美，疑觀止矣。乃茲復出一奇焉。夫天下名山，莫如五岳。毓靈鍾秀，皆天地費全力結成者。然以造物之大，化工之巧，豈遂無餘力別生異境，而謂恒岱嵩衡華外，盡屬蟻封，則乾坤亦爲之減色矣。此匡廬之瀑，峨嵋之雪，黄山雲海，雁宕天池，羅浮風雨，天台雲霞，與夫三十六洞天，七十二福地，所由出而爭奇競秀也。文人筆鈎造化，胸具錘爐。於是閨閣之中，獨標新極。貞淫而外，幻出殊情。能令人愛，能令人敬，能令人悅，能令人悲，且能令人驚且畏焉，而後美人之格始備。讀其書，如見其人，而究不測其爲何如人也。嗚呼神哉。此書淫人淫事，每用旁見側出，不肯正言。或托之夢寐荒唐，不肯坐實。獨於尤二姐未嘗稍諱。因其太穢，故用間道出奇，更寫一妖艷倜儻風流豪俠之尤三姐來，頓覺風雲變色，電閃霆轟，使讀者目眩神迷，心驚魄動焉。此明皇羯鼓解穢法也。傳中言珍璉兄弟欲近不敢，欲遠不捨，落魄垂涎，終莫能犯。形容殆盡。豈非涅而不緇者哉。無得而名。惟呼爲尤物耳。

紅樓夢第六十六回

亦復中心藏之。（興兒笑道：三姨兒別問他）

爲俗眼所詆至此。寶玉誠非世道中人所能識也。（見了人，一句話也沒有。）

尤二姐祇看外貌，祇是賈璉一流人物。（尤二姐道：我們看他倒好，原來這樣。可惜了兒的一個好胎子！）

巨眼。（要説糊塗，那些兒糊塗？）

寶玉又得一知己。（原來他在女孩兒跟前，不管什麽都過的去，祇不大合外人的式。）

尤二姐不自忖量，榮府如何要與尤家結親。三姐則心中自了了也。（你兩個已是情投意合了。）

三姐豈不賢於寶釵哉。（三姐見有興兒，不便説話，祇低了頭磕瓜子兒）設令三姐爲寶釵，其不篡奪寶玉明矣。

若非寶釵機謀奪去，其誰曰不然。（將來準是林姑娘定了的。因林姑娘多病）可知衆人公論如此，豈知有寶釵力能奪之耶。

（老太太便一開言，那是再無不准的了。）老太太終不開言，奈何。

賈璉不説三姐自擇之語，以自擇爲羞乎？豈知孟光擇配，至今以爲美談。如告以自擇之故，述其志堅行潔，忼爽豪邁之概，則柳必不退婚。尤三姐必不自殺。二人舉案無期，皆塞脩不讀書、不識人，有以誤之也。（祇不説尤三姐自擇之語。）

（便知我這内娣的品貌，是古今有一無二的了。）祇説品貌，不説性情，可見賈璉除品貌外，一無所愛也。

寶玉最肯爲婦女周旋者，況姻事已成，湘蓮來訪，豈有不添好話之理。乃一則曰:古今絶色,再則曰:已得絶色。在言者意中,以爲自此以外,皆可不問。而在聽者意中,則謂自此以外,皆不可問矣。又因"混了一個月"句,更增疑心,然使湘蓮不失言,殷勤再問,則寶玉必然成人之美,力保無他。湘蓮自肯相信,不致退婚矣。除了兩個石頭獅子云云,率意唐突,使寶玉羞惱,不復再言。且亦不能措詞,遂至償事也。○寶玉亦有信不過三姊貞潔處,乃姊之聲名,既有以累之,而賈珍父子之形迹,又眾目共見。寶玉豈能無疑於三姊哉。故説到品行,始終不置一詞也。

(寶玉笑道:大喜,大喜! 難得這個標緻人!)

(難道女家反趕着男家不成?)賈璉不説明俊眼識英雄,自願相從之故,以致有此誤認,有此疑惑。

(你原説祇要一個絶色的,如今既得了個絶色的,便罷了。)口氣之間,亦難保其品行,實二姐名聲累之也。瓜田李下,從古以避嫌爲戒。三姐一至寧府,便不能取信於寶玉,況他人乎,可畏哉!

(那兩個石頭獅子乾净罷了!)寶玉亦石頭也,一笑。

(你既深知,又來問我做甚麽? 連我也未必乾净了!)此語誤事不小,寶玉實不能保三姐之品行也。

　　此回前半剪裁得妙,後半曲折得妙。各擅其勝。叙事貴剪裁,寫生宜曲折。曲折之妙,已屢言之。剪裁之妙,於此始見。後來收拾處,亦用此法。夫薛蟠遠地經商,湘蓮浪遊作客。二人又係深仇,驟難復合。今欲叙兩人如何解怨,如何歸家,累紙莫罄,使人生厭。借賈璉途中一遇,不過數言,叙出二人一年來許多事情,何等自然,何等省力。賈璉説親,反成餘事。言外又見得事成倉猝。原未詳審,爲日後悔親張本。遣開賈璉,本爲接歸尤二姐起見,而恰爲尤三結姻,已是一舉兩得矣。其曰:機密事者，明是賈赦爲節度使通賄。其後事成有秋桐之賞。又其後爲御史所糾，皆從此出。一事之中，包括數事。面面皆照，而用筆無多。剪裁處仍多醞釀，非枯直者比。

三姐慨然還定。一劍殞身，亦復剪裁。夫不剪裁，不成其爲三姐也。

或曰：湘蓮三姐，天生一對佳偶。今玉碎珠沈，不殺風景乎？此婦孺之見。必以洞房花燭爲團圓者也。此書以二玉爲主。尤柳特陪客耳。今二玉之事何如，況陪客乎？湘蓮是寶玉先聲，三姐是黛玉榜樣；而寶玉情癡，湘蓮頓悟，黛玉柔腸，三姐俠骨。四人者不同道，其趨一也。一者何也，曰情也，君子亦情而已矣，何必同。

涂鐵綸曰：士爲知己者死，尤三姐之死，死於不知己矣。不知己而何以死？然而三姐則固以湘蓮爲知己也。湘蓮知己而適不知己，仍不失爲知己，則捨知己而適不知己，仍不失爲知己之湘蓮，天下斷無有不知己而能知己如湘蓮者，天下而無不知己，而能知己如湘蓮矣。而竟有知己而適不知己，仍不失爲知己之湘蓮，是知己而適不知己，仍不失爲知己者，乃真知己也。而竟不知己，則安得而不死哉。然而湘蓮去矣。是知己而適不知己仍不失爲知己，而竟不知己者，究未嘗不知己也。三姐何嘗死哉。

又曰：柳湘蓮一風流浪子耳。尤三姐遽引爲知己，豈曰知人。然紈綺中無雅人，文墨中無確人，仕宦中無骨人，道學中無達人，則與其爲俗子狂生、庸儒禄蠹之婦也。毋寧風流浪子耳。不然，三姐死矣，幾見紈綺之儔，文墨之儔，道學仕宦之儔，能與道人俱去哉，湘蓮遠矣。

又曰：或問寶玉與黛玉有影子乎？曰：有。鳳姐水月庵拆散之姻緣，則遠影也。賈薔之於齡官，則近影也。潘又安之於司

棋，則有情影也。柳湘蓮之於尤三姐，則無情影也。○余則謂前
三層皆未的當，尤柳則是矣。寶玉之與晴雯，乃貼身影也。藕官
之與藥官，乃對面影也。

紅樓夢第六十七回

寶釵真是無情之尤，於此可見一斑。（寶釵聽了并不在意。）

將來死的死了，走的走了，恰也祇好由你罷了。（依我說，也祇好由他罷了。）

（倒是自從哥哥打江南回來了一二十日）此云一二十日，下云幾個月，殊不合。

（那同伴去的夥計們，辛辛苦苦的回來幾個月了）於乃兄救命之恩，淡焉漠焉，而急急於酬夥計之勞，寶釵真是世故中人。○幾個月當是半個月之誤。

可見寶釵并薛蟠之不如。（見薛蟠自外而入，眼中尚有淚痕。）

可見寶釵，亦不及其母。（我想你們好了一場，他又無父母兄弟，單身一人在此，你該各處找找他纔是。）寶釵與黛玉好了一場，黛玉亦無父母兄弟，單身一人在此，而寶釵絕無憐惜之心，何也。

前文幾個月，亦應改作半個多月。（你也回家半個多月了。）

不說起回來抱病，與前文不合。（我也這樣想着。）

（是在路上叫人把魂打掉了，還沒歸竅呢！）頻提此語，以見湘蓮之恩，不可忘也。

寶釵之俗，於此可見。（寶釵見了，別的都不理論。）

祇於此等處，自表格外親厚之意，其機械愈深矣。（祇有黛玉的比別人不同，且又加厚一倍。）

可兒。（紫鵑深知黛玉心腸。）

〔刻誤改正：千方百計請好大夫配藥診治〕（千萬百計請好大夫配藥診治）

〔刻誤改正:我正在這裏勸解〕(我正再這裏勸解)

寶玉情致纏綿,體貼入細,不惟黛玉感戀不釋,千古有情人,皆當俯首。(黛玉聽了這些話,也知寶玉是爲自己開心。)

(我有我的緣故,你那裏知道? 説着,眼淚又流下來了。)亦故意如此説耳,豈不知寶玉之心者。

賈璉第二次往平安州,從薛蟠口中説出,妙與前文不復。(璉二爺又往平安州去了。)

此段毫無意味,特欲表寶釵人人見好,以襯黛玉之冷落耳。觀上文要是那林丫頭云云,可見。(忽然想到寶釵係王夫人的親戚,爲何不到王夫人跟前賣個好兒呢?)

隨手過渡,叙法輕便,用筆亦不平衍。(看見二奶奶一臉的怒氣。)

寶玉尚未識透襲人,意其能體貼黛玉心事而安慰之也。(我要告訴你襲人姐姐,叫他過去勸勸。)

前文説鳳姐已大好,此處又説身上不好,未合。(忽想起鳳姐身上不好)

譖死之根。(晴雯道:嗳喲,這屋裏單你一個人惦記着他。)

不答言,則蓄恨深矣。(襲人笑着,也不答言,就走了。)

宛然一寶釵也。(上頭還没有供鮮,咱們倒先吃了,你是府裏使老了的,難道連這個規矩都不懂了。)正室亦上頭人也。正室未聘,而你先試雲雨,可乎?

筆筆倒插,文勢飛動。(這裏鳳姐又問平兒,你到底是怎麽聽見説的?)

問供之言,皆因人而施。妙。(再有一句虛言)

神情口角,種種逼真。(珍大爺那邊給了張家不知多少銀子,那張家就不問了。)

叙次妙有波瀾。(這二奶奶,剛説到這裏)

冤哉三姐。（省了當那出名兒的忘八！）

吩咐興兒、旺兒，無絲毫空隙，如今審鞠者，恐無其才。（鳳姐道：過來，我還有話呢。）

二爺不在家，何從告訴耶。（鳳姐道：快出去，告訴你二爺去。）

睹物思鄉，見蕸卿之多情。聞尤柳之事，而毫不介意，見寶釵之無情。夫尤柳之事，乍聞之無不驚怛歎悗者，人情也。懵若不聞，尚可與之言情乎。

偷娶之事，若用人報信，便索然易盡矣。鶯兒送物，已窺見顏色。襲人問病，又微露語言。皆從旁人對面寫來，運思入妙。鳳姐詰問，二奴登答，一一傳神。問者不疾不徐，答者旋推旋認。居然一位明察官府，駁查曉事吏胥光景，不待嚴刑也。

紅樓夢第六十八回

與前文賈璉先已起身，鳳姐方知此事不合。（誰知鳳姐早已心下算定：）

詞令之妙，直欲駕儀秦而上之。尤二姐和厚性成，那得不入其元中。（這都是你我的癡心，誰知二爺倒錯會了我的意。）扯上你字，妙。

和婉之中，自有鋒芒。（就是妹妹的名兒也不雅。）

惡極。（我也願意搬出來陪着妹妹住。）

第一狠着。（又將自己的一個丫頭送他使喚。）

可憐。（誰知三日之後）

丫頭之名，曰善。善人，吾不得而見之矣。（丫頭善姐）

李紈何以絕不照應。（那善姐漸漸的連飯也怕端來給他吃了）

可憐。（少不得忍着。）

明說下人不好，使尤二姐無可告訴，惡極。（又罵丫頭媳婦說：）

（倘或二奶奶告訴我一個不字，我要你們的命!）正是杜其告訴也。

鳳姐辦事之才，實不可及。閨中少婦，膽大如此。安得不敗。（就告璉二爺國孝、家孝的裏頭）

（就告我們家謀反，也沒要緊!）真是胡說。

必告來旺過付，可使賈珍父子無顏，着着辣手。（說：你祇告我來旺的過付。）

（王信也祇到家說了一聲。）此句欠明白。

疾若風雨，其勢可怕。（不想鳳姐已經進來了。）

所謂一日的好，果何事耶。（侄兒千日的不好，還有一日的好。）

實在會做作，可謂老面皮。（已後可還再顧三不顧四的不了？）

自承妙。（都是侄兒一時吃了屎。）

亦復聰明絕世，宜鳳姐之愛之也。（這官司還求嬸娘料理）

閑中冷筆。（鳳姐兒見了賈蓉這般，心裏早軟了。）

尤氏母家景況，老太太太太素日，豈有全不知道之理，如此造謊，殊不入情。（若等百日之後，無奈無家無業實在難等，就算我的主意。）自春至秋，豈止百日，須改作一年之後，方合。

白描神筆，如此一篇氣惱文字，恰能做得淫冶至此，文心不測。（又指着賈蓉道：今日我纔知道你了！）

意在言外。（已後蓉兒要不真心孝順你老人家，天打雷劈！）

淫甚。（又悄悄的央告了幾句私心話。）

鳳姐辣手利口，色色出人頭地。尤氏受鳳姐如此作踐，而不敢稍露怨怒。必其平日有事爲鳳姐挾制可知。而賈蓉之與鳳姐狎昵處，亦不言而喻。

紅樓夢第六十九回

覺大限三字，扭捏湊對，殊欠妥。

（回目：弄小巧用借劍殺人　覺大限生吞金自逝）〔陳評：弄小巧借劍殺人　受暗氣強吞金自盡〕

老祖宗亦信不及也。（這有什麼不是？既你這樣賢良，很好）

主意專在此層，初意未欲殺之也。（鳳姐一面使人暗暗調唆張華，祇叫他要原妻。）

節節用計，祇是逼出賈母此語耳。（没的强占人家有夫之人，名聲也不好，不如送給他去。）

若聽其領出，則尤二姐尚不至死。無如局中人迷而不悟，竟自尋死路矣。（我姐姐原没錯辦。）

一計不行，再想一計，必欲置之死地而後已。（未免賈璉回來，再花幾個錢包占住。）

伏後破家之案。（或日後再尋出這由頭來翻案。）

寫鳳姐之狠，真乃過於虎狼。世間實有此種險惡老到人。（或暗中使人算計，務將張華治死。）

鳳姐若竟信其言，豈復成鳳姐耶。好在無從打聽真情也。（我再使人打聽出來，敲你的牙！）

秋桐祇是文字生發耳。不關緊要，故賈赦之賞，似無情理。（賈赦十分歡喜，説他中用。）

先殺二姐，再殺秋桐。籌劃從國策得來。（心中一刺未除，又平空添了一刺。）

尤二姐吃虧在此（説妹妹在家做女孩兒就不乾净。）

此時決計殺之矣。（我反弄了魚頭來折！）

平兒忠厚可感。（平兒看不過，自己拿錢出來弄菜給他吃。）

利害在此。（又不敢抱怨鳳姐兒，因無一點壞形。）

賈璉可殺，尤二姐真乃枉送了性命也。（如膠投漆，燕爾新婚。）

秋桐後來不見出頭。此時安得有在賈母、王夫人跟前悄悄告訴之身分耶。叙來殊不入情。作書者祇顧一時筆下順利，隨意揮灑，恰不算到前後照應也。（他便悄悄的告訴賈母、王夫人等。）

祇說前生，亦尚存含蓄也。（祇因你前生淫奔不才。）

祇此一點天良，亦得超生幻境。（何必又去殺人作孽？）

已成男形，當不止三個月矣。（竟將一個已成形的男胎打下來了。）

亦復何至於此，是以君子惡居下流。（縱有孩子，也不知張姓王姓的！）

（晚間，賈璉在秋桐房中歇了。）二姐爲此等無情之人死，真不值得。

此數行，似有脫誤處，須另爲修飾。（我病着忌三房，不許我去，我因此也不出来穿孝。）此語不可解。

人已死矣，猶不放鬆，可恨。（回來又回賈母説如此這般。）

賈母亦不至如此，此一段必須删改。（既是二房一場，也是夫妻情分。）

殊堪切齒。（咱們的月例，一月趕不上一月。）

尤氏在此，不應即被鳳姐搜括一空，説來殊無情理，亦應改數筆方合。（祇得開了尤氏箱籠去拿自己體己。及開了箱櫃，一點無存。）

從來美人計百發百中，無不成功者。今以美人攻美人，尤爲易易。但尤二姐未至色衰，秋桐祇是常婢，何足以間其寵。要知賈璉不知美惡，一味得新忘故。鳳姐早已識破，故其計得行也。

紅樓夢第七十回

（回目：林黛玉重建桃花社　　史湘雲偶填柳絮詞）〔陳評：林黛玉重啓桃花社〕

自此之後，絕不提及秋桐。此人本爲殺尤二姐而設。二姐既死，原屬贅旒。不必再費筆墨，但須設法撇開，方見周匝。今直至鳳姐病時方見此人，未免太覺率略。（那日送殯）

（祇得又和時覺説了）此二字有誤。

（也染了無醫之症。）以後并不説及彩雲之病，亦疏略。

漸漸引入大觀園寂寞光景。（那纔更冷清呢！）

上文委曲煩碎，叙鳳姐妒狼凶惡，令讀者胸中作數日惡。此處復作幽細清閑之文，使讀者心平意暢。章法大有節奏。（請二爺快出去瞧好詩。）

情種。（寶玉看了，并不稱贊。）

學政從無六月進京之例，豈未滿任即換人耶。叙述欠明白。（説六月準進京等語。）

以一日一篇計之，二三年有五百六十幾篇，却已不少。但何以不見別項工課耶。（我時常也有寫了的好些，難道都没收看？）

寶釵探春在王夫人前討好，豈若黛玉之關切，不求人知。（寶玉拆開看時，却是一色去油紙上臨的鍾王蠅頭小楷。）

此等叙述，多不入情。書中似此敗筆，正復不少，須細心人改之。（可巧近海一帶海嘯，又遭塌了幾處生民，地方官題本奏聞，奉旨就着賈政順路，查看賑濟回來。）海嘯似非春令所有。○時方暮春，何以學政即可回京。

半関甚佳。（空掛纖纖縷）

（飛來我自知）費解。

（縱是明春再見隔年期）句亦扭捏。

此詞佳絶。（粉墮百花洲）

（幾處誰家兩句最妙。）誠然。

與莫怨東風當自嗟相照。（嫁與東風春不管：）

好説吉祥語，是時下館閣派。（偏要把他説好了，纔不落套。）

收二句，竟似風箏詞。（好風憑借力，送我上青雲。）

桃花社欲結而不成，柳絮詞偶唱而畢和，故作參差，是文家變換法。

桃花詩極哀艷，與泣殘紅同。黛玉柳絮詞，直爲自家寫照。

紅樓夢第七十一回

下文言寶玉頭一天已迎出一站去接見賈政。此處不應如此突然而至。（二爺快跟着我們走罷，老爺家來了。）

與上文不合笋，殊欠檢點。（因是學差，故不敢先到家中。）

與前文會見劉老老時，劉老老自言七十五歲。賈母云：大我好幾歲，語亦不對。劉老老遊園至今，甫閱兩年，是賈母大於劉老老也。（乃賈母八旬大慶。）

鳳姐之言，實是萬妥。（等過了這幾日，捆了送到那府裏）

天下事往往爲下人所誤。皆由若輩憑權藉勢，擅作威福所致。故曰：唯女子與小人爲難養也。（立刻叫林之孝家的進來見大奶奶。）

王夫人自不得不爾。（王夫人道：你太太説的是。）

賈母所言是正理。（難道爲我的生日）

爲探春下砭，不得目爲富貴公子，不知世事語也。（我常勸你總別聽那些俗語，想那些俗事。）

閃爍隱躍的是夜静時光景。（便想往樹叢石後藏躲。鴛鴦眼尖，趁着半明的月色。）

鋪排慶壽，文境易於平實，特生出二事，略作波瀾。上半回應求妾不遂，下半回伏搜贓偶死，非同泛設。

紅樓夢第七十二回

（初次入港，雖未成雙）亦真事隱也。

照後事一筆。（也該死在一處。）

先用一微物作引，措詞不突。（一個臘油凍的佛手）

忽提尤二姐，使賈璉心軟，便不敢不聽其取用矣。妙計。（我因爲想着後日是二姐的周年。）

前文須在二十五歲以上，方請指配。此處衹十七歲，便要娶親，殊不相符。（旺兒有個小子，今年十七歲了，還没娶媳婦兒。）

伏後文。（他那官兒未必保的長。）

吃酒賭錢，便不可給老婆。世之要老婆者，其慎之哉。（在外吃酒賭錢，無所不至。）

（心中雖與賈環有舊）然則是彩雲矣。

彩霞、彩雲，書中叙來不見分析，殊令讀者不知別其爲一人爲二人也。（趙姨娘素日深與彩霞好）

賈政看中者、究竟不知何人。（我已經看中了兩個丫頭。）

此回大意，見賈門局面愈大，名聲昭著，外面好看，裏頭不濟，漸覺難支，引起後半部文字。

紅樓夢第七十三回

閑處見寶玉平素憐惜女孩兒，竟有信及豚魚之意。雖趙姨娘之丫鬟，亦且關切如此；況身被其惠者乎。又見趙姨娘衆叛親離，其怨恨寶玉而思害之者，雖貼身之婢，亦知之而尤之也。（我祇聽見寶玉二字。）

確語。（焉能闡發聖賢之奧，不過是後人餌名釣祿之階。）

小波瀾生出大風浪來矣。（快裝病，祇說嚇着了。）

探春又發大難之端。（園裏的人比先放肆許多。）

即起後文。（倘有別事，略沾帶些，關係非小！）

蘅蕪院中之人，在小頭家八人之内耶。在聚賭二十多人之内耶。（查得大頭家三人，小頭家八人，聚賭者統共二十多人。）

晴雯將死，傻大姐一見。黛玉將死，傻大姐再見。亦是小小關目。（手内拿着個花紅柳綠的東西，低頭瞧着祇管走。）

妖精打架，罵盡天下癡兒騃女。彼尤氏、熙鳳諸人，皆妖精也。（敢是兩個妖精打架？）

藹然仁人孝子之言。（他們的不是，自作自受。）

迎春雖懦，而平素以安静爲主，遇事以寬厚爲主。又極知大體，不肯發其母之私意，不肯爲下人而欺其母，真是大賢大孝。百忙中看感應篇，寫迎春頰上三毫，形容妙絶。

紅樓夢第七十四回

（回目：避嫌隙杜絶寧國府）〔陳評：避嫌疑杜絶寧國府〕

平兒真是解事，處處以安静爲主。（叫我勸着奶奶些。）

着此一段，省却寶玉周旋，是文家簡净法。（我也會做好好先生，得樂且樂。）

奇峰突起。（祇見王夫人氣色更變。）

坐定鳳姐，蓋其平日房幃淫褻，久已耳目昭彰也。（誰知你也和我一樣！）

逐層曲折，辨得雪亮，真是琉璃吐舌。（焉肯在身上常帶，各處逛去？）

明明説着。（況且園内丫頭也多，保不住都是正經的。）

撕晴雯之根，實起於鳳姐此言。（拿個錯兒，撕出去配了人。）

句中有眼，使閲者心中自有把握。（又有些像你林妹妹的）

不粘定晴雯説，可知是黛玉影子。（我一生最嫌這樣的人；）

着一病字，用意更醒。所以知道者，由襲人讒譖，可以不言而喻。暗算者，襲人也，不言而喻。弗認作王善保家。○聰明過頂，非黛玉何足以當之。（好個美人兒，真像個病西施了！）

提明老太太的人，可知是黛玉影子。晴雯撕而不先氣老太太。何怪婚薛殺林之不顧老太太哉。（我原是跟老太太的人）

妙語。（太太既怪，從此後我留心就是了。）

索性暢快言之，妙絶。（我還是老太太打發來的呢！）

有心尋釁。（細細的看了一看。）

薛姑娘因親戚不可抄，而林姑娘獨非其例耶？（祇抄揀咱們家的人，薛大姑娘屋裏，斷乎抄揀不得的。）

有心尋釁，注意實在此地。（——開箱倒籠抄揀了一番。）

用意顯然。一時鼎沸，而高卧者置若罔聞。亦見黛玉氣度。（王善保家的自爲得了意。）

句中有刺，若甚不以爲然者。（二奶奶既知道就是了。）

不詳之語，何忍出口。雖在盛怒，亦不應口無擇言至此，總見探春非賢女也。（果然今日真抄了，咱們也漸漸的來了！）

探春以搜檢失體，而有上文云云，猶在情理。若此處數語，殊太無賴。（你果然倒乖，連我的包袱都打開了，還説没翻！）

恰是可惡。（拉起探春的衣襟，故意一掀。）

知其非一天之事矣。（你就狗仗人勢，天天作耗）

差强人意。（你去了，叫誰討主子的好兒，調唆着察考姑娘，折磨我們呢？）

惜春數語，自得大體。（嫂子别饒他，這裏人多）

鞋襪何以在司棋處，不可解。（便伸手擊出一雙男子的綿襪）

快哉。（王家的衹恨無地縫兒可鑽。）

妙妙。（怎麽造下孽了？説嘴打嘴，現世現報！）

忽又按下，文勢無平實之病。（等待明日料理。）

惜春恪守家法，遠勝探春。（獨我的丫頭没臉，我如何去見人！）

寧府之事，衹用惜春一席閑話，便覺污穢不堪。文字以虚爲實之法也。（況且近日聞得多少議論，我若再去，連我也編派。）

（衹好躲是非的，我反尋是非，成個什麽人了！）可以針砭探春。

以明白人爲糊塗，世道可知矣。（怪道人人都説四姑娘年輕糊塗，我衹不信。）

迥非婦女見解。（總在最初一步的心上看起，纔能明白呢！）衹有寶玉、黛玉，庶幾見領會斯言。

真假二字,點綴入妙。(那裏眼裏識的出真假,心裏分的出好歹來?)

妙。(我看如今人一概也都是入畫一般,沒有什麼大説頭兒!)

暢所欲言,勝於焦大之罵。(我清清白白的一個人,爲什麼叫你們帶累壞了?)

晴雯爲王夫人痛恨至此,所以借映黛玉也。恐讀者不覺,故有像林妹妹云云,及老太太的人云云,以醒眼目。襲人留房,而知薛婚之已定,晴雯被逐而知黛玉之必死。如鏡照影,若離若合。善悟者,自得之。

紅樓夢第七十五回

即後文賈母所云甄家寄存之物也。（看見抄報上甄家犯了罪,現今抄没家私,調取進京治罪。）

寶釵避嫌而出,祇是借端。自此絕迹不來,蓋婚姻已有成議矣。王夫人,薛姨媽,同胞姊妹,各自心照,不急宣露,而二玉尚在夢中。豈不可憐。（我今兒要出去,陪着老人家夜裏作伴。）

（你又不曾賣放了賊。）句中有刀。

試問若竟不遮人眼目,又將如何? 探春之以刻爲明,殊可笑。（這種遮人眼目兒的事,誰不會做?）

椒舉上下其手之濫觴也。（侍書忙去取了碗筋。）

西府方辦園中賭博,而東府家主自先開賭,安得不敗。（放頭開局,大賭起來。）

着此一段,以見寧府之穢褻無忌也。（舅太爺不過輸了幾個錢罷咧。）

正在清娛,忽來怪兆,不惟當局驚心,文勢亦極警動。燈下讀之,燭光如豆,都成綠色。（忽聽那邊墙下有人長歎之聲。）

笑話自出無心,然亦太殺風景矣。宜賈母之不悦也。（你不知天下作父母的,偏心的多着呢!）

賈母極不喜賈環,賈赦却如此誇獎,其不善於承歡,不但説笑話無眼色也。（原不必寒窗螢火,祇要讀些書）

驕滿至此,焉得不敗。（這世襲的前程,就跑不了你襲了。）此是後來實事。

寧府穢亂極矣,宗祠示警,絕不知省改,焉能免禍。

紅樓夢第七十六回

寶釵姊妹，無事不與。甚至除夕祭祠，亦且隨同觀禮。何以此時，中秋會宴，忽然不來？其爲已定寶玉親事，可想見矣。（寶釵姊妹二人，不在坐內，知他家去圓月）書中不叙及薛姨媽抱恙，可知上回寶釵回去是托辭也。

（又不便請他們娘兒們來説笑説笑。）有何不便。即云薛姨媽不便與賈政同席。寶釵姊妹何礙耶？況內外分席，向來薛姨媽在座之日多矣，亦無所謂不便也。此時總説不圓。

（況且他們今年又添了兩口人。）添了兩口人，究是何人？前文亦未叙出。

賈政未出差之前，豈無合家宴會之時耶？○即如賈母生日，合族慶壽之時，薛姨媽等亦在座中也。（終不似今年骨肉齊全的好。）

家宴亦自熱鬧，而與前半部比來，總覺冷暖異態，家運已入秋景，禍患殆將作矣。（賈母勉強笑道：這樣更好，快説来我聽。）

往年何以不回去，總説不圓。（到今日，便仍下咱們自己賞月去了。）

用典不切。（你可知宋太祖説的好：卧榻之側，豈容他人酣睡？）

止得十三根，意在十二釵添一寶玉，其數符乎？故前此海棠社，亦用十三元韻。（止得十三根。）

二人聯吟，已極清幽，忽來妙玉，更有山窮水盡、柳暗花明之致。（細看時，不是別人，却是妙玉。）

妙玉遇林史二人，其平易近情，藹然可親之氣象，自然流露。蓋氣味相投，則性情自洽。其平日孤高自許，實有大不得已者，舉世混濁，而我獨清。衆人皆醉，而我獨醒。與其混俗和光，毋寧遺世獨立耳。怪僻也歟哉？〇所續之詩，亦并無一點怪僻處。言爲心聲，正表出妙玉實是閨閣本色。祇因不能耐俗，故不肯諧俗耳。其真面目自在，初何嘗不近人情耶。（妙玉笑道：也不敢妄評。）

（一則失了咱們的閨閣面目，二則也與題目無涉了。）點睛語，可知妙玉并非自外於閨閣面目也。

（露濃苔更滑）露字復前。

（采恩曉露屯）復朝菌句，露字三見。

月中聞笛，女伴聯詩。美景良辰，賞心樂事。自饒佳趣，而看去總覺一般冷氣逼人，漸入蕭索之境。

寶釵姊妹，一去不來。中秋之宴，竟不在座。明是親事已有成説之故。若以搜檢之事，避嫌而去，斷無宴會亦不一至之理也。

寶琴何時回去，書中并未叙出。賈母以前如此歡喜，留在房中同卧起，與孫女一樣看待。此時竟不問及，用筆亦疏。然可見是子虛烏有之人，祇爲鈎勒寶釵色相之用耳。

紅樓夢第七十七回

着此一段,亦是映襯茯苓霜一案也。(彩雲道:想是没了,就祇有這個。)彩雲尚在,則彩霞自另是一人矣。豈彩雲、彩霞皆與賈環好耶?

王夫人處,被彩雲等人偷完可知。(賈母忙命鴛鴦取出當日餘的來,竟還有一大包。)

寶釵獻勤討好如此。(寶釵因在坐,乃笑道:)何時過來,何以不與姊妹相見,叙來殊欠周匝。

似寶釵尚未搬回去,與七十五回不合。(於是寶釵去了半日。)

一日來去數次,可謂極便矣。後來絕迹不至,如何説得圓。(一時寶釵去後)

遙接。(遂喚周瑞家的,問前日園中搜檢的事情,可得下落?)

此語煞是可惡。(把姑娘都帶的不好了,你還敢緊纏磨他!)

將來總有一散,言之悚然。名之曰:二木頭。豈止形殊櫹櫟,直堪用作楷模。(依我説:將來總有一散。)

寶玉好色不淫,因其自忘與女子異體也。此處指恨婆子語,可見不以男人自居。(祇一嫁了漢子,染了男人的氣味,就這樣混賬起來,比男人更可殺了!)

晴雯取怨如此,我爲黛玉失聲一哭。(便料道:晴雯也保不住了。)

晴雯臨走,不作乞恩語,絕無可憐色。於生死患難,足覘風概。(晴雯四五日水米不曾沾牙)

豈知祇有襲人一人教壞了寶玉。(原來王夫人惟怕丫頭們

教壞了寶玉）

自己房内有彩雲，而不知其勾引環兒，何也？（個個親自看了一遍。）

試問王夫人何以知之？（他背地裏説的：同日生日就是夫妻。）

勾引壞寶玉者，即來説他人勾引壞寶玉之人也，殊堪齒冷。（就白放心憑你們勾引壞了不成？）

王夫人何以知之？（調唆寶玉，無所不爲！）

寶釵之去，真得勝着。（因説：這纔乾净，省得傍人口舌。）意指黛玉。

平日私語，王夫人何以得聞之？（所責之事，皆係平日私語，一字不爽。）

初不料是襲人也。（況這裏事，也無人知道；如何就都説着了？）

假惺惺。（祇見襲人在那裏垂淚。）

可知是黛玉影子。（獨有晴雯是第一件大事。）

語意中有黛玉在内。（太太是深知這樣美人是的人，心裏是不能安静的，所以很嫌他。）

寶玉慧心固已覺察，慧眼固已覷破。（咱們私自頑話，怎麽也知道了？）黛玉豈能免乎。

青天霹靂，快哉。當浮大白以賞之。（怎麽人人的不是，太太都知道了，單不挑出你和麝月、秋紋來？）

（低頭半日，無可回答）妙妙。

寶玉心中，固是了了。○直將麝、秋二人，歸入襲人一路。單提開晴雯，以見其臭味不同，心如明鏡。（你是頭一個出了名的至善至賢的人，他兩個又是你陶冶教育的，焉得有什麽該罰之處？）直駁快絶。

字字刺入襲人心坎。（雖生的比人强些，也没什麽妨礙着誰的去處。）

映黛玉。（他又没有親爹熱娘。）

襲人真是没得説，祇得另生枝節，隨口支吾。（你就説不吉利，你如今好好的咒他，就該的了？）

一句抹倒。（怎麽是你讀書的人説的？）

至言，至言。然知己正不易得耳。（不但草木，凡天下有情有理的東西，也和人一樣，得了知己便極有靈驗的。）

晴雯一攆，襲人之喜可知也。被寶玉半日絮叨，忍耐辨飾，而含慍已深，不覺一時醋意全露。（那晴雯是個什麽東西？就費這樣心思，比出這些正經人來。還有一説：他總好，也越不過我的次序去。就是這海棠，也該先來比我，也還輪不到他，想是我要死的了。）氣已耐之久矣。故曰越發。將居常怨之、恨之、忌之、防之、畏之、憎之之情，一齊發泄在“什麽東西”四字内。倘同在絳芸軒中，則必不敢如此輕口，直斥之也。嗚呼！晴雯亦人傑矣哉。

樂不可支，便爾自負。（襲人笑道：我原是久已出名的賢人。）

着此一段，見寶玉之情，不在私情，而在真情。所以爲情種也。言下是爲黛玉表白，真乃手揮五弦，目送飛鴻。（并没有私情勾引你，怎麽一口死咬定了我是個狐狸精！）切切私語，愈見冰清玉潔。

（不是我説一句後悔的話：早知如此）有此一語，而其一生之貞潔愈見。

癡情轉念，正是傷心之極。（等好了再戴上去罷，又説：這一病好了，又傷好些。）

讀此段而不心酸骨折，淚如雨下者，非人情。（在被窩内，將貼身穿着的一件舊紅綾小襖兒脫下,遞給寶玉。)

得一知己,死可不恨。(今日這一來,我就死了,也不枉擔了虛名!)

再着此數語,是找足上文爲寶黛表白也。(在窗下細聽)

(我可不能像他那麼傻。)襲人亦不能,寶釵亦不能。

必瞞襲人,用意自明。(祗説在薛婕媽家去的,也就罷了。)着此一筆,而後來絕迹不去之故,自明。此文字一筆作數筆用之法也。

(不管怎麼睡罷了。)晴雯去,便無所擇矣。

寶釵搬出園去,一樣居心。(襲人因王夫人看重了他,越發自要尊重。)

晴雯與寶玉同床,恰無一毫沾染。襲人與寶玉不同房,恰有警幻所訓之事。天下之僞君子,其可輕信哉。(故近來夜間總不與寶玉同房。)

芳官出家,已是寶玉先聲,特叙在晴雯死後,以見晴雯是黛玉影子也。(遂與兩個姑子叩了頭。)

兵法,掩其不備曰襲。衣裘,掩而不開曰襲。文辭,剽竊他人曰襲。襲人之名,作者殆兼取三者之義乎?晴雯被譖,不必顯言而可見者,某機械皆藏而不露也。而取悦於王夫人,則一味揣摩迎合,如應聲蟲。寫襲人正是寫寶釵,故觀於晴雯之死,而黛玉可知矣。

王夫人惡晴雯至此,疑其引誘寶玉也。而自己房中有彩雲,與環兒相昵,何竟懵然不知耶?金釧兒之言,明明説出,乃怒攆金釧,而不密查彩雲之事,何耶?

涂鐵繪曰:或問王夫人逐晴雯、芳官等,乃家法應爾,子何痛詆之深也。曰:紅樓夢,祗可言情,不可言法。若言法,則紅樓夢

可不作矣。且即以法論，寶玉不置之書房，而置之花園，法乎否
耶？不付之阿保，而付之丫鬟，法乎否耶？不遊之師友，而遊之
姊妹，法乎否耶？即謂一誤，不堪再誤。而用襲人，則非其人。
逐晴雯，則非其罪。徒使僉壬倖進，方正流亡，顛顛倒倒，畫出千
古庸流之禍，作書者有危心也，貶之，不亦宜乎。

紅樓夢第七十八回

晴雯已逐，而後回明賈母，可見寶玉定親，不待賈母出主意也。（王夫人便往賈母處來。）

（而且一年之間，病不離身。）處處說病字，可見是黛玉影子。王夫人豈有不惡黛玉之病不離身者。

黛玉影子，用意自明。（但晴雯這丫頭，我看他甚好。……將來還可以給寶玉使喚的。）

亦明明是黛玉影子。（老太太挑中的人原不錯。）

隱然說黛玉也。（我留心看了去，他色色比人强，衹是不大沉重。）

隱然寶釵，以品擇自任，且直言品擇得一點不錯。業已定給寶玉，可見寶玉定親，亦須自己品擇，不能使老太太做主也。（況且行事大方，心地老實，這幾年從來未同着寶玉淘氣。）

（且沒有明說，一則寶玉年紀尚小）定寶釵亦沒有明說也。

明明是寶釵影子。（既是你深知，豈有大錯誤的？）

（又說：寶丫頭怎麽私自回家去了？你們都不知道？）去了兩天，竟不知道，未免太疏忽矣。李紈豈有不曾提及之理。

奶子衹是從小吃奶之人，何以說新進來的奶子。（誰知蘭小子的這一個新進來的奶子）

王夫人亦非由中之言，衹是門面話耳。（那孩子心重，親戚們住一場，別得罪了人，反不好了。）

占先一步，踏進一步，機警絕倫。（我原要早出去的）

大事已定，誠可回去靜待親迎矣。趁勢辭去，何等剪截。（家裏兩個靠得的女人又病，所以我趁便去了。）

句句入王夫人之耳，句句中王夫人之意。（因前幾年年紀都小，且家裏沒事，在外頭不如進來，姊妹們在一處頑笑作針綫。）

直欲并黛玉而去之。（惟有少幾個人，就可以少操些心了。）

句句合王夫人之意。○句中有句，宛然襲人之言。（據我看，園裏的這一項費用，也竟可以免的。）

他日金玉配合，亦祇是依我也。（這話依我，竟不必强他。）

數語莫作閑文看，以見王夫人賞識之人，亦甚輕狂也。（麝月將秋紋拉了一把笑道：這褲子配着松花色襖兒、石青靴子，越顯出靛青的頭，雪白的臉來了！）

隨手幻成奇文，妙絶。（不但我聽的真切）

數日來，祇有此數語能動寶玉之心，轉覺襲人諸人，不及此小婢也。（我想晴雯姐姐素日和別人不同，待我們極好。）

此婢直是寶玉知己。（他説：你祇可告訴寶玉一人。）

晴雯、黛玉，是一是二，正不必深別也。（祇説去看黛玉，遂一人出園。）

王夫人不應殘刻至此，祇爲寶玉不及見靈柩地位，以便祭奠芙蓉耳。○金釧之死，尚有憐憫加賞衣服銀兩之事，彼固實與寶玉有戲狎之語者，何不稍寬於晴雯耶？知晴雯之被讒深矣。（便命賞了十兩銀子，又命即刻送到外頭焚化了罷。）

以床笫之歡，謂之厮混，可見寶玉鍾情，不同俗人。而黛玉、晴雯之潔白清貞，不待辨而明矣。（不如還是和襲人厮混）

祭誅一段文字，全是爲黛玉而作，勿泥煞晴雯也。（名曰：芙蓉女兒誄）

（謹以群花之蕊，冰鮫之縠。）是紗囊花瓣，是題詩絹帕。

所謂親昵狎褻者，自非厮混之可比也。（親昵狎褻，相與共處者）

（其爲質，則金玉不足喻其貴）此句豈晴雯所能當。

是黛玉姿容、神態、家世、出身。（其爲貌，則花月不足喻其色。）

（姊娣悉慕媖嫻，嫗嫗咸仰慧德。）着此二字，豈可泥定晴雯。

明罵襲人，即是激射寶釵。（孰料鳩鴆惡其高，……薋葹妒其臭）

是黛玉身分境地。（花原自怯，豈奈狂飆。……遂抱膏肓之疾。）

暢快。（詠謠諑詬，出自屏帷。）

明點黛玉二字。（眉黛煙青，昨猶我畫。）

是黛玉病死光景。（桐階月暗，芳魂與倩影同消；蓉帳香殘，嬌喘共細腰俱絕。）

是能念葬花詩之鸚鵡。（簷前鸚鵡猶呼）

千古痛恨。（嗚呼，固鬼蜮之爲災，豈神靈之有妒？）斯何人歟？

詖奴襲人耶，悍婦熙鳳耶？（毀詖奴之口，討豈從寬？剖悍婦之心，忿猶未釋！）

絕世聰明。（生儕蘭蕙，死轄芙蓉。）

是大觀園空中音樂。（聽車軌而伊軋兮，禦鸞鷖以征耶？）

是瀟湘鬼哭之景。（俯波痕而屬耳兮，恍惚有所聞耶？）

絕世聰明。（雖臨於茲，余亦莫睹。）

是瀟湘館竹子。（天籟兮篔簹）

黃昏人靜，不應黛玉尚在風露中。總之子虛之賦，不必拘泥也。（忽聽山石之後，有一人笑道：且請留步。）

若即若離。（晴雯真來顯魂了！）

婑嬬詞爲芙蓉誄引起。將軍姓林，已微見其旨。一詩一文，各極其妙。辭則金縷玉雕，情則風凄雨慘。擬騷一段，尤飄然有凌雲之氣。

芙蓉誄是黛玉祭文。恐人不覺，故於落下處小婢大呼有鬼。以黛玉當晴雯，其意尤明。然却是薄暮時失驚打怪情狀，天然入妙。

下回再改我本無緣，卿何薄命，尤爲醒目。

紅樓夢第七十九回

表出清潔。（衹是紅綃帳裏，未免俗濫些。）

衹是文字波磔，不必議其無理。（竟算是你誅他的倒妙。）

一路紆迴曲折，壓出此二句來。明明芙蓉誄是黛玉文字也。不可認作讖語。（我又有了，這一改恰就妥當了。）

句句是寶玉文字，莫作迎春文字看過也。（賈母心中却不大願意。）

（況且他親父主張，何必出頭多事，因此衹説知道了。）然則親母主張，必不出頭多事矣。

此等見解，豈世人所知。其心乎黛玉者，豈反羨不清净哉。〇可知衹有自己與黛玉是清净人，此外其惟妙玉乎。（從今後這世上又少了五個清净人了！）

親之甚。（寶玉回頭忙看是誰，原來是香菱！）

妙語。（叫人家好端端的議論。）

後文叙來，何其不似大門户也。夏薛連姻，門當户對。然雪而逢夏，必銷化盡矣。（又且和我們是同在户部掛名行商。）

（非常的富貴。）與後文不對，似此富貴，何其窮之速也。

頗有大家氣象，何以後文如此小家氣耶？（夏奶奶又是没兒子的。）

薛姨媽一味貪富，不愧爲王夫人之妹。（又且門當户對也依了。）

此是寶玉真心話，深知薛蟠之爲人也。（衹怕再有個人來，薛大哥就不肯疼你了。）

着此數語，表出解裙時衹是兩情浹洽，并無穢褻也。（正色道：這是怎麼説？素日咱們都是斯抬斯敬。）冰清玉潔，可以與寶玉稱知己矣。

　　忽作寶玉抱病，是文字善於藏躲之法。不然，寶玉天天出門，便難安頓也。故敘病亦甚覺無關緊要，祇是要躲一百日耳。（兼以風寒外感，遂致成疾。）

　　（一日兩次帶進醫生來診脉下藥）何以薛姨媽、寶釵不似從前時來看望。

　　簡括。（又聽得薛蟠那裏擺酒唱戲。）

　　晴雯去後，而頑要更甚。作者特着此兩筆，蓋深惡襲人也。（這百日內，祇不曾拆毀了怡紅院，和這些丫頭們無法無天）有襲人在內。

　　（且說香菱自那日搶白了寶玉之後，自爲寶玉有意唐突。從此倒要遠避他些纔好。）做書者，亦是借此使香菱不見面，則寶釵定親，秘密不知，方合情理。倘寶玉常見香菱，便有難於措詞處也。倘寶玉問寶釵何以不過來？將亦作詭詞耶？抑道破耶？詭詞則非香菱身分，道破則香菱竟成傻大姐矣。寫作有意回避，行文真是萬分周匝。

　　（若論心裏的邱壑涇渭，頗步熙鳳的後塵。）絕妙雙關。

　　此處不敘及過繼兄弟，則夏三來歷不明可知矣。（嬌養溺愛，不啻珍寶。）

　　奇想。（須得另換一名）

　　悍婦壓丈夫妙訣，描摹殆盡。（便覺薛蟠的氣概漸次的低矮了下去。）

　　（說：如今娶了親，眼前抱兒子了。）以前收了香菱，豈不可以抱兒子耶？殊說不圓。

　　夏金桂來歷及薛蟠娶親之事，若一一詳述，則作者手煩，而看者心厭矣。借香菱閑話談出，便覺生動，無筆墨痕。

自寶釵出大觀園後，與寶玉總不一見。此處薛蟠娶親，如此大事，寶玉萬無不去之理。去則直入內室，豈有不見寶釵之理。故作寶玉抱病百日，以消納其事，而不與寶釵見面處，自爾入情入理。

姻事已定，故不便見面，却將真事隱去，是以遮雲掩月，總要讀者言外得之也。

紅樓夢第八十回

貪字不切。

（回目：美香菱屈受貪夫棒）〔陳評：美香菱屈受狂夫棒〕

香菱自是清才，宜其工詩。（那一股清香，比是花都好聞呢。）

林至秋時，殆將黃落。（香字竟不如秋字妥當。）

逼肖。（故意捏他的手）

此計惡極。（你去告訴秋菱，到我屋裏。）

妒婦挾制丈夫語，神氣逼真。（左不是你三個多嫌我！一面說着，一面痛哭起來。）

既已開臉上頭明明正氣收作屋裏人，寶釵亦不便再當丫頭使喚也。（媽媽可是氣糊塗了……留着我使喚）

又與後文留一子以延薛氏宗祀之語不合。（飲食懶進，請醫服藥不效。）

（便糾聚人來鬥牌擲骰行樂。）所糾聚者何人。

好淫善罵，一犬子耳。故以啃骨頭形容之。（又生平最喜啃骨頭。）

上文叙薛家事，幾於喧賓奪主。此處一筆歸入本家，章法緊密。（於是寧榮二府之人，上上下下，無有不知。）

寶公癡想，往往入妙。（我問你，可有貼女人的妒病的方子沒有？）

雖諧語，却喚醒天下妒婦不少。（人橫竪是要死的，死了還妒什麼？那時就見效了。）

祇要瞞老太太，則婚薛之先，定亦如是也。（不許在老太太跟前走漏一些風聲。）

寶釵竟不過來一叙，豈非婚姻已定之故乎。（迎春是夕仍在舊館安歇，衆姐妹丫鬟等更加親熱異常。）

薛蟠娶婦非人，迎春嫁夫失所，恰好同叙。在書中皆爲閑文，無關正傳也。

紅樓夢第八十一回

自此回以後，係另一人續成之，多與前八十回矛盾處。（且說迎春歸去之後）

天下之自以爲憐香惜玉者，亦豈能知道女人的苦處耶，能爲此言，真乃情種。（遇見這樣沒人心的東西，竟一點兒不知道女人的苦處！）

（把二姐姐接回來。）主意極是。

寶玉多情，祇是如此。其清妙絕俗，非寶釵輩所能領略。太史公云：好色不淫，非斯人其誰與歸。〇寶玉之所謂女人的苦處者，謂既爲女人，則必要嫁一男子，不得不離姐妹兄弟也。豈如世俗女人，以得嫁男子爲樂處哉。（省得受孫家那混賬行子的氣。）

此恨誰知，祇合在知己者之前痛哭耳。（便放聲大哭起來。）

真真解脫了悟之言。（寶玉道：我祇想着咱們大家越早些死的越好，活着真真沒有趣兒！）

知心語。（我告訴你，你也不能不傷心。）

寶玉用情不在床第，故看得婚嫁最是無謂也。（我想：人到了大的時候，爲什麼要嫁？）

不以爲癡而陪之痛哭，非知心人何能解此。（黛玉聽了這番言語……一言不發。）

每逢寶玉在黛玉處，襲人必出其不意而來，固是妒眼防閑，亦暗中受王夫人鳳姐指使也。（老太太那裏叫呢，我估量着二爺就是在這裏。）

（妹妹，我剛纔說的不過是呆話。）又自認是呆話，妙。

知己之談，增忉怛耳。（你要想我的話時，身子更要保重纔好。)言更少不得你也。

寶玉與黛玉至今日，豈尚有不合處耶？襲人真門外漢也。（襲人悄問黛玉道：你兩個人又爲什麼？）

（襲人也不言語）方以爲黛玉飾說也。

不足與言也。（寶玉也不答言，接過茶來。）

寶釵輩衹知擾攘形骸之内耳。（好一個放浪形骸之外！）

（也省得悶出毛病來。）知其悶而不知其所以悶也。

爲後文瀟湘館作影子。（但見蕭疏景象，人去房空。）

寶釵回去後，湘雲住蘅蕪院。書中亦應點綴數筆，竟置不提，未免冷落。此處四美釣魚，竟無湘雲在内，亦不入情。湘雲好動，不慣悶坐。非如黛玉之常病，惜春之好靜，不與衆姐妹合群也。（衹聽一個說道：看他洑上來不洑上來。）

雖遊戲，亦有禮焉。（隨將竿子仍舊給探春。）

心事不諧，先爲之兆。（折作兩段，絲也振斷了。）

忽提前病，爲後文黛玉患病一引。（後來虧了一個瘋和尚，和個癩道士治好了的。）

鳳姐不留餘地如此。（那老妖精向趙姨娘處來過幾次。）

此是王夫人知大體處。（事情又大，鬧出來外面也不雅。）

鳳姐俟伺候老太太吃完飯後，與鴛鴦等同吃飯，則間或有之。王夫人亦在老太太處吃飯，則從來未有之事。若與鳳姐都跟着老太太吃，尤不合禮。此後四十回與前文不符之一節也。（今日你合你太太都在我這邊吃了晚飯再過去罷。）向無此禮。

賈政所見，恰甚遠大。但又送家塾，殊不見其教子認真。（這小孩子天天放在園裏，也不是事。）

寶釵搬回家去，自是勝着。黛玉無家可歸，坐受疑謗，可痛也。（我還聽見你天天在園子裏和姊妹們頑頑笑笑）

傅焙茗何用賈政吩咐。上回至家塾讀書時，自己帶小子四人,尚有李貴等跟去。今祇傳一焙茗跟去,太不成體統。(説:明兒一早傳焙茗跟了寶玉去。)

不應此日不至賈母、王夫人處請安。(寶玉祇得出來,過賈政書房中來。)

所見祇如此。(到底要學個成人的舉業。)

意中亦祇有發達二字,何堪爲寶玉之師。(祇要發達了已後,再學還不遲呢。)

大觀園漸漸冷落,黛玉與衆姊妹不能浹洽。目前知己,祇有寶玉一人而已。閑閑叙來,引起做夢抱病。

寶玉説到越早些死的越好,蓋深以男女之有家有室爲苦惱,而專以姊妹之長聚不散爲至樂也。既知至樂不可得,而苦惱不能免,則惟願早死而已。惟早死亦非能自必之事,則惟望姊妹中最知心之一人長聚不散,已是無可如何之極思也。此種見解,純乎仙佛地位,非黛玉不能領會。世人存一男女之私於意中,以看此書,處處皆隔壁賬矣。

紅樓夢第八十二回

不知所謂人功道理者，果是何等學問？夏蟲不可與語冰也。（你也該學些人功道理，别一味的貪頑。）

心乎愛矣，捨此安之。（恨不得一步就走到瀟湘館纔好。）

情味逼真。（好容易熬了一天。）

勿誤認黛玉亦以寶玉念書爲喜也。（二爺如今念書了）

至言至言。（更可笑的是八股文章，拿他誆功名，混飯吃也罷了，還要説代聖賢立言！）

看此一番議論，則寶玉非不能作八股者可知。祇不屑爲時俗之庸濫文章耳。後文破承，竟如初學，豈非敗筆耶？（更有一種可笑的）

黛玉之論，却甚平恕。（内中也有近情近理的，也有清微淡遠的。）此二種自是寶玉之所優爲。

黛玉之意，原謂你雖不要取功名，而你的地位，恰不能不取功名。你的父母，却不許不取功名，既要取功名，則不得不做這個。而這個在功名中，尚算清貴也。本是體貼寶玉之言，而寶玉誤認黛玉亦慕勢利，未免辜負美意。（那時候雖不大懂，也覺得好。）

（怎麽也這樣勢欲薰心起來？）誤矣。

太太不該叫鴛鴦，此二字有誤也。（方纔太太叫鴛鴦姐姐來。）

又來挾制，其意總放不過黛玉也。（都要照着晴雯、司棋的例辦。）拉扯司棋無謂。

寶玉豈是凡才，其於八股，有所不屑爲耳。豈真不能講解哉。然必要依小注講章演説，却亦是大苦事。吾故曰：寶玉作文，宜專尚性靈，不拘訓詁，似子似禪似詩賦，舉業家見之，以爲破度敗律,而不知其為天地間之真文至文也。宜其不悅於乃翁,不契於先生,惟一黛玉相與賞音耳。(細按起來,却不很明白。)

　　寶玉何至孩氣若此,對付代儒,却衹須爾爾也。(又到五十歲,又不能够發達。)

　　寶玉正恐如此講,則不合祿蠹志趣,故衹說個發達,以應酬俗耳也。(不然,古聖賢有遁世不見知的,岂不是不做官的人?)

　　俗見衹如此。(譬如場中出了這個題目)

　　殊不知寶玉之好色,衹是天性,毫無人欲。(為什麼正犯着這兩件病?)

　　襲人必不作此想,晴雯之没有結果,誰使之然哉,斷無兔死狐悲之意也。(想着如今寶玉有了功課。)

　　(本不是寶玉的正配,原是偏房。)何消說得。

　　着此一段,以引起黛玉惡夢。作書者欲看官虛處實看,實處虛看,方解得也。(自然是黛玉無疑了。)襲人不應尚憤憤如此。

　　(走到黛玉處去探探他的口氣)口氣如何探得出,殊欠入情。

　　却是說話引話之法。(寶姑娘又隔斷了)

　　如此探口氣,却好毫無痕迹也。(想來都是一個人)

　　針鋒相對。(但凡家庭之事,不是東風壓了西風,就是西風壓了東風。)

　　言語之間,忽接寶釵送物,是草蛇灰綫之法。(模模糊糊認得是薛姨媽那邊的人。)

　　妙筆,亦衹是引起後文,不必薛姨媽真有是言也。(這林姑娘和你們寶二爺是一對兒。)

　　琴姑娘出閣在寶釵之後,此時張羅何事耶。(都張羅琴姑娘的事呢。)

　　妙筆。(除了寶玉什麼人擎受的起!)

　　深諒寶玉必不移情於寶釵。(看寶玉的光景)

轉念殊不似黛玉意思。（倘若父母在別處定了婚姻）

無父母兄弟，而外祖母又不作主，雖可圖，誰爲圖之，悲哉。（不如此時尚有可圖。）

運司無升道員之理。（林姑爺升了湖北的糧道。）

點睛。（都是鳳姐姐混鬧！）

五字點睛，寶釵之婚已定，而黛玉竟未覺也。借夢中映出。（他還不信呢）

六字點睛，乃真真不干我事也。爲賈母竭力表白。（這個不干我的事。）

（老太太道：續弦也好倒多一副妝奩。）醜哉此言。

真真不中用了。（賈母道：不中用了。）

總不言語，奈何奈何？（祇求老太太作主！）

鴛鴦爲鳳姐之黨，亦祇知逢迎王夫人，以彼在老太太前言聽計從。倘能爲黛玉圓全，如紫鵑之勸黛玉，則老太太愛憐寶玉、必成寶玉之願。且愛憐黛玉，亦必喜黛玉之歸於寶玉。老太太果然出口作主。王夫人雖欲定寶釵，亦未便强拂老太太之意矣。無如鴛鴦與黛玉性情亦復不投，且不能深知寶玉之心，故亦黨附寶釵。以致老太太不以黛玉爲念，而任憑王夫人聘定寶釵也。夢中老太太特叫鴛鴦送出黛玉。子眼極清。（聽見賈母道：鴛鴦你來送姑娘出去歇歇。）

（把寶玉緊緊拉住説：好，寶玉）不成稱呼。

所謂怎麼樣好者，慮及真有許給人家之事也。（又想夢中光景，無倚無靠。）

天亮纔不多時，何至如此之晏。（林姑娘怎麼這早晚還不出門？）

（講究四姑娘畫的那張園子景兒呢。）此畫數年而未成、何耶？

真冒失。（湘雲道：不好的這麼着。）

透頂語，是此書本旨。（都要認起真來，天下事那裏有多少真的呢？）

惜春落落寡合，品格更在妙玉之上。（惜春道：姐姐們先去，我回来再過去。）

上半回寶玉入塾講書一段，敗筆，祇宜講得別有會心。如莊列之詭僻，黄老之元妙，晋人清談之誕妄，方合寶玉身分。今竟寫寶玉如三家村頑鈍逃學之生徒，豈非憒憒。當是對代儒俗人，聊作俗態應之，祇算遊戲三昧耶。

昔樂廣與衛玠論夢，曰：想也，因也。黛玉之夢，因自傷孤另，凤願難酬，致成種種駭愕，所謂想也。體察王夫人、鳳姐等意中別有所屬，其待我情意日漸冷落，而寶釵一去不來，情迹可疑。雖有外祖母鍾愛，豈能如王夫人與薛姨媽同胞姊妹之昵近。千頭萬緒，憂慮紛擾，致有夢中種種變幻，所謂因也。此書往往以夢境傳出真事。曰鳳姐混鬧，曰不干老太太事，皆婚薛之實録也。

此回敗筆甚多，顯然與八十回以前之筆墨不同。自是另出一人之手也。以後諸回中有須删潤處，須細加斟酌，方成完璧。

黛玉之病，用薛寶釵送荔枝之老媽口中數語引起，尚嫌硬生枝節。吾意此段竟并入後文雪雁與紫鵑述侍書之言，被黛玉聽得後，黛玉因有此夢，以致咯血，較爲入情。今分作兩次，而此次黛玉之病，如何漸愈，寶玉如何着急，均不一叙，未免疏略。甚至寶玉竟不來問候，尤無此理。後次黛玉立意求死，亦太着痕迹也。

〔落款徐批，且無紅圈點：寫黛玉一夢，所以深着其不得於諸姊妹，不得於舅母，并不得於外祖母，實有如夢中情狀者，而又安得不死乎？〕

紅樓夢第八十三回

此數語不過粗鹵，太覺膽大放肆，黛玉何至認作罵自己耶。（忽聽外面一個人嚷道：）

黛玉方病，而老婆子大聲罵人。其目無黛玉，非由於鳳姐諸人輕忽黛玉之故乎。指使二字，非閑筆也。〔徐批：是誠有指使之者，不然如春燕之母，怒罵其女，即欲治其罪矣。何此時探春僅呵之使去耶。〕（不知何人指使這老婆子來這般辱罵。）

黛玉在此，亦外孫女兒也。（剛纔是我的外孫女兒。）

何至如此。（那丫頭也就跑了。探春回來，看見湘雲拉着黛玉的手祇管哭。）

喜歡事何可得耶。（心上把喜歡事兒想想）

腸斷語。（可憐我那裏趕得上這日子？祇怕不能够了！）

如此説來，自是入情。此後不復過問，何也。（唬得寶二爺連忙打發我來，看看是怎麼樣？）

寶玉剖心，不自夢而黛玉夢之。對面下筆，斯已妙矣。豈知黛玉夢中之事，即寶玉夢中之事。且夢中之事，幾幾乎爲實有之事，醒來心痛如割，豈謬言哉。曾母齧指而曾子心痛。古來忠臣孝子，無不如此。銅山西崩，洛鐘東應，理固然耳。不如此寫，不足見其情之至。（誰知半夜裏一疊連聲的嚷起疼來）

（你們別告訴寶二爺，説我不好，看耽擱了他的工夫。）自己病，同心人亦病。知旁人因我有病，而諱言人病。又恐人知我有病，而增病。乃囑旁人莫言我病，方寸靈臺，焉能容此許多曲折。

老太太聞寶玉病，必親來看視。何以祇叫請大夫來瞧寶玉耶。（且説探春湘雲出了瀟湘館。）

賈母口氣,明明欲合兩個玉兒爲配偶也。而衆人何以不答一言耶。無一人憐黛玉者,可想而知。然非有寶釵在,則此時必有迎合賈母,爲之作合者矣。(偏是這兩個玉兒多病多災的。)

(不過説飲食不調,着了點兒風邪。)不應説得如此没要緊。

晴雯診脉,尚用絹帕蓋手。黛玉何以不爾。(擱在迎手上)

黑逍遥散,乃俗醫之方,殊欠高明。(姑擬黑逍遥以開其先)

以柴胡爲升提之品,庸醫所見,大都爾爾。豈知神農本草經,列柴胡於上品久服之藥,并無發汗升提之説耶。(二爺但知柴胡是升提之品)

女人向爺們回事,從來未有,亦是敗筆。〔朱筆補原文缺來字:衹見周瑞家的走來,〕(衹見周瑞家的走,回了幾件没要緊的事。)

貧之爲病,煞是可憐。(我打算要問二奶奶那裏支用一兩個月的月錢。)〇説來不合情理,豈有不向平兒説,而托周瑞家之事。鳳姐待黛玉冷落至此,可歎也。

趙姨娘并未爲月錢與三姑娘拌嘴,皆不合前文。(你不記得趙姨娘和三姑娘拌嘴了?)

(説我搬運到娘家去了。)并無此説。

(你倒是那裏經手的人)欠明白。

鋪排無謂。八十回以前,決無此没要没緊之贅語也。(就是屋裏使唤的姑娘們,也是一點兒不動的。)

必待得空而後去瞧,則必終不去瞧也。若寶釵抱病,有不急去問候者哉。(我得了空兒就去瞧姑娘去。)

(賈璉急忙進來,見了賈赦。)與前文不對。賈赦并不住在此也。〔藍筆附注:原本過來,抄者誤書進來,先生勿駁也。〕

(賈璉道:是大老爺纔説的)稱其父曰:大老爺,亦不合。

八十餘歲之老祖母,似可不必進宮請安。(賈赦賈政送出大門,回来先禀賈母。)

林之孝向日并不管出門之事。(林之孝合賴大進來至二門口)

(請娘娘龍目,元妃看時)小説氣可醜,亦前文所無。

寳蟾并未説明作妾。(既給與薛蟠作妾)

寳蟾既是賠嫁丫頭,不應稱奶奶。(他在奶奶跟前還不説。)

無此情理,真大敗筆。(叫:香菱你去瞧瞧,且勸勸他。)前文已明叙不到前邊去矣,斷無叫香菱去瞧之理。

(也没有妻没有妾)此句贅。

守活寡三字恰合,映照後文,入妙。(決不像我這樣守活寡。)

亦不似寳釵聲口,秋菱已絶足於金桂之房,不應再提起。寳釵決不如此之隨口説話也。(誰挑撿你? 又是誰欺負你?)

此丫頭何人耶。亦來得無謂,與前文總不合。(丫頭同着秋菱迎面走來。薛姨媽道:你從那裏來?)問得奇。

(還給琴姑娘道喜)何喜耶。

黛玉病而寳玉亦病。二人同心,痛癢相關處,曲曲傳出。總之寳玉與黛玉年歲漸長,深恐心事不遂,亦微窺王夫人之意。將來提親恐終不能如願相償,是以憂愁鬱迫。同此心,即同此病耳。

黛玉病勢頗重,除園中姐妹外,無人往看視者,冷落至此。豈復有配合寳玉之望耶。寳釵與黛玉素日親厚,而黛玉病中,亦竟不來問候。可知姻事早已有成説矣。

自八十一回起,看去總多與前文不合處。言談口角,亦都不似其人。甚矣續貂之難也。○最不合者,黛玉病得如此利害,何以請一醫生開一藥方之後,不復説起。八十五回中祇在寳玉口中帶出林姑娘纔病起來一語,并不知病如何起。豈非疏略之至。

且黛玉、寶玉同時皆病，王大夫來看視，說寶玉無甚大病，則自應先愈。愈後豈有不急至瀟湘館看望黛玉之理。黛玉病至何時而愈。愈後寶玉如何欣喜，皆未之及，何耶。

紅樓夢第八十四回

賈母因黛玉是自己外孫女,故不自提。却命賈政、王夫人留神,謂兒子媳婦必能先意承志耳。孰知王夫人早已暗定寶釵哉。○賈母深明三從之義,婚姻大事,須其父母作主,故不自出主意,而令賈政留神也。賈母意中,以爲眼前祇此一外孫女,母死無依,賈政王夫人仰體母心,必屬意於黛玉耳。若無寶釵之蠱,亦誰曰不然。其奈王夫人成竹在胸,萬萬不肯出此乎。(提起寶玉,我還有一件事和你商量;)若非爲黛玉,何以云商量哉?

(什麼窮啊富的)明明有意於黛玉,祇是黛玉窮耳。奈王夫人所貪在富何。

(現放你們作父母的,那裏用我去操心?)即是迎春定親時語也。

擺飯何必私下咕咕唧唧耶。(賈母便問你們又咕咕唧唧的說什麼?)

此處既已擺飯,下文何以再吃。(單留鳳姐兒和珍哥媳婦跟着我吃罷。)

賈政之意,祇在混功名而已。故黛玉亦勸寶玉作八股文字也。(畢竟要他有些實學)

內書房又是何處。八十回之前從未敘及。(賈政此時在內書房坐看。)

寶玉作文,必須作清微奧妙之文。如明人之以禪學入制藝者。賈政因其不利場屋,大爲不喜,則深合寶玉身分。似此庸劣破承,真辱沒殺寶玉。(一個是吾十有五而志於學。)

笨話。(幼字是從小起至十六已前都是幼。)

何至此等劣破尚不懂得,看得寶玉太不堪矣。(夫人孰不學？）

　　破題如何不雷同，即不雷同，又何足異。可笑之至。做一破題，何至要搜索枯腸，雖下愚不至於此，尤爲可笑。（不許雷同了前人，祇做個破題也使得。）

　　（祇當寶釵同來）已久不來矣，何以今日想其同來耶。

　　（天下不皆士也）此破又如何，算得另換主意。

　　晚飯後，從未聞再至老太太處。○焙茗安得在老太太院門口耶。○賈母晚飯後，何以又聚集，姊妹中何以祇探春一人。（賈政道：既如此你還到老太太處去罷。）

　　（便聽見王夫人鳳姐探春等笑語之聲。）寶琴在此，何以不見。

　　（賈母便問：你今兒怎麼這早晚纔散學？）前文已見過賈母矣。此處又自相矛盾。

　　（寶姐姐在那裏坐着呢？）問得冒失，何以見得必來耶。

　　寶釵絕迹不來，寶玉竟不想到定親一層。總因心在黛玉，祇望人人諒我之心，不暇計及意外之事也。（你寶姐姐沒過來。）

　　（已擺上飯來了。）薛姨媽在賈母房中吃飯，從來未有之事。總之，八十回以後，多不合前文之處，不堪枚舉也。

　　（我趕着要了一碟菜。）園中明明有各人例飯，何至祇要了一碟菜耶。

　　（老太太和姨媽、姐姐們用罷。）何人耶。

　　（鳳丫頭就過來跟着我。）何以不見了尤氏。

　　此處與上文命邢王二夫人回去吃飯，及留鳳姐尤氏一段不合。（你跟着老太太，姨太太吃罷。不用等我。）向日何嘗等過。

　　（於是鳳姐告了坐，丫頭安了杯筯。）向日從未有鳳姐不候老太太吃完後就坐之禮。

　　（大家吃着酒。）向日亦未見吃酒。

太着迹。（那給人家作了媳婦兒）

呆呆的往下聽者，惟恐有干涉自己之言也。并非亦想與寶釵作合，忘却黛玉。（及聽見這話，又坐了呆呆的往下聽。）

（幸虧老太太這裏的大爺、二爺常和他在一塊兒，我還能放點兒心。）説來欠剪裁。

既來回二奶奶，何以先告知老太太耶。王夫人何以總不回去吃飯，豈有在此伺候薛姨媽吃飯之理。（剛纔平兒打發小丫頭子來回二奶奶。）

其辭若有憾焉。其實乃深喜之。惜無人能體貼老人之心也。（賈母道：林丫頭那孩子倒罷了。）

祇看三四個破承題，便爾喜歡。門客又説學問大進，實爲可笑。想作書者於舉業，竟是門外漢也。（賈政試了寶玉一番，心裏却也喜歡。）

〔在原文（況合大老爺那邊）後朱筆補入：是舊親，老世翁一問便知。賈政想了一回，道：大老爺那邊〕

此等贅文，甚爲無謂。（他又没有兒子，家資巨萬。）

八十回之前，從未見邢太太之稱。（方知是邢太太的親戚。）

巧姐此時，當已在十歲之外，不應尚有嬰兒之病。（怕是驚風的光景。）

節外生枝，費此筆墨，更覺無謂。此一大段，必應删去。（却説起張家的事，説他家有個姑娘。）

巧姐病尚往着，何以黛玉病竟不往看耶。（我也要過去看看呢。）

邢夫人并不住在一處，不能去吃了飯又來。説來多與上半部所叙不合。（邢王二夫人答應着出來，各自去了。）

説來太小，與前文總不相合也。（用桃紅綾子小棉被兒裹着。）

亦太叙得瑣碎。賈政向日何嘗留心此等事耶。（老爺打發人問姐兒怎麼樣?)

　　明明王夫人之意,故言之直截如此。(現放着天配的姻緣,何用別處去找?)

　　(鳳姐道:一個寶玉,一個金鎖。老太太怎麼忘了?)金鎖至此結穴,可知寶釵得計在此。

　　賈母亦無可奈何矣。(賈母笑了一笑,因説:)

　　邢夫人向日亦非夙夜必偕者,不比王夫人與老太太同在一宅也。(賈母便坐在外間,邢王二夫人略避。)此何處耶?

　　賈母何必與大夫相見,祇因前有診視寶玉之事,遂以爲處處如此。可笑。(躬身回賈母道:)

　　何以不見李紈同來。○牛黄未找來,先服者即所謂發散風痰之藥也。(衆姊妹都來瞧來了。)

　　即刻就來找,亦不合情理。(正罵着,祇見丫頭來找賈環。)

　　看提親一段文字,明明圈套早成。賈母亦無從做主矣。黛玉是賈母外孫女,非金鎖天緣四字,不便竟抹倒黛玉,直爲寶釵作合也。寶釵捏造金鎖,祇爲此日一言地步耳。此事王夫人主意早定,諸姊妹亦皆默會其意。故賈母屢屢提起寶玉姻事,總無人説到黛玉。不然,鳳姐最工獻勤,設有黛玉在心上,何難以粲花之舌,迎合老太太哉。

　　此回率筆舛謬處甚多,看熟前八十回書者自知之。○最可笑者,賈母已吃過飯,而薛姨媽來,又擺飯於賈母房中,探春等不待老太太吩咐,便即陪坐。鳳姐兒不候老太太吃完,居然同吃。_{豈鴛鴦等人可侍候鳳姐耶}王夫人不回房,竟在老太太處伺候薛姨媽及探春、鳳姐吃飯。寶玉亦在旁看吃。尤氏并不見回去。種種忽略,如何成書。○又忘却賈赦另住一宅,以致處處牽入賈赦、邢夫人,與賈政、王夫人似在一處住者,尤謬。

紅樓夢第八十五回

論罪豈止放流而已。

（回目：賈存周報升郎中任　薛文起復惹放流刑）

將後文一揭，妙絕。（等着我明兒還要那小丫頭子的命呢！）

應是賴大來回，此等事向日亦從不請賈政的示，續書者總未向前八十回中細尋針綫也。（一日，林之孝進來回道：今日是北靜郡王生日，請老爺的示下。）前幾日豈未送禮去耶。

（回大老爺知道。）向無此事。

（賈赫過來同賈政商議）何以前一日不先派定耶？

（惟有寶玉素日仰慕北靜王的容貌威儀。）已見過多回，何必仰慕。

巡撫學政，皆須有個省分。（昨兒巡撫吳大人來陛見。）

〔在原文（巡撫吳大人來陛見）後朱筆補入：説起令尊翁前任學政時秉公辦事，凡屬生童，都心服得了。不得他來陛見，〕

王爺架子太大，寶玉何以甘心應酬，殊不似寶玉爲人。（北靜王便命那太監帶了寶玉到一所極小巧精緻的院裏。）

以此玉配寶釵之金，真是一對。（我前次見你那塊玉）

賈珍何必跟至西府。（這裏賈政帶着他三人回來見過賈母。）

向日亦無三人陪老太太坐着之事。（你們都回去陪老太太坐着去罷。）

向日無此體統。（遞上個紅單帖來，寫着吳巡撫的名字。賈政知是來拜，便叫小丫頭叫林之孝進來。）小丫頭遞帖，豈非笑話。

擊動下文。（説：這不是我那一塊玉？）

寶玉房中,夜間不應滅燈也。(那時候燈已滅了。)

(邢王二夫人抿着嘴笑。)邢夫人何以日日在此。

鳳姐可惡已甚。(鳳姐道:這是喜信發動了。)

(寶玉又站了一會兒。)向日并不站。

是求而得之者也,安得不十分願意。(姨媽倒也十分願意。)

機警語,關心語。(但衹剛纔説這些話時,林姑娘在跟前沒有?)

無謂可删,亦不合二人身分。(衹聽外間屋裏麝月與秋紋拌嘴。)

襲人何至一愚至此。(不如去見見紫鵑,看他有什麼動静,自然就知道了。)

黛玉如此大病,何以起來看書之前,不詳叙其病愈之情節耶。(正在那裏拿着一本書看。)

襲人不應如此之愚。試問黛玉處安得先有消息耶?豈有要將黛玉配寶玉,而先令黛玉獨自得信之理耶。(原來襲人來時,要探探口氣。)

(襲人一看,却是鉏藥,因問:你作什麼?)寶玉之小厮,即焙茗亦從不進園。

賈芸如何能自進園中,與前送白海棠時信上所言不合。○初次至怡紅院時,有李嬤嬤墜兒分作兩起帶進來,何以此處進園之容易耶?(衹看那一個也慢慢的蹭了過來,細看時,就是賈芸。)

無意中略逗。(寶玉也覺得了,便道:這倒難講。)

書中所言,隔二十三回方補出。此處却已令讀者省得。但芸兒太無情理,要説親,如何向寶玉説耶?寶玉豈能自主耶?(寶玉也不答言,把那帖子已經撕作幾段。)

寶玉掉淚,亦漸覺黛玉之事難諧耳。(一時間忽然掉下淚來。)

襲人、麝月互相調笑，無意中言，恰天然道着，玲瓏嵌空。（麝月道：你混説起來了。知道他帖兒上寫的是什麼混賬話？）

八十回之前，從無本家無事進園之理。（寶玉道：今日芸兒要來了，告訴他別在這裏鬧。）何可命丫頭謝客。此語應告門上人。

無情無理。（賈芸陪笑道：叔叔不信，祇管瞧去。）

員外轉郎中，有何大可樂處。（纔知道是賈政升了郎中了，人來報喜的，心中自是甚喜。）

一徑仍至家塾，亦不合情理。（寶玉連忙來到家塾中）

先生亦不能管到此。（放你一天假罷，可不許回園子裏頑去。）

升一郎中，何必如此之張皇歡喜耶。説來殊不稱賈府門第。（祇見滿院裏丫頭老婆都是笑容滿面。）

（祇見黛玉挨着賈母左邊坐着呢）病愈後何時纔出門。

何以寶玉久不到瀟湘館去。○知黛玉大病而不時往探望，尤出情理之外。（妹妹身體可大好了？）

（就上學去了，也没能過去看妹妹。）斷無此理。

鳳姐既勸娶寶釵，又與黛玉作此虐謔，大是可惡。而黛玉聞之，却不逆耳，方以爲好事必成矣。寶玉憶及鳳姐前日喜信發動之語，豈不亦要錯認乎。（鳳姐在地下站着，笑道：你兩個那裏像天天在一塊兒的，倒像是客。）方説没能過去看妹妹，何嘗天天在一處耶。説話太不對笋。

（祇見寶玉忽然向黛玉道：林妹妹，）寶玉聽鳳姐謔語，亦自欣喜過望。

鳳姐直是以黛玉爲戲，大是可惡。（不但日子好，還是好日子呢！……：却瞅着黛玉笑。）

大事糊塗，不在此小節也。（後日還是外甥女兒的好日子呢。賈母想了一想，也笑道：可見我如今老了，什麼事都糊塗了。）前文云：二月十二日是黛玉生日，此處叙來，却不似二月初旬氣候也。

（他舅舅家給他們賀喜。）他者，何人也？

算不得大喜事，何必説得如此滿足。（花到正開蜂蝶鬧，月逢十足海天寬。）

王子騰何時進京，未叙明。（王子騰和親戚家已送過一班戲來。就在賈母正廳前搭起戲臺，外頭爺們都穿着公服陪待。）在何處，欠明白。内外設席，同在一處，欠通。

寶琴來，而寶釵不來。何以不見寶玉、黛玉二人生疑，即李紈、湘雲、探春等，豈皆已知親事説定耶。（上首薛姨媽一桌，是王夫人、寶琴陪着。）

（對面老太太一桌，是邢夫人，岫煙陪着。）岫煙何以又與薛姨媽見面耶。老太太向日不坐桌面，豈忘之耶。

（含羞帶笑的）何羞之有。

（湘雲、李紋、李紈都讓他上首坐。）湘雲又於何時來？

方以爲黛玉訂婚他姓耳，可謂不知黛玉之甚矣。〇單帶寶琴來，而寶釵不至。黛玉如此聰明人，何以竟不悟及。（薛姨媽站起來道：今日林姑娘也有喜事麼？賈母笑道：是他的生日。）相處多年，乃至忘其生日，可見全不關心也。

（恕我健忘，回來叫寶琴過來拜姐姐的壽。黛玉笑説：不敢。）向日規矩，須要黛玉先向尊長姊妹讓一回也。

第三齣做黛玉，第四齣做寶釵，第五齣做寶玉。此之謂無我相，無人相。（及至第三齣）

薛母正在賈宅看戲，忽得薛蟠闖禍之信，文勢方見突兀。若無事直叙，便落平鋪也。（更駭得面如土色，即忙起身，帶着寶琴，別了一聲，即刻上車回去了。)寶琴不應同去。何必上車，總於前文不合。

何以自外而入，與前文大不對。(薛姨媽已進來了。)

何以從前打死了人，竟不要償命。(太太此時且不必問那些底細，憑他是誰，打死了總要償命的。)豈有不詳細說明之理。

從前薛蟠打死人時，何以不聞如此着急。(倒是剛纔小厮說的話是。薛姨媽又哭道：我也不要命了！)不應是小厮說。

我亦云云，大不解也。(平常你們祇管誇他們家裏打死了人，一點事也沒有，就進京來了的。)

(祇見賈府中王夫人早打發大丫頭過來打聽來了。)何人耶，此亦非打發大丫頭之事也。

何待今日耶，坐轎查夜時，豈不儼然賈府的人耶。(寶釵雖心知自己是賈府的人了)

寶釵祇是仰仗賈府，故心心念念要嫁寶玉耳。俗情可鄙。(底下我們還有多少仰仗那邊爺們的地方呢。)

此豈打發小厮之事耶。說來不近情理。(一面打發小丫頭把小厮叫進來)

寶玉聞鳳姐戲黛玉之語，以爲自己與黛玉真已定親。喜極之際，故不覺想到芸兒之事。而其罵芸兒，直曰冒失鬼者。意謂惟芸兒這種冒失鬼，乃不知我之親事必定林妹妹之耳。孰知鳳姐正是冒失鬼。眼前無非冒失鬼哉，實則自己太冒失也。

薛蟠闖禍，必在此時者，文字安頓法也。彼若無事，則提親已成，便須行聘，其事彰明之至。二玉難以安頓，故用此作停頓耳。

此時薛蟠毆死人命。薛母一家如此手忙脚亂。以後百計營救而不能脫罪，愈見從前爲香菱打死人一事，太覺容易了結。薛蟠脱身事外，絕不着急，殊説不圓矣。

　　薛姨媽與寶釵、寶琴日至賈府，從無坐車來往之時。此回忽若隔如兩宅，必須坐車，是何時堵斷門户，并不叙明，殊欠周匝。○堵斷門户，須要説出個緣故來。否則殊無情理。○既堵斷門户矣，何以小丫頭、大丫頭又來往自如耶？豈有丫頭可出大門行走之理。

　　賈宅宴會多矣，從無親戚男客酒席，女眷亦在屏後看戲坐席者。賈母生日，本家小輩設席在外，非客也。亦從無男客之席，設在賈母正廳上者。賈母之房有正廳。前文亦未叙及，皆敗筆也。

　　寶琴爲老太太認作乾孫女兒，故住在老太太房内。前文不曾説何時搬回去。此回忽云薛姨媽帶了寶琴上車回去，亦不合。

紅樓夢第八十六回

老官二字欠妥，應改作貪官。

（回目：受私賄老官番案牘）〔陳評：受私賄貪官番案牘。〕

張德輝等人，何以不見。（這日想着約一個人同行）

蔣玉函如何肯和薛蟠相好，説來都與前文不合。（遇見在先和大老爺好的那個蔣玉函。）〔朱筆圈去老字：遇見在先和大爺好的那個蔣玉函。〕

無情理。（便説張三是他打死，明推在異鄉人身上。）畢竟是何處人？

并非胞兄也，總未細看前文，率筆續纂之誤。（呈爲兄遭飛禍代伸冤抑事。）

（薛蟠本籍南京，寄寓西京。）欠明白。

囹圄中豈許犯人親屬進去相見，公然形諸呈牘，大謬。（及至囹圄，兄泣告，實與張姓素不相認。）

從前從未見有吴良，究於何時與薛蟠同做過買賣耶？（知縣便叫吴良問道：）

薛蟠何以竟無些小功名，自稱小的，殊不稱其身家也。既是商家，祗應自稱商人。（小的實没有打他。）

此時已是進宫問病之第二年，叙述欠分明。（薛姨媽道：上年原病過一次，也就好了。）

不合禮制。周貴妃病，何必賈宅女眷進去耶？如有旨意，命婦一體齊集，亦應叙明一筆。（説娘娘病重，宣各誥命進去請安。）

伏案。（我們還記得説，可惜榮華不久，祗怕遇着寅年卯月。）

不可少此駁詰。然黛玉竟不疑及此，何也。毋乃聞鳳姐吃了我家的茶及相敬如賓等語，心中久已放寬。故不慮有聘薛之事耶？（就祇是你寶妹妹冷靜些。）

（人家家裏如今有事，怎麼来呢？）此語真說不過去。

（怎麼不來瞧我？又見寶釵也不過來，不是怎麼個原故，心內正自呆呆的想。）寶玉曾為此吃虧，賈政如何許此人上門。玉函亦何敢來。此語殊不合。〔朱筆補入知字：不知是怎麼個原故，心內正自呆呆的想。〕

薛姨媽斷無住在老太太套間內之理。（薛姨媽將就住在老太太的套間屋裏。）

草蛇灰綫。（寶玉回到自己房中，換了衣服，忽然想起蔣玉函給的汗巾。）何以總不到黛玉處去。

將來嫁此混賬人，恰安然樂從，何耶？（你沒有聽見薛大爺相與這些混賬人。）

寶玉、黛玉二人，滿心以為親事已定，故薛事絕不疑心，非憒憒也。但襲人何至認定聘黛玉乎？○此二語殊不合黛玉口氣，竟成憨癡女子矣。黛玉在寶玉前，何曾有如此相戲之言耶？（沒有與林妹妹說話，他也不曾理我。）若黛玉亦在一處，則方纔薛姨媽、李紈與惜春所言，黛玉何至聽不出口氣耶。

黛玉不病，寶玉尚日至瀟湘館。此次黛玉病中及病後，不見寶玉時時往問候，殊不入情。此處雖有寶玉解說數語，終覺不圓。此書率意欠檢點處甚多。此尤疏略甚者。（寶玉道：先時妹妹身上不舒服，我怕鬧的他煩。）說不圓。

處處着此一筆，以見襲人防閑之周密。（黛玉紅了臉一笑，紫鵑、雪雁也都笑了。）

太太從未送過東西與林姑娘，此等閑文殊無謂。（太太那邊有人送了四盆蘭花來……林姑娘一盆。）

薛婚已定，寶釵久已不來；而二玉絶不悟及。所謂當局者迷。

寶玉問茜羅，人謂其不忘前情，豈知其別有後緣。

黛玉論彈琴，措語太覺繁蕪，尚須加以修飾，方合黛玉談吐。

似因周貴妃之事，賈宅男女皆在齊集之列。且賈政等又有送至園寢之差。故此回有薛姨媽來與姐妹們作伴及衹有李紈，探春在家等語。八十八回中，又有賈母説賈政不在家及賈珍辦理家務等語。但何以并不叙明賈母、王夫人、鳳姐何時離府，何時回來？賈赦、賈政何時起身，賈璉在家中，何以要賈珍幫辦家務。薛姨媽來了幾日，幾時回去？種種脱枝失節，總不及前八十回之頭緒清楚也。

紅樓夢第八十七回

語意似以偕誰隱爲詩讖矣。（猶記孤標傲世偕誰隱，一樣花開爲底遲之句。）

二三兩解，却是訂婚後憐惜黛玉口氣，蓋天下忌我嫉我之人，非不知我愛我者也。（何去何從兮，失我故歡！）語有抱歉之意。

何以不見打發薛家女人回去，如何回復寶釵，未免疏漏。（黛玉看了，不勝傷感。）

李紈、探春皆已知聘薛之事。每在黛玉前冷語閑談，不肯明言，則固深知二玉之心者也。知二玉之心而不知二玉之心之不可移，則仍是不知二玉者耳。（探春微笑道：怎麼不來？橫竪要來的。）

黛玉生日係二月十二日，纔過不久。如何已到深秋。（你可記得十里荷花，三秋桂子？）

向日似未送出門口。（一面站在門口，又與四人殷勤了幾句。）

黛玉何嘗不體貼人情，奈不能如寶釵之有所憑藉，得以要結人心也。貧之爲病也甚矣。（那粥該你們兩個自己熬了）

（叫他們五兒瞅着燉呢。）五兒何時病愈。

（又是老太太心坎兒上的。）此句殊贅。

五兒不曾敢和芳官在一塊兒，即偶爾私下往還，黛玉何從知之。此亦敗筆。（不是那日合寶二爺那邊的芳官在一處的那個女孩兒？）安得有此。

（我看那丫頭倒也還頭臉兒乾净。）黛玉何以得見之。

作一總束。（打開看時，却是寶玉從病時前送來的舊手帕，

自己題的詩,上面淚痕猶在。)〔陳評改手帕爲絹子:却是寶玉病時送來的舊絹子〕

不應不收入箱中。(遂夾在這氈包裹的。)

薛婚已成,正是失意時也。(失意人逢失意事)

既未收好,則探春諸人何以不見?(回頭看見案上寶釵的詩啓尚未收好。)

如此不忍不到瀟湘館,則黛玉病時,何得竟不往問候耶?(你也該可憐我些兒了。)

此書中於藝事無不講究。黛玉之論琴,寶釵之論畫,尤爲精通,故借二人着棋以作點綴也。(寶玉方知是下大棋。)

祇消却是妙玉四字足矣,何必多贅八字。(却是那櫳翠庵的檻外人妙玉。)

(這寶玉見是妙玉,不敢驚動。)此四字亦可省。

白描神手。(忽然把臉一紅,也不答言,低了頭,自看那棋。)

入化之筆,(祇見妙玉微微的把眼一抬,看了寶玉一眼。復又低下頭去,那臉上的顏色漸漸的紅暈起來。)

回庵斷不必過瀟湘館,祇是文字取便耳。(彎彎曲曲,走近瀟湘館。)

念禪門日誦,太粗淺。宜作看楞嚴、華嚴諸經。(把禪門日誦念了一遍。)

着此八字,爲下文作勢,恐有賊來,心已亂矣。却又爲後文被劫一逗。(斷除妄想,趨向真如。)

可謂發情止義。(自己連忙收攝心神)

盜賊劫他,又照後文。(又有盜賊劫他)

女尼道婆,亦與前文未合。(早驚醒了庵中女尼道婆等衆。)

求籤禱告,胡説如此。信禱告者,亦可醒悟矣。(又叫別的女尼忙向觀音前禱告。)何人耶。

請大夫亦應回明賈府，斷無女尼自請大夫進園之理，亦無一時請如許多人之理，必須改正。（女尼便打發人去請大夫看脉。）

此等浮言，甚屬無謂，可删去之。若云：預伏後事，則上文已足矣。（外面那些遊頭浪子聽見了，便造作許多謠言……便宜誰去呢！）

妙玉非不能斷塵緣也。見寶玉則不覺心爲一動耳。若竟不動，須是枯木死灰，不成爲妙玉矣。（畢竟塵緣未斷，可惜我生在這種人家，不便出家，我若出了家時，那有邪魔纏擾？一念不生，萬緣俱寂。）此時尚説不便出家，可知後來乃出於萬不得已也。○惟無情方能證佛。

（應向空中去）空字是佛家真諦。天下有情人，皆不能觀空也。

黛玉孤凄自歎，無人憐憫。所希冀者，祇爲心願或不落空，則此生尚有一知己，可相依以不死耳。然身爲處子，鬱鬱難吐，與妙玉一點芳心祇堪自喻者，正復相同。寫出多情女子禮防自持處。令人掩卷唏嘘，輒喚奈何。

妙玉孤標獨立，自謂是世人意外之人，乃遇寶玉性情相契，竟爲寶玉意中之人，真覺天下惟有一人知己。其心折也，久矣，忽聞下凡之語，不免芳心一動。此正率其本性，非流於私情也。古人云：人生而静，天之性也。感於物而動，性之欲也。發乎情，止乎禮義，則聖人許之。倘得知己，而漠然無情，便是不能盡其性，不能盡人之性。然則妙玉未能無情於寶玉，初何損於妙玉哉。然佛家以無我相、無人相爲正法眼藏。若塵緣未斷，即非佛性。故致走魔病魘，爲惜春之所識。幻境册中，所謂欲潔何曾潔，云空未必空者。如此而已。後文必欲實寫其前劫，坐實終掉污泥中之句，殊太黏滯矣。

　　妙玉既入空門，必無癡想。況是絶世聰明，久已打穿塵障，無如目中所見無一可人。惟有寶玉超然物表，不禁意洽心許，而又恨他是男子身。畢竟有嫌疑之介，故一經晤對，不覺心跳面熱。此非世俗懷春女子可比也。寶玉之自忘非女，而又自恨是男，一段心事，正復相同。豈非黛玉之外，祇有此人哉。

紅樓夢第八十八回

何以衹到惜春一處。（却説惜春正在那裏揣摩棋譜。）

寫完後不見做功德，亦欠周匝。○賈母八十歲生日在八月中。黛玉生日在二月中。上文爲黛玉做生日，則已在八十歲生日之後矣。何以云明年八十一歲耶？且自賈母生日叙至此時，亦不止一兩月矣。此時僅在深秋也。（老太太因明年八十一歲是個暗九。）

鴛鴦愚忠愚孝，自非寶玉、黛玉一路人物。如此等人，不足與言情也。然自言除了老太太服侍不來，則其心專歸於老太太一人，亦足見其情之不分，故能成其志之不奪。論情正不必分男女，但觀其用情之篤與不篤耳。吾故曰：寶玉之心，直自忘其身之非女子也。（向來服侍老太太安歇後，自己念念米佛，已經念了三年多了。）

（同小丫頭來至賈母房中）何以不到他處？

滿屋子有幾人，未叙明。（説的滿屋子人都笑了。）

老太太吃飯，不應衹李紈一人伺候。又何以不留寶玉而衹留蘭兒。（晚飯伺候下了。）

從無李紈不與鴛鴦等伺候老太太吃飯之規矩，須俟賈母飯畢，與鴛鴦同吃。方與前文尤氏、鳳姐在老太太房中吃飯時相合。大家吃飯四字太率。（大家吃飯，不必細言。）

周瑞是王夫人陪房，向日不過在跟寶玉出門諸奴之列，并非管事之家人也。此處忽説周瑞經管，殊不合。此批亦疏率。前文周瑞家的曾説：我們男人管地租賬也。（便叫周瑞照賬點清，送往裏頭交代。）

不成話。（這賬是真的假的。）

鮑二如何配挑管事家人之弊。本不曾有説話分兒，忽然夾入吵嘴,居然亦似大管家身分,殊爲舛謬。(鮑二道:奴才在這裏又説不上話來。)

伏後劫盜。(鮑二和周瑞的乾兒子打架。)

周瑞既在管事大管家之列,如何又在門上閑坐。(常來門上坐着。)

何以不見傅賴大、林之孝諸人來鎮壓一番,要大總管何用耶?(又添了人去拿周瑞。)

處斷并無不合,何以衆人不服。自必周瑞實有弊端,被鮑二指破。以致拌嘴。賈珍竟不根究兩人所以打架之故,顢頇了事,宜物議之沸騰也。(喝命人把鮑二和何三各人打了五十鞭子)

(必是鮑二的女人伏侍不到了。)此女人現今伏侍何人?恐未必輪得着在上頭也。

遥遥照應。(他雖是有過功勞的人,倒底主子奴才的名分。)

卿等自不存體統,則奈何。(也要存點兒體統纔好。)

不應小紅來回。(小紅進來回道:)

遥遥接綫,(小紅出來,瞅着賈芸微微一笑。)

神情逼肖。(我纔和姑娘)

何以不見有老媽帶進來。(賈芸連忙同着小紅往裏走。)

淫蕩已極,而寫來却不污筆墨。傳神可謂超妙矣。(小紅聽了,把臉飛紅。)

(前幾日聽見老爺總辦陵工)此事前未叙出。

嬪娘如何可以老爺跟前薦人,無理之至。(要求嬪娘在老爺跟前提一提。)

所言確鑿有理,而賈芸不免觖望,可知身居要地,外人不肯體諒處。(至於衙門裏的事)

巧姐已不小,不應如繈褓中見生人便哭。(那巧姐兒便啞的一聲哭了。)

伏後文。（怪不得没有後世。）

鳳姐處何以寂静無人至此，平兒、豐兒何在？一切伺候之人又何在？可任兩人，私相授受，切切私語耶？叙來太不入情。（揀了兩件，悄悄的遞給小紅。）

（兩個已走到二門口。）伺候之八個小厮，何以不見。

何以從容自在至此，不畏人耶。（恛恛的看他去遠了，纔回來了。）

（吩咐預備晚飯）何以不到老太太處伺候晚飯。

尼姑何以可領幾個月月銀，而黛玉則不能耶？（還要支用幾個月的月銀）

此即饅頭庵所做之事之冤孽也。而此處説是水月庵。又與下文分别兩庵語，不合。（他説了幾次不聽。）

何以不等鳳姐回來便去，不過在上頭耳。有何等不及耶？（我説奶奶此時没有空兒。）

（方想起來了。不然，就忘了。）平兒何至如此疏忽。

在城外何事？未見叙明。（今晚城外有事，不能回來。）

老尼時哀鬼弄，鳳姐亦冤家漸至矣。（小丫頭子有些膽怯，説鬼話。）

（我纔剛到後邊去叫打雜兒的添煤）小么兒們何往？乃至小丫頭去叫打雜兒的耶。

若衹丫頭見鬼，亦不至驚心如此。良由老尼見鬼索命之事，尋思恐懼耳。（鳳姐似睡不睡，覺得身上寒毛一乍。）

正在疑鬼疑神，忽聞官事，寫虚心人如畫。（説外頭有人回要緊的官事。）

此回伏起後文許多事情，瑣悉處亦覺簡净。但疏誤處甚多。賈政不在家，究是何事。〔眉批：此回有總辦陵工之語，但前文未叙明。〕賈珍來辦理家務，究是何故。賈璉明明在家，何以要賈珍幫辦。從前屬至平安州，不聞要人幫辦也。管理賬務，自有賴大、林之孝等大管家們，何以一個不見，而王夫人陪房僕人周瑞，何以得管地租莊子一年有三五十萬之賬？〔眉批：前周瑞家的與劉老老言，有管地租之語。〕鳳姐處媳婦、老媽、丫頭、小厮甚多，何以芸兒出入，衹見一小紅迎送？ 種種皆未合情節，不及前八十回遠矣。

紅樓夢第八十九回

回護之筆。（那時已到十月中旬，寶玉起來，要往學房中去。）是距賈母做八十歲生日時祇兩月也。

念念不忘，觸物即動，非千古多情人，不及體會及此。（却原來是晴雯所補的那件雀金裘。寶玉道：怎麼拿這一件來？是誰給你的？）家常穿本來太好，敘來總欠入情。

又與賈政面托之言，不合。（也不過伴着幾個孩子解悶兒。）

既信其言，何以不問其病。（自然沒有不信的。）

萬分委曲，祇難向襲人説耳。付之一歎，不勝黯然。（歎了一口氣道：那麼着，你就收起來。）

（襲人道：二爺怎麼今日這樣勤謹起來了。）襲人斷不説此呆話。

偏偏提出，摧心折骨。（祇有晴雯起先住的那一間，因一向無人還乾净，就是清冷些。）何以晴雯去後，即無人住此屋耶，○晴雯當日獨住一間。書中從未叙及。此語似祇圖筆頭省力矣。

念兹在兹。（寶玉因端着茶，默默如有所思。）

不復稱芙蓉花神，用意自明。（怡紅主人焚付晴姐知之。）

此方是吊晴雯正篇。（隨身伴）

輕柔似宜改作温柔。（孰與話輕柔）

不走則已，走則捨此何之。一心皈依，如影附形。充此一念，可以入聖，可以成佛，可以升仙。但愈見病中不來問候之疏，無此理。是作書者疏漏處也。（説着，一徑出來。到了瀟湘館裏）

（上寫着：緑窗明月在，青史古人空。）聯句超脱可喜。

着此一段，以見天仙化人。非寶釵俗骨凡姿所能幾及。且見如此精采，若非有意外之事，必不至死也。○此二語，斷不合寶玉口氣。且亦無理之至。琴德最優，如何不是好東西。大舜文王，何嘗不富貴壽考。關雎鹿鳴中正之音，如何彈出憂思怨亂來。君子無故不撤琴瑟。寶玉豈不知耶。何不直以妙玉之言婉曲告之，勸其不作愁苦之思，庶乎入情。（但見黛玉身上穿着月白繡花小毛皮襖）

（我想琴雖是清高之品，却不是好東西。）謬論。

情之至者，每不能言。足見二人如水如玉，謹守禮防。非良緣成就，總不能一證其心中所欲吐之言也。○黛玉見寶玉神情，已不能無疑。聞雪雁之言，遂着實相信矣。○小時之疑，疑寶玉之心。現在之疑，疑寶玉之事。蓋黛玉明知寶玉有心而不能邀父母之體察。倘有定親之舉，寶玉自難挽回。雖鍾情於我，亦無法也。故愈疑寶玉之事，愈信寶玉之心。遂決計一死報之也。（又怕寒了黛玉的心。坐了一坐，心裏像有許多話，却再無可講的。）

（我告訴你聽，奇不奇。你可別言語！）雖雪雁亦以捨黛玉而他聘爲奇也。

（雪雁道：怎麼不真，別人大概都知道，就祇咱们没聽見。）誠哉是言。

王者，王夫人之姓也。東府者，榮府中之東府，則鳳姐也。不用打聽一説就成者，寶釵也。雖是以誤傳誤，却自鏡花水月。讀者可以意會之。（是個什麼王大爺做媒的。）

如撞見黛玉，便索然無味，故借鸚哥點出。而鸚哥在三十五回已見。彼時祇謂寫景閑筆，至此忽得此用。使人知此間本有此物，非突然生出。布置妙絶。（祇見黛玉喘吁吁的剛坐在椅子上。）豈黛玉竟走至門內潛聽耶。二人何以不見。

（他兩個心裏疑惑方纔的話，祇怕被他聽了去了。）若黛玉在房中，二人在門外，如何聽得着。

絕不怨恨寶玉，心事皎然。○所謂意外之事，恐賈母將我許給他人也。○沒爹娘的苦，是結穴語。黛玉吃虧在沒爹娘。寶釵便宜在有娘也。（不如早些死了，免得眼見了意外的事情，那時反倒無趣，又想到自己沒了爹娘的苦。）

小紅所說，安得不真。（是小紅那裏聽來的。）

說來大不入情，何以不說黛玉之病陡發耶。（祇見黛玉被窩又蹬下來）

顧影自傷，千古遺恨。（那黛玉對着鏡子，祇管呆呆的自看。）

冰清玉潔。（又不便似小時可以柔情挑逗。）

知亦無益。（那黛玉雖有賈母、王夫人等憐恤，不過請醫調治。）王夫人不見得憐恤也。

此疑極是，可知雪雁云云，是借影也。（薛姨媽來看黛玉，不見寶釵，越發起疑心。）

此回以死晴雯，引起生黛玉。夫其睹物懷人，填詞志恨。翠雲裘從今不禦，斷指甲沒齒難拋。死而有知，晴雯之目，自可瞑矣。生乃見弃，黛玉之腸，竟忍任其斷乎？黛玉默揣當日情形，自問心願斷不能成。雖知寶玉心中除我更無他人，而孑然一身，既無父母作主，旁人又不能體會我兩人之心。除卻一死，別無他法。○青天不老，古井無波。至今讀之，猶爲痛心。

黛玉知女子無不從人之理。我心許寶玉，則非寶玉之從而何從乎。今寶玉既娶他人，我若不死，賈母亦將以我身屬之他人，我而非人也則已。我而自命爲人，焉有人而可以心屬一人身歸一人者乎？前之欲得寶玉而從之者，誓不二其心也。今之不得從寶玉而必死者，決無負我心也。從一而終，不必在已出嫁之後也。以身殉節，不必在喪所天之後也。故惟聖賢仙佛，能不動心，則可無纏綿激烈之情，若夫英雄豪傑，不易動心，而不免爲知己者一動其心，則常有殺身成仁，致命遂志之事。及其仁之既成，志之既遂，則聖賢亦即此心，仙佛亦即此心。舉凡一切忠臣孝子，義夫節婦，孰非此心之堅貞自矢，可以感天地，而光日月哉。故黛玉之心乎寶玉而決於一死，看來是兒女柔腸，實則是乾坤正氣也。我初讀之泫然而悲，再三讀之，不覺肅然起敬。

黛玉聞雪雁告紫鵑之言，即應登時勾起舊病，吐出一口鮮血。以致沈綿待盡，正極入情入理。何以要説黛玉立意絕粒而死耶。作者之意，不過要做出黛玉病得奇怪，好得奇怪，使衆人皆猜出是心病耳。但黛玉不應如此淺露，殊失黛玉身分矣。

黛玉求死，必存諸心，要死得泯然無迹，豈肯顯然露出因雪雁之言而然，致人人皆知其故耶。但作書者以爲不如此做，則下文無解救之法。殊不知一聞此言，而嘔血垂氣。在紫鵑雪雁，自可揣知其因有所聞，以致發病。而外人則不過謂其舊病復發而已。豈不圓到入情耶。

〔眉批：作書者如此叙法，意欲與後文黛玉聞傻大姐之言而死，遙遙相印也。但未免犯手。不如作陡發舊病爲妥。蓋雪雁與傻大姐之言，虛實微有不同，而此次黛玉，尚不竟死，則宜爲之留地步耳。〕

紫鵑見黛玉如此，却不可不向寶玉一露真情。昔年所云三人一處活着，一處化灰化煙，言猶在耳，何忍有所聞而不私質之耶。吾意寶玉見黛玉病到如此，亦必着急萬分。在紫鵑前探問病源，直有誓以身殉之語。紫鵑方以己意試探，微露侍書所言云云。使寶玉密密查察，知其虛誕。先釋紫鵑之疑，而適值侍書來與雪雁説出前言之未成。如下回所云。以釋黛玉之疑，則文字絲絲入扣，盡有佳緒。且可漸漸引起鳳姐移星換斗之計，亦較自然。

紅樓夢第九十回

寶玉竟不惶急悲痛，殊非情理，須補一筆。（却説黛玉自立意自戕之後，漸漸不支。一日竟至絶粒。從前十幾天内，賈母等輪流看望。）上回吐血，竟未一往看望，何也。

猶作縱筆，妙。（侍書道：怎麼不真！）

即張姓之事，以誤傳誤。丫頭聽話不真，情形逼肖。（是我聽見小紅説的。）

可以諒老太太之心。○園子裏的，親上作親。在此時言之，非黛玉而誰，而不知是説從前園子裏的。筆意玲瓏剔透。○然在黛玉屋裏説此數語，則所謂老太太心裏早有之人，其非黛玉可知矣。（再者老太太心裏早有了人了，就在咱們園子裏的。）

（這一位聽見了，就弄到這步田地了。）黛玉豈肯使人人皆知其因此而求死耶。

侍書回去，豈有不向探春述此一番説話者，奈探春之漠不關心何？（侍書道：我不信有這樣奇事。）

專想自己一面誠然，却不知其誤也。（非自己而誰？因此一想，陰極陽生。）

李紈應得先來。（恰好賈母、王夫人、李紈、鳳姐聽見紫鵑之言，都趕着來看。）

不見寶玉，何也。（賈母等料着無妨，也就去了。）

猶在夢中，冤哉。（紫鵑道：病的倒不怪，就衹好的奇怪，想來寶玉和姑娘必是姻緣。）

明明將後文説出，却是此時必有之語。遊戲神通，但見靈心。（就是寶玉娶了別的人家兒的姑娘，我親見他在那裏結親，我也再不露一句話了。）

可知聘薛非賈母意。（倒是賈母略猜着了八九。）

賈母老年人，自有斟酌。二玉同在園中，所以放心者，以爲他日總要在一塊兒，不妨盡着攔在一塊兒耳。奈薛事已成，不能做主。今日蓋悔之甚而慮之切矣。然亦祇是以常情度二玉。二玉能爲情死，而不爲欲蔽。豈賈母所能知哉。○王夫人更不能知天下有如此鍾情兒女，故所言糊塗已極。以爲黛玉身有所歸，便能抛却寶玉也。○賈母此意，不通已極。但亦是無可如何，倒罷了三字，有萬分難爲情處，須諒之。（寶玉和林丫頭是從小兒在一處的。）

（所以我想他們若盡着攔在一塊兒。畢竟不成體統，你們怎麼説？）豈知王夫人數年前已慮及此。○意在速合之也。

（此時若忽然或把那一個分出園外，不是倒露了什麼痕迹了麼？）明明已密授錦囊與襲人，所以如此放心也。

（老太太想，倒是趕着把他們的事辦辦也罷了。）已定薛婚，方説此話。明是要各辦各事。別爲黛玉覓姻也。

（林丫頭的乖僻，雖也是他的好處，我的心裏不把林丫頭配他，也是爲這點子。況且林丫頭這樣虛弱，恐不是有壽的。祇有寶丫頭最妥。）先入之言，尚有回護之意，○可知耳中已熟聞王夫人爲這點子不要林丫頭也。○事已成矣，祇得如此説。

（若知道寶玉定下寶丫頭，那倒不成事了。）此語大不可解，直是慮其苟合矣。

（不許叫他知道倒罷了。）亦不可解。

（你們聽見了？寶二爺定親的話，不許混吵嚷。）可見以前并不曾瞞人，并不曾禁人吵嚷也。

着此一段，亦隱隱爲黛玉影照。（婆子道：這裏園子，到底是奶奶家裏的，并不是他們家裏的。）

如此放肆，攆出去尚不足蔽其辜。（把老林叫了來，攆出他去。）

總不見一班老夥計，何耶？（大哥哥這幾年在外頭相與的都是些什麼人？）

（不過將來探探消息兒罷咧！）此句欠明白，探消息即是不放心也。

作書者將蔣玉函看得太下作矣。倘玉函不高自位置，斷不能見契於寶玉也。（又是蔣玉函那些人哪？）

天下貧富倒置者，豈獨此兩人哉。痛恨痛恨。（如夏金桂這種人，偏教他有錢。）

詩欠雅馴，毋乃他日見笑於岫煙耶。（蛟龍失水似枯魚）

人盡夫也，古人言之矣。（我們不過也是底下的人。）

上回所叙，黛玉必死，且立死矣。死則無好文可做也，不死則又無藥也。若襲傳奇舊套，定是仙佛救度，或又是跛道人、癩和尚出見，豈不取厭。夫返魂之香，不必在海外也。不死之丹，不必在仙家也。片言即是靈方。小婢亦能司命。心病須將心藥醫，豈不信哉。尤妙在侍書之言，句句是寶釵。在黛玉聽來，却句句是自己。文心幻妙絕倫。

湯玉茗云：生而不可以死，死而不可以復生者，非情之至者也。我於黛玉見之矣。

賈母因黛玉多病，恐其不壽，猶可言也。因其與寶玉兩小無猜，心有所屬，而以爲乖僻，不可言也。既知其心，正當配合。乃云我不把林丫頭配他正是爲此。且云：寶玉定親的話不許叫他知道，是直弃黛玉不顧矣。豈人情也哉。吾意聘薛之言，出自鳳姐。賈母業已首肯，曾經向薛姨媽求親，薛家允許，則木已成舟矣。此處窺見黛玉隱衷。正當暗暗後悔，不應再從而下石也。直待襲人訴出寶玉之言，鳳姐設出移花接木之計。賈母祇可不置一詞，聽之而已。説到寶玉定親之事，衹須以父母作主四字，麗括一切，庶九泉之下，可以對得住姑太太耳。賈母口中憎嫌黛玉、防閑黛玉之語，概行删去，豈不妥浄。何必説得賈母竟與王夫人、鳳姐一鼻孔出氣耶。

　　男女相悦之私心，誠不可有。中表相得之真心，恰須原諒。況不肯苟合，又不肯二心，以至於病且幾死，其心亦可憐矣。寶玉聞黛玉回去一語，登時痰厥垂死，賈母固曾見之，詎可獨罪黛玉乎。求之不得，寤寐思服，非君子耶？求我庶士，迨其謂之，非淑女耶？恨婦人之不學無術耳。

紅樓夢第九十一回

終娶寶釵，禪語遂成妄談矣。（布疑陣寶玉妄談禪）

打扮與前八十回中所叙不合，却與八十九回黛玉梳裝相同，皆非旗粧也。（却是寶蟾，攏着頭髮。）

瑣屑叙來，神情逼肖。静悄悄兩人私議，紙上如聞其聲。（你如何說起爺們來了？）

（奶奶給他好東西吃，他倒不吃。）妙語雙關。

刁極。（我是跟奶奶的，還有兩個心麼？）

一路叙來，宜即寫金桂拉住薛蝌，被香菱撞見一段矣。却按下另插入夏三。用筆不落平徑。又却好爲買毒藥謀死香菱埋根。○至戚豈有不備禮上門來拜，而先私探乃姊之理耶？（祇聽一個男人和金桂説話。）

一路叙來，殊太小家氣，與前香菱所言夏家情形不合。且既是夏母過繼之子，是薛蟠之親舅。何畏乎查考，亦何必如此方爲過了明路耶？○伏後文。（薛姨媽自去了。金桂見婆婆去了，便向夏三道：）

哭得死去活來，亦未免太過。（薛姨媽慌了手脚，便哭得死去活來。）

反襯黛玉病時之落漠。（早驚動榮寧兩府的人。）

回護寶玉，却未免牽强。（後來寶玉也知道了，因病好了，没有瞧去。）

既説去後，何以後文又説未去。（薛姨媽去後）

老太太生日在中秋後，離春天太遠。（今冬且放了定，明春再過禮。過了老太太的生日，就定日子娶。）

前云薛姨媽去後，此處不説何時復來，殊欠明白。（王夫人

283

將賈政的話向薛姨媽説了。)

　　住在何處，亦不明白。（薛姨媽道：還是昨兒過來的。）

　　既是昨日來，何以寶玉此時方知之？（又聽見説姨媽來了。）

　　回護之筆，雖似周匝，終覺牽強。何不在薛蟠娶親時，説已搬回薛家自己屋内，豈不入情。（如今把門堵了，要打前頭過去，自然不便了。）何時堵門，并未叙明在前，措語殊覺無根。

　　何以兩玉病，而寶釵像没事人一般。兩玉竟不疑耳。（你像没事人一般，他怎麽不惱呢？）

　　太不近情。（寶玉聽了，瞪着眼呆了半晌。）

　　透頂語。黛玉固然爲有寶玉，致多愁病。寶釵亦復爲有了寶玉，用盡機械也。（我想這個人，生他做什麽。天地間没有了我，倒也乾净！）

　　黛玉數語，無甚難悟，寶玉何以佩服如此？衹是引起參禪耳。（寶玉豁然開朗，笑道：很是，很是。）

　　類舉數語，是賓。（寶姐姐和你好，你怎麽樣？）

　　壓出此句，是主。（任憑弱水三千，我衹取一瓢飲。）

　　斬釘截鐵，心堪自信。（禪心已作沾泥絮，莫向春風舞鷓鴣。）

　　又着此筆，用意自明。（人有吉凶事，不在鳥音中。）

　　寶釵患病，始瞞寶玉。既而知之，迄不往候。諉諸未奉親命，及小門堵斷之故，全不入情。然往則難於下筆也。寶釵抱病，黛玉尚責其不往，況前此自己抱病垂危，而寶玉漠然，更不入情。奈兩人病中相見，如何情形，如何措詞，其難於用筆，較寶釵相見十倍也，故前文亦置不叙。黛玉病愈後，又無一句説寶玉如何喜悦，非果忘情也。夫欲寫後之何等喜悦，必先寫前之何等悲痛。痛不至死，尚不似從前之寶玉。痛如欲死，又預占後來之寶玉。種種掣肘，遂將多情之寶玉，反説做無情；多疑之黛玉，反不見其生疑。安得妙手改削，別成妙文，以補其闕失耶。

談禪一段，寫寶玉心如止水。雖被人力撮合金玉姻緣，豈能奪其志哉。

自抄檢大觀園後，寶釵回去，至此已逾一年之久。寶釵從未再至大觀園，亦竟不至賈府拜年、拜節、拜壽，實是萬分説不圓。總爲薛婚已定，又未明説，難以着筆也。然李紈、探春輩固早已知之。止瞞寶玉、黛玉二人耳。而二人竟未晤到此，何耶？

紅樓夢第九十二回

每每寶玉在瀟湘館,襲人必來隔開,是襲人有意防閑二人處。出自王夫人之意甚明。恐讀者忽略,故特補此數筆。(話說寶玉從瀟湘館出來……襲人姐姐叫我請二爺)

向襲人說,真是對牛彈琴。(襲人笑道:你們參禪,參翻了。)

不足與深言,祇此撇開可也。(麝月道:我也知道,如今且不用說那個。)

俗眼看去,必以此等語爲有正經,遂爾盲稱瞎贊。而不知正是襲人要結王夫人處。故用麝月語揭醒之。讀者勿被其瞞過也。(還各自念書作文章)

可兒,可兒。(麝月道:我也是樂一天是一天,比不得你要好名兒,使喚一個月再多得二兩銀子。)

可兒,可兒。大爲晴雯吐氣。(麝月道:二爺上學去了,你又該咕嘟着嘴,想着巴不得二爺早一刻兒回來。)

史姑娘尚在此,住在何處。何以久不提起?(家裏的史姑娘、邢姑娘、李姑娘們都請了。)

祇圖長聚,寶玉之心如此而已。但又知必不能長聚,是以獨鍾情於黛玉一人也。(寶玉認真念了幾天書,巴不得頑這一天。又聽見薛姨媽過來,想着寶姐姐自然也來。)賈母、王夫人生日,尚且不來,如何想他來赴消寒會耶。

敷衍一段,祇爲引出五兒一語耳。(我昨夜聽見我媽媽說)

此段與聚珍板本,多不同處。(還有畫荻教子的)

忽提五兒,遙映前文,兼伏後文。(要把柳家的五兒補上)

如此,則不甚小矣。與前文驚風,後文夜啼,皆不相稱。(巧姐兒道:我也跟着劉媽媽學着做呢。)

妙在此時仍未補入，文法曲折之至。（叫他補入小紅的窩兒，竟是喜出望外了。）

此時祇瞞過二玉耳。（黛玉便問起寶姐姐爲何不來？）

不入情。（鳳姐……祇得打發平兒先來告假。）

惡死而美終，是可傳也。襲人愧死矣。（司棋這東西糊塗，便一頭撞在墙上，把腦袋撞破，鮮血直流，竟死了！）

接了東西，便不顧女兒，天下豈少此等人哉。王夫人正復不免如此耳。（那司棋的母親接了東西，也不顾女孩儿了。）

附寶玉、湘蓮以傳，又何愧焉。（把帶的小刀子，往脖子裏一抹，也就抹死了。）

以此爲傻，真不知節義爲何物者。○卿自不傻，卿所碰見者，亦無此傻小子也。（那有這樣傻丫頭，偏偏的就碰見這個傻小子！）

（纔過賈母這邊來，不提。）何以又來。

賈政何以又不到衙門去辦事，殊與前文不合。須說此日不該班，故得在家，方是。但前有賈璉出城料理，賈珍代管家務一節，何時完事，須補出，爲周匝也。（且説賈政這日正與詹光下大棋。）

漸見賈氏之窮。（賈政道：那裏買得起。）

數語中肯，但不配鳳姐説耳。（必得置些不動摇的根基纔好。）

續娶已久，此語提得無謂。且馮紫煙與珍、璉輩皆相與極熟之人，不應不知賈蓉續娶之事。（提到他令郎續娶的媳婦，遠不及頭裏那位秦氏奶奶了。）

遙應首回，理清綫索。（雨村革了職以後）

應是由知縣行取，轉了御史。（由知府推升，轉了御史，不過幾年，升了吏部侍郎）

較聚珍板，賈政道下缺五行。（賈政道：像雨村算便宜的了。）

托大如此，焉得不敗。（果然，尊府是不怕的。─則裏頭有貴妃照應；二則故舊好，親戚多；三則你家自老太太起……）

賈政謹慎，故終能保家。然賈赦及珍、璉之不謹慎處、賈政烏乎知之？（賈政道：雖無刁鑽刻薄，却没有德行才情。）

此回皆閑文，而有用意處。巧姐後來有事，故此回稍爲點綴，見其漸漸長大，不至突然而出也。母珠等物，珍巧神奇。賈氏力不能買，見其家計日絀也。甄家抄没，雨村升擢，都借馮紫英閑話中帶出，有行雲流水之妙。

此回多删改原本處，意在去其繁蕪，以歸簡净也。故余亦不録原文增入矣。

以五兒補小紅數語，雖是照應前文，但不合此時情節。賈璉、鳳姐方有裁減各房丫頭之議，未必肯先提此事。王夫人又惡伶俐丫頭，未必許叫進五兒。自以寶釵進門後補入爲得宜。故雖有此言，并無此事也。

紅樓夢第九十三回

捉車滋事、衙役肆毒。於書爲閑文，於事爲真境。（誰知京外拿車）

曲曲折折，引到寶玉與蔣玉函相見。文心經營，煞非草草。（連上）

不告假，無差使，可出門乎？（旺兒晌午出去了。）

賈政并不與賈赦同居，須遣人往説方合。（賈政告訴賈赦道：）

尚未知蔣玉函來，何必歡喜的了不得耶。（寶玉歡喜的了不得。）

又將玉函出色煊染，衹是煊染襲人也。（寶玉一見那人面如傅粉，唇若塗砂。）

（蔣玉函……也没有到自己那裏。）如何敢來。

何以必該知道。（怎麽，二爺不知道麽？）

何以又不在王府。（就在府裏掌班。）

有此主意，是以配作寶玉相知也。（他倒掌定一個主意）

（不論尊卑貴賤，總要配的上他的纔罷。）伏筆。

雕翅一擊，電光一閃。（不知日後誰家的女孩兒嫁他，要嫁着這樣的人才兒，也算是不辜負了。）

襲人爰得我所矣。（把這一種憐香惜玉的意思，做得極情盡致。）

前薛蟠鬧事時，叙及玉函無謂，何不於此次回來，問及茜羅，較有情致。（寶玉想出了神）

昨日所叫兩人皆陪房，非本宅家人也。○賈府漸就廢弛，不似前此整齊矣。（賈璉因爲昨夜叫空了家人）

其寶玉、黛玉之謂乎。（包勇道：因爲太真了，人人都不喜歡，討人厭煩是有的。）

原是不雕之璞，是真寶玉也。（倒是一段奇事。）

鏡花水月之文。（裏頭見了好些册子）

本是天真爛漫，不雕不琢之人。一爲經濟文章之説所染，遂將本來面目一朝改盡矣。○賈政似有悟到處。（又到屋裏，見了無數女子。）

閑閑叙一包勇，後文却大有用處。（包勇答應着，退下來。）

賈政向日不管家事，一切付之賈璉夫婦。而八十一回以後，則事無巨細，無不關白賈政，與八十回之前不相合。（賈政叫上來問道：）

更不入情。賈珍祇應通知賈璉也。況賈珍固早已知之，已於年終領東西時，大加申飭。此時何必又特地密呈賈政耶？（正説着，祇見賈蓉走來）

不愧爲寶玉賞識，襲人愧死矣。（那知芳官竟是真心，不能上手。）

鳳姐何病，前文未叙。（因他病着，祇得隱忍。）

八十八回中説水月庵的師父見一男一女兩鬼，即鳳姐心虛之由也。○水月庵、饅頭庵是一是二，前文却未叙明。（鳳姐本是心虛，聽見饅頭庵的事情，這一唬直唬怔了。）

（我剛纔也就説溜了嘴，説成饅頭庵了。）平兒何至如此粗心。

雖病而機械不減，自是能人。（我就知道是水月庵，那饅頭庵與我什麼相干！）

鳳姐何以尚不問及。（祇叫芹兒在内書房等着我。）

與下回不接，有脱漏處。（賈芹想了一想，忽然想起一個人來，未知是誰？）究竟是誰？

蔣玉函已於八十六回一見，旅都匆匆，未暇詳也。用臨安伯開宴，與寶玉會面，細談其業已成家，尚未娶親，爲後來張本。又見其風姿之美，自命不凡。不肯輕於擇配，則襲人之一見移情，頓忘寶玉可知矣。文心文筆，入細入妙。此回云云，如到臨時從媒人口中說出，便成死筆。

甄僕投賈，爲後得用伏筆。然賈府僕從如林，豈竟無一退盜之人。其實要借包勇口中述甄寶玉魂遊之事耳。若爲此別叙一回，則重複犯實，豈不累墜取厭耶。此書慣用此法。〇好好一塊真寶玉，一爲世情所移，便成了俗物。而世之好俗物者，無不以此爲真寶玉，反以不雕不鑿，全其天真者爲無用之物，而訕笑之，唾罵之，且瓦礫視之，則以爲假寶玉云耳。作者愍焉。故特設此兩人，以見世之所謂真者反假，而所謂假者實真也。茫茫宇宙，捨林黛玉其誰識之哉。

紅樓夢第九十四回

賈珍甚惡芹兒，賈璉何以如此庇護，豈尚爲鳳姐面上耶。（賈璉奉命，先替芹兒喜歡。）

何其昏也。（若是芹兒這麼起來）

既有家廟鐵檻寺，何以上墳燒紙要到水月庵。鳳姐辦秦氏喪事時，何以住饅頭庵，不住水月庵耶？（還打發個人到水月庵）

傅與富音同，試與勢音同，可以會意。（祗見傅試家兩個女人過來請賈母的安。）

其寶釵之謂乎？（便獻寶的是的）

此老婆子，其薛姨媽乎？（偏見了他們家的老婆子便不厭煩。）

說至此，便不說下去，可知是寶釵借影文字。（把老太太的心都說活了。）

既有金玉之説而又富也。書意固自爾爾。（這家裏金的銀的還鬧不清）

紫鵑已深信寶玉，不應又作此想。（竟是見一個愛一個的！）

此數句可删。紫鵑以黛玉爲性情難伏侍，斷無此理。作者不過欲着此數語，見得紫鵑所以不急急探聽耳。不然，紫鵑細心人，豈有後來婚薛之事，合府皆知，而獨不知一毫風聲者耶。但用筆太拙，殊不入情。遠不及前八十回筆墨。（你替人耽什麼憂，就是林姑娘真配了寶玉，他的那性情兒也是難伏侍的。寶玉性情雖好，又是貪多嚼不爛的。）看錯黛玉，看錯寶玉。

（其餘的事全不管。）與前勸黛玉之意，不合。

（黛玉道：敢是找襲人姐姐去麼？）無理。

（紫鵑也心裏暗笑。）更無理。

祇須黛玉便請了安六字足矣。（已見老太太坐在寶玉常臥的榻上。）

（退後便見了邢王二夫人回來）邢夫人何以時時在此，從前園中宴會，并不來也。

順手叙明，頗覺簡便。〇寶琴住在老太太處。前文并未跟寶釵回去也。（祇有鳳姐因病未來。）

（薛寶琴跟他姐姐家去住了。）此句不合筝。

黛玉近時，亦貌爲世故應酬之言，蓋知取悦於賈母、王夫人，非此種説話不可，是以聊復爾爾。（如今二哥哥認真念書，舅舅喜歡，那棵樹也就發了。）

（正説着，賈赦、賈政、賈環、賈蘭都進來看花。）賈赦何以亦來？

〔徐批：賈赦、賈政之語數言耳，恰將兩人性情口角一齊傳出，妙。〕（賈赦便道：據我的主意，把他砍去，必是花妖作怪。）

依書中之年月，則晴雯死至今纔數月耳。緣晴雯死在老太太八旬慶壽之後，而八十八回鴛鴦言明年老太太八十一歲，是今年八十歲也。八月至十一月僅三月。晴雯於芙蓉開時死，則不過兩月餘矣。何以説那年耶？（因想起晴雯死的那年海棠死的。）

（賈母聽了笑道：噯喲，我還忘了呢。）此數語，與上數語不貫接。

一裹圓三字，八十回以前未見。（寶玉本來穿着一裹圓的皮襖）

竟是袍套矣。與以前所叙之裝束不同，何也。（便去換了一件狐腋箭袖，罩一件元狐腿外褂。出來迎接賈母。匆匆穿換，未將通靈寶玉掛上。）玉豈掛在袍子上耶？

如果金鎖爲通靈之配，何故薛事成而失玉乎？（便向各處找尋,蹤影全無。)

是何言歟？後來真丢了寶二爺,又何如耶？（這個比丢了寶二爺還利害呢!）重玉不重人,不知要玉何用,真不成話。

偷去何用,可謂惡極。（事情到了這裏,也顧不得了。）

平兒不應在此,若平兒知之而來,則上房無不知之矣。（平兒説道:打我先搜起。）

（不知道的是廢物,偷他做什麽?）此言甚是。

不是兩日之事。（又見環兒不在這裏,昨兒是他滿屋裏亂跑）

（襲人……説着便嚎啕大哭起來。）不像樣。

（平兒道:我的爺,好輕巧話兒!）不成稱呼。

臨安伯府中聽戲,亦不止隔一日也。（大前兒還到臨安伯府裏聽戲去了呢。）

王夫人不叫襲人去問,而親自進園,殊無情理。從前非老太太來,王夫人從未獨來此。衹有撵晴雯等時曾來過。（太太來了,襲人等此時無地可容。）

亦不入情。（鳳姐病中,也聽見寶玉失玉。）

此玉其細已甚,他人得之,不足寶也。何所見不及探春耶？○王夫人真無見識。一玉耳,何至斷了命根。後文種種事端,及寶玉瘋顛,總是妖由人興。（認真的查出來纔好。不然,是斷了寶玉的命根子了!）

與邢夫人何涉,何必要同邢夫人商量。亦斷無王夫人同鳳姐到邢夫人處之理。（便叫鳳姐兒跟到邢夫人那邊商議。）必要坐車出大門也。作書者忘之乎？

不成事體。（叫他囑咐前後門上）

明明一個和尚的尚字,妙在不説出。（他還説賞字上頭一個小字,底下一個口字。）

妙在半準半不準。若説得太確鑿，則真成異人，反不入情也。且預占妙玉扶乩地步矣。（因上頭拆了當字）

上回揭帖，人事不靖也。此回花妖，天機自動也。總爲賈氏將衰之兆。與失玉叙在一處者，以失玉事大，不便久瞞。即便告知賈母諸人，則又無騰挪。故下回緊接貴妃之事，使賈母等正在倉皇，未及理論，得以暫緩也。

測字如神，開頭便是尚字，直至和尚送還始悟，妙不説出。

有玉而金玉之姻緣未即成，失玉而賈薛之姻緣乃速合。金玉之説，有憑耶，無憑耶？作者特設失玉一節，以破寶釵之機心也。

紅樓夢第九十五回

何以寶玉失玉之後，不即糊塗耶？（寶玉也覺放心，便走到門口問道；）

焙茗是極聰明伶俐之人，何至愚蠢至此。此段無謂可删。（今兒又有人也拿一塊玉當了五百錢去。）

纔是妙玉身分。（我與姑娘來往，爲的是姑娘不是勢利場中的人。）

此時寶釵聞知寶玉失玉，不知如何着想。○後文有心裏驚疑一筆，非漏寶釵一面也。（黛玉雖躺下，又想到海棠花上）

前文説王子騰與衆親友送戲，是已在京也。何時又出京，未叙明。（舅太爺升了内閣大學士，奉旨來京。）

如此俗見，豈肯要無依靠之黛玉耶。此時設王子騰有女欲許寶玉，恐又悔聘寶釵矣。（今日忽聽兄弟拜相回京，王家榮耀，將來寶玉都有倚靠。）勢利極矣。

回回必要賈母進宮，殊不入情。八十餘歲之人，尚不容安養，而以筋力爲禮耶？（王夫人聽説，便大哭起來。）

應前算命之言。○元妃在家時，曾教寶玉識字作詩，則不過長於寶玉十歲而已。若今年四十三歲，則長於寶玉二十五六歲矣。豈有三十歲老閨女，方選進宮之理。四十三歲，改作二十七歲方合。（已交卯年寅月，存年四十三歲。）與八十六回算命之言寅年卯月不對。

薛事已成，必作寶玉糊塗，方易於着筆。否則有許多難安頓處。（終日懶怠走動，説話也糊塗了。）

亦是文字善於安頓之法。使二玉不見面，則薛婚無破綻耳。（若是他來呢……所以黛玉不肯過來。）

明明已定，何以如此説耶？○此時滿心快活，樂得説冠冕話。且此數語，正是極願意之詞也。（回去告訴了寶釵。）〔朱筆補入便字：回去便告訴了寶釵。〕

驚則驚失玉之不祥，疑則疑失玉而金玉之説幾無把握也。（寶釵……心裏也甚驚疑，倒不好問。）

周貴妃之事，賈母等出去齊集，薛姨媽尚過來與姊妹們作伴，何以此次反不一至耶？（賈母等送殯去了幾天。）

（媳婦恐老太太着急。）向無此稱。

試問此玉入他人之手，何值一錢，匿之何爲？（況且這玉滿城裏都知道，誰檢了去，肯叫你們找出来麽？）

賈母雖有此言，賈璉豈有照辦之理。明明非路上失去，賈璉豈不知之。（我便叫璉兒來，寫出賞格。）

借此搬出園去，文甚簡便。（賈母便叫人：將寶玉動用之物都搬到我那裏去。）

認真如此招貼。賈璉斷不糊塗乃爾也。（今日聽見榮府裏丟了什麽哥兒的玉了。）

并無式樣仿造，何至無人看得出耶。（可不是那一塊晶瑩美玉嗎？）

心有真鑒，豈得以假混真。如見假玉而不識其假，則見寶釵無異黛玉矣。（寶玉睡眼朦朧，接在手裏也没瞧，便往地上一摺）

此恰是千金市駿骨之意。（説不是我們的，賞給他幾兩銀子。）

必説寶玉瘋顛者，是作者巧於安頓之法。夫寶玉極靈慧人，與黛玉頃刻不離。今忽有寶釵結親之事，即算鳳姐巧計瞞天，能保寶玉之不覺察乎。且安必無如傻大姐者，漏言於寶玉前也。前此寶釵病而寶玉不往看視。黛玉絶粒而寶玉依然無恙，已覺不合於情理，況此後合卺結褵，若非寶玉瘋顛，被人撮弄，而茫然不知，將何以爲寶玉解乎？故特設寶玉瘋顛一層，恕寶玉也。亦文字取巧法也。

紅樓夢第九十六回

何以又不依賈母之言。（衹見賈璉冷笑道：好大膽。）

惟假寶玉可以配金鎖。（賈寶玉弄出假寶玉來。）

有元妃之事，本不該有照例家宴。（雖有舊例家宴，大家無興。）

不如意事叢集矣。（王夫人吃驚道：我没有聽見）

二月京察引見記名，三月即放外任，四月領憑出京，是寶玉吉期，當在四月之內，五月之前。（工部將賈政保列一等，二月吏部帶領引見。）

此處又說八十二歲，則寫經以後，已隔一年餘矣。叙來衹是秋冬，未過春夏，何也。（我今年八十二歲的人了）

寶釵造作金鎖，始終以此得濟，真是虧他想出此法。（孩子們又有金玉的道理，婚是不用合的了。）

特筆醒出。（再有今明白人常勸他更好，他又和寶丫頭合的來。）此句不似賈母之言。

薛家造出金玉之說，真乃萬全勝算。非此安能使賈母傾心至此。（再者姨太太曾說：寶丫頭的金鎖，也有個和尚說過，衹等有玉的，便是婚姻。焉知寶丫頭過來不因金鎖，倒招出他那塊玉來，也定不得。）然則早已自家說明，是女家先求男家也。

薛婚勉强做成，全是人定勝天。即賈政原未願意也。（賈政聽了，原不願意。）

（要吩咐家下衆人，不許吵嚷得裏外皆知。）亦是回護之筆，以便易於秘密也。

可知此事是王夫人鳳姐主之。（竟把寶玉的事聽憑賈母交與王夫人鳳姐兒了。）

襲人不應到此時方知道。（襲人等却静静兒的聽得明白。）

所見甚明，奈何衆人皆不見及此。（就把林姑娘撂開）

何不早言之。（太太看去：寶玉和寶姑娘好，還是和林姑娘好呢？）

王夫人拼着苦一黛玉，豈知幾害乃郎。（等我瞅空兒回明老太太，再作道理。）

半日没言語，真乃悔之無及，無從説起也。（賈母聽了，半日没言語。）

（林丫頭倒没有什麽。）直是弃而不顧矣。

觀場之矮人，看到此處，必痛恨鳳姐，謂黛玉死於此計矣。不知鳳姐此時轉不足責。蓋薛婚已定。若非鳳姐此計，將退薛而復娶林乎？抑如世俗唱本兩娶之乎？非但事之所必無，亦且理之所不洽。（衹是我想了個主意）

（大家吵嚷起來）吵嚷得林姑娘知道，將如之何。

（這事却要大費周折呢。）〔似徐批筆迹：不過用黛玉丫頭扶新人耳，有何大費周折。〕

（賈母果真一時不懂）〔似徐批筆迹：我却真是不懂。〕

（賈母笑道：這麽着也好，可就衹忒苦了寶丫頭了。）〔似徐批筆迹：怎麽又懂了，我實在不懂。○何所謂苦。〕

賈母實欲保全黛玉，其奈王夫人與鳳姐全不體貼老人之心，亦置黛玉於度外久矣。一心衹要成就寶釵耳。（賈母……林丫頭又怎麽樣呢？）

遣開紫鵑，使紫鵑不聞傻大姐之言也。倘聞其言，則後來有可根究，勢必難爲傻大姐，筆墨皆成鈍置矣。（忽然想起忘了手絹子來，因叫紫鵑回去取來）

以己度人。（所以來這裏發泄發泄。）

傻大姐一見而晴雯死，再見而黛玉死。可知晴雯是黛玉影子。（細瞧了一瞧，却不認得。）賈母之丫頭，不應不認得。

若黛玉深知此事者然，妙妙。（就是爲我們寶二爺娶寶姑娘的事情。）

將赴北邙，先到葬花處，覺前此携囊荷鋤，都非泛設。（到那個畸角兒上葬桃花的去處）

黛玉必死，在此一語。（趕着辦了，還要給林姑娘説婆婆家呢。）

妙在絕不知是要瞞黛玉。（不叫人吵嚷，怕寶姑娘聽見害臊。）

妙妙。（我知道上頭爲什麼不叫言語呢？）

極力描寫，筆力直透紙背。（那黛玉此時心裏竟是油兒、醬兒、糖兒、醋兒，倒在一處的一般，甜苦酸鹹，竟説不上什麼味兒來了。）

沁芳橋，可作醒芳橋。（走了半天，還没到沁芳橋畔。）

絕妙筆法，省却無數筆墨。（祇見黛玉顔色雪白，身子恍恍蕩蕩的，眼睛也直直的，在那裏東轉西轉。）

妙。（我問問寶玉去。）

然則紫鵑早有所聞，特不敢言耳。（紫鵑見他心裏迷惑，便知黛玉必是聽見那丫頭什麼話了。）

真是知心。（祇是心裏怕他見了寶玉。）

文字躲閃之法。（却是寂然無聲）

不哭而笑，真大解脱。（黛玉自己坐下，却也瞅着寶玉笑。）

要言不煩。黛玉雖死，亦諒其心矣。（寶玉笑道：我爲林姑娘病了。）

解脱。（那黛玉也就站起來，瞅着寶玉祇管笑，祇管點頭兒。）

寶玉出家時，寶釵勸之行。寶玉亦有是去的時候了一語，與此兩兩相對。（黛玉道：可不是，我這就是回去的時候兒了。說着，便回身笑着，出來了。）

如此說來，入情入理。遠勝前聞雪雁之言，絕無病恙，而自欲減餐求死也。（祇見黛玉身子往前一栽，哇的一聲，一口血直吐出來。）

鳳姐奇謀，真同兒戲。一時騙過，將來如何？因思此策，可見鳳姐之爲人矣。彼所拒者，癩蝦蟆耳。其他則人盡夫也。以己度人，知寶玉惟色是好，何必擇人。寶釵之美，不下黛玉，平時亦相親愛。一徑入手，自必移情而忘却黛玉矣。彼安知男子中乃有癡心如寶玉者哉。如責其冒昧，反恕之也。

王夫人亦糊塗已甚。試思黛玉閨閣千金，竟可借其名與寶玉成婚，他日豈得再婚他家耶？賈母云：林丫頭怎麼樣？一慮其死，一慮及此也。

黛玉聞信之下，甚難描寫。此時心裏云云，刻劃入微，形容盡致。即你去罷三字，亦不能容易說出。顫巍巍者，十分經意而出之情狀也。始則脚軟如踏綿花，神氣奪也。既而脚步如飛，肝火動也。不知作者從何處體會到此。

薛事甚秘，何由使黛玉知之，是棘手題也。不知正爲嚴禁傳言，遂有人傳言。天下事往往如此。使少寬其禁，傻大姐不被巴掌，何致向黛玉哭訴乎？

〔以下另一筆迹，且無紅圈：鳳姐之謀，瞞過一時，真是兒戲。夫人而知其不可也。題曰奇謀，何也？鳳姐蓋甚利寶玉之死也。寶玉於黛玉，其生生死死之情，孰不知之。豈鳳姐之明決，而反未之察耶？是策得行，而黛玉必死。黛玉死而寶玉安得生，則所以殺黛玉，而遂殺寶玉者，計孰便於此哉。故曰：鳳姐設奇謀，誠哉是鳳姐之奇謀也。

鳳姐忌寶玉，有明徵矣。小紅初名紅玉，曰因重了寶二爺、林姑娘名字改的。鳳姐曰：討人嫌的很，得了玉便宜是的。你也玉，我也玉，是豈專惡黛玉之言哉。

王夫人之從其計，則是深惡黛玉，因而不復爲寶玉計。猶之逐晴雯之用心也。若賈母則雖欲爲黛玉作合，而不可得主，況惑於浸潤已久，置黛玉於不顧耶？徐勉如志。〕

紅樓夢第九十七回

　　祇是一笑了事。此時心中業已了了，無復悲憤怨苦矣。(黛玉笑道：我那裏就能够死呢!)即愛我者祝我使我速死意。

　　殺黛玉者，王夫人、鳳姐二人，賈母無與也。一路看賈母言語，自可諒之。○賈母言外，亦深恨鳳姐之計。(賈母大驚說，這還了得!)

　　(這是什麼人去走了風，這不更是一件難事了嗎?)即時即不走風，能終不使黛玉知之乎?

　　此言和平中正，詩之可以怨也。○王夫人聞此言，心中如何過得去。○黛玉總祇一笑，大是了悟。(老太太你白疼了我了!賈母一聞此言，十分難受。便道：好孩子，你養着罷，不怕的!黛玉微微一笑，把眼又閉上了。)

　　賈母此時，亦祇望其速死矣。(賈母看黛玉神氣不好。)

　　賈母云云，自是掌家太夫人口氣應得爾爾，但設非寶釵，何至疑黛玉，薄黛玉，且弃黛玉至於此極哉。○自然是死了乾净。○殘忍已極，亦知其必死矣。(纔是做女孩兒的本分，我纔心裏疼他。)

　　(我倒有些不放心)賈母且疑之，何怪王夫人耶。

　　(別的事，自然没有的，這心病也是斷斷有不得的!)表白分明。○寶釵有心，特不病耳。

　　絕妙機鋒。(寶玉忽然正色道：我不傻，你纔傻呢。)

　　神化之筆。聽者以爲瘋傻。深於情者，正爲之心摧骨折也。(寶玉說道：我有一個心，前兒已交給林妹妹了。他要過來，橫竪給我帶來，還放在我肚子裏頭。)

　　(賈母聽了，又是笑，又是疼。)疼黛玉也。

即要坐轎坐車，何以叙得如此率略。（咱們走罷。）

面請之意，須在前文説出，方清楚。（特請姑媽到那邊商議。）

始終注重金鎖。（借大妹妹的金鎖壓壓邪氣，祇怕就好了。）

低頭不語者，正中下懷也。後來垂淚者，良心發現，對不住黛玉，不免哀憐黛玉也。（寶釵始則低頭不語，後來便自垂淚。）

寶釵不願意，嫌不熱鬧不體面耳。俗情可哂。（便是看着寶釵心裏好像不願意似的。）

順手將湘雲定親帶過，湘雲亦嘗有心於寶玉，知不能奪寶釵，則遂安然他適矣。襯出黛玉之深於情，非湘雲輩可及也。○但湘雲此時正不必定親，留在後文配甄寶玉，豈非妙文。（王家無人在京裏，史姑娘放定的事，他家没有請咱們）

（倒是把張德輝請了來）此人何以至此時纔用着，大約祇能做買賣也。

吉期當在三四月間。若正在賈政出京之前一日，則竟是四月矣。（那好日子的被褥）

總祇是笑，非常了悟。（黛玉微笑一笑，也不答言，又咳嗽數聲，吐出好些血來。）

可憐，可痛。（況賈母這幾日的心，都在寶釵、寶玉身上。）

最可恨者，李紈、探春二人也。（連一個問的人都没有，睁開眼，祇有紫鵑一人。）

紫鵑得此一語，亦甘心爲黛玉死矣。（向紫鵑説道：妹妹你是我最知心的！）

自此以後，筆下不知是墨是淚是血，閱者莫能辨也。（祇得同雪雁把他扶起）

非恨寶玉也。不欲留此痕迹耳。（紫鵑早已知他恨寶玉。）
〔原文補入是字：紫鵑早已知他是恨寶玉。〕

時已四月，無因冷而生火盆之理也。（又道：籠上火盆。）

了無掛礙，真可瞑目。惟黛玉能如此解脫。（那黛玉把眼一閉，往後一仰。）

一齊到新房中去也，却説來令人不覺。（紫鵑因問道：老太太呢？那些人都説：不知道。）

數語傷心千古。（越想越悲，索性激起一腔悶氣來。）

不知新房在何處，因疑仍住怡紅院也。紫鵑此時又苦又氣，不暇詳思。正經房子，不應在花園中也。（早已來到怡紅院。）

没什麼事，七字傷心千古。（紫鵑道：没什麼事，你去罷！）

黛玉此時，心中已極了了。而紫鵑猶怨恨寶玉。宜後文隔窗訴之不理也。（你過了你那如心如意的事兒，拿什麼臉來見我！）冤哉。

寶玉之李奶媽，何以久不一見。（叫了黛玉的奶媽王奶奶來一看。）不應此時方來看。

黛玉一病至此。素日姊妹何至絶無一人來看者，李紈猶待請而後去，可痛可怕。（大奶奶，祇怕林姑娘不好了。）

鳳姐生出此計，李紈何以不好過瀟湘館來，此言欠通。（就作了北邙鄉女。）

此飾説也，是來叫紫鵑耳。（平兒道：我也見見林姑娘。）

此舉真乃毫無人心者所爲。紫鵑數語，大是快心。吾尚嫌其未暢。（等着人死了，我們自然是出去的，那裏用這麼？）

恰宜其不明白。（頭一宗這件事老太太和二奶奶辦的）

説來欠入情，須改一二句。（原來雪雁因這幾日，黛玉嫌他小孩子家懂得什麼，〔黛玉兩字爲增〕便也把心冷淡了。況且聽是老太太和二奶奶叫，也不敢不去。連忙收拾梳頭。）黛玉待雪雁誠不如紫鵑，然亦何嘗有嫌他之意。此數語率意出之，祇不過要説雪雁肯去耳。何必如此着筆耶？

　　雪雁命名之意，恰與薛字同音，亦巧合也。○作者欲成鳳姐之計，遂不能不説得雪雁全無心肝。倘雪雁誓死不去，則鳳姐之計，將不能十分如心稱意，必要説到如何强令雪雁依計而行，又不免多費筆墨也。（連上）

　　此段深表雪雁，雖不知寶玉之心，却不愧爲黛玉之婢。且以見上文云云，祇是爲要行鳳姐之計，故意説得雪雁忍心抛却黛玉，聞命即行也。○然我若握筆爲之，究竟上文還要回護一二筆，不肯説得如此草草耳。此書中不經意處甚多，安得有人起而筆削之。（我且瞧瞧寶玉）

　　新人肥瘦，豈不能辨。故必説寶玉瘋傻，便於掩飾也。（寶玉見新人蒙着蓋頭。）

　　寶釵此時，不知何以爲情。大約祇圖警幻所訓之事，不拘寶玉將自己當作何人皆可耶？（妹妹身上好了？好些天不見了。）

　　竭力描寫寶釵之美，以見寶玉略不移情，真乃古今第一情種。（祇見他盛妝艷服，豐肩悵體。）

　　（自己反以爲是夢中了。）又逗夢字，妙。

　　寶玉之意，若林姑娘亦娶來，便容得寶姑娘也。知然必無此事。故着急要問林姑娘下落。（襲人道：寶姑娘。寶玉道：林姑娘呢？）此時何不仍説是林姑娘前之設謀，究竟爲何，我實在不懂。

　　一點靈犀。（口口聲聲，祇要找林妹妹去。）

　　虧他置若罔聞，吾甚恨寶玉此時不死。（寶釵置若罔聞，也便和衣在内暫歇。）

　　賈政三月放缺，應得四月領憑出京。（恰是明日就是起程的吉日。）

　　糧道年年押運北上，正好入都定省，須要補出，此去不過一年之別，明年必可押運進來之語。賈政出京，計在四五月間，到

任當在六七月間，正在籌辦新漕之前也。（次早賈政辭了宗祠）

　　已透出家消息。（明年鄉試，務必叫他下場。）

　　古語云：讀出師表而不流涕者，非忠臣。讀陳情表而不流涕者，非孝子。僕謂讀此回而不流涕者，非人情也。昔杜默下第，至項王廟中痛哭，泥神爲之下淚。夫下第之悲，何至於此。若此回焚絹子，焚詩稿，雖鐵石心腸，亦應斷絕矣。屈子吟騷，江郎賦恨。其爲沉痛，庶幾近之。雖然，世人皆爲黛玉哭耳。僕所哭者，尤在寶玉焉。斷癡情之痛，不若成大禮之痛爲更深。夫自古皆有死，爲黛玉哭，恨可言也。民無信不立，爲寶玉哭，恨不可言也。天下古今第一有情人，偏生屈作負心人。此段奇冤訴於人，人不知白。訴於天，天不能言。豈不痛哉。世之讀紅樓夢者，莫不深愛寶玉。或有莽漢，不愛黛玉。然即不愛黛玉，吾知必不忍見其如此死。深愛寶玉，亦不忍見其如此生。

　　自聞信至死，無一點眼淚。平昔善哭，而此時絕不一哭，真是大徹大悟。如凡人則哭殺矣。寶釵於寶玉去後，終日痛哭。其去黛玉身分，不知幾千萬里矣。

紅樓夢第九十八回

非悔奪黛玉也，悔嫁病婿耳。（獨有薛姨媽看見寶玉這般光景，心裏懊悔。）

何以寶釵又要到賈母處歇息。（請了薛姨媽，帶了寶釵，都到賈母那裏，暫且歇息。）

妙極，妙極。亦猶焦大之罵。（怎麼被寶姐姐趕了去了？他爲什麼霸占住在這裏？）

寶玉能知黛玉必死，黛玉豈有不知寶玉必死，必做和尚者。故其臨死了無掛礙，含笑而逝也。（橫竪林妹妹也是要死的）

豈是勸寶玉話頭。○寶釵祇在得寶玉之身，不求得寶玉之心。彼以爲我既得其身，我即能變化其性情，以轉其心也，可笑可恨。（老太太一生疼你一個，如今八十多歲的人了。）

妙妙。（這會子説這些大道理的話給誰聽？）

我又恨寶玉此時不死，但死則文字已完，無可再作，祇得再爲展局之計耳。（寶玉忽然坐起，大聲咤異道：果真死了嗎？）

寶玉所聞冥中人云云，至理微言，可謂知鬼神之情狀者，鬼神皆由人心生耳。解在一百十三回。○着此一段，以爲展局之計。若寶玉竟死，則無文字可做。若寶玉不死，則不成其爲寶玉。故作此一曲也。（既云死者散也，又如何有這個陰司呢？）

（正是賈母、王夫人、寶釵、襲人等圍繞哭泣）寶釵亦哭耶。

寶玉必不作此想，數句宜删去。（又不能撩開，又想黛玉已死。寶釵又是第一等人物，方信金玉姻緣有定，自己也解了好些。）豈有此理。

即晴雯死後與襲人厮混之意。如寶釵者，祇合與之做警幻所訓之事也。○即藕官所云：男人再娶不把死的丟過云云之意，亦即五兒蒙錯愛時寶玉有移花接木之意。（亦常見寶釵坐在床前，禁不住生來舊病。寶釵每以正言勸解。）雪白臂膀，可得常摸，亦意想所不到。○方以爲行樂正長也。

（也就漸漸的將愛慕黛玉的心腸，略移在寶釵身上。）〔朱筆寫：不必如此説。〕

可恨可痛。（却料着還有一半天耐頭，自己回到稻香村，料理了一回事情。）有何事情。

一生心事，至此説出。寶玉所謂若共你多情小姐同鴛帳，怎捨得教你疊被鋪床也。○明知賈母、王夫人必疑其不乾净，故特特自表其如冰如玉也。○全受全歸，死無愧色。覺晴雯臨終數語，尚落塵障，無此超潔。（你伏侍我幾年，我原指望咱們兩個總在一處。）

妙在不説完。（説到好字，便渾身冷汗，不作聲了。）

千古恨時。（當時黛玉氣絶，正是寶玉娶寶釵的這個時辰。）

鐵石人亦當動心。（李紈、探春想他素日的可疼，今日更加可憐，也便傷心痛哭。）

娶親鼓樂也，却説得渺茫神異。（祗聽得遠遠一陣音樂之聲，側身一聽，却又没有了。）

比哭秦氏如何，忍哉鳳姐，無情之尤。（到了瀟湘館内，也不免哭了一場。）

此時悔恨，心事如見。○心有所屬，拼以死殉。如此貞潔，反以爲傻。設使不死而聽賈母别爲擇配者，轉不傻耶？○賈母深恐寶玉亦死，則固知寶玉之心矣。○林姑娘是老太太最疼的，奈寶姑娘是太太最疼的。林姑娘是老太太弄壞了，寶姑娘却是太太弄壞了。（賈母眼淚交流，説道：是我弄壞了他了！但祗是這個丫頭也忒傻氣！）即鳳姐説潘又安是傻小子之意。

聽到姑太太三字，愈抱歉，故愈痛哭也。（賈母聽到這裏越發痛哭起來。）

一切總是由你們辦也。（由你們辦罷,我看着心裏也难受。）

（祇別委屈了他就是了。）心事顯然。

若實做黛玉來托夢,便成鈍筆。文字死活之辨在此。（我昨日晚上,看見林妹妹來了,他说要回南去。）

（寶釵……到有些害羞之意,這一天）欠明白。

如何得好,問得可惡。（寶釵側身陪着坐了,纔問道:聽得林妹妹病了,不知他可好些了?）

是另一日,非即黛玉死之第二日也。（你林妹妹没了兩三天了,就是娶你的那個時辰死的。）

其實乃深喜之。○在賈母前不免下淚。不免二字,可知其不出自痛腸。（寶釵把臉飛紅了。想到黛玉之死,又不免落下淚來。）

遥遥接笋,使以上許多文字,不覺冗贅。（獨是寶玉雖然病勢一天好似一天）

賈母亦應坐竹轎。（賈母等祇得叫人抬了竹椅子過來）

痛之甚,憐之甚,悔之甚。（賈母已哭得淚乾氣絶。）

亦是不免應酬,心中實深喜其死也。（王夫人也哭了一場。）

勉强陪哭。（如寶釵,俱極痛哭。）

紫鵑終能體貼寶玉之心,所以爲黛玉知心人也。（便將林姑娘怎麽復病……）

賈母之病,直是爲鳳姐所害。（賈母有了年紀的人）

不怕環兒吃醋耶?（派了彩雲,幫着襲人照應。）無謂。

如何入耳。（寶釵是知寶玉一時必不能捨,也不相勸,祇用諷刺的話説他。）

黛玉的命,却是姨太太送了。（一日,賈母特請薛姨媽過去商量説:寶玉的命,都虧姨太太救的。）此日當在寶釵過門七八個月之後。

（又過了娘娘的功服，正好圓房。）然則已是九十月間矣。

寶釵以妝作粗笨，取悦於王夫人。亦猶襲人以笨實勝晴雯也。黛玉聰明外露，宜爲王夫人所憎。（寶丫頭雖生得粗笨，心裏却還是極明白的。）

勱云妝奩，勝黛玉亦在此。（便將要辦妝奩的話，也説了一番。）

死尚被眨，哀哉痛哉。（不比的我那外孫女兒的脾氣，所以他不得長壽。）

寶玉囑襲人回明老太太云云，字字從肝膈中流出，不知是淚是血。何嘗有絲毫瘋意。此可見其至情所結，故雖瘋而不迷，至死而不易也。

寶玉癡情，非口舌所能争。寶釵告以黛玉已死，意仿兵法置之死地而後生也。然試問黛玉如尚未死，則萬無可救，惟有兩人同歸於死耳。寶釵其奈之何。

寶玉被石子打着心窩，似即和尚用玉擲來，而不甚分明。其妙正在不分明也。若説和尚如何救解，便成鈍置矣。

新人進門，而黛玉斷氣。此遠遠一陣音樂所由來也。止聞一陣者，自園中進去，路經其地，既過即不聽得也。一經附會，便成登仙公案。妙在有無恍惚之間。如説異香撲鼻，仙樂來迎，便俗不可耐矣。

黛玉之死，寶釵所深幸也。萬一不死，則相見既難爲情。且滿腔妒意，必有許多疑慮周防醜態矣；把臉飛紅者，追憶前事，略知慚愧也。不免落下淚來者，大患既除，聊裝門面也。

紅樓夢第九十九回

賈政之於薛蟠，乃姨丈，非舅也。（閱邸報老舅自擔驚）

鳳姐之計，至此奏功。故十分快活，特來賣弄耳。（話説鳳姐見賈母薛姨媽爲黛玉傷心）

做作之至，可知其僞。（寶妹妹却扭着頭衹管躲。）

所謂厮混者如此，然畢竟説得寶玉太憨，殊不稱其生平。（寶兄弟便立起身來笑道：）

寶釵至今，總以權術取悦。蓋其得力在裝愚也。（賈母也笑道：要這麽着纔好。）

快哉，浮一大白。觀此數語，可知賈母之心。（你不用太高興了，你林妹妹恨你。）

一腔醋意。（你何故把從前的靈機都忘了，那些舊毛病忘了纔好。）〔朱筆改爲：你爲什麽從前的靈機兒都没有了？倒是忘了舊毛病纔好〕

不足與言，衹可以嘻笑當怒罵耳。（寶玉聽了，并不生氣，反是嘻嘻的笑。）

何時出殯，寶玉必應一送。（二則恐他睹景傷情）

（薛寶琴已回到薛姨媽那邊去了）屢提此語，無謂之至。

六個多月，衹來兩次，無乃太冷漠。又不聞其一哭黛玉，亦不入情。秦可卿死時，湘雲尚隨史侯之夫人往吊，豈可黛玉死而不一至耶？（來過兩次，也衹在賈母那邊住下。）

（那邢岫煙却是因迎春出嫁之後）與前文不合。

時節不對。寶釵圓房，應在秋冬之間。此數語須叙在前方合。（現今天氣一天熱似一天）

榮府家人，多有飯吃。如賴家者，正復不少。此段竟説成尋常京官,不是勳戚大家光景,亦敗筆也。(偏遇賈政這般古執。)

旗人皆用世僕。豈能任其告假而出。此輩乃親戚朋友及上司所薦之人,宜李十兒之必待其盡去而後設法生財也。(明兒我們齊打夥兒告假去。)

四月出京,六七月即可到任。到任一月餘,不過在八九月間,安得即催兒耶?(這兩天原要行文催兒)

咕唧半夜,所定計策如此。(大堂上没有人接鼓)

〔在原文(明是不敢要錢)後朱筆補:暗中有許多難處,不能照舊徵收〕

此海疆總制,當是松江提督。或狼山、福山等鎮總兵。故云:一水可通。且江西糧道,屬兩江節度管轄,祇算同官一省也。(在書房中看書)

糧道衙門,應在江西省城。此所謂節度文書調取到省會議事件。節度當在南京。所謂收拾上省,當是到南京也。(祇見門上轉進一角文書)

然則吳良非異鄉人矣,與前文不對。(邀請太平縣民吳良同飲)

小波瀾。(曾托過知縣)

此時打通衙門,竟不濟事。何以買香菱時,人命易了乃爾?愈見前文之不入情也。(各衙門打通了纔提的)〔原文爲提,陳評改題。〕

畢竟居心忠厚。(那知縣聽了一個情,把這個官都丟了。)

賈政吏才不濟,遂爲李十作傀儡用。寫惡奴聲音笑貌酷似。但李十兒在榮府時,何以從不見其用事,且未見其姓名,想是到任後上司所薦之人,須補一筆。方周匝。然書中明説是家人,則亦賈氏之世僕也。

紅樓夢第一百回

過接入探春事，用筆自然。（祇爲鎮海總制）

特地將寶釵無情處盡力一寫。（寶釵雖時常過來勸解）

手足骨肉，但止盡心，便可抛却耶。（媽媽和二哥哥也算不得不盡心的了。）

忍哉此人，我讀至此，毛髮森豎。○絞監候罪名未擬情實，須待秋審，尚説不定奉旨勾決也。何以要説到他必死耶。（我求媽媽暫且養養神，趁哥哥的活口現在，問問各處的賬目。）

亦何至活不成。（你娘的命，可就活不成的了！）

請問富姑娘，富何在，勢何在？（見咱們的勢頭兒敗了，各自奔各自的去也罷了。）

寶釵之待胞兄，竟不如寶玉之待表兄。兩人之情，相去爲何如耶。（若聽見了，也是要唬個半死兒的。）

越想越幻四字，將此輩兒女肺肝描畫殆盡。（更加金桂一則爲色迷心，越瞧越愛，越想越幻。）

同一好淫。鳳姐何其事事稱心。金桂何其求之不得。亦有幸有不幸耶。（奶奶，香菱來了。把金桂唬了一跳。）

江西距海疆甚遠，何以在任照顧得着耶。○南京則離海疆至近矣。○賈母極不願意，王夫人定見必許。借探春以映寶玉、黛玉之事。可知聘薛非賈母所願意也。此乃文字借賓定主之法。（賈母道：好便好，但是道兒太遠。）

明明自己做主不起，激射寶、黛之事，真乃手揮目送，神乎技矣。（賈母道：有他老子作主，你就料理妥當，揀個長行的日子送去，也就定了一件事。）

念茲在茲。（寶玉因問道：三妹妹，我聽見林妹妹死的時候，你在那裏來着。)

　　非奬紫鵑之忠也。喜其不理寶玉耳。如紫鵑略有柔情，又將設法逐之矣。妒心何減鳳姐。○紫鵑之噯聲歎氣，從没好話者，非惡寶玉也。見寶釵、襲人虎視眈眈，不可稍與寶玉親近耳。如雪雁則實恨寶玉娶薛之事，全未知寶玉之心。故曰：心地不甚明白。寶玉心中，自是洞見兩人肺肝。○黛玉若聞寶玉之言，又必陪之痛哭。今寶釵祇是一派俗情妒意。所言真堪發笑。寶玉豈欲娶盡姐姐妹妹耶。寶玉所謂大家在一塊兒，豈兒女私昵之意哉。乃云：退避讓人，識見污鄙至此。烏能知寶玉之心。（紫鵑從没好話回答，寶釵倒背地裏誇他有忠心。）

　　（若説别人，或者還有别的想頭。）不成話。

　　（不用説没有遠嫁的）此數語，欠明白。

　　（我同襲姑娘各自一邊兒去）然則又何必要留姊妹耶。

　　破好事，爲後文張本。悲遠嫁，了上文未完。叙金桂之淫，如見淫婦。叙寶釵之忍，如見忍人。文人之筆，何所不可。

　　寶釵之俗在骨，故其於薛蟠之定死罪，則忍心丢開。於寶玉之愛姊妹，則妒心畢露也。

紅樓夢第一百一回

已涉鬼趣。（聽見裏面有人喊喊喳喳的，又似哭，又似笑。）

園門竟無人伺候迎接，似無此理。（豐兒來至園門前，門尚未關，祇是虛虛的掩着。）

寫鬼魂出現，先之以風，已見淒慘。繼之以狗，更甚驚惶。正有戒心，而陰魂適至。層層説來，倍加聳動。文心之妙，全在乎細。（祇聽唿唿的一聲風過。）

起抄家之事。（把我那年説的立萬年永遠之基，都付於東洋大海了！）

與上半部情節不合。鳳姐與賈璉，豈有相見不發一言，各自就寢之時耶。（又知他素日性格，不敢突然相問。）鳳姐何至小心如此。

（第一件：吏部奏請急選郎中，奉旨照例用事。）欠通。

伏綫。（係太師鎮國公賈化家人。）

（也等不得吃東西，恰好平兒端上茶來，喝了兩口。）起來許久，何以竟未顧備點心。賈府此時，何至蕭索如是，説來殊不入情。

大姐兒非幼孩，何至夜啼。此真敗筆。（祇聽那邊大姐兒哭了。）

（李媽，你到底是怎麼着？姐兒哭了，你到底拍着他些，你也忒愛睡了！）前巧姐所説劉媽媽者非奶媽耶。○豈巧姐此時，尚須拍着睡耶？

鳳姐威雖稍減。房內人不應放肆至此。此二段文字，未能入情。（真真的小短命鬼兒，放着尸不挺。三更半夜嚎你娘的喪！）賈氏規矩素嚴。奶媽亦必挑細緻家人媳婦，況臥室與鳳姐相近，豈有如此大膽之理。此皆敗筆也。

（把妞妞抱過來罷。）非幼孩，何必抱。

將後文一照。（撂下這小孽障，還不知怎麼樣呢？）

此時即死，豈不妙哉。（就是壽字兒上頭缺一點兒也罷了！）

鳳姐始終不信平兒。以身邊最親近之人，而疑之至此，何以得人之心。（我死了，你們祇有喜歡的。）此語亦非鳳姐平日對平兒口氣。

（奶奶説的這麽叫人傷心！）豈止傷心，直令人灰心矣。

與前半部之賈璉，竟如兩人。（賈璉一路摔簾子進來，冷笑道：）

璉本懼内，祇爲王仁央及之故，遂敢驕其妻妾。小人情態如畫。鳳姐性剛，病人尤易生氣。此番却肯忍耐者，以王家方在有求之下耳。閨門之内，亦成勢利之場。富貴人家，往往如此。王仁敗類，借賈璉口中閑閑帶出，隱爲後事伏脉。○賈璉縱因心緒惡劣，氣質用事，亦何敢遽施狂暴於鳳姐之前。即云財盡交絶，色衰愛弛，而賈璉向日行徑，都不如此粗厲。總之與前半部不是一色筆墨也。（賈璉生氣，舉起碗來）

（平兒彎着腰拾碗片子呢）何以無小丫頭。

王仁何時到京，前文未叙及。（如今這麽早就做生日，也不知是什麽意思。）寶玉十月内圓房，則此時已當冬天。大約提早一個多月做生日也。

大舅太爺眼中，豈可唱戲做生日耶。（好打點二舅太爺不生氣。）

前文送戲者，應是王子勝，非王子騰也。○族中多事，正宜斂迹，而反交通内侍，説事過財，能無敗乎。（應着落其弟王子勝侄兒王仁賠補。）

平兒所言，自令賈璉無詞可對。（況且關會着好幾層兒呢）

全不是賈璉平日口吻。（便笑道：够了，算了罷！）

鳳姐漸漸心灰，殆亦天奪其魄。（早死一天早心淨。説着，又哭起來。）

新婚眷戀，人之常情。寶玉恰恐不然。彼不忘故劍，餘恨方深，意不在新婦也。然亦是萬分無可如何之際，聊以自寬耳。又與五十八回芳官述藕官語遙照。（兩個眼睛呆呆的看寶釵梳頭。鳳姐站在門口）何以無人通報，亦是敗筆。

（二奶奶頭裏進來就擺手兒，不叫言語麽。）寶釵所住有二十幾間房子，則有外院，有堂屋，不應一來即到房門。且進房門時，無人打簾子，竟自走進來也。

（祇得搭赸着，自己遞了一袋煙。）此亦上半部書中所未有之事。

光武微時，故劍之求，亦如是而已矣。（不如前年穿着老太太給的那件雀金呢好。）説過再不穿他，何必再提起。

（鳳姐忽然想起，自悔失言。）亦無甚失言處。

不似襲人口氣。（真真的我們這位爺，行的事都是天外飛來的。）此語殊不成話。

遙述前事，所以表寶玉也。即以引起五兒。（那時候還有晴雯妹妹呢）〔陳評妹妹二字圈去〕此二字贅設。書中從未如此稱説於上人之前也。

（説了總不穿了，叫我給他收一輩子呢。）既如此，則不應寶玉自己提起。

謠言即是目前的人所説。襲人能不愧乎。（偏偏兒的太太不知聽了那裏的謠言，活活兒的把個小命兒要了。）

逗起後文。（要想着晴雯，祇瞧見這五兒就是了。）

寶玉何曾如此之呆。（寶玉答應着出來。）

太覺可笑，殊不似寶玉口吻。〇八十回之前，雖時有呆語，皆非淺人俗人所能道，何至作如此孩氣之言，須删去。即焙茗亦不至愚蠢至此。（二爺叫我回來告訴二奶奶：）

寺名散花，漸入空際。尼名大了，漸就了結。（祇見散花寺的姑子大了來了。）

俚鄙可笑。（大了笑道：奶奶最是通今博古的。難道漢朝的王熙鳳求官的這一段事也不曉得？）如此口談，直是搶白，大爲可惡，可厭，不及劉老老多矣。

隨手照應，使前文亦非無謂。（前年李先兒還説這一回書來着。）

定評。（蜂采百花成蜜後，爲誰辛苦爲誰甜。）

寶玉何至呆鈍乃爾。（寶玉道：你又多疑了。）

寫鳳姐人衰運退，没興將來也。終宵不寐，慘聞愛女啼聲。昧旦晨興，愁見良人怒色。賈璉李嬷，上下交侵。平日之威風安在耶。宜乎月夜遊魂，得而乘之。散花靈簽，從而警之也。

此回叙賈璉與寶玉夫婦間神情意理，都不肖其生平。顯與前半部兩樣筆墨。看後四十回書，祇可節取其大段佳處，不必求其盡合也。

紅樓夢第一百二回

下文云：次日即起程，豈有上一日尚待王夫人命往話別之理。（王夫人道：你三妹妹如今要出嫁了。）

坐轎查夜時，固已領此擔子矣。此時五兒已將二十歲矣，何苦來補丫頭之缺。（將來這一番家事都是你的擔子）

此等筆墨，總表明王夫人一向惡黛玉耳。（我見那孩子眉眼兒上頭也不是個很安頓的。起先爲寶玉房裏的丫頭狐狸是的，我攆了幾個，那時候你也自然知道，纔搬回家去的。）寶釵并不因攆丫頭而搬回去，此語可刪。

襲人蘭形棘心，能令王夫人念念不忘。其固寵牢榮之術，如肯傳示，必有願拜門墻者。（就是襲人那孩子還可以使得。）餘人皆被襲人抹倒，以擅專房之寵也。

（次日探春將要起身）祇探春一人前往官署，不合情理之甚。

（探春倒將綱常大體的話，説的寶玉始而低頭不語。）毫無人心者，方能説此等話。

（後來轉悲作喜，似有醒悟之意。於是探春放心，辭別眾人。）不足與言，則亦不足悲也。〇無情之尤，愚昧已極。

此門前文未曾敘及，亦從無人從此走過寧府去者。是續書之人臆造此門，不知其無根也。（便從前年在園裏開通寧府的）究是何年開通，未之前聞也。

此書醫卜星相，立論皆有根底，不似他書草草不通。作者真乃淹有衆長。（況且日月生身，再隔兩日，子水官鬼落空，交到戌日就好了。）

妙。（都説是山子上一個毛烘烘的東西）

　　仍照正傳,故妙。(晴雯做了園裏芙蓉花的神了。林姑娘死了,半空裏有音樂。)

　　尚有櫳翠庵在園内。若封固園門,則妙玉何從得食。續書者竟不知妙玉住在園中耶。(將園門封固,再無人敢到園中。)

　　寶玉并不住在園中,何必如此。(將寶玉的住房圍住,巡邏打更。)

　　本無真識見,何苦强振精神,一嚇即餒。(賈赦聽了,便也有些膽怯。)

　　道士不能收外來之怪,却能收心中之怪,不爲無功。(那些下人祇知妖怪被擒,疑心去了。)

　　着此一筆,以見妖異之無憑,巫覡之不足信也。(明明是個大公野鷄飛過去了。)

　　帶叙簡净。(説探春於某日到了任所。)

　　上回之事,人衰鬼弄也。此回之事,妖由人興也。淫氣所蒸,遂成妖氣。因疾病而有星卜,因星卜而有祈禱。於是讒語間作,訛言流傳,而白日見鬼矣。神道設教,所以弭人心之妖。恐人錯認巫覡果能除邪,故借小僮口中道破,見解極精。

　　賈政做外任官,理應帶家眷去。因老太太年高不願遠行,王夫人要留京侍奉,必應帶趙姨娘母子三人至任所,方合情理。〔眉批:周姨娘亦應同去。〕即前此未帶去。此時接探春到江西,待周家來接去成親,豈有命閨女獨自一人到衙門中出閣之理。尤應以老太太之命,叫趙姨娘同行,賈環隨傳而往,即便送親至海疆。此正理也。況正好叙出趙姨娘在衙内擅作威福,以太太自居,致失賈政之寵,而賈環沾染紈絝習氣,因送親往還,一路大肆嫖賭。回署後亦縱情花柳,無所不至,祇瞞得賈政一人,以致墮入下流,爲後文賣巧姐作引,豈不有好文字做耶。

　　自京至江西，距南京甚近，押運北上，路過南京，正好至家鄉上墳祭祖，一覽原籍風景，亦應補叙數筆，則串插較有意趣。此番接探春出京，祇須説漕務畢後，賈政循例押運至通州，即於交兑竣事。入都携帶家眷，仍押空運船回江西，豈不入情入理耶。

紅樓夢第一百三回

今之奴輩，何在不然。（你瞧那些跟老爺去的人）

薛姨媽家何至無一曉事老媽，而遣此糊塗人耶。（説我們家了不得了，又鬧出事來了！）

着急執事人，光景酷肖。（有緊要事，你到底説呀！）

寫糊塗話是糊塗到十二分。（姨太太不但不肯照應我們，倒罵我糊塗！）

胞妹也，如何是外人。（姨太太是外人）

無人通報，何也。（祇見賈璉來了）

前已決絕，此忽又要香菱作伴，殊不入情。（不知爲什麼來要香菱去作伴兒。）

何至房中，更無一小丫頭，而自己掃地耶。（我祇説必要遷怒在香菱身上。）

何必捆了交寶蟾。（我的二爺！）

（把香菱捆了，交給寶蟾。）太不爲香菱留地步。

通報時，賈璉已從部裏回來，與王夫人説話半晌矣。安得云等開門來告訴耶。此等筆墨，皆自相矛盾。（等府裏的門開了）

（也得撕擄明白了）如何撕擄明白。

（祇見榮府的女人們進來説：）薛家似無人者然，何也。

（賈璉道：二妹子説的很是。）向日無此稱呼。

豈無人伴守耶。（我恐怕香菱病中受冤着急。）

亦無此辦法。（寶釵就派了帶來的幾個女人幫着捆寶蟾。）

前文説得夏家十分富足。何以花完家業，如是之速且易也。（新近搬進京來，父親已没，祇有……）〔陳評將父親已没，祇有六字圈去，下加他字。旁批：前文已叙過。〕

七十九回言夏家非常之富貴，何以金桂進門不久，夏象便已没了錢，甚至於偷運首飾回家。亦是文字欠檢點處。鄙意宜添一筆。夏家近來連遭水火盜賊，以致驟貧，方爲入情。夏三花費，亦不應如是之速。若如是之速，便非大富之家矣。或説適運大虧，追繳官項，以致産業查抄入官，亦可。（也等不得雇車，便要走來。那夏家本是買賣人家，如今没了錢）前據香菱言，夏氏亦是大族，何以如此小家子氣耶。

（進門亦不搭話）亦太草氣。

（你們商量着把我女婿弄在監裏，永不見面。）此語太荒唐。

（還嫌他礙眼，叫人藥死他。）亦不成話。

（因外面有夏家的兒子）何至内外不分若此。

（夏家的兒子，便跑進來不依道:）太村氣。

夏與薛既是老親，則與賈府亦當平素往還，何至竟不相識，直同路人。（那裏跑進一個野男人）外頭何以無人攔住。

（因爲你們姑娘必要點病兒）此句不明白。

（那時薛家上下人等俱在）何此都在金桂房中，無一人在外頭耶。

妙極。（奶奶家去找舅爺要的。）

妙在寶蟾全不懂事，因得泄露真情。（寶蟾道：如今東西是小，給姑娘償命是大。）

層層逼出。（説別人賴我也罷了。）

妙着。（便叫人反倒放開了寶蟾）

正是换轉之時。（見寶蟾姐姐端了去）

薛家不應無車。（叫外頭叫小子們雇車）

（奶奶往後頭走動）此語尚不入情。

（扶着他仍舊睡在床上。）不應仍在死人房中睡卧。

綫索。（且説賈雨村升了京兆府尹。）

此段上應首回，下伏末回。爲全部之關鍵，爲始末之綫索。

（衹見村傍有一座小廟）

千里來龍，忽然飛落。（豈似那玉在匵中求善價，釵於匣内待時飛之輩耶。）

真旨。（什麽真，什麽假！要知道：真即是假，假即是真。）

金桂爲人，不堪已極。特特詳叙，究是何意。細思之，乃知作者所以醜薛氏也。書中惡尤氏，則叙尤二姐乃尤老娘出身以醜之。惡鳳姐，則叙王仁以醜之。惡邢夫人，則叙邢大舅以醜之。正面不好着筆，叙其族類之不堪，是旁敲側擊法也。若淑女賢媛，則從無貶其親戚以損其聲名家世者。今薛寶釵得婚寶玉，宜從淑女賢媛之例矣。乃叙其胞兄既已鄙俗可憎，叙其親嫂又復淫惡至此。作者於寶釵，蓋不復存投鼠忌器之意矣。此事屬辭書法可睹也。

金桂事不待問官，即在夏家自窠中鬧出。此文心之妙也。所以然者，止爲愛惜香菱起見耳。夫投鼠者猶忌器，彈雀者不以珠。若香菱到官，辱輿隸之手，不免出乖露醜，已屬難堪。況他涉嫌疑，動須刑訊。又爲寶蟾指證，如何開脱。若入俗手，必是賈氏説情，刑部徇庇。既復薛蟠之事，而嬌女匍匐公庭，囚服對簿，成何事體。於是苦心算出無知少婢。又在倉猝中，不能計及匣中原無餘藥，而首飾已空，不可開也。又以飾匣之空，與人命無干。不知反指證夏母，而夏母亦謂母取女物，事出常情，必無因此殺女之理。其女亦必不至因此急而自戕。不直認取首飾，反自相攻擊，以致主婢成仇，不打自招也。層層剥出，如剥蕉心，乘其間隙，然後水落石出。豈非從經營慘澹中得來者乎。惟刑部無攔驗之理，而雨村方任京兆，似宜呈報司坊，則驗亦可，攔亦可。即准攔，亦須夏家主婢詰問一番，尚有好文字可做。

此回是香菱傳中文字，爲後來扶正張本。故以賈雨村遇見甄士隱，遥應首回，預伏末回也。

紅樓夢第一百四回

仁清巷裏一火，士隱出家。知機縣前一火，士隱入道。回視烈烈轟轟世界，皆成灰燼。（雨村回首看時）

亦與上半部不合。賈芸何必由門上傳稟，方得進府門耶。（門上的説，二爺不在家。）

（繞到後頭，要進園內找寶玉，不料園門鎖着。）賈芸豈不知寶玉已不住在園內耶。

以賄進者，終必怨懟，是以爲人上者貴無欲。（如今没錢打點，就把我拒絶。）賈璉何以亦不得一面。

漸引後文。（若説起來，人命官司，不知有多少呢！）

忽照冷子興，奇幻之至，而賈府亦可謂冷極矣。（周瑞的親戚冷子興去纏中用。）

本甚關切，一有怨毒，則心變矣。（怎麼犯了事呢？）

一一提明，使讀者知烈焰迷天，起於星星之火。（他家怎麼欺負人，怎麼放重利……）

可知名聲之壞已極。（祇要在令侄輩身上，嚴緊些就是了。）

（内監裏頭也有些。）應前賈璉之言。

（難過重陽）〔陽，陳評改作洋并寫：此句不明白。〕

舅氏如此念念不忘，則老太太之心可知矣。（忽然想起：爲何今日短了一人？）

向日學政回來，并無此事。既有家宴，何以不請老太太耶。（王夫人設筵接風，子孫敬酒。）

王夫人何以如此膽怯。（王夫人也不敢悲戚。）

襲人豈能知寶玉之心。（寶玉道：你還不知道我的心和他的心麼？）

鬱鬱千秋，此恨無已。（都爲的是林姑娘。）

此言豈襲人所欲聞。寶玉豈不深知其人，而絮絮若此。與晴雯死後情節大不合。（他是我本不願意的）此等話，寶玉豈肯向襲人説耶。且寶玉豈肯作此鈍置語，敗筆急須改削。

絶不似寶玉口吻，與前八十回筆墨，相去天淵。（晴雯到底是個丫頭，也没有什麼大好處。）此句説得太呆。○此句更不是。

（他死了，我實告訴你罷。）何值得告訴他。

（我還做個祭文祭他呢。）此句更拙。

（我連祭都不能祭一祭。）此等筆墨，皆笨伯所爲也。

襲人大有不耐煩聽之意。（襲人道：你要祭就祭去。）

芙蓉誄之外，豈可再作一文。（不知道，如今怎麼一點靈機兒都没了。）

語語鈍拙，太失寶玉本相。（所以叫紫鵑來問他姑娘的心，他打那裏看出來的。）何必問，亦何待問。筆筆拙笨，不堪寓目。

（病後都不記得了，你倒説林姑娘已經好了。）寶玉何至於此。○更拙。

蠢極，襲人亦不至於此。作書者真乃胡亂下筆，不曾體貼各人口氣也。（怎麼一個人没死，就攔在一個棺材裏當死了的呢！）

此一席話，後文竟無交代，何也。（據我的主意：）

誠然。（寶玉道：你説得也是，你不知道我心裏的着急。）

説話并不多，何以到四更。（天已四更了。）

總説得寶玉一團呆氣。（寶玉無奈，祇得進去。）

妙在縮住，其語可想。（説了四更天的話。）

此等話，何必外頭傳進來。（祇聽得外頭傳進來話來説：）

賈氏之禍，數十回前，已層層埋伏，至是而難將作矣。鳳姐不受賈芸之賄，則賈芸無求於倪二，何至有此回結怨之事。可知致禍之由，總是鳳姐招權納賄，有以召之也。真罪之魁哉。

朝廷詰問，同官囑付。賈政如此着急，而珍璉諸人尚是泄泄沓沓，安得不敗。

寶玉沈冤，欲得紫鵑而訴之。款款深深，煞是可憐可痛。爲一百八九回及十三回張本。而筆下太拙鈍，殊不稱寶玉爲人。

屈子作離騷，太史公作史記，皆有所大不得已於中者，故發憤而著書也。夫得一知己，死可不恨。黛玉而得寶玉，誠可知己矣。雖死又何恨焉。獨寶玉遇知己之人，而不能大白其知己之心，又不幸而竟爲不知己之事，卒欲向知己者一訴之，而不可得。嗚呼，恨何如也。僅有一人知己，而間其知己者不一人。人人不知己，而蠱惑之，束縛之，必使之貳於不知己之人而後已。而我之知己，則已死矣。我之所以報知己者，非惟不能大白於知己之前，并無以白之人，人白之天下後世也。於是不得不作書以白之。吾不知作者有何感憤抑鬱之苦心，乃有此悲痛淋漓之一書也。夫豈可以尋常兒女子之情視之也哉。○此卷中我并不是負心，我如今叫你們弄成了一個負心的人了。是點睛語也。

八十回後諸回，屬稿者不甚體會前書之旨，每多舛謬。即如襲人與紫鵑，薰蕕不同器。托襲人道意於紫鵑，猶托寶釵通款於黛玉矣。寶玉慧人，豈肯作此呆事。乃向襲人備訴衷曲，無一語非襲人所不入耳之談，姑妄聽之而已。決不代達之紫鵑也。費此筆墨，太覺無謂。安得能文者，一切芟除之。另出錦心繡口，爲寶玉一白沈冤也。○黛玉死後，寶玉欲自言心迹，竟無一人可與言者。即向紫鵑瑣瑣，亦復贅筆無味。吾意祇須於旁敲側擊處，偶一提撮，即已醒豁，不必在正面着筆，爲妙。

紅樓夢第一百五回

榮禧堂是王夫人之内室,何得在此請客。且老趙竟可直入,恐無此理。(話説賈政正在那裏設宴請酒。忽見賴大急忙走上榮禧堂)榮禧堂豈男家人能到之地。

(趙老爺説來拜望,奴才要取職名來回。)豈有常司官來拜望之理。堂官拜司官,安得用職名。

(一面就下了車)何以大門外即下車。

(心想:和老趙并無來往,怎麽也來?)賈政閲歷已深,爲何毫不覺察,呆極可笑。

(再想一回,人都進來了。)即云拜望,斷無不待請而進來之理。

老趙與西平王直至榮禧堂,可笑已甚。此大敗筆,急須改之。(一徑走上廳來。)

(賈政等心裏不得主意)至此時尚不省覺,恐世上無此愚人。

(衆親友也有認得趙堂官的。)賈府衹此處廳堂耶。

不明言其故,而讀者已覺心驚骨悚,知其禍到臨頭矣。(衹拉着賈政的手,笑着説了幾句寒温的話。)

(也有躲進裏間屋裏的)裏間屋裏,則王夫人之房中也。

(賈政等知事不好。)何至此時方知。

何至别無一客座耶。(要赦老接旨。如今滿堂中筵席未散)赦老自有門户,自有住房。何以查抄至賈政宅中耶?即云:因未分家之故,亦應先將赦老另宅着人封查。

趙堂官作惡者,見得波濤洶湧可怕。然後用王爺周旋,是文家開合法,以免平直耳。(趙堂官回説:)

(想是早已封門。)如此,則何以并無一人知之者。

（獨有賈赦、賈政一干人）賈珍何以不在座中。

賈赦另有院落，別開門戶。何以在賈政之內宅辦理查抄，殊欠分明。（小王奉旨帶領錦衣府趙全來查看賈赦家產。）

賈璉兩次平安州所幹之事，包括在交通外官四字內。（賈赦交通外官，依勢凌弱。）

（着革去世職。）何以并無拿問字樣，遽行拿下。

（維時賈赦、賈政、賈璉、賈珍、賈蓉、賈薔、賈芝、賈蘭俱在。）此處忽又見賈珍之名。寧府既亦查抄，豈有不查拿賈珍之理。何以聽其在榮府而不問耶。

既宴親友則本家亦不應袛此數人在座，賈芝又是何人？前未叙明。（連上）

忽然撤回老趙，太近兒戲。無此體制。（錦衣府趙全聽宣）

（裏面已抄的亂騰騰了）不成話。

（賈政感激涕零，望北又謝了恩。）何恩可謝。

賈政并未革職，又未拿問，何得自稱犯官。究竟知犯何罪耶？（犯官再不敢。）不在案中，不應如此自稱。

（但犯官祖父遺產，并未分過。）既如此，則必應全抄也。

（惟將赦老那邊所有的交出就是了。）此語欠通。未分之產，赦老不有一半耶？

此數語并不見得尖巧，不似鳳姐口吻。（所以在這裏照應也是有的。）説不去。

（袛聽見邢夫人那邊的人一直聲的嚷進來説：）試問何以能過來？

何至村氣乃爾。（多多少少的穿靴帶帽的强盗來了！）

叙來都欠官樣。（又見平兒披頭散髮）何至於此。

（被一夥子人渾推渾趕出來了。）何至於此。

（寶釵、寶玉等正在沒法）兩人倒叙，何也。

所抄之物，不見甚多。亦無窮奢極華之事。可見賈氏先世勤慎。現在空虛也。

〔另一筆批：大半爲官役私取可想。〕（見賈政同司員登記物件）

何以不見石呆子之扇。（官妝衣裙八套）

查抄家産，何至遂見不着，所言殊欠斟酌。（賈母奄奄一息的微開雙目説：）

邢夫人自己宅内，必須坐車過去。豈能一走即回去耶？叙來與前半部均不對。（獨邢夫人回至自己那邊）

（見二門傍邊也上了封條）既上封條，如何尚能進屋歇卧耶？

（見鳳姐面如紙灰）何時回房。

（媳婦病危，女兒受苦。）牽扯無謂。

（請邢夫人暫住，王夫人撥人服侍。）纔剛嚷進來之人何在耶？

東府事，借焦大口中一述，文字絶不板實。且上文瑣碎忙亂，得此一段，亦覺警快。（便號天踏地的哭道：）

（珍大爺，蓉哥兒都叫什麽王爺拿了去了，裏頭女主兒們）既在榮府看守，又於何時拿去？尤氏又何以不在賈母處家宴？

（姨父在那裏呢？）稱謂不合。

薛家自有衙門可以出入，内室又通賈宅。何不説薛蝌從宅内過來耶？（外頭怎麽放進來的？）

（那御史恐怕不准，還將咱們家的鮑二拿去，又還拉出一個姓張的來。）既如此，何以賈家兩宅毫不覺察。

實事皆用虛叙，筆下絶不冗贅。（賈政尚未聽完）

（如今老太太和璉兒媳婦是死是活，還不知道呢！）此言何忍。

抄没之事，本難出色，平鋪而已。却從宴客説起，倍覺驚惶。

此用筆之妙也。昔嚴世蕃籍没時,於其卧床下取出白綾千百段。詢之,則淫籌也。今賈氏之淫,甚矣。珍璉卧房,皆宜抄出此等物,方快人意。

堂堂國公府第,僅一内廳宴客,更無一處堂厦,竟説成三家村房舍矣。抑何可笑。賈赦別開一宅,自有大門出入。第三回叙述甚明。以後邢夫人、鳳姐往來,皆須坐車。亦屢見於傳中。續書之人,并未細看前八十回,誤將賈赦并入賈政宅内同住,殊太舛謬。若説赦、政并未分家,則自老太太房中及賈政財産,本應一并查抄。俟奏明後,或奉特旨給還一半。不應王爺作主,祇抄賈赦父子房中也。

紅樓夢第一百六回

是降調候補員外矣。（着加恩仍在工部員外上行走。）

（代爲稟謝，明晨到闕謝恩。）員外恐無此分兒。

賈璉紈絝子弟，銀錢到手即花，未必有積蓄。鳳姐體己之物，賈璉亦未必確知其數也。（及想起歷年積聚的東西）

至此時猶如此云云，復何及哉。（這聲名出去還了得嗎！）

掩飾可笑。然鳳姐瞞了賈璉放債，賈璉實不知道。此語亦是真情。（連侄兒也不知道那裏的銀子）

（不是珍老大得罪朋友，何至如此！）不應直呼其名。

回應李十弄權。（那外頭的風聲也不好）

王夫人何以爲情。（祇是鳳姐現在病重，况他所有的什物盡被抄搶。）前又説傢伙物件尚在，何耶？

賈璉何至氣質用事至此。（賈璉啐道：呸。我的性命還不保，我還管他呢！）

姓張的從前告狀，原是鳳姐指使。故此時十分着急也。○但鳳姐爾時欲殺張華，則以張華爲已死矣。何以此時又想到姓張的即是此人耶？總之，後四十回與前文多不合笋處也。（有個姓張的在裏頭）

房子亦叙得太草草，殊不明白，究在何處。○外頭祇一榮禧堂，未免太少。裏頭空屋，又未免太多。何不叫邢夫人、尤氏等皆住在園中耶？（賈母指出房子一所居住）

薛姨媽家，亦不應頓然就窮。○榮府地畝，應有一半入官。須叙清。以便後來給還時補出。（薛姨媽家已敗。）

（將來要處决，不知可能减等。）須説秋審免勾，方可望减等。

昔之所以造作金鎖者，貪賈宅之富貴也。愛寶玉之美秀也。

今家業蕭條，郎君瘋傻。又悔奪黛玉矣。（更比賈母、王夫人哭的悲痛。）

（自林妹妹一死）顧母。

（況他又憂兄思母）未必。

（滿屋中哭聲驚天動地。）何至於此，祇該皆作無聲之泣，方合情事。

本不可解。（怎麼忘情，大家痛哭起來？）

史侯家之人，從未見於正傳。湘雲之叔，何以不親來，豈不在諸親友之列耶？〔朱筆旁批：是老太太之胞侄也。〕（祇見老婆子帶了史侯家的兩個女人進來）

（我們家的老爺、太太、姑娘打發我來說：）湘雲之叔嬸二人，從不曾來，亦漏叙。

湘雲配與何人。書無明文。吾意此節殊無謂，不如一直說湘雲待年未嫁爲佳。（因不多幾日就要出閣，所以不便來了。把金桂唬了一跳。）

（承你們老爺、太太惦記着）自己之侄兒侄媳也，何必如此客氣。

（想來姑爺是不用說的了，他們的家計如何呢？）賈母不應不知。○定親時豈有不相問之理。

湘雲定親已久。在三十二回襲人語中。此時不應如此說。（我原想給他說個好女婿）

湘雲嫁一不知誰何之人，叙得無謂之至。何不留湘雲爲甄寶玉之配，正好與拾金麒麟之日在怡紅院中說仕途經濟一番話頭映合。大有好文字可做。（不料我們家鬧出這樣事來。）

寶玉始終懷着此念，非塵世中人所能同其志趣。（爲什麼人家養了女孩兒，到大了必要出嫁呢？）

與前文不甚相合。(自從老爺衙門裏頭有事)

(早打了主意在心裏了)畢竟是何主意,後文不見説出來。

此回本無可生色。然亦抄没後必有情事。○御史參劾,必不止書中所見各事,須以渾括之筆出之爲得。

紅樓夢第一百七回

　　賈珍非賈赦之子，縱兒二字不明白。若説賈璉，則賈璉現已釋放，不在案中。且本無聚賭之事也。（恃强凌弱，縱兒聚賭。）

　　（犯官自從主恩欽點學政）不應尚稱犯官。

　　此事何以不干連雨村。（惟有倚勢强索石呆子古扇一款是實的。）

　　賈璉竟不牽連在此案中，太覺便宜。三姐案亦須根究始末，方爲入情。（看得尤二姐實係張華指腹爲婚未娶之妻）

　　冤哉三姐也。加以羞忿二字，於心何忍。（因被逼索定禮。衆人揚言穢亂，以致羞忿自盡。）何以不究其故。○ 何以不究造言誣衊之人。況當日并無衆人揚言穢亂。此數語須删去，另造情節方安。

　　（私埋人命）係尤老娘殯埋，不應入賈珍之罪。

　　二十餘歲，安得謂之年幼。（賈蓉年幼，無干，省釋。）

　　（犯官仰蒙聖恩，不加大罪。）既免治罪，安得尚稱犯官。

　　賈母深知大體。此等時候，如何尚存私心。（賈母素來本不大喜歡賈赦。）

　　此事實在不平，無怪尤氏怨恨。書中應於賈珍獨認出脱賈璉處，斡旋數筆，方合情理。（如今他們倒安然無事）

　　緊顧本題。（這五百兩銀子交給璉兒，明年將林丫頭的棺材送回南去。）

　　賢哉母也。（我死了，也好見祖宗。）

　　此時惶愧之狀，直是難以形容。（叫神鬼支使的失魂落魄）

　　重利盤剥一層，竟瞞過賈母。（那些事原是外頭鬧起來的，與你什麼相干？）豈知外頭之事，大半是鳳丫頭鬧出來的。

立言亦不得體,孫媳婦本該盡心竭力伏侍也。(我情願自己當個粗使的丫頭,盡心竭力的伏侍老太太太太罷!)

世職革去,本應查應襲之人承襲,并非裁却此職也。寧國世職,亦當有人承襲方合。(那世職的榮耀,比任什麼還難得。)

一齊衆楚,從古敗亡之秋,君子小人其勢不敵如此。(獨有一個包勇……衆人嫌他不肯隨和)

是一家,應得回避。此數語未合。況石呆子之案,干涉雨村耶。(他本沾過兩府的好處)

雨村豈有不來與賈政道喜之理。(怎麼忘了我們賈家的恩了?)

衰敗之際,光景可傷。賈母處分家事,明達周到。其才豈鳳姐輩所能及。

紅樓夢第一百八回

既已封鎖，則櫳翠庵無從出入。何以妙玉尚住在内？殊爲不通。我故曰：邢夫人、尤氏兩家，應派住園内也。（又無人居住，祇好封鎖。）

（因園子接連尤氏、惜春住宅。）此宅向係何人所住。書中從未叙及，有此一所空屋也。

（王夫人等雖不大喜歡）王夫人何以不喜歡鳳姐。

（所以内事仍交鳳姐辦理。）此時命寶釵幫同鳳姐當家，方是正理。

上文數回，叙述碎雜。無暇關照各姊妹，未免書中主腦處稍覺冷落。此處借湘雲回來，將諸人一一照應，用法極密。（一日史湘雲出嫁回門）

（賈母提起他女婿甚好）湘雲之夫，應叙出姓氏，亦應來見賈母及寶玉諸人。作者祇爲見寶玉時難以着筆，故作此疏略之文。則何不竟删此無謂之筆墨，待有安放湘雲處，再叙其出嫁耶？

說說就傷心。李紈、惜春、岫煙諸人，當不至如此。（不知道怎麽說說就傷起心來了。）

心中無事者，絶不體諒多事之人，心緒惡劣。寫來確是湘雲身分。（寶姐姐不是後兒的生日嗎？）

（倒做過好幾次）也祇一次。

與湘雲言。當稱你大嫂子方合，不應稱珠兒媳婦。（倒是珠兒媳婦還好。）

（一時待他不好）寶玉并無待他不好之時。

評隲釵黛，即是湘雲平日之言。（你林姐姐他就最小性兒，又多心，所以到底兒不長命的。）賈母口中，不應頻下貶語。此等語皆須斟酌删改。

重復無謂，可删。（後兒寶丫頭的生日，我另拿出銀子來。）

（叫婆子交了出去。）交與何人。

早交出一百銀子備酒席矣。何以一無所聞耶。（寶釵心裏喜歡，便是隨身衣服過去。）豈有生日而不向尊長磕頭之理。此真敗筆矣。

（心想那些人，必是知道我們家的事情完了。）賈母請人，何以寶釵竟不知之？

在賈母處拜壽，不入情。何以不到寶釵屋内去？（讓我們姐妹們給姐姐拜壽。）

（寶釵聽了，倒呆了一呆。）不應自己忘却生日。

寶玉自黛玉死後萬念俱灰，豈有爲寶釵做生日之意耶？（他心裏本早打算過寶釵生日）未必有此高興。

（便喜歡道：明日纔是生日。）寶玉此時，斷不以此爲喜。

（寶釵聽了，心下未信。）何其呆也。

（況且寶姐姐也配老太太給他做生日。）小家氣語。

絶非寶玉神情意理。此後四十回之所以遜於前八十回也。（我所以不敢親近他。）

許久不見邢岫煙，抄家時應帶提一筆方周匝。（賈母問起岫煙來）

擺席應照向日規矩。李紈、鳳姐、寶釵有席面而不坐，仍在上席伺候，方合。（寶釵便依言坐下。）

賈母自説，便成拙筆，不如前文矣。（賈母側着耳朵，聽了，笑道：）

鴛鴦不與寶玉接談久矣，何以寶玉找他，居然答對耶？總與八十回之前，不相合也。（鴛鴦道：小爺，讓我們舒舒服服的喝一鐘罷。）

涉筆成趣。（有了，這叫做張敞畫眉。）

有何難説。（還説：二兄弟快説了。）

閑中巧映。（大奶奶擲的是十二金釵。）

黛玉死後，處處提點。絕不喧賓奪主。（雖説都在，祇是不見了黛玉，一時按捺不住，眼淚便要下來。）

湘雲雖是粗人，豈張敞畫眉之典亦未知耶？（史湘雲看見寶玉這般光景，打諒寶玉擲不出好的來。）何至笨到如此。

豈有不曾去問候過之理。且自己家中之房屋，豈有不曾到過，而要瞧瞧他住的怎麽樣耶？（瞧瞧他既在這裏，住的房屋怎麽樣？）

爲時未久，亦不至如此荒涼。（祇見滿目凄凉，那些花木枯萎）

何至過怡紅院而不入，數月不進園，亦何至生疏若此。（你幾個月没來，連方向兒都忘了。）

鬼哭之説，本屬無稽。且黛玉豈肯如此。自人心中想出，既見寶玉之情深，而於事亦非虛誕矣。（我明明聽見有人在内啼哭，怎麽没有人？）

嘔心而出，一語足矣。添此蛇足，便成笨伯。必應删去。（寶玉道：可不是？説着便滴下淚來，説：林妹妹，林妹妹！好好兒的是我害了你了！〔下陳評添鈎號自（你别怨我祇是父母作主，并不是我負心！）止，并加行間評語：此等語寶玉豈肯明説。〕

湘雲語亦太拙。（湘雲道：不是膽大，倒是心實。不知是會芙蓉神去了，還是尋什麽仙去了！）

賈政在家，薛姨媽豈可住在王夫人處。此大敗筆。況咫尺之路，從前一日可以往來數次，晚上尚可過來打牌。夜深散歸。今日何妨回去，明日再來耶。（賈母出來，薛姨媽便到王夫人那裏住下。）何必住下。要住下，何不在寶釵處耶？

　　上幾回寫得雷轟電掣，瓦解冰消。使讀者黯然欲絶矣。此回又作和平之奏，可慰驚魂。然冬行春令，仍覺滿紙蕭索也。夫一人向隅，舉坐不樂。今日得意者，僅一史湘雲耳。衆人皆在愁苦之中。雖有旨酒，誰能和血淚而并咽，雖有佳餚，奚啻剜心肉以自飽哉。況蘅蕪瀟湘，兩賢相厄。有意於林，而已作望夫之石。無心於薛，而强成并蒂之蓮。今也值慶壽之歡娯，聞鬼啼之慘切。一生一死，欲泣欲歌。寶玉苦悰，將誰訴哉。雖然死者長已矣，生者獨奈何！家門之氣勢，頓改前觀。而夫婿之癡情，不忘故劍。今即銜杯稱慶，强歡笑而轉益凄凉。舉案相莊，共綢繆而愈添愁緒。轉覺瀟湘之死，已成太上忘情；而蘅蕪之生，真是有生大患。鬼若有知，方哂窮極機械，圖謀姻事者，墮落苦海，備嘗惡趣，而何哭之。有哭在怡紅意中，不在瀟湘館中也。細心尋味，其妙無盡。

紅樓夢第一百九回

却有個不凡之人，不是濁物。（況且林姑娘既説仙去，他看凡人是個不堪的濁物。）

如何算得相好。（若説林姑娘的魂靈兒還在園裏，我們也算相好。）

寶玉不作此想，數語宜刪去。（我也時常祭奠，若是果然不理我這濁物，竟無一夢，我便也不想他了。）寶玉正不以此爲重。○即不夢見，豈肯不想。

坐更婆子在寶玉卧榻之側，豈非笑話。（便將坐更的兩個婆子支到外頭。）不應在房中。

（寶釵道：你進來不進來，與我什麽相干？）何其冷也。

（仍到賈母處，見他母親也過來了。）又與住在王夫人處不合。

一日都不能留，亦太出情理之外。（不必留了，讓他去吧。）

賈母命王夫人認寶琴作乾女，留在自己後房住，無故忽然回去。此處又留住幾天，殊不入情。況一進京，即説已與梅家結親，則寶釵出閣後，即應叙其出閣。即於爾時接回薛家，豈不輕便。何以遲遲總不遣嫁耶？前文早有張羅琴姑娘的事情一語，亦絶不見照應。（老太太心裏要留你妹妹在這裏住幾天。）

襲人應另有一間房。（寶釵素知襲人穩重）

昨夜何以不然。（寶玉祇得笑着出來。）

心如何肯移。要知晴雯本是黛玉影子也。此數語未免鈍置。（後來還是從這個病上死的。想到這裏，一心移在晴雯身上去了。）何嘗因此而死。

（不覺呆性復發。）以好淫爲呆性，大謬。淫如何是性耶？

寶玉決不想到此等語。果爾，則亦溺情床第之俗人矣。（忽又想起晴雯説的）

語語隔膜，全不似前半部意思。（又見寶玉瘋瘋傻傻，不似先前的豐致。）豐致如何得減。

傳神之筆，然甚無情理。五兒不過貌似晴雯耳。晴雯生前心目中，何嘗有五兒。安得云相好耶？（你和晴雯姐姐好不是啊?）從不聞晴雯與五兒見過一面，説過一句話。何以云和晴雯好耶。作書者殆誤記芳官爲晴雯矣。五兒一直是柳家之女，又何嘗與晴雯做過姐妹。

此語如何告人？太覺不合情理。（他和我説來着：早知擔了個虛名，也就打正經主意了!）

豈欲其以身代晴雯耶？寶玉何至如此之呆。身是而人非，安得有情。然則有似黛玉者，亦可移寶玉之情耶？（你怎麼也是這麼個道學先生!）

此語正爲寶釵、襲人痛下棒喝。（大凡一個人，總別酸文假醋的纔好。五兒聽了，句句都是寶玉調戲之意。）説得五兒絲毫不解寶玉之意，不知寶玉之心。未免辜負美質，寶玉枉加青眼矣。五兒早即知名，而遭逢不偶。此時晚遇，雖得承青盼，畢竟吃着空心團子。佳人命薄，猶窮措大也。一歎。（抿着嘴兒笑道：）

（寶玉聽見，連忙努嘴兒。）何其怯也。竟説得寶玉是世俗瞞人私婢之醜態，豈不可笑。

此等語拙極，致寶釵誤認爲黛玉而言，謬之甚矣。（什麼擔了虛名，又什麼没打正經主意。）

晴雯黛玉，是一是二。正不必分明也。（這話明是爲黛玉了。）若爲黛玉，何肯説到這話耶？

（招出些花妖柳怪來。）襲人耶，五兒耶？無所不用其醋。

（不免面紅耳熱起來）欲情動矣，亦正恐五兒移郎君之情也。

略按（我餓一頓就好了，你們快別吵嚷。）

思以警幻所訓之事，移寶玉之情，設想左矣。寶玉豈沾沾於此事者哉。（要治他的這個病，少不得仍以癡情治之。）

寶玉祇疑與五兒説話，被寶釵聽得。故歡洽之時，稍帶愧色。非真爲柔情移易本性也。（於是當晚襲人果然挪出去。）

（就像見了我的一樣。我那時還小，拿了來也不當什麼。）有此鄭重之語，豈可不當什麼，隨手撩開。

與之以玦，是永訣之意。恰借老太爺就像見我一語，點映出來。（賈母便把那塊漢玉遞給寶玉。）

從未見書中説過劉大夫，何也。（這劉大夫新近出城教書去了。）

妙玉從未出來。此來殊覺無謂，祇爲欲引起後文耳。（園裏的櫳翠庵的妙師父知道老太太病了，特來請安。）

此處將妙玉裝束細寫一番，蓋劫數將臨，凡塵漸逼，故衣飾亦覺入時也。（祇見妙玉頭帶妙常冠）

以是爲非，病家往往如此。（剛纔大夫説是氣惱所致）

一張園子圖，究於何時告成，想原書必有之。（不要祇管愛畫勞了心。）

伏案。（妙玉道：你如今住在那一所？）

何以王夫人身邊祇有彩雲一人？（王夫人叫彩雲看去）

何至冷落若此？（這裏找不着一個姐姐們。）

何以不到邢夫人處説去？（婆子道：姑娘不好了。）

玉釧兒等人何往？并未見放出配人也。（王夫人……自己回到房中，叫彩雲來埋怨：）

此等皆累筆墨處。何故必要説湘雲適人守寡耶？湘雲亦書中有名之人，而其夫之姓名不見於書，太覺草草。總不如無此一節，後文竟配甄寶玉，豈不大妙。此處賈母病中，萬無不來一訣之理。（一時想起湘雲，便打發人去瞧他。）

筆下衹見處處小家氣。續書者似未知大家風範也。（平兒把嘴往裏一努，説：你瞧去。）太無規矩。

凡人愛博，則情不專，獨寶玉不然。彼固以女色爲命，到處留情。然衹如鏡中之花，水中之月，雪中之鴻爪，夢中之鹿肉；原在何有何無之數。其饑渴飲食性命以之者，惟一林黛玉耳。故有從未一面，而聞聲相念者，見其愛之博。有久經作合，而覿面若忘者，見其情之專。今獨眷眷於五兒，何哉？昔孔子卒，群弟子欲奉有若爲師。蔡伯喈歿後，孔北海以虎賁營卒爲友。豈謂有若之即孔子，虎賁之即中郎哉。孟施舍似曾子，北宮黝似子夏，寶玉意中作如是觀耳。蓋晴雯者，黛玉之影身，而五兒又晴雯之影身。若曰：黛玉，吾不得而見之矣。得見晴雯者，斯可矣。晴雯吾又不得而見之矣。得見五兒者，斯可矣。其志益降，其心益苦。如孔子思有恒，正是思善人，思君子，思聖人也。不然，三千七十子，豈皆無恒者哉。不然，新婚之薛，舊好之花，神仙姿貌，猶不在意，而獨戀戀於五兒乎？作者曲曲寫出，若不一一指出。世人不察，必如紫鵑所言，貪多嚼不爛，説成薄倖兒郎；而寶玉之真面目不出，即此書之真滋味不生。其辜負良工心苦多矣。○但卷中着筆拙鈍處甚多。尚須細加琢磨，方合寶玉性情意致。若如此回所叙，真令人悶之生厭。胸中作數日惡也。

作後四十回書者，其見解總未能免俗。故描摩寶玉、黛玉、妙玉諸人，不免沾涉情欲。寶玉豈以知心爲虛情，以淫事爲正經者哉。晴雯臨終之言，因屈被誣謗，作此憤語耳。非以不曾做得警幻所訓之事爲遺憾也。〔上有眉批：與黛玉臨終説身子乾净一樣意思，正是自幸，非後悔也。〕寶玉何肯將此語牢記在心，欲使五兒代實其言，以釋此憾耶。寶玉僅見五兒之貌，未知五兒之心。書中説五兒全不解意，誤認寶玉以淫情勾挑，竟是徒有其貌，不足與之道此中人語云，寶玉因此弃而不顧，則與作書本旨相合。若説寶玉悔不曾與黛玉、晴雯做過警幻所訓之事，因欲移情於五兒身上，則隔膜到萬分矣。至以五兒爲與晴雯相好，尚是小節之誤。可以粗心解之。獨誤以淫情爲呆性，則大事糊塗。由於識見之鄙俗，宜後文叙妙玉落劫，筆頭亦沾泥帶水，無一毫超塵拔俗之致也。

紅樓夢第一百十回

讀之痛心。（賈母從被窩裏伸出手來，拉着寶玉道：我的兒，你要争氣纔好！）

（最可惡的是史丫頭没良心。）此稱不合。

若有憾焉。（賈母又瞧了一瞧寶釵，歎了口氣。）

自做八十歲以來，似已不止三年。緣事緒繁多，未將時月劃清，看去殊不明白也。（享年八十三歲。）

昔年鳳姐抱病之時，尤氏、李紈、寶釵皆曾代鳳姐理事者。此時王夫人必應派三人協助鳳姐，不得委之鳳姐一人。（且又榮府的事不甚諳練）向日却曾幫辦。

（外頭的事又是我們那個辦。）小家氣語。

男女僕人雖多散去，而衹此三四十人，未免太少。前賈政查册時，尚有二百三十餘人也。應將前文賈母之言照應數筆。如遣散若干人，分給尤氏、邢夫人若干人，留用若干人，一一叙出，方周匝。（將花名册取上來。）

鴛鴦真是愚忠愚孝。試問喪事風光，何所益於老太太哉。（臨死了，還不叫他風光風光！）

主意已定。（老太太死了，我也是跟老太太的！）

一語撇去，却是正理。（賈璉道：他們的話算什麼！）

賈政之言，鑿然中理。但宜酌量喪事用數，定以限制。將銀子發出辦事耳。不應絲毫不發，以致賈璉、鳳姐内外掣肘也。（仍舊該用在老太太身上。）

邢夫人此時依傍王夫人，不應出頭作福作威。（正説着，見來了一個丫頭説：）

鴛鴦何至不明白若此。（如今怎麼掣肘的這個樣兒！）

鴛鴦豈有不知之理。（鴛鴦祇道已將這項銀兩交了出去了。）

鳳姐現是病軀。家中光景又大非昔比，王夫人不應如此不相諒也。（咱們家雖説不濟，外頭的體面是要的。）

亦復冤苦難言。（鳳姐原想回來再説）

英雄失勢，末路可憐。（鳳姐歎道：東府裏的事）

（仗着悲戚爲孝四個字）恐亦未必能悲戚。

李紈居長，何以不敢説話。（獨有李紈瞧出鳳姐的苦處，却不敢替他説話。）

一文不發出，而欲辦大事。賈政何以糊塗至此。（這樣的一件大事，不撒散幾個錢就辦的開了嗎？）

（瞎張羅背前面後的）〔陳評改：瞎張羅面前背後的〕

説得寶玉太不堪，殊失此書本意。與上半部衆人譏評寶玉處不同。蓋尋常時候，寶玉自率其獨往獨來之性。現在大禮所關，寶玉必不肯不盡禮也。（他又去找琴姑娘）無此理。

（且説史湘雲因他女婿病着。）果是何人？

（那一種雅致，比尋常穿顔色時更自不同。）〔指雅致二字〕此二字恐寶釵不足以當之。

才貝合而爲財。二者相資，敢問才難乎，貝難乎？才難之説，傳於孔子。貝難則未之聞也。然古來才盡者，惟一江郎。而貝盡者不可勝數焉。辦如蘇季，而金盡裘敝，即不能説賢王。賢如端木，而束錦連騎，乃有以存魯國。馮諼之三窟，以焚券結人心也。陳平之六奇，以黃金間敵國也。甚至散財發粟，帝王亦藉此以龍興。煉汞燒丹，神仙猶因兹以羽化。貝之爲靈，昭昭矣。若乃一號才人，便成窮漢。南面百城，徒虛語耳。此回與第十三回同看，猶之王鳳姐耳，何前後如兩人耶。雖賈政惜費，邢夫人掣肘，然使囊橐尚存，不過稍出贏餘，暗中賠補，則人心踴躍，號令自行。好勝之人，豈肯自丟其臉乎。受侮不少，命亦隨之，皆坐此病也。僕是以較量於才貝之間，而不勝三歎云。鳳姐昔年抱病，王夫人必派協理當家之人。豈有如此大事，而專責成一病人之理。甚至鳳姐躺倒，尚不委人接辦。邢夫人即云不慈，王夫人詎無人心哉。況寶釵作閨女時，尚受查察之托。其才亦早爲王夫人所知。此時成婚已久，正當令其協同李紈理事，以代鳳姐之勞。計不出此，豈非奇事。若出自原書作手，必不如是疏忽。總由續書者不知照應前半部，率筆爲之。致閱者索然意盡耳。

紅樓夢第一百十一回

真病難道看不出耶。（於是豐兒將鳳姐吐血不能照應的話回了邢王二夫人。）

到此時尚不派李紈、尤氏幫辦，更說不圓。寶釵置身事外，更無情理。（家下人等見鳳姐不在）

祇派芸兒一人，不合情理。況芸兒久已疏遠不得進府，何時又得任用，亦須補叙幾筆。不應此處突如其來，遽派重任。論正理，應留賈蓉、賈薔二人看家，方爲鄭重也。況榮府亦應有親友可派耶。（賈璉回說：上人裏頭派了芸兒在家照應。）

（我們那一個又病着，也難照應。）小家氣。

秦氏自縊，此處方明。（隱隱有個女人拿着汗巾子）

回顧輕便。（我并不是什麼蓉大奶奶，乃警幻之妹可卿是也。）

點清。（我在警幻宮中原是個鍾情的首坐）

（所以我該懸梁自盡的。）説明。

此數語，却是作書本旨。但不應出諸可卿之口。（世人都把那淫欲之事當作情字。）

可卿之情，安得云未發。（至於你我這個情，正是未發之情。）

（若待發泄出來，這情就不爲真情了。）紅樓夢全部之意。

四字一合。（秦氏可卿）

鴛鴦生平，無甚足取。祇此一死，實非他人所能及。得了死所四字，贊得諦當。（他算得了死所。）

處處顧母，針縷極細。（紫鵑……恨不跟了林姑娘去）

鴛鴦亦榮矣哉。（説：他是殉葬的人，不可作丫頭論。）

邢夫人舊恨未忘,適見其愚。（被邢夫人説道:有了一個爺們就是了,别折受的他不得超生。）

派一病人一小姑娘看家,如何靠得住,後文反埋怨看家之人。豈兩女子能禦盜耶?論理應留尤氏在賈母上房住。督同上夜人看守,方合。（一面商量定了看家的,仍是鳳姐、惜春。）

反因留着不用,遂致闔家議論。有此傳説。（如今老太太死後,還留了好些金銀。）

閑中點出周瑞家的淫濫,爲鳳姐襯托也。但周瑞家的是王夫人陪房,年紀必在五十上下,不應尚爲何三所戀也。（你若撂不下你乾媽）

妙玉爲惜春苦留而住,故後文包勇云云,惜春愈覺難受也。（妙玉本來不肯,見惜春可憐）

若不留住妙玉,則劫賊不能見妙玉。何至有劫污之舉。此妙玉之數,而文字布置之法也。（送下妙玉日用之物。）

即盜匪竊窺之時。（在窗户眼内往外一瞧）

投閑置散,至此乃得其用。千古人才,以無事而埋没者,豈少也哉。（正是甄家薦來的包勇。）

模糊抵賴,詞氣逼肖。（衹聽見他們喊起來,并不見一個人。）

毫無本事,妄聽唆聳。以身徇賊,可悲也已。（果然看見一個人躺在地下死了。）

此回爲了結妙玉,及惜春出家起案也。盜劫倉皇,叙來妙極清澈。

紅樓夢第一百十二回

　　此語殊大糊塗，周瑞乾兒子，與太太何與。惡奴卸罪，聲口可惡。（鳳姐喘吁吁的說道：這都是命裏所招。）亦不成話。

　　惜春聞此言，安得不着急。（可不是那姑子引進來的賊麽？）

　　惜春越想越悔。在包勇侃侃數語，又有鳳姐說老爺知道也不好一語也。且又隨後即有妙玉被劫之事。外間蜚語不一。惜春更覺難安矣。（但是叫這討人嫌的東西嚷出來，老爺知道了也不好。）

　　以爲厭物。豈知非此厭物，難免奇禍。（那些賊那顧性命，頓起不良。）

　　應前。〇大污筆墨。（不是前年外頭說他和他們家什麽寶二爺有原故，後來不知怎麽又害起相思病來了。）

　　邢夫人此時，不知何等肉痛矣。（我想老太太死得幾天。誰忍得動他那一項銀子？）迂極。

　　（算了賬，還人家）無米之炊，先如何辦耶？

　　埋怨無理。（邢、王夫人又埋怨了一頓。）

　　何恨之有。兩婦女如何能防寇盜耶？（見了鳳姐、惜春在那裏，心裏又恨，又說不出來。）

　　數言褒獎，真似英雄血戰，僅邀一時附勉也。讀之使人淚下。（小厮們便將包勇帶來，說：還虧你在這裏。）

　　甚矣，好名之爲累也。（我自元墓到京，原想傳個名的。）

　　禍機動矣。（夜裏又受了大驚。）

　　冤哉。（將妙玉輕輕的抱起，輕薄了一會子）何忍落筆，寫到如此不堪。

　　表出。（可憐一個極潔極净的女兒）

作書者必要寫妙玉落劫，意謂孤高爲造物所忌，必不能保全令名，猶之可也。而必寫得淋漓盡致於心何忍耶。此處必宜删改。涂鐵綸謂妙玉隱避而托之於盜。如神龍之見首不見尾。令人不可思議。此真奇想天開，亦是説到妙玉爲盜污。心中老大過不去，故不得不曲爲之説耳。○余每看到此處。胸中輒作數日惡。深恨八十一回之後，爲另本湊成。竊意原本必不如是之污紙筆而殺風景也。蓋真事隱乃此書本旨，即有其事，亦不肯實寫一筆。況妙玉乃書中第一流人物，豈肯下一死筆耶。（却説這賊背了妙玉，來到圍後墻邊）

（或是甘受污辱，還是不屈而死，不知下落。）安得有此。○我實愛之欲其死，亦可信其必死也。

（想來或是到四姑娘那裏去了。）何一愚至此耶？豈有一人自去之理，此段必應删去。

所謂心事者，衹是七十四回杜絶寧國府之意。惟恐清清白白的一個人，被尤氏帶累壞也。太太們不知此一層心事。必謂尤氏親嫂，正可相依，則必被帶累矣。此所以必要剪髮自誓矣。（又恐太太們不知我的心事，將來的後事更未曉如何？）

何三串賊行劫，明明認出。尚將周瑞家的派作總管，憒憒可笑。（邢夫人派了鸚哥等一干人伴靈，將周瑞家的等人派了總管。）鸚哥是賈母之婢，派與黛玉久矣。此又是何人耶？若從黛玉死後，仍回賈母房中，前文應叙明。

忽作鴛鴦語，無理之至。（我是不回去的，跟着老太太回南去！）

趙姨魅語，寫來不明不白。妙。（我跟了老太太一輩子，大老爺還不依）此是鴛鴦口氣。鴛鴦此時，必不復提此事。倘再提起，則仍是畏大老爺算計而死，反不顯以死殉主之忠。

（我想仗着馬道婆，出出我的氣。）此又是趙姨自己説話。

（如今我回去了）此又是鴛鴦語。

（鴛鴦姐姐，你死是自己願意，與趙姨娘什麼相干？）鴛鴦何
屑附趙姨娘而言耶。

（我是閻王老爺差人拿我去的）我字不甚明白。趙姨害人，
妙在自己説出。但何必假鴛鴦引起，竟作中惡發昏。──將前
情吐出，豈不簡净。○必要叙得趙姨娘如此慘死，亦殊無謂之
甚。（要問我爲什麼和馬道婆用魘魔法的案件。）

（還有一天的好呢。好二奶奶，親二奶奶！）有何好處。○何
必爲鳳姐吐氣，筆墨總屬無謂。

（賈政道：没有的事）奇語。

（邢夫人恐他又説出什麼來，便説：多派幾個人）有心病耶。
○與邢夫人何涉，王夫人何以一言不發。

（王夫人本嫌他，也打撒手兒。）妒婦至其人將死尚嫌之，可
笑已甚。

（背地裏托了周姨娘在這裏照應。）此人自抄家以後，從未
提起。

何以總不見林之孝家的？（賈政、邢夫人等先後到家，到了
上房，哭了一場。）

邢夫人實在無理。此事與惜春何干，而不理之耶？（祇有惜
春見了，覺得滿面羞慚，邢夫人也不理他。）

賈芸此時，又甚親近，何耶？（叫了賈璉、賈蓉、賈芸吩咐了
幾句話。）此人〔指賈芸〕如何入在親子侄班内，賈薔反不見，
何也？

鮑二如此了結。爲人上者，可以苟且私欲之事隨意用人乎
哉。（又説：衙門拿住了鮑二。）鮑二一無用之人耳。何至作賊，
叙來殊覺無理。

賈政於趙姨娘頗爲憐愛，不知何取諸。（賈政道：傳出話去，

叫人帶了大夫瞧瞧去。〕

妙玉被劫，大是可憐。然其平昔孤高自喜，而不能斷絶塵緣。内魔既生，外魔安得不至。甚矣，慕清名者之必被濁禍也。黛玉輩不諱言情，乃得終保潔清耳。

〔批下復加夾行批：此批殊誤。妙玉正是黛玉一流人。正如梅花與水仙，各具風神，而其爲潔净則一也。〕

〔批上復有眉批：妙玉生平，何嘗自居於六根清净，并未盗虛名也。若如所言，將與寶玉親昵狎褻，乃謂之有真情，而非盗虛名耶。此批誤矣。悔而改之，庶爲妙公一白其冤。〕

惜春小女子，鳳姐病婦人，畀以看家重任，本極疏忽。從前王夫人出門，必請人管家。此番不留尤氏而留惜春，大非情理。作者祇欲渡入惜春怨恨出家公案耳。但祇須説尤氏與惜春愈不和睦，時時詬誶足矣。以失盗事而邢夫人不理惜春，尤氏從而譏訕，殊不入情。

尤氏門風穢污已甚，惜春避之若浼，惟恐同居被人牽連議論。而賈母已死，西府未能久依。自己年尚未笄，勢不得不仍依尤氏。故仔細思量，不如出家之爲乾净也。心胸真乃精細異常。

余少時看書眼光未到處甚多，隨俗論人處亦不少。如妙玉真是上等人物，而每致不滿之詞，誤也。孤高自喜，本出家人身分應爾。若癡情，則女子之本色也。倘妙玉和光同塵，人人見好，固不成其爲妙玉。然使見寶玉而漠然忘情，又豈慧美女子之天性乎。觀其在賈府中，非不周旋世故，而不屑作勢利逢迎之態，與園中姊妹雖不往來親近，而品茶時則另款黛玉、寶釵。中秋夜則續黛玉、湘雲所聯之句。寶琴索紅梅，則亦與之。岫煙乞扶乩，則亦應之。至其獨厚惜春，尤見賞識不凡。迹其生平，初何嘗矯情絶物，亦何嘗欺世盗名耶。且紅樓夢，情書也。無情之人，何必寫之。倘妙玉六根清净，則已到佛菩薩地位，必以佛菩薩視妙玉，則紅樓夢之書，可以不作矣。夫寶玉之性情，捨黛玉誰能知之。而妙玉獨能相契於微，則亦黛玉之下一人而已。若因衆人所不悦，而亦從而詆之。豈非矮人觀場之見哉。我過矣。我過矣。

〔此條上眉批：惜春生來質性，可以造到佛菩薩地位。妙公固應讓伊出一頭地。〕

必欲坐實妙玉落劫，實失真事隱本旨。吾意不如留在寶玉出家之後。妙玉立時了悟，遂將衣缽付之惜春，飄然出世而行。途遇警幻仙姑，虛設種種塵劫，幾於不免失身。妙玉入污泥而不染，決然捨身畢命，一脱凡胎，竟登幻境。〔上有眉批：或作遇甄士隱度之入道，亦可。〕如此説來，足悦閲者之目。何必污紙污筆，作此殺風景之文哉。〇幻出塵劫，必須以寶玉爲試誘妙玉之人，萬不忍以王孫公子，俗人暴客，褻我冰清玉潔之妙玉也。

紅樓夢第一百十三回

污紙穢筆，無謂已甚。不知作書者，何苦爲此。（話説趙姨娘在寺内得了暴病。）

（紅鬍子的老爺，我再不敢了！）可笑。

先見如此慘怕，竟未一哭，亦不入情。（賈環聽了，這纔大哭起來。）

（祇有周姨娘心裏想到：做偏房的下場頭，不過如此。）豈人人如此死耶？

（賈政即派人去料理。）何人耶？

使毒心害人者，豈止趙姨娘。何必費此筆墨，作此惡劄。（這裏一人傳十，十人傳百。）

所謂色衰而愛弛也。（并不似先前的恩愛）

王夫人親姑母也，亦不一視。可歎。（祇打發人來問問。）

賈璉之心，却用鳳姐病中見尤二姐説出。妙筆。（反倒怨姐姐作事過於刻薄。）

劉老老在百回之前伏案，直至此處將得其用。鳳姐病中一見，所以倍覺親熱也。○鳳姐生平好勝，至死不肯降氣，未便公然祈禳。奈心中甚餒，怨鬼時見，正在無可如何之際，忽聞劉老老到來。托其在村行事，人所不知，或可希冀萬一，聊以自慰。雖心腹之平兒，有不及知者。此是一層。而作者之意，又爲巧姐之事，將賴此救護。故於此時一一逗起後文。此更是一層，（説：老老，你好？）

（你瞧你外孫女兒也長的這麽大了！）此豈是幾個月不見的話。

（怎麽幾個月不見）似不止幾個月。

（若一病了，就要求神許願，從不知道吃葯。）近日此風大盛。雖士族亦復爾爾。

（我一年多不來，你還認得我麽？）又與上文幾個月不見不對。

（那年在園裏見的時候）又說那年，則豈止一年多而已。

明明照起後文。（劉老老笑道：姑娘這樣千金貴體）

此處看來是閑文，豈知後文竟實有此事。（我給姑娘做個媒罷。）

金玉二字，久不提矣。忽得此一回顧，真乃非夷所思。（祗是不像這裏有金的有玉的。）

年近九十，尚做莊家生活。抑何強健乃爾。因前有賈母云：大我好幾歲之語，故知其年近九十也。（我在地裏打豆子。）

（我這一唬又不小。）此唬可以不必。

方派在家廟總管，是何時攆出去。前文應補一筆。周瑞送到衙門審問，究竟如何？亦無下落。（說：周嫂子得了不是，攆出去了。）

夫婦之間，至關切也。死生之事，最吃緊也。鳳姐病危，而賈璉漠然。何哉？雖開發喪費，心緒忙碌，亦何至公爾忘私至此哉！即欲用賈母所與之物，亦何必作此聲色於妻妾之間。且妻病已深，醫藥棺衾之資，自應少留備用。而乃和盤托出，太覺不情。家道窮則乖，非此之謂歟，抑非特此也。鳳姐全以智計劫制其夫，又恃姿容之美，以固其寵愛，能使賈璉不敢貳心，而恩情原自不厚，一旦被禍，資財已乏，則智計亦不能徒用。又一旦病魔，容顏非昔，則寵愛自不覺潛消。雖賈璉薄倖，然孰使男子心寒至此哉。寫賈璉全是寫鳳姐，吾所言溺愛情床第者，必無至情，豈不信歟？（奶奶不吃藥麽？）

（賈璉道：有鬼叫你嗎？）全不是賈璉平日口吻。賈璉不過一浪子耳,并非粗暴之人。況平兒從無過失,何忍以聲色加之耶。叙來全不入情。

(頭裏的事是你們鬧的。)即尤二姐之言。

(祇好把老太太給我的東西折變去罷了! 你不依麽?)有三千現銀,何必折變東西。○氣話可笑。

(賈璉祇得出去。)搬出之東西,何以不顧耶。

(王夫人……也過來了。先見鳳姐安静些,心下略放心。)豈自廟中回家後,直至此時,方來一看耶。

(我的命交給你了!)可笑可憐。

竟不見留吃飯,何也。(巧姐又不願意他去。)

妙玉自由自在,不受賈府覊鞠者,以其自有資財,足以自給,不動賈府錢糧耳。此其一生勝於黛玉處。(且説櫳翠庵原是賈府的地址。)省親時爲安頓女尼等而設此庵,并非先有此庵,圈入園中也。平日出入,總在園門,并非在外別有門户通街上者,叙來皆誤。

(那女尼呈報到官)在賈府園内,亦應由賈府報官。女尼等并未自立門户,何得撇却賈府。妙玉是賈府請來。此庵并不是妙玉基業也。

(又有的説:妙玉凡心動了。)真是胡説。

可謂信之以心。(一定不屈而死!)

顧母。(豈知風波頓起,比林妹妹死的更奇!)

莊子是綫索。(想到莊子上的話)

(方知妙玉被劫,不知去向,也是傷感。)未必。

心心念念,祇是要寶玉發科甲做官而已。○以真心實意爲閑情癡意。寶釵所見不過如此,烏能知寶玉哉。(祇爲寶玉愁煩,便用正言解釋。)

(寶玉聽來,話不投機,便靠在桌上睡去。)祇消如此發付。

（自己都去睡了。）太冷落。

後二十回中，不免有回護寶釵、襲人處，與前八十回用意不合。（若説爲我們這一個呢，他是合林妹妹最好的。……紫鵑便走開了。）〔若説至走開了，陳評加鈎删去，旁批：以下兩行，可以删去。〕

（他是合林妹妹最好的。）寶玉何至昏憒至此。

（我看他待紫鵑也不錯。）必然泛泛待之。

（紫鵑原也與他有説有笑的。）亦未必然。

亦不是寶玉之意。（倘或我還有得罪之處）

（我到你屋裏坐坐。）紫鵑亦冰清玉潔之人，何堪以此語浼之。

痛極之語。（已經慪死了一個，艱道還要慪死一個麽？）

何詞以對。（我們姑娘在時，我也跟着聽熟了。）〔陳評改熟爲俗〕

如何受得。（我們丫頭們更算不得什麽了！）

應前托襲人轉致語。（你在這裏幾個月，還有什麽不知道的？）不止幾個月矣。

此數語，亦不是麝月聲口。（人家賞臉不賞，在人家。）

特表紫鵑清白。（人家央及了這半天，總連個活動氣兒也没有。）

非出家則斷不能剖白，故決然捨去也。（我今生今世也難剖白這個心了！）

（死了心罷，白陪眼淚，也可惜了兒的。）與寶釵、襲人一鼻孔出氣語。

釋舊憾者，寫寶玉，非寫紫鵑也。寶玉不負黛玉，紫鵑早已諒之。平日赤心，有以取信於人，豈幾句虛言，果能釋恨哉。紫鵑因此勘破一切。向來熱腸，化作冰冷，恰好引起隨惜春出家事。文章之妙，真如水到渠成。（寶玉的事，明知他病中不能明白。）

（林姑娘真真是無福消受他。）此語又誤矣。且看寶姑娘又如何有福消受他。

（算來竟不如草木石頭無知無覺，倒也心中乾净！）點睛。

鳳姐之惡，十倍趙姨。叙趙姨之死，〔旁批：本可不必叙。〕太直太實，未見玲瓏。此回叙鳳姐之死，遠勝。以其袛作情虚之人，病棘時眼中自見，耳中自聞，即免不得口中自道。不用閻王小鬼，拿到地獄也。識見極高。夫鬼由心造，而見有兩途。誠敬之至，則洋洋如在，聖賢之見鬼也。疑畏之至，則載鬼一車，庸人之見鬼也。凡人作惡太甚，一切損人利己之事，無所不爲。當其運隆氣壯，行之但覺快心，毫無忌憚，雖鬼神亦莫能難焉。及乎年衰疾至，落魄失時，智計不生，良心漸現，回光一照，悚懼難安。一切冤家，自然畢集。而地獄即在眼前矣。此等果報，萬無一爽。若説陰司受罪，來世償冤，誰人見來，落得今世胡爲，且圖快意耳。僕最信果報之説，却不喜看果報之書。不是勸人爲善，直勸人爲惡也。一有不應，則君子枉自爲君子，小人樂得爲小人矣。夫出爾反爾，人事之報。惠迪從逆，天道之報。大段原必不錯，豈可作將錢買物看，掂斤播兩，較其多寡得失哉。讀此回書，賢於看太上感應篇。

紅樓夢第一百十四回

　　直應初試雲雨時。（襲人輕輕的説道：你不是那年做夢，我還記得説有多少册子？）

　　因鳳姐臨没説返金陵歸册子，而襲人提及册子。因册子而寶玉思先知。因先知而寶釵及簽語。因簽語而及扶乩。因扶乩而及岫煙。因岫煙而順手説出薛蝌成親一事。説話引話，妙極自然。（莫不璉二奶奶是到那裏去罷？）

　　（但不知林妹妹又到那裏去了？）念念不忘。

　　（若再做這個夢時）伏下。

　　（我也犯不着爲你們瞎操心了。）解脱之語。

　　問得妙極。寶釵方想做黄粱佳夢，滿心滿口，顯親揚名，建功立業。寶玉却已自定終身，故反詰之。（我索性問問你，你知道我將來怎麽樣？）

　　叙岫煙事，苦無暇筆。妙在説話中帶過，作者省力，而看者不厭。以慧心運妍手，故能化叙事爲煙雲。但寶琴何時出閣，何不亦帶一筆。（你祇説邢妹妹罷。）

　　（也没請親喚友的。）雖不請親友，寶玉萬無不去之理。即云不過去，亦須叙出一個緣故來方是。

　　（就是璉二哥張羅了張羅。）本是尤氏作媒，自當始終其事，何以一字不叙。

　　王仁不知賈家空虚。且素與賈璉不睦，宜其大肆不平之談。而巧姐反以回護父親，取怨於舅氏。遂有後文串賣之事。（賈璉本與王仁不睦。）

　　（外甥女兒，你也大了。）夜啼至今，曾幾何時。又説大了，可知前文是敗筆也。

老太太所留喪費，爲賊劫去。賈璉盡出老太太分給之銀，以補喪事所費，極爲正大。何妨大張曉諭，以告親族。又何不好説之有哉。（巧姐又不好説父親用去，祇推不知道。）

糊塗人全不知事，可歎。（豈知王仁心裏想來）

伏案。（這小東西兒也是不中用的！）

平兒私財，何故未抄。宜於一百五回前，先爲布置。既見此人有急智，而此處亦不覺其突然。此書慣用伏筆，未有臨時猝辦者，惟此偶失之。（舊年幸虧没有抄在裏頭去。）

（諸凡事情，便與平兒商量。）看此句可知賈璉。

物必自腐而後蟲生。上不正而欲整齊其下，不亦難乎。（先生你有所不知。）

（在我手裏行出主子樣兒來，又叫人笑話！）有何可笑。

實有其人，實有其事，何妨一言及之。寶釵何必着急。（寶釵聽了道：噯，你説話怎麽越發没前後了？）

鳳姐死，結上回文字。談家政略提家人富足，伏後與賴尚榮借銀文字。甄應嘉入都，起後回兩寶玉相見文字。通篇皆是過接。

平兒後寵專房，雖因保護巧姐之故。然但以爲名耳。實則爲自出私財，辦理喪事，救賈璉之急也。與不期衆寡，期於當厄，非此之謂歟。閨門衽席之間，亦藉錢神之力，可勝三歎。

紅樓夢第一百十五回

（回目：惑偏私惜春矢素志　證同類寶玉失相知）〔陳評在偏私旁注：不貫〕

既是地藏庵姑子，何不帶了蕊官、藕官來。（惜春早已聽見，急忙坐起。）

此兩姑子，頗似寶釵。（祇知道：諷經念佛。）

（惜春道：怎麼樣就是善果呢？）獅子吼。

（除了咱們家這樣善德人家兒不怕）世法語。

俗僧談吐，祇是如此。惜春與妙玉契合，極講明心見性之學者，奈何此時亦復聽得入耳。要知惜春祇取修行，祇要修得真一語而已。（祇有個觀世音菩薩大慈大悲。）

（或者轉個男身，自己也就好了。）可笑。

（這一輩子跟着人，是更沒法兒的。）此語說到惜春心坎上。

（若說修行，也祇要修得真。）此言極是。

（豈知俗的纔能得善緣呢。）可笑。

（便將尤氏待他怎樣，前兒看家的事說了一遍。）可知祇是爲此要出家也。

看透二姑子扇惑之心。明知所言是詭詞相激，真乃冰雪聰明。大爺不在家，尤氏必仍有不堪之事，爲惜春所深鄙也。（打諒天下就是你們一個地藏庵麼？）

兩寶玉至此纔見面，而此書殆將畢矣，所謂真事隱也。（再者，到底叫寶玉來比一比。）

（竟是舊相識一般。）回應前夢。

頓跌之筆。（必是和他同心，以爲得了知己。）

（我如今略知些道理，何不和他講講？）可笑。○夏蟲耳，亦知冰雪耶。

奇想，是寶玉本色。（但是你我都是男人，不比那女孩兒們清潔。）

錦衣玉食四字，鄙陋已極。（世兄是錦衣玉食，無不遂心的。）

所言何嘗不是，但在此書中看來，便覺俗不可耐。（若論到文章經濟，實在從歷練中出來的，方爲真才實學。）

俗人何嘗知性情中有學問耶。（弟聞得世兄也詆盡流俗，性情中另有一番見解。）

此層更陋。（後來見過那些大人先生）

若令寶釵得聞此一席之談，當深悔不嫁着此人矣。（自有一番立德立言的事業，方不枉生在聖明之時。）

必應刪去兩行。〔指自"內中紫鵑"至"正想着"五十字〕（內中紫鵑一時癡意發作，便想起黛玉來。心裏説道：可惜林姑娘死了。若不死時，就將那甄寶玉配了他，祇怕也是願意的。正想着：）〔陳評於"祇怕也是願意的"旁批道：胡説，黛玉豈皮相哉。若不論性情，而徒取其貌，與前文紫鵑所云：萬兩黄金容易得，知心一個最難求之語，全不合矣。豈復成爲紫鵑耶。〕〔上有眉批云：紫鵑何至如此，數語若作襲人想出，便入情。〕

（祇是年紀過小幾歲）亦不至過小。

隨手帶過李綺，但叙來殊乏味。（三姑娘正好與令郎爲配。）

王夫人勢利之心，老而愈篤。（必是比先前更要鼎盛起來。）

李紋、李綺，是書中無關緊要之人，與寶玉更無關涉。吾意總以湘雲配之爲最妙。蓋甄寶玉是賈寶玉對面影子。觀其言論，恰與湘雲所言仕途經濟云云，一鼻孔出氣，正好作匹偶也。（甄寶玉聽他們説起親事，便告辭出來）

（寶釵便問：那甄寶玉果然像你麼？）前日既搶白寶玉，今日何故又問。

（并没個明心見性之談）談何易易。

妙諦，無人解得。（我想來有了他，我竟要連我這個相貌都不要了！）所謂失却本來面目也。

薛寶釵真是甄寶玉之配，惜早不相遇也。（做了一個男人，原該要立身揚名的。）

本心語，真乃出淤泥而不染者。（乾乾净净的一輩子，就是疼我了！）針對尤氏語，與入畫出園時語參看自明。

賈芸、王仁，漸漸復用，引起後文，然甚覺無理。（又叫了賈芸來照應大夫。）一誤何堪再誤。賈家豈更無人耶。

（請了王仁来在外幫着料理。）請此人幫着料理，更與前文不合。

突兀之至。（賈璉不知何事，這一唬非同小可。）

（給他銀子就好了。）既有此語，如何還要攔他。

何以直待賈政想起從前之事耶。寶釵最重玉者，乃聞和尚送玉來，亦若漠然。可知金玉之説，祇是謀親事之話頭。親事既成，不但無須金鎖，并玉亦看得平常也。（祇見那和尚説道：要命拿銀子來！）

妙筆。（叫道：寶玉寶玉，你的寶玉回來了！）

何以丫頭、老媽都不看見？（賈政果然進去，也不及告訴。）

挽合奇幻，神龍變化。○筆筆突兀。（説道：真是寶貝！纔看見了一會兒，就好了。）見解與襲人一般。

（虧的當初没有砸破！）此語應出之於紫鵑之口。

（神色一變，把玉一撂，身子往後一仰。）此即玉茗所謂生而可以死者。

甄寶玉入都，與寶玉相見後，通靈玉即復歸。真假離合，一片神行。尤妙在結尾一筆,挽到上半部文字,引起下回寶玉悟境。筆墨變幻,痕迹俱化。

前此之真玉,未離璞也。夢中覿面,如合一璧。今此之真玉,已雕琢成器也。覿面千里,儼若兩人。假去真來,在塵世則爲美玉。在仙境則爲俗物矣。一病將死,得玉而生。寫來離合變幻,可以神遇,而不可以迹求。可以意會,而不可以言傳。

書中有名之女子,皆有歸結。惟叙史湘雲後半截太覺草草。既不叙其夫婿之姓名,亦不詳其出嫁之始末。前後太不相稱矣。夫湘雲爲賈母内侄孫女,釵黛之下,即數此人。其與寶玉自幼相親。樂數晨夕,無異於釵黛也。初非無意於寶玉,故深忌黛玉而甚親襲人。及窺見王夫人意屬寶釵,遂與寶玉疏而與黛玉親。當其在大觀園時,分誼固居衆姊妹之上也。〔此陳評有眉批云:賈母慶壽時,祇命釵、黛、湘、探四人出見諸王妃,可見看待比衆不同也。〕何可不詳叙其所適者爲何如人?遣嫁時賈母、寶玉及姊妹行相送相賀,如何熱鬧,如何殷勤,以收束多年相聚之情緒耶。吾意湘雲不配寶玉,嘉耦殊難其人。恰好有一甄寶玉在,若爲之作合,豈不成玉合子底蓋耶。書中湘雲定親出閣回九,皆祇空叙,并不指實。忽云新婿得病,既而夭逝。意欲省費筆墨,而簡略無味,殊太冷落。不如補叙數筆。説三十二回襲人口中帶出之語。彼時係甄夫人在京相親插定,後因緣事抄家,遂將此事擱起。直至此時起復進京,方過禮聘娶,豈不聯絡有情。湘雲識見志趣,適與今日之甄寶玉相合。自然魚水和諧,勝於寶釵遠矣。中間要省筆墨,祇須説湘雲之叔又放外任,因賈府查抄後,不便仍來長住。故亦隨任出去,一年任滿回京,已在賈母去世之後,則放開湘雲不寫,自不覺其疏漏。至於李紋、李綺乃書中無關緊要之人,前文不過爲大觀園讌集繁盛時,點綴花簇而已。正不必特叙其婚姻之事也。且以李綺配甄寶玉,祇不過一娶一嫁,無可渲染,未免辜負生花之筆乎。

紅樓夢第一百十六回

表麝月。（那麝月一面哭着，一面打算主意。）

夢遊以警幻爲綫索，魂遊以和尚爲綫索。蓋前是引入情關。此則跳出情關矣。指引度脱，各得其宜。（却原來恍恍惚惚，趕到前廳）仍是夢遊時光景。

出家子眼。（寫着真如福地四個大字）

作者特作甄賈兩寶玉之意，祇在前後兩聯見之。（假去真來真勝假，無原有是有非無。）俗人之見也。

大解脱，是此回主意。（前因後果，須知親近不相逢。）

正意。（寫道：引覺情癡。）

揭出書旨。（大凡人做夢説是假的，豈知有這夢便有這事！）

夢遊反極清楚，魂遊反極恍惚。用筆入妙。（但是畫迹模糊，再瞧不出來。）

（莫不是説：林妹妹罷？）念兹在兹。

度出金針。（并不爲奇，獨有那憐字歎字不好。）

包括得妙，正不必鋪排犯復也。（急急的將那十二首詩詞都看遍了。）

祇看襲人一個已足，故急另換妙文也。（一面又取那金陵又副册一看。）

妙極閃爍之致。（聽見有人説道：你又發呆了，林妹妹請你呢。）

幻境改作真境，正是返真入幻。（今返歸真境，）

絳珠仙草，瀟湘妃子，若即若離，文境超妙。（那仙女道：我主人是瀟湘妃子。）

筆光閃爍不定。妙妙。（又怕被人追趕，祇得跟蹌而逃。）

尤三姐死於寶玉之一言，責之不爲過也。（敗人名節，破人婚姻！）

奇幻已極。（并非別人，却是晴雯。）

奇幻極矣。（見是黛玉的形容）

妙無一語，真如水晶屏風，有神無迹。（那簾外的侍女悄咤道：）

奇幻。（回頭四顧，并不見有晴雯。）

滴滴歸原。（原來却是賈蓉的前妻秦氏。）

妙玉未見，豈已超出幻境，直證真如耶？抑如後來寶玉之別經度脱，不知所往耶？○女子變作鬼怪，妙語。大徹大悟，如臨明鏡。此鏡非風月鏡耶。（寶玉恍恍惚惚的）

真諦。（世上的情緣，都是那些魔障！）

伏後。（細細記着，將來我與你說明。）

麝月之不得爲鴛鴦者，争此頃刻耳。（這裏麝月正思自盡。）

王夫人鈍根人，笨極。（王夫人道：玉在家裏，怎麼能取的了去？）

何以一向不提起金鎖，可知捏造之物，事成之後，便如敝屣矣。（祇是不知終久這塊玉到底怎麼着。）

妙諦。（入我門三字大有講究。）

賈政扶柩回南，須要點明日期，方與場期遠近時日清楚。（賈政都交付給賈璉。）

今則解人史難索矣。（竟把那兒女情緒，也看淡了好些。）

黛玉臨没，祇有一笑。寶玉今日，庶乎浹洽得上矣。（也不來勸慰，反瞅着我笑。）

（二奶奶是本來不喜歡親熱的。）此句殊謬，須說寶玉本來不甚親熱寶釵方是。

陪宿之夕，見五兒毫不解意，不足與言，遂置之之度外也。

（正想着，祇見五兒走來瞧他。）

　　可生而不可死者，非情之至也。可死而不可生者，亦非情之至也。生而不可以死，死而不可以復生者，猶非情之至也。如寶玉其庶幾乎。

　　一紅樓也，始之以夢遊。非夢也，實有其事也。墻茨不可掃，托詞云爾。終之以魂遊，非魂也，實無其事也。水月不可撈，亦托詞云爾。若説得歷歷分明，甚至與黛玉神仙會合，晴雯亦得攀鳳尾。自爲俗目所賞。由識者觀之，墮入惡道矣。僕嘗謂劉阮遊仙詩，污褻真靈，毫無意趣，不解其何以流傳。此回收拾諸釵，非不熱鬧，而不落色相。真如鏡花水月，海市蜃樓，惝怳迷離，可望而不可即。一片靈機，空中翔舞，仙才仙才。最妙者，黛玉僅得望見顏色，不道一語。若觀面相見，如何行禮，如何答問，必然做出許多惡俗套數矣。其余諸女，亦乍出乍没，未嘗正寫一筆。文品之高，見地之超，非食人間煙火者所能道也。觀止矣。

紅樓夢第一百十七回

應前惜春代寶玉答妙玉語，機鋒絕妙。（那和尚道：什麼幻境，不過是來處來，去處去罷了。）

解脱之言，大徹大悟，真是絕妙機鋒。（我把那玉還你罷。那僧笑道：也該還我了。）

玉何以不帶在身上。（忙向自己床邊取了那玉。）

癡蟲蠢物，可哀可憐。（襲人聽説，即忙拉住寶玉道：）

真諦。直應前文所云，吾有一個心交給林妹妹了一語。又應前文林黛玉夢中寶玉云，我的心没有了一語。（寶玉道：如今再不病的了，我已經有了心了，要那玉何用？）

解脱。（寶玉急了道：你死也要還你，你不死也要還！）

此紫鵑之所以爲紫鵑。其不能附黛玉以仙也，宜哉。（紫鵑在屋裏，聽見寶玉要把玉給人，這一急比别人更甚。）

秋波千頃，其清徹底。（爲一塊玉，這樣死命的不放。若是我一個人走了，你們又怎麼樣？）

妙語袛可如此，否則萬萬説不明白也。（就説是假的，要這玉幹什麼。）

（寶釵道：這麼説呢，倒還使得。）何其鈍拙乃爾。

寶釵俗極。雖知還玉古怪，而不解寶玉之心。寶玉安得不去。（倘或一給了他，又鬧到家口不寧。）

（我合太太給他錢就是了。）竟以和尚爲要錢，可笑極矣。

是寶釵以玉爲重也。在寶玉手裏拿了這玉，而曰由他去就是了。其斯爲金玉姻緣乎？寶玉重玉不重人一語，謂之喝醒可也。謂之調侃可也。○重人不重玉者，除黛玉之外，更無一人矣。

（到底寶釵明決，説：放了手，由他去就是了。）則竟去矣。卿寶此玉將奈何。

（我便跟着他走了。看你們就守着那塊玉怎麼樣？）明明道破。快哉此言，自有金玉之説，得此言一吐積氣。且亦是晨鐘喚夢，提醒他金玉想頭也。

爲愚人説法，祇合爾爾。（和尚説：要玉不要人。寶釵説：不要銀子了麼？）何其鈍也。

直應上回，魂遊時語。（我們祇聽見説什麼大荒山，什麼青埂峰。）

（王夫人聽着也不懂。）愚極。

（寶釵聽了，唬得兩眼直瞪。）悔之晚矣。

應第一回好了歌，照一百十九回出門時語。（祇見寶玉笑嘻嘻的進來説：好了好了！）

（也祇當化個善緣就是了。）明明説破。

真諦。（諸事祇要隨緣，自有一定的道理。）

（你們曾問他住在那裏？）何其鈍也。

竟説明矣。（老爺還吩咐叫你幹功名上進呢。）尚説此話，可謂鈍極。

一波未平，一波又起。使人不測，用筆入妙。（璉二爺回來了，顏色大變。）

説得如此危急，後文太好得容易。（如今竟成了癆病了，現在危急。）

（薔兒，芸兒雖説糊塗，到底是個男人。）此兩人親疏不同，何以看待無分別耶。

去秋桐不稟明父母，亦太草草。（秋桐是天天哭着喊着不願意在這裏。）

論巧姐之年，似尚不至急須説親。此段祇爲引起下文耳。

（祇是一件，孩子也大了。）

恰未入情。（賈璉道：現在太太們在家，自然是太太們做主。）

隨手結包勇。（包勇又跟了他們老爺去了。）

補薛家搬回去，應前寶釵之言。（薛二爺已搬到自己的房子內住了。）

明明是園中之庵，焉得云外頭的事。（王夫人道：自己的事還鬧不清，還攔得住外頭的事麼?）

（賈璉又欲托王仁照應。）一何糊塗至此。

此四行無謂可删。此數人本不必結也。〔陳評鈎去：（豐兒小紅因鳳姐去世，告假的告假，告病的告病，平兒意欲接了家中一個姑娘來，一則給巧姐作伴，二則可以帶量他。遍想無人，祇有喜鸞四姐兒是賈母舊日鍾愛的，偏偏四姐兒新近出了嫁了，喜鸞也有了人家兒，不日就要出閣，也祇得罷了。）四行〕

（二則可以帶量他）此句有誤字。

芸兒薔兒，可以一好至此。（他兩個倒替着在外書房住下。）

閱至此等處，使人有興衰之感。（賈芸攔住道：寶二爺那個人没運氣的，不用惹他。）

補明前信中之事。（那一年我給他説了一門子絶好的親。）

寶釵矯矯自好，何爲哉。亦不免於浮言耶。妙在竟説寶釵有實事，而黛玉不過相思而已。用筆有皮裏陽秋之意。（他心裏早和咱們這個二嬸娘好上了。）此二字尚有分寸。

此時若有黛玉，豈不水乳交融。（寶玉……心目中觸處皆爲俗人，却在家難受。）

（王夫人不大理會他）王夫人罪案。

彩雲至今尚在，王夫人之謬，不待言矣。（倒是彩雲時常規勸）

何至都中竟無可請教舉業之人，殊欠情理。（因近來代儒老病在床，祇得自己刻苦。）

動下。（唱了一個什麼小姐小姐多豐彩。）

引入。（賈環聽了，趁着酒興，也説鳳姐不好。）

入情。（父母兄弟都跟了去，可不是好事兒嗎？）

綫索。○順帶雨村，爲收場張本。（就是賈雨村老爺，我們今兒進去，看見帶着鎖子，説要解到三法司衙門裏審問去呢。）

順帶。（祇聽見海疆的賊寇拿住了好些。）

雨村之事，信以傳信。妙玉之事，疑以傳疑。妙於閑話中帶出。如風掃落葉，不勞餘力也。（咱們櫳翠庵的什麼妙玉，不是叫人搶去？不要就是他罷？賈環道：必是他。）妙。

惜春事若入正文講，則索然無味矣，巧於用筆，便覺生動。（祇聽見裏頭亂嚷）

（叫請薔大爺、芸二爺進去。）此事請此二人商量，殊無情理。

上回惜春本説過祇要住櫳翠庵，不必又改一説。（祇求一兩間淨屋子給他誦經拜佛。）

寶玉悟澈一切，即時可脱紅塵。然畢竟塵緣未了。且未報賈母賜珠之命，其身暫留，其心已去也。惜春出家，祇是寶玉旁面文字。乃真正修行，非如寶玉爲情緣了悟，遁迹太虛耳。寶釵、襲人，了無見解。祇以玉歸爲喜，豈知寶玉初不以玉爲重輕耶。

一班浪子，呼朋引類，酤酒博奕，當是意中之事。甚至播揚中冓，并欲勾引寶玉，寫出狐群狗黨敗壞人家景象。而優童胡言，王仁遂生歹意，已爲後事伏萌芽矣。魑魅魍魎，鑄成禹鼎。魚龍百怪，照出温犀。文人之筆亦然。惟此等情節，須另尋機緒出之，不宜派王仁、賈芸管理家務耳。

紅樓夢第一百十八回

末路之不可不慎如此。一被劫尚不免於非議，況有他故耶。（不知他怎樣凡心一動，纏鬧到那個分兒。）此二句應刪。○冤哉。

襲人何知焉。（襲人立在寶玉身後。）

了悟。（豈知寶玉歎道：真真難得。）

執迷不醒，得無夫子自道耶。（見他執迷不醒，祇得暗中落淚。）

祇此尚不免於動心，真是至情。（祇見寶玉聽到那裏，想起黛玉一陣心酸，眼淚早下來了。）

何苦乃爾。（襲人已經哭得死去活來。）

從前何苦扭過他的主意，強合金玉姻緣那。（王夫人道：什麼依不依，橫竪一個人的主意定了，那也是扭不過來的。）

好了二字，又應首回。（寶玉念聲阿彌陀佛！難得，難得！不料你倒先好了！）

襲人亦有此言，無乃兒戲。（襲人哭道：這麼説，我是要死的了？）

了結惡奴，舉此以概其餘。（假説王夫人不依的話，回復了。）

賣巧姐之事，似出情理之外，蓋作者深惡熙鳳爲人，謂宜得此報耳。（賈環道：不是前兒有人説是外藩要買個偏房。）

不是正配，如何許得。邢夫人雖愚，不至於此。（雖説不是正配，管保一過了門，姐夫的官早復了。）

赫赫賈府，世職尚在。何至外藩不知底細，竟來相看，殊無情理。下回云：外藩相看後，方問氏族。則此處宜改一二筆，將冒充民女一層，布置妥貼，方清晰。（那外藩不知底細，便要打發人來相看。）

隨手結邢岫煙。（邢姑娘是我們作媒的。）

隨手結寶琴、湘雲。（那琴姑娘，梅家娶了去。）

何以外頭傳進書子，李紈先接着，殊欠入情。（外頭小子們傳進來的，我母親接了。）

隨手結李綺。（還是前次給甄寶玉說了李綺。）

以李綺配甄寶玉，殊覺無謂。何不留湘雲至今日，配與甄寶玉，恰是佳偶。前文早定親及出閣守寡等事，本屬浪費筆墨，無關緊要。大可改換關目，另作文字。（想來此時甄家要娶過門。）

（還交給你母親罷。）何以應交與李紈。

寶玉自是南華一流人，故終身服膺此書。（正拿着秋水一篇，在那裏細玩。）

意境直是南華。（那赤子有什麼好處？）

寶釵所言，誠是正論。但寶釵志在用世，寶玉志在逃世。其天姿本異，則其趣向自不能合也。（古聖賢原以忠孝爲赤子之心。）

仰頭微笑，點頭歎氣，低頭不語，總是志趣不同，無從說起，亦莊子夏蟲不可語冰，蟪蛄不知春秋之意。（寶釵因又勸道：你既理屈詞窮，我勸你從此把心收一收。）說得可笑。

（但能博得一第）此語太看輕寶玉。寶玉本無藉乎此也。若自此而止，何如并此而無之乎？嗟呼！此之不值半文錢也，久矣。

殊覺無。（兩個談了一回文，不覺喜動顏色。）

以此爲醒悟，真乃糊塗。（寶玉此時光景，或者醒悟過來了。）可笑。

彼何知焉。（好容易講四書是的纔講過來了！）可笑。

（便將書子留給寶玉了。）又與王夫人所言不對。

慧人妙語，寶釵遂入元中。（寶玉道：如今纔明白過來了。）

一班濁物，無從覺悟。寶玉安得不決然捨去哉。（真是聞所未聞，見所未見。）

（就把二爺勸明白了。）可笑。

不但心地濁昧，而且行爲鄙俗。寫寶釵自結縭後，日與寶玉相處，而絲毫不知寶玉。可歎也。（這一番悔悟過來，固然很好。）

（如今不信和尚）可笑。

俗妻妒妾，如何可耐。（不知奶奶心裏怎麽樣？）

一路衹是微笑，與黛玉臨終意趣自同。（寶玉也衹點頭微笑。）

最不疑者鶯兒也。恰亦有此一番挑逗。恐釵襲聞之，又要吃醋矣。（我們姑奶奶後來帶着我）

（你呢？鶯兒把臉飛紅了，勉强笑道：我們不過當丫頭一輩子罷咧。）若有情，若無情。心如止水，不妨遊戲三昧。

寶釵，純乎人者也。寶玉，純乎天者也。人則可移，天豈可變。今寶釵乃欲以勸勉冀寶玉之悔悟。彼豈知至性至情，有至海枯石爛而不變者哉。昔聖門言志，而孔子獨與曾點。知童冠風俗，與兵農禮樂，不容强合也。然而知天者鮮矣。

紅樓夢第一百十九回

知其有異，而不能相印以心。豈非天分不同之故耶。（却別有一種冷静的光景。）

不過去進場耳，何必磕頭，亦何必流淚。如此形景，衆人尚看不出寶玉此去不歸。可見一班都是鈍根人也。（走過來給王夫人跪下，滿眼流淚。）

手揮目送，不是專指老太太而言。欲王夫人於寶玉不見之後，思及此語耳。（喜歡了，便是不見也和見了的一樣。）

此語亦點醒寶釵。（就是大哥哥不能見，也算他的後事完了。）

妙妙。（寶玉道：你倒催的我緊，我自己也知道該走了！）

寶釵竟不得再見矣。（他們兩個橫竪是再見的。）

快哉，浮一大白。寶釵用盡機械，以合金玉姻緣，果何益哉。（寶玉仰面大笑道：走了走了！不用胡鬧了！完了事了！）何不改作好了好了。

母喪未逾期年，即可出嫁乎？邢夫人不應無禮至此。（祇怕太太不願意，那邊説是不該娶犯官的孫女。）説不去。

此方是劉老老正傳。（後門上的人説，那個劉老老又來了。）

前留青兒在此，究於何時回去，亦漏叙。（那婆子便帶了劉老老進來。）

（太太姑娘們必是想二姑奶奶了。）鳳姐死後，劉老老直至今日方來，亦欠人情。

巧姐一段文字，須知非寫巧姐。一爲鳳姐作惡之報，一爲平兒得寵之由。而言外見得賈門方亂，竟無一人能出頭持正，反重托一鄉村老嫗，亦危道也。紅樓夢曲，美其陰德獲報，大謬。狠舅奸兄,正是餘殃所致。骨肉未寒,愛女幾致落劫。此人生前種種隱惡,何德之有?(平兒道:老老別説閑話。)

(急忙進去,將劉老老的話,避了旁人告訴了。)是王夫人已回去矣,叙來欠明白。

(王夫人想了半天不妥當。)入情。

(王夫人不言語)入情。

(平兒道:不用説了,太太回去罷。)是未回去,欠明白。

有此幾層申説,方合情事。(家人明知此事不好)入情。

冒充民女四字,前宜伏案。(説:敢拿賈府的人來冒充民女者,要拿住究治的!)

説來尚不入情。何不寫作賈芸等回來。賈環方飾詞回復邢夫人,而忽聞巧姐不見,更覺有意。(這都是你們衆人坑了我了!)

外藩回復一層,亦宜向邢夫人補述。(邢夫人叫了前後的門上人來罵着。)

寶釵始終不明白也。若能步武惜春,豈不大清净無礙哉。何必日事悲哭,癡想寶玉歸來。(衆人中祇有惜春心裏却明白了。)

此句是關照黛玉文字也。文心之巧,無微不至。何以知之?寶玉向日固云你死我便做和尚。今襲人未嘗死也,豈得謂之應了這句話哉。(他便賭誓説做和尚。誰知今日却應了這句話了。)

處處串插探春。(説我們家的三姑奶奶明日到京了。)

家中多少不順的事一句中,包括老太太去世,趙姨娘病故,及抄家等事;但未免太覺簡略矣。(又聽見寶玉心迷走失,家中多少不順的事,大家又哭起來。)

(還虧得探春能言,見解亦高。)何高之有。

六塵不染,故在第七。(探春便問第七名中的是誰?家人回說:是寶二爺。)

衆人之言,正是寶釵之類也。(説是:寶玉既有中的命,自然再不會丟的。)

憒憒者,皆焙茗之類。(焙茗道:一舉成名天下聞。)

點醒愚頑。(入了空門,這就難找着他了!)

其實是有了這塊玉,便有了那個金的不好也。(二哥哥生來帶塊玉來,都道是好事。)

於考試例尚未合。此則須在出榜之前,方是。(知貢舉的將考中的卷子奏聞。)

(皇上一一的披閱,看取中的文章。)祗該進呈十本。

(第一百三十名,又是金陵賈蘭。)此是看全録,不是看文章。

結查抄一案。〔批上及旁印章爲🔲〕(仍襲了寧國三等世職)何其驟也。

(俟丁憂服滿,仍升工部郎中,所抄家產,全行賞還。)既襲職,便不應仍作部曹。

雖不及叙話,不能不詳問賈赦之病。(此時也不及叙話,即到前廳。)

見母而不説話,猶之可也。不回明賈赦病已痊愈,太不合禮。(賈璉進去,見邢夫人也不言語。)

寶玉爲人,清妙不群,爲世俗所驚。以彼之才,取科第如拾芥耳。其於舉業,有不屑爲。一爲之,則未有不登峰造極者。但以此進身用世,不過功名利祿之事,毫無大人天民身分在內,故決意逃之也。使黛玉居然得成連理,二人同心亦必有惡此而逃之者。況黛玉已死,更無留戀耶。僅中一舉,殊不稱其爲人,或作中鄉舉後，家人競賀。寶釵亦喜動顏色，寶玉愈益煩悶，與寶釵更同冰炭。明春連捷，得上第。天子激賞召見，舉家繁華熱鬧。忽然跳出紅塵，不可蹤迹。在文字則愈有精神，在寶玉則更覺奇突，而尚未立朝出仕，則與寶玉身分無傷。且與八十二回黛玉所云要取功名這個也清貴些之言，亦相映照也。寶玉鄉會文章，必須清徹淡遠，方合黛玉前言。寶玉純是清奇之性，若黛玉則清而不奇。吾於其八十二回論時文，及每每談論家事時見之。其人雖惡世俗庸鄙之事，而未嘗不近情着理。特有定識定力，自不沾染惡趣耳。倘與寶玉得遂心願，吾知其能使寶玉葆其性真，而致其知能，不妨爲順親悦親之事，而不失爲成仙成佛之人。又何事絕人逃世，以傷父母之心也哉。故吾謂黛玉天姿學問尚在寶玉之上，此絳珠所以爲仙草，而神瑛畢竟是頑石也。

此回叙事雖簡净，而未免草率。有必應詳叙問答。如探春回來，與各人相見，必該有許多説話。細述情事如探春還穿祖母，生母之孝，及賈赦在臺站病愈等事。之處，祇用數筆帶過，未免與向日所叙之文，不甚相稱也。

紅樓夢第一百二十回

寶玉之夢已醒，襲人之夢方酣。（好像寶玉在他面前，恍惚又像是見個和尚。）

二奶奶實在可厭，安得不悟道。（後來待二奶奶更生厭煩。）

竟忘我也，跟了四姑娘去之言耶。（若是老爺太太打發我出去）

結黛玉，可謂全受全歸。（賈蓉自送黛玉的靈，也去安葬。）

此處忽現大紅猩猩氈斗篷，大奇。（身上披着一領大紅猩猩氈的斗篷，向賈政倒身下拜.）

了徹。（夾住寶玉道：俗緣已畢。）

寶玉定評，是固不可以功名富貴中人求之也。（他自具一種性情。）

（他那一種脾氣，也是各別另樣！）知子莫若父。

結薛蟠，須先敘出減等擬流，再辦贖罪，方合。（刑部准了，收兑了銀子，一角文書將薛蟠放出。）

寶釵至此，猶復痛哭，亦深悔篡奪黛玉之甚無謂矣。（寶釵哭得人事不知。）

（早知這樣，就不該娶親，害了人家的姑娘！）王夫人亦悔之矣。

（還有什麼別的説的嗎？）此語何消説得，所以爲是言者，正是有別的説也。

結寶釵。○自作之孽，何可怨天尤人。（寶玉原是一種奇異的人。凤世前因，自有一定，原無可怨天尤人。）何苦造作金鎖，自謂人定勝天，豈知天定畢竟勝人。

襲人果有志，賈政何能爲。夫不見紫鵑乎？是爲之回護而欲蓋彌彰也。（我看姨老爺是再不肯叫守着的。）

此等事，賈政必不辦也。（不然，叫老爺冒冒失失的一辦，我可不是又害了一個人了麽？）

微詞（襲人本來老實，不是伶牙利齒的人。）果其不願，何必伶牙俐齒。

微詞（我是從不敢違拗太太的。）

賈赦、賈珍回來，亦未免叙得大略。（賈政見賈赦賈珍已都回家。）

結家務諸事，即是結賈政王夫人。（如今祇要我們在外把持家事，你們在内相助。）

結衆丫頭。（將來丫頭們都放出去。）

結寶玉，可謂完名全節矣。（他既不敢受聖朝的爵位）

結賈珍。（賈珍便回説：）

結惜春。（櫳翠庵圈在園内，給四妹妹養静。）本在園内，此句與前書不符。

結巧姐。（賈璉也趁便回説，巧姐親事。）

結賈赦。（又説父親有了年紀。）

結劉老老。（劉老老見了王夫人等。）

微詞。（襲人悲傷不已，又不敢違命的。）〇須知匹夫不可奪志。若不敢違命，則志亦易奪之甚矣。（心裏想起寶玉那年到他家去。）

（若説我守着，又叫人説我不害臊。）何不學鴛鴦，何不學紫鵑，有何不害臊之有。

該字，纔是字，皆不决之詞，須知出了賈府，更無死所，可不必再作假惺惺矣。（我若是死在這裏，倒把太太的好心弄壞了。）何必顧此小節。

（襲人懷着必死的心腸，上車回去。）可笑。

何故？（襲人此時更難開口。）

何至害了哥哥。（豈不又害了哥哥呢？）

回護語。（襲人本不是那一種潑辣人。）

前幾層猶可說也。此則何說耶？（襲人此時欲要死在這裏，又恐害了人家。）至此方死，本已遲矣。

（那夜原是哭着不肯俯就的。）可笑。

反襯襲人。（此時蔣玉函念着寶玉待他的舊情，倒覺滿心惶愧。）

即向之所謂下流混賬人也。奈何樂於從之。（又故意將寶玉所換那條松花綠的汗巾拿出來。）

（這不得已三字，也不是一概推委得的。）亦無所謂不得已。

晴雯何以亦在又副冊？（此襲人所以在又副冊也）此語誤，又副冊并不以品行論也。

惡之甚。（千古艱難惟一死，傷心豈獨息夫人。）

甄賈起，仍以甄賈結，絕大章法。（且説那賈雨村）

一筆挽轉寶玉，妙。（豈不知溫柔富貴鄉中有一寶玉乎？）

應第一回。（昔年我與先生在仁清巷舊宅門口叙話之前）

妙諦，妙語，何真，何假？失玉反是撮合，可知金玉非配。（士隱道：寶玉即寶玉也。）

一筆將寶玉、黛玉聯合，方是全部收束法。（如何不悟仙草歸真，焉有通靈不復原之理呢？）

做書本旨。（俱屬從情天孽海而來。）

香菱如此死，亦始終薄命也。煞是可憐。（今歸薛姓，産難完劫，遺一子於薛家。）

香菱起，香菱結。菱、林同音。須知叙無數女子，衹是爲一林黛玉也。（這士隱自去度脫了香菱。）

（那一僧一道，縹緲而來。）遙接第一回。

收應完密。（將寶玉安放在女媧煉石補天之處。）

空空道人，作者自命。（這一日空空道人）

明明説出後四十回是續纂也。（見後面偈文後，又歷叙了多少收緣結果的話頭。）

妙旨。（真而不真，假而不假。）

調侃不小。（不是建功立業之人，即係糊口謀衣之輩，那有閑情去和石頭饒舌。）

兜轉賈雨村。（草庵中睡着一個人。）

妙諦。（那知那人再叫不醒。）

出作書之人。（到一個悼紅軒中，有個曹雪芹先生，祇説賈雨村言，托他如此如此。）

論讀此書之法。（樂得與二三同志）

大夢已覺，更無辭説。此後紛紛續撰，皆屬狗尾。（擲下抄本，飄然而去。）

真諦。（由來同一夢　休笑世人癡）

起結兩回，筆法超脱，真乃空前絶後之文。作者自謂假語村言。讀者切弗刻舟求劍，膠柱鼓瑟。若必尋根究底，作癡人説夢，則請問之茫茫大士，渺渺真人。

桐花鳳閣主人手評一過。

其　　琴　　桐
泰　　齋　　花
　　　　　　鳳
　　　　　　閣

七 桐花鳳閣跋語

余評此书，親友借閱，幾無虛日。輾轉傳觀，失去一套。遍索不得。因憶昔年朱君秋尹曾過録一本，并將俗本與聚珍版不同處校正之。秋尹已作古人。其弟孚山，出以相示。因屬友照録第八十一至一百，凡二十回。仍手録所評於上，以補其闕。惟聚珍版本，今已無從購致。曾見朱魯臣別駕有一部，是初印精本，勝於余之所藏。曾向別駕之哲嗣蘅軒借鈔此二十回。蘅軒雖諾，以遠客未歸，尚遲見付。異〔日借得，當再校對〕一過，以存初寫黄庭耳。

桐花鳳〔閣主人又識〕

〔異字下紙損壞，缺"日借得，當再校對"七字。閣字僅存一竪，下闕"主人又識"四字，今據嚴寶善同志所見記録補入。〕

附錄：

題清代陳其泰《桐花鳳閣評〈紅樓夢〉》

四　首

劉操南

頑石仙芝事忒奇，嘔心瀝血兩情癡。
恥談祿蠹混賬話，敢説離經叛道詞。
砸玉幾番魂欲斷，焚詩一夕夢回遲。
新書馬列如先睹，人物風流別有期。

玉京待選伴君王，魂染怡紅變主張。
貌艷如花倏冷淡，願馨似夢亦荒唐。
好風欲借青雲上，金鎖謠傳密意藏。
知否安時隨分者，半生辛苦負瀟湘。

桐花鳳閣仰才名，披卷渾如解宿酲。
細檢續書多妄謬，縱談藝事亦晶瑩。

九天誰鑄頑靈質，千載人傷木石盟。
休道紅樓非宦海，針鋒相對劇分明。

鈔罷陳評一舉杯，萬千塵事湧靈臺。
凌雲尚有倚天劍，涉世慚無拔地才。
淡極每疑花更艷，情深始信石爲開。
百年魔怪終消滅，浩蕩東風陣陣來。

《桐花鳳閣評〈紅樓夢〉輯録》記

　　桐花鳳閣評本《紅樓夢》，"文革"時自抄家中出，匯入火藥局書庫①中，叢俎地上。此稿本用草繩捆成一束，幸未散亂，置庋於雜書堆中。余於省文聯會議時識時任杭州市文化局局長孫曉泉。孫云"文革"時破四舊所抄出之舊書需整理，挽余指導。余詣火藥局書庫，發現此書。建議此類書籍，悉當歸入見仁里市圖書館②。

　　余於館中，遂將此書逐卷逐頁細讀，眉批總評，一一逐録。課餘，辦公時間去見仁里。窮三閱月，抄閱完畢。書間置名：桐花鳳閣主人兩見，初未諗此主人爲誰？翻閱志書家譜，通過考辨，庶訂主人爲清海鹽陳其泰。書評録畢，賦詩四章。委嘉善江蔚雲先生書，贈時任市圖書館館長馬昌科同志。馬館長付之裝池，懸於辦公室中，並攝照片贈余。此照附印於天津人民出版社出版之《桐花鳳閣評〈紅樓夢〉輯録》中。馬館長離職，他就。此軸遂由馬館長攜去。

---

　　①　杭州火藥局弄南起惠民路中段，北至羊壩頭西段。原杭州市文化局庫房。

　　②　杭州青年路見仁里，原杭州圖書館所在地。

　　余讀評後，杭州大學舉行第一次科學討論會時，撰成《叙録》
（全稱爲《清代陳其泰〈桐花鳳閣評紅樓夢〉叙録》，《杭州大學學
報》1978 年第 3 期）一文宣讀之。市圖書館推保管陳評者參予
討論。嗣後，又撰《考略》（全稱爲《清代陳其泰〈桐花鳳閣評紅樓
夢〉考略》，《紅樓夢研究論叢》，吉林人民出版社 1980 年版）。
1981 年結爲《桐花鳳閣評〈紅樓夢〉輯録》，而將考證與論述融
合，上兩文以《代序》形式，置於《輯録》之首。此書遂爲學人垂
青，杭州市圖書館因制書篋珍藏之。館長以書部分有蟲蝕和黴
爛處，遂加襯紙，全鑲玉嵌，重予裝裱，册數倍之。重裝以後，發
見原書中所粘簽條，覆蓋於初批之上者，多有脱落，有若干字受
濕模糊。脱落之條，難以復歸原處。於是借余録之核對補貼、補
寫於上，以復舊觀。但補寫之條，已非陳氏原筆，紙亦不同。

　　《桐花鳳閣評〈紅樓夢〉輯録》出版後，杭州坊間未見。余便
將此書十册，送館存覽。此書封面初爲孫曉泉題，後改沙孟海
題。輯録由來，馬館長知之甚審，以輯録時與馬館長相對而坐，
在同一辦公室也。

1982 年 2 月記

書影（四幀）

工藝壹

余評此書親友借閱武多盧日稀○
輙傳觀失去一套遍索不獲因惊○
昔年朱君秋尹曾迻錄一本蓋將○
俗本与眾珍版不足復校正之秋尹○
己作古人其弟字山出以相示因屬友○
照錄第八十一云一百凡二十四回仍手錄○
時評於上以補其闕惟眾珠版本今已○
妄從媷改苍見朱魯店別爲有一部呈○
初印精本隸於余之所藏苍内別爲之○
喆韵衡籽借鈔此二十回藪籽誰诵以

妙　識者當自得之

較多工力浩繁故未加評點其中用筆吞吐虛處實掩映之

一向來奇書小說題序署名多出名家目書開卷界清敘語

非云弁首實因殘缺有年一旦顛末畢具尤以心欣然

題名聊以記成書之幸

一是書刷印原為　同好傳玩起見後因坊間再四乞愛

公議定值以償工料之費非謂奇貨可居也

　　　　壬子花朝後一日　　　　小泉
　　　　　　　　　　　　　蘭墅又識

後四十回某臨成裁紅多姣筆夫頑夫加

刪改方與前八十回相稱但前八十回中

去多失檢姑俟簏師之霞董脫稿即

已傳抄向抄本文多互異作書者未及

琢磨完善傳抄者白不參究精純改離

紅樓夢　引言

言語之間包接實叙送物。是平妃尿矩之法。

如此探口氣。卻不着垂痕。妙。

針鋒相對。

呢這纔苦呢撞着這位太歲奶奶難為他怎麼過把手伸着兩
箇指頭道說起來比他還利害些外頭的臉面都不顧了黛玉
接着道他也殼受了尤二姐怎麼廢死了襲人道可不是想來
都是一箇人不過名分裏頭羞些何苦這樣壽外面名聲也不
好聽黛玉從不聞襲人背地裏說人今聽此話有因便說道這
也難說但凡家庭之事不是東風壓了西風就是西風壓了東
風襲人道做了旁邊人心裏先怯了那裏倒敢去欺負人呢說
着只見一箇婆子在院裏間道這裏是林姑娘的屋子麼那位
姐姐在這裏呢雪雁出來一看模模糊糊認得是薛姨媽那邊
的人便問道作什麼婆子道我們姑娘打發來給這裏林姑娘

熊姑娘說說話兒說着紫鵑拿茶來襲人忙站起來道妹妹坐
着罷因又笑道我前兒聽見秋紋說妹妹背地裏說我們什麼
來着襲鵑乞笑道姐姐信他的話我說寶二爺上了學姑娘

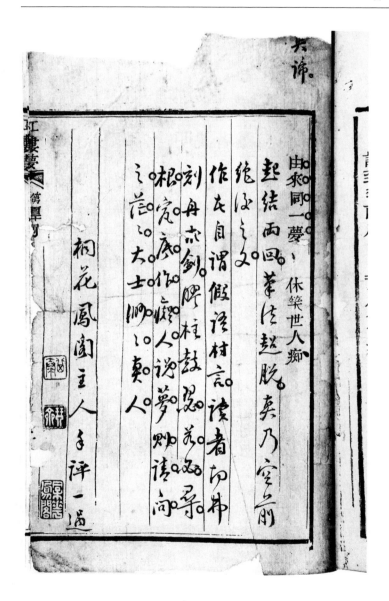

其諦。

由來同一夢、休笑世人痴

起結兩回莫使泄漏、乃空空前

絕妙之文。

作者自謂假語村言、讀者切不

可被作者瞞過、方是巨眼。

根究底裡、作者說夢、批者談

之、巨眼人也。批者、巨眼人。

桐花鳳閣主人手評一遍

編者説明

　　《桐花鳳閣評〈紅樓夢〉輯録》，天津人民出版社 1981 年 10 月出版，這次依原書收入《全集》，并按《全集》統一體例，對文本作了處理。小括號内原爲楷體字，現改爲仿宋體；原文雙行小字，現改爲單行六號楷體。劉操南先生撰有《清代陳其泰〈桐花鳳閣評紅樓夢〉叙録》(《杭州大學學報》1978 年第 3 期)、《清代陳其泰〈桐花鳳閣評紅樓夢〉考略》(《紅樓夢研究論叢》，吉林人民出版社 1980 年版) 及《題清代陳其泰〈桐花鳳閣評紅樓夢〉》(未刊)，與本書《代序》略同，不復收録。

　　　1977 年，劉操南先生受杭州文化局邀，幫助杭州圖書館清理書稿，幾天後，在亂紙堆中發見了陳其泰評《紅樓夢》的手稿本。如今這手稿已成爲杭州圖書館的"鎮館之寶"。得到允准，劉文漪得睹原迹及影印件，逐就《桐花鳳閣評〈紅樓夢〉輯録》一一予以補遺訂訛 (惜原迹并影印件較當年劉先生所見已有缺損)，并請徐彬先生幫助攝製了其中的四幅書影及印鑒。